【东方文化集成】

《东方文化集成》为季羡林教授所倡导，由北京大学东方学研究院《东方文化集成》编委会组织撰写出版。

这是一项迎接二十一世纪东方文化复兴和再创辉煌的世界性文化工程。

印度作家阿格叶耶小说创作研究

郭童 著

东方文化集成

南亚文化编

印度作家阿格叶耶小说创作研究

郭童‖著

线装书局

国家出版基金项目
NATIONAL PUBLICATION FOUNDATION

图书在版编目（CIP）数据

印度作家阿格叶耶小说创作研究 / 郭童著 . -- 北京：
线装书局，2021.2
（东方文化集成 / 季羡林主编 . 南亚文化编）
ISBN 978-7-5120-4026-7
Ⅰ . ①印… Ⅱ . ①郭… Ⅲ . ①阿格叶耶（Ajneya，
1911-1987）小说创作—文学创作研究 Ⅳ . ① I351.074
中国版本图书馆 CIP 数据核字 (2020) 第 265358 号

东方文化集成

南亚文化编

印度作家阿格叶耶小说创作研究

郭　童著

出 品 人：王利明
项目主持：李　媛
责任编辑：李　媛
出版发行：线装書局
　　地　址：北京市丰台区方庄日月天地大厦 B 座 17 层（100078）
　　电　话：010-58077126（发行部）010-58076938（总编室）
　　网　址：www.zgxzsj.com
经　　销：新华书店
印　　制：河北清静堂印刷有限公司
开　　本：850mm × 1168mm　1/32
印　　张：11
字　　数：253 千字
版　　次：2021 年 2 月第 1 版第 1 次印刷

线装书局官方微信

定　　价：45.00 元

编委会声明

为铭记季羡林等多位已故前辈对《东方文化集成》的历史贡献，为表达对他们的怀念，编委会特决定，在编委和顾问名单中保留他们的名字，不做变动。

《东方文化集成》总序

季 羡 林

我们正处在一个新的"世纪末"中。所谓"世纪"和"世纪末"，本来是人为地创造出来的。非若大自然中的春、夏、秋、冬，秩序井然，不可更易，而且每岁皆然，决不失信。"世纪"则不同，没有耶稣，何来"世纪"？没有"世纪"，何来"世纪末"？道理极明白易懂。然而一旦创造了出来，它就产生了影响，就有了威力。上一个"世纪末"，19 世纪的"世纪末"，在西方文学艺术等意识形态领域中就出现过许多怪异现象，甚至有了"世纪末病"这样的名词，这是众所周知的事实，无待辩论与争论。

当前这一个"世纪末"怎样呢？

我看也不例外。世界上许多国家和地区都出现了政治方面天翻地覆的变化，不能不令人感到吃惊。就是在意识形态领域内，也不平静。文化或文明的辩论或争论就很突出。平常时候，人们非不关心文化问题，只是时机似乎没到，争论不算激烈。而今一到世纪之末，人们非常敏感起来，似乎是憬然醒悟，于是东西各国的文人学士讨论文化的兴趣突然浓烈起来，写的文章和开的会议突然多了起来。许多不同的意见，如悬河泄水，滔滔不绝，五光十色，纷然杂陈。这样就形成了所谓"文化热"。

在这一股难以抗御的"文化热"中，我以孤陋寡闻的"野狐"之身，虽无意随喜，却实已被卷入其中。我是一个有话不说辄如骨鲠在喉的人，在许多会议上，在许多文章中，大放厥词，多次谈到我对文化，特别是东方文化与西方文化的联系，以及东方文化在未来的新世纪中所起的作用和所占的地位等等的看法，颇引起了一些不同的反响。

为说明问题计，现无妨把我个人对文化和与文化有关的一些问题的看法简要加以阐述。我认为，在过去若干千年的人类历史上，民族和国家，不论大小久暂，几乎都在广义的文化方面做出了自己的贡献。这些贡献大小不同，性质不同，内容不同，影响不同，深浅不同，长短不同：但其为贡献则一也。人类的文化宝库是众多的民族或国家共同建造成的。使用一个文绉绉的术语，就是“文化多元主义”。主张世界上只有一个民族创造了文化，是法西斯分子的话，为我们所不能取。

文化有一个很突出的特点，就是，文化一旦产生，立即向外扩散，也就是我们常说的“文化交流”。文化决不独占山头，进行割据，从而称王称霸，自以为“老子天下第一”，世袭珍藏，把自己孤立起来。文化是“天下为公”的。不管肤色，不择远近，传播扩散。人类到了今天，之所以能随时进步，对大自然，对社会，对自己内心认识得越来越深入细致，为自己谋的福利越来越大，重要原因之一就是文化交流。

文化虽然千差万殊，各有各的特点，但却又能形成体系。特点相同、相似或相近的文化，组成了一个体系。据我个人的分法，纷纭复杂的文化，根据其共同之点，共可分为四个体系：中国文化体系，印度文化体系，阿拉伯伊斯兰文化体系，自古希腊、罗马一直到今天欧美的文化体系。再扩而大之，全人类文化又可以分为两大文化体系：前三者共同组成东方文化体系，后一者为西方文化体系。人类并没有创造出第三个大文化体系。

东西两大文化体系有其共同点，也有不同之处。既然同为文化，当然有其共同点，兹不具论。其不同之处则亦颇显著。其最基本的差异的根源，我认为就在于思维方式之不同。东方主综合，西方主分析，倘若仔细推究，这种差异在在有所表现，不论是在人文社会科学中，还是在理工学科中。我这个观点曾招致不少的争论。赞成者有之，否定者有之，想同我商榷者有之，持保留意见者亦有之。我总觉得，许多人（包括我自己在内）对东西方文化了解研究得都还不够深透，有的人连我的想法了解得也还不够全面，不够实事求是，却唯争论是尚，所以我一概置之不答。

有人也许认为，我和我们这种对文化和东西文化差异的看法，是当代或近代的产物。我自己过去就有过这种看法。实则不然。法国伊朗学者阿里·玛扎海里所著《丝绸之路》这一部巨著中有许多关于中国古代发明创造的论述，大多数为我们所不知。我在这里不详细介绍。我只引几段古代波斯人和阿拉伯人论述中国文化和希腊文化的话：

由扎希兹转载的一种萨珊王朝（226—Ca. 640年）的说法是："希腊人除了理论之外从未创造过任何东西。他们未传授过任何艺术。中国人则相反。他们确实传授了所有的工艺，但他们确实没有任何科学理论。"（329页）

羡林按：最后一句话不符合事实，中国也是有理论的。这就等于黑格尔说：中国没有哲学。完全是隔膜的外行话。

书中还说：在萨珊王朝之后，费尔多西、赛利比和比鲁尼等人都把丝绸织物、钢、砂浆、泥浆的发现一股脑儿地归于耶摩和耶摩赛德。但我们对于丝织物和钢刀的中国起源论坚信不疑。对于诸如泥浆——水泥等其余问题，它们有99%的可能性也是起源于中国。我们这样一来就可以理解安息——萨珊——阿拉伯——土库曼语中一句话的重大意义："希腊人只有一只眼睛，唯有中国人才有两只眼睛。"约萨法·巴尔巴罗于1471年和1474年在波斯就曾听到过这样的说法。他同时还听说过这样一句学问深奥的表达形式："希腊人仅懂得理论，唯有中国人才拥有技术。"（376页）

关于一只眼睛和两只眼睛的说法，我还要补充一点：其他人同样也介绍了另外一种说法，它无疑是起源于摩尼教：

"除了以他们的两只眼睛观察一切的中国人和仅以一只眼睛观察的希腊人之外，其他的所有民族都是瞎子。"（329页）

我之所以这样不厌其烦地引这许多话，绝不是因为外国人夸中国人有两只眼睛而沾沾自喜，睥睨一切。令我感兴趣的是，在这样漫长的时间以前，在波斯和阿拉伯地区就有了这样的说法。我们今天不能不佩服他们观察的细致与深刻，一下子就说到点子上。除了说中国没有理论我不能同意之外，别的意见我是完全同意的。在当时的世界上，确实只是中国和希腊有显著、突出、辉煌的文化。现在中国那一小撮言必称希腊的学者们或什么“者们”，可以憬然醒悟了。

但是这也还不是令我最感兴趣的问题。我最浓烈的兴奋点在于，正如我在上面所说的那样，畅谈东西文化之分，极富于近现代的摩登色彩。波斯和阿拉伯传说都证明：东西文化之分的说法，古已有之，于今为烈而已。其次，令我感到欣慰的是，文化的东西二分法，我并非始作俑者，古代的“老外”已先我言之矣。令我更感到欣慰的是我讲的东西方思维方式是东西文化的基础。波斯和阿拉伯古代的说法，我认为完全证实了我的看法。分析出理论，综合出技术，难道不是这样子吗？

时至今日，古希腊连那一只眼睛也早已闭上，欧洲国家继承并发扬了古希腊辉煌的文化，使欧洲文化光照寰宇。工业革命以后，技术也跟了上来，普天之下，莫非欧风。欧美人昏昏然陶醉于自己的胜利之中，以“天之骄子”自命，好像有了两三只眼睛。但他们完全忘记了历史，忽视了当前的危机。而中国呢，则在长时期内，由于内因和外因的缘故，似乎把两只眼睛都已闭上。古代灿烂文化不绝如缕。初则骄横自大，如清初诸帝那样，继则震于西方的船坚炮利，同样昏昏然拜倒在西方的什么裙下，一直到了今天，微有苏醒之意，正在奋发图强中。

从上面谈到的历史事实中，我得出了一个结论：上下五千年，纵横十万里，东西文化的变迁是“三十年河东，三十年河西”。这本来是两句老生常谈，是老百姓的话，并不是我的发明创造。我提出来说明东西文化的关系，国内外都有赞成者，国内外也有反对者，甚至激烈反对者。我窃以为这两句话只说明了一个事实。中国古代哲学讲变易，佛家讲无常，连辩证法也讲事物时时都在变化中。大自然、人类社会和人类内心，无不证明这两句话的正确。我不过捡来利用而已。《三国演义》开宗明义就说：“话说天下大势，分久必合，合久必分。”说的不也就是这个浅显的道理吗？

可是东西方都有人昧于这个浅显的道理。特别是在西方，颇有人在有意识或无意识中，觉得自己的辉煌文化会万岁千秋地辉煌下去的。中国追随者也大有人在。他们根本没有意识到，文化也像世间的万事万物一样，不会永驻的，也是有一个诞生、发展、成长、衰竭、消逝的过程的。

但是，中国有一句俗话：是非自在人心。人是能够辨是非，明事理的。以自己的文化自傲的西方人也不例外。在第一次世界大战以前，西方这种人简直如凤毛麟角。一战爆发，惊醒了某一些有识之士。事实上在一战爆发前，就有人有了预感。德国学者奥斯瓦尔德·斯宾格尔（Oswald Spengler）在1911年就预感到世界大战迫在眉睫。后来大战果然爆发。从1917年起，斯宾格尔就开始写《西方的没落》。书一出版，立即洛阳纸贵。他的基本想法是：文化都可以分为四个阶段：一，青春；二，生长；三，成熟；四，衰败。尽管他的推论方法，收集资料，还难免有主观唯心的色彩。但是，他毕竟有这一份勇气，有这一份睿智，敢预言当时如日中天的，他认为在世界历史上八个文化中唯一还有活力的文化也会“没落”。我们不能不对他表示敬意。美中不足的是，他还没有认识到东方文化和西方文化的存在和交流关系。（参阅齐世荣等译《西方的没落》上下册，商务印书馆，1995年）

在西方，继斯宾格尔而起的是英国历史学家汤因比（Arnold J. Toynbee，1889—1975年）。他自称是受到了前者的影响。二人同样反对“欧洲中心主义”，是他们有先见卓识之处。汤因比继承了斯宾格尔的意见，认为文化——他称之为“文明”——都有生长一直到灭亡的过程。他把人类历史上的文明分为21种，有时又分为26种。这些意见都表述在他的巨著《历史研究》中（1934—1961年），共12卷。他比斯宾格尔高明之处，是引入东方文化的讨论。到了70年代，他同日本社会活动家池田大作对话时，更进一步加以发挥，寄希望于东方文化。（参阅《展望二十一世纪》，国际文化出版公司，1985年）

我并不认为，斯宾格尔和汤因比——继他们之后欧美一些国家还有一批哲学家和历史学家、社会学家，赞成他们的意见，我在这里不具引——等的看法都百分之百正确。但在举世昏昏，特别是欧美人昏昏的情况下，唯独他们闪耀出一点灵光，是十分难能可贵的。他们的看法从大体上来看，我认为是正确的。如果借用上面提到的古代波斯和阿拉伯人的说法，我就想说：希腊人及其后代的那一只眼睛，后来逐渐变成了两只眼睛；可物极必反，现在快要闭上了。中国人的两只眼睛，闭上了一阵，现在又要睁开了。

闭上眼睛的欧美人士，绝大多数一点也不了解东方，而且压根儿也没有了解的愿望。我最近多次听人说到，西方至今还有人认为中国人还缠小脚，拖辫子，抽大烟，养小老婆。甚至连文人学士还有不知道鲁迅为何许人者。在这样地球越变越小，信息爆炸的时代，西方之“文明人”竟还如此昏聩，真不能不令人大为惊异。反观我们中国，情况恰恰相反。欧美的一切，我们几乎都加以崇拜。汉堡包、肯德基、比萨饼，甚至莫须有的加州牛肉面，只要加一个洋字，立即产生大魅力，群众趋之若鹜。连起名字，有的都带有点洋味。个人名字与店铺名字，莫不皆然。至于化妆品，外国进口的本来就多。中国自造的也多冠以洋名，以广招徕。爱国之士，无不痛心疾首，谴责这种崇洋媚外的风气和行为。然而，从一分为二的观点上来看，也有其有利的一面。孙子说：“知己知彼，百战不殆。”专就东西而论，现在的情况是，我们对西方几乎是了若指掌，而西方对东方则如上面所说的那样，是一团漆黑。将来一旦有事，哪一方面占有利条件和地位，昭如日月矣。

对西方的文化，鲁迅先生曾主张“拿来主义”。这个主义至今也没有过时。过去我们拿来，今天我们仍然拿来，只要拿得不过头，不把西方文化的糟粕和垃圾一并拿来，就是好事，就会对我们国家的建设有利。但是，根据我上面讲的情况，我觉得，今天，在拿来主义的同时，我们应该提倡“送去主义”，而且应该定为重点。为了全体人类的福利，为了全体人类的未来，我们有义务要送去的，但我们决不会把糟粕和垃圾送给西方。不管他们接受，还是不接受，我们总是要送的。《诗经·大雅》说：“投我以桃，报之以李。”西方文化给人类带来了一些好处。我们中国人，我们东方人，是懂得感恩图报的民族。我们决不会白吃白拿。

那么，报些什么东西呢？送去些什么东西呢？送去的一定是我们东方文化中的精华。送去要有针对性，针对的就是我在上面提到的那一个西方文化产生的“危机”。光说“危机”，过于抽象。具体地说，应该说是“弊端”。近几百年以来，西方文化产生的弊端颇多，举其大者，如环境污染、大气污染、臭氧层破坏、生态平衡破坏、物种灭绝、人口爆炸、新疾病丛生、淡水资源匮乏，等等。此等弊端，如不纠正，则人类前途岌岌可危。弊端产生的根源，与西方文化的分析的思维方式有紧密联系。西方对为人类提供生存所需的大自然分析不息，穷追不息，提出了“征服自然”的口号。“天何言哉！”然而“天”——大自然却是能惩罚的，惩罚的结果就产生了上述诸种弊端。

拯救之方，我认为是有的，这就是“改弦更张”、“改恶向善”，而这一点只有东方文化能做到。东方文化的基本思维方式是综合，表现在哲学上就是“天人合一”，张载的《西铭》是一篇表现“天人合一”思想最精辟的文章：“乾称父，坤称母，予兹藐焉，乃混然中处。故天地之塞吾其体，天地之帅吾其性。民吾同胞，物吾与也。”（下略）印度哲学中的“梵我一如”，也表达了同样的思想。总之，东方文化主张人与大自然是朋友，不是敌人，不能讲什么“征服”。只有在了解大自然，热爱大自然的条件下，才能伸手向大自然索取人类衣、食、住、行所需要的一切。也只有这样，人类的前途才有保障。

我们要送给西方的就是这种我们文化中的精华。这就是我们“送去主义”的重要内容。

我们的“李”送了出去，接受不接受呢？实际上，我们还没有正式地送，大规模地送。连我们东方人自己，其中当然包括中国人，还不知道，还不承认自己的这种宝贝，我们盲目追随西方，也同样向自然界开过战，我们也同样有那一些弊端，立即要求西方接受，不也太过分了吗？不过，倘若稍稍留意，人们就会发现，现在世界各国，不管出于什么动机，也不管是根据什么哲学，注意到上述弊端而又力求改变的人越来越多了。今年《日本经济新闻》刊载了高木韧生的文章，说 21 世纪科研重点将是“人类生存战略”。

这的确是见道之言。我体会，这里所说的“科研”包括文理两个方面。作者把科研提高到“人类生存”这个高度来看，不能不谓之有先见之明，应该受到我们大家的最高的赞扬。至于惊呼人口爆炸的文章，慨叹新疾病产生的议论，让人警惕环境污染、臭氧层破坏、生态平衡的破坏、淡水资源的匮乏等等的号召，几乎天天可见。人类变得聪明起来了，人类前途不是漆黑一片了。我想，世界各国每一个有心人，无不为之欢欣鼓舞。我这一个望九之年的耄耋老人，也为之手舞足蹈了。

我在上面刺刺不休说了那么多话，画龙点睛，不出一点：我曾在一次国际学术讨论会上说过一篇短话，题目叫做“只有东方文化能够拯救人类”。我在上面说的千言万语，其核心就是这一句短短的话。至于已经来到我们门前的21世纪究竟是什么样子？西方文化究竟如何演变？东方文化究竟能起什么具体的不是空洞的作用？人类的前途究竟何去何从？所有这一切问题，都有待于历史发展的进程来加以证明。从前我读过一个近视眼猜匾的笑话。现在新的一个世纪还没有来临，匾还没有挂出来，上面有什么字，我们还不能知道。不管自诩眼睛多么好，看得多么远，在这一块尚未挂出来的匾前，我们都是近视眼。

在这样的情况下，我认为，我们最重要的任务就是学习，就是了解。我们责怪西方不了解东方文化，不了解东方，不了解中国，难道我们自己就了解吗？如果是一个诚实的人，他就应该坦率地承认，我们中国人自己也并不全了解中国，并不全了解东方，并不全了解东方文化。实在说，这是一出无声的悲剧。

了解的唯一途径就是学习，而学习首先必须有资料。对我们知识分子来说，学习资料首先是文字，也就是书籍。环顾当今世界，在“欧洲中心论”还有市场的情况下，在西方某一些人还昏昏然没有睁开眼睛的时候，有关东方的书籍，极少极少。有之，亦多有偏见，不能客观。西方如此，东方也不例外。即使我们有学习的愿望，也是欲学无书。当然，东方各国的情况不尽相同，各国刊出书籍的多寡也不尽相同。但总之是很少的。有的小一点的国家，简直形同空白。有个别东方国家几乎毫无人知，它们的存在在一团迷雾中，若明若暗，似有似无。这也是一出无声的悲剧。

就是为了这个缘故，我们这一批人不自量力——或者更明确地说是认真“量”过了自己的“力”，倡议编纂这一套巨大空前的《东方文化集成》。虽然，我们目前的队伍，由于历史造成的原因，还不是太大；我们的基础还不是太雄厚；但是，我们相信主观能动性。我们想“挽狂澜于既倒”，我们决非徒托空言。世界人民、东方人民、中国人民的需要，是我们的动力。东方人民和西方人民的相互了解，是我们的愿望。东方人民和西方人民越来越变得聪明，是我们的追求。我们老、中、青三结合，而对著作的要求则是高水平的。我们希望，能通过这个活动，既提高了中国对东方文化的研究水平，又能培养出一批学有专长的人才，收得一举两得之效。

我们既反对“欧洲中心主义”，我们反对民族歧视。但我们也并不张扬“东方中心主义”。如果说到或者想到，在21世纪东方文化将首领风骚的话，那也是出于我们对历史发展的观察与预见，并不出于什么“主义”。本着这种精神，我们对东方几十个国家一视同仁。国家不论大小，人口不论多寡，历史不论久暂，地位不论轻重，我们都平等对待，决不抬高与贬低，拜倒与歧视。每一个东方国家都在我们丛书中占有地位。但国家毕竟不同，资料毕竟多寡悬殊，我们也无法强求统一。有的国家占的篇幅多一点，有的少一点，这是实事求是，与歧视毫无关联。我们虔诚希望，在即将来临的21世纪中，中国的两只眼睛都能睁开，而且睁得大大的，明亮而睿智。西方的一只眼睛能变成两只，也同样睁开，而且睁得大大的，明亮而且睿智。世界上各个民族也都有了两只眼睛，都要睁得大大的，明亮而且睿智。我们共同学习，努力互相了解。我们坚决相信，只要能做到这一步，人类会越来越能相互了解，世界和平越来越成为可能，人类的日子会越来越好过，不管还需要多么长的时间，人类有朝一日总会共同进入太平盛世，共同进入大同之域。

1996年3月20日

目录

《东方文化集成》编辑委员会 …… 1
《东方文化集成》总序 …… 季羡林 3

引　言 …… 1

第一部分　作家生平及创作 …… 5
　第一章　生平 …… 6
　第二章　创作 …… 17

第二部分　短篇小说创作 …… 23
　第一章　概述 …… 24
　第二章　题材和内容 …… 28
　　第一节　革命者或监狱生活题材的作品 …… 28
　　第二节　爱情、婚姻题材的作品 …… 49
　　第三节　军旅题材的作品 …… 63
　　第四节　印巴分治题材的作品 …… 71
　　第五节　其他社会现实题材的作品 …… 81
　第三章　创作特点 …… 99
　　第一节　人性化的创作理念 …… 99
　　第二节　艺术手法的创新和多样化 …… 108

第三部分　　长篇小说创作 …………………………………………… 121
第一章　《谢克尔传》——一个"叛逆者"的回忆录 ………… 122
第一节　创作背景 ………………………………………… 122
第二节　情节和思想 ……………………………………… 126
第三节　人物形象分析 …………………………………… 131
第四节　艺术特色 ………………………………………… 156
第二章　《江心洲》——对爱情和生活的思考 ……………… 167
第一节　概述 ……………………………………………… 167
第二节　人物分析 ………………………………………… 169
第三节　创作特点 ………………………………………… 189
第三章　《陌生人》——死亡面前的人生选择 ……………… 194

结　语 ……………………………………………………………… 207

附　录 ……………………………………………………………… 211
监狱长阿米金德 ……………………………………………… 212
乔杜里上校归乡记 …………………………………………… 222
庇护人 ………………………………………………………… 234
坏疽(日子) …………………………………………………… 248
《谢克尔传》(第一部)《成长》 …………………………… 261
序曲 ……………………………………………………… 261
《谢克尔传》(第二部)《斗争》 …………………………… 299
第四章《线、绳、结》(节译) ……………………………… 299

引言

阿格叶耶(Ajneya 1911—1987)是印地语现代文学史上一位非常重要的作家,他在小说、诗歌、散文以及文学理论等方面都有所建树。与此同时,阿格叶耶也是印地语文学史上一位广受争议的作家,无论是特立独行的个性还是求新求变的创作风格都使他饱受争议,印度评论界对他的文学创作一直有不同的看法和评价。印度著名的进步主义文学评论家西沃丹·辛赫·觉杭对阿格叶耶的评价不高,他认为阿格叶耶所倡导的实验主义诗歌“并不是什么新的兴起,只不过是‘浪漫主义’诗歌走向衰落的变体”。[①]在小说创作方面,西沃丹·辛赫·觉杭认为阿格叶耶“很少描写人类的内心状态和矛盾,更多的是用弗洛伊德的理论分析变态的心理”。[②]还有学者批评阿格叶耶的文学创作没有表现更为广泛的人类情感,并且将其归咎于阿格叶耶的“个人主义”和“自我主义”的性格特征。[③]但是也有很多评论家给予阿格叶耶的文学创作以很高的评价,印度学者拉姆斯沃卢波·杰杜尔威迪认为,印地语文学的现代化应归功于阿格叶耶,他同时认为:“阿格叶耶的创作将印地语小说文学建立在一片新的领域上,以分析式艺术手法取代描述性艺术手法是其创作的最显著特点。……此外,在艺术和语言方

① 刘安武编选:《印度现代文学研究》,中国社会科学出版社,1980年版,第115页。

② 同上书,第181页。

③ 参见阿格叶耶:《阿格叶耶短篇小说全集》附录,腊基巴尔父子出版社,1989年版,第627页。

面他也进行了一些全新的实验。”[①] 欧姆·普勒帕格尔指出：“在现代印地语小说文学中，作为一个真正的、具有开创性的和最优秀的小说家，阿格叶耶的地位是无人能及的。”[②] 尽管存在争议，但是目前印度文学评论界比较一致地认为，阿格叶耶是一位具有现代主义创作风格的作家；是印地语文学从传统向现代转型的过程中，对印地语文学的发展产生了重要影响的作家；同时也是印地语文学现代主义的开拓者和奠基人。评论界一般将阿格叶耶与介南德尔·古马尔一起看作是普列姆昌德之后印地语文学中两位最为重要的作家。

阿格叶耶是一位高产的作家，他一生创作了 67 篇短篇小说，3 部长篇小说，1000 多首诗歌，大量的散文和文学批评文章，此外还有一些翻译作品。本书旨在对阿格叶耶的小说创作展开全面研究。

阿格叶耶是一位在印地语现代文学史上产生了重要影响的作家，但目前国内对他的介绍和研究还比较少。虽然近年来对他的关注有所增加，但是对他的专门研究仍几乎是一个空白，只是在一些文学史中对他的创作情况进行了简单的介绍。与对印度独立前文学的研究相比，国内对印度独立后文学发展的介绍和研究尚嫌不足，这不利于我们深入了解印度文学发展的全面状况。本书希望通过对阿格叶耶小说创作的研究，将这位比较有影响的现代印地语作家介绍给中国的学者和读者。

本书作为阿格叶耶小说创作的专题研究，力图从作家的生平和创作的基本情况入手，对他的短篇小说和长篇小说作

---

① 参见阿格叶耶：《阿格叶耶短篇小说全集》附录，腊基巴尔父子出版社，1989 年版，第 626 页。

② 欧姆·普勒帕格尔：《阿格叶耶的小说文学》，国家出版社，1966 年版，第 162 页。

品从题材、内容、思想、人物分析、艺术特色等角度进行比较全面深入的分析和研究，从而把握阿格叶耶小说创作的特点以及他在印地语小说发展史和印度文学发展过程中的地位和影响。本书从文本分析的角度出发，分短篇小说创作和长篇小说创作两个主要部分对阿格叶耶的小说创作进行全面的介绍和研究，重点分析他的一些有代表性的重要作品，注意比较他的各题材类型作品以及长短篇小说创作之间的异同点，希望借此考察其创作思想的发展过程；同时也尽可能地将他的小说创作放在一个历史坐标系上进行横向和纵向的研究，希望由此能够真实客观地反映出这位作家在印度文学尤其是印地语文学中的地位和影响。

第一部分

作家生平及创作

第一章 生平

阿格叶耶本名萨基达南德·希拉南德·瓦德斯亚因(Sachchidananda Hirananda Vatsyayan),1911 年 3 月 7 日出生于印度北方邦得沃利亚地区一个名为哥西亚的地方,这里离著名的佛教圣地拘尸那迦不远。他的父亲作为国家文物考古部门的一个高级官员,当时正在那里进行文物考古发掘工作,阿格叶耶的出生地正是父亲考古工作的现场。阿格叶耶的家族属于旁遮普的一个名为"萨尔斯瓦德"的婆罗门副种姓,他的祖父是当地非常著名的梵文学者,父亲希拉南德·夏斯特利从幼年起就开始接受严格的传统教育,后又在大学里继续深造,成绩十分优秀,毕业后一直在考古部门供职。希拉南德·夏斯特利共有八子两女,阿格叶耶排行第四。中产阶级知识分子的家庭出身,使阿格叶耶从小就接受了良好的教育,同时也决定了他在日后文学创作中表现出的基本阶级倾向。正如阿格叶耶自己所说:"我不知贫困为何物,如果可以称为富裕,那么它的经济基础也只是衣食无忧而已。至于奢侈的消费,那是不属于我的。"①

父亲的工作性质决定了全家人总要不停地搬家,阿格叶耶也在充满变化的生活环境中养成了独立自主、不断求新求变的个性和气质。童年时期的最初四年(1911—1915 年),阿

① 阿格叶耶:《自白》,印度知识书院出版社,1960 年版,第 178 页。

格叶耶是在勒克瑙度过的。从这时起，父亲已经开始对他以传统方式进行口授的梵语教育。1915—1919 年，他随父母在斯里那伽（查谟克什米尔）生活，父亲继续对他进行梵语和英语的口授式教育。在他到了应该开始接受正规教育的年龄，父亲因为对学校教育不信任以及因经常调换任职地点而造成就学不便等原因，一直让他在家中接受教育。但这种家塾式教育也是十分严格和规范的，这一时期他学习了梵语、英语和波斯语。父亲十分重视对他的教育，专门聘请了梵语学者、精通波斯语的学者和一名美国传教士担任他的教师。阿格叶耶的父亲于 1919 年被调到比哈尔邦的那烂陀工作，之后又调往巴特那，全家也随之前往。这时，阿格叶耶已开始尝试用印地语写作，同时也学习了孟加拉语。1921—1925 年，他继续学习梵语并系统阅读了大量书籍，父亲丰富的藏书为他的阅读创造了最为便利的条件。他阅读了许多宗教书籍以及惠特曼、莎士比亚、果戈里、屠格涅夫、托尔斯泰和雨果等外国文学名家的作品，这些作家和作品对他产生了很大的影响。此外，他还阅读了许多历史学著作以及米拉巴依、杜勒西达斯等早期印地语诗人的作品，同时也开始逐渐熟悉迈提里谢仑·古伯德、谢利特尔·巴特格以及赫利奥特等诗人创作的印地语现代诗歌。可以说，这一时期阿格叶耶所受的文学启蒙和熏陶为其日后的文学创作打下了坚实的基础。这时他对文学的热爱已初见端倪，他开始用英语、印地语创作一些诗歌和小说，并且办了一份名为《阿南德家族》的家庭杂志。1925 年，为参加大学预科考试，阿格叶耶同母亲一起回到旁遮普，正赶上"阿姆利则惨案"的发生，这一事件以及其他一些英国人的恶行在他稚嫩的内心激起了强烈的反英情绪。同年，他考入了马德拉斯的一所学院，开始了大学预科的学习，学习的课程包括数学、物理和梵语。这一时期，一位名叫亨德森的英国教授十分欣赏他，鼓励他对文学的爱好和研究，阿格叶耶与他合作成立了泰戈尔研究会。1927年，他结束了大学预科学习，并考入了拉合尔的福尔曼学院，正式开始了大学本科的学习，专业仍是理工科。在大学里，阿格叶耶同地下革命组织青年印度大会有了接触，并结识了"印度社会主义共和军"的主要成员金德尔谢克尔·阿扎德、苏克德沃和帕格沃提杰伦·波赫拉等人，从此开始投身于政治运动。1929年，他以志愿者的身份参加了国大党拉合尔年会。同年，阿格叶耶大学毕业，开始攻读英语专业的硕士学位。

1929—1936年，政治活动、暴力革命和监狱生活构成了阿格叶耶生活的主旋律。除了散发传单之外，他还参与了营救被捕入狱的帕格德·辛格的行动，但这次行动因为帕格沃提杰伦·波赫拉的不幸牺牲而最终流产。阿格叶耶还和同伴一起在德里和阿姆利则建造了生产武器的工厂，并利用自己的理科专业知识担任了工厂的技术顾问。1930年11月15日，阿格叶耶在阿姆利则的兵工厂里被捕，在拉合尔关押了一个月之后，转入阿姆利则的监狱直至1931年。此后，他因另一指控被转往德里监狱，直至1934年2月才被释放，获释后他又在拉合尔被软禁了一段时间。在狱中阿格叶耶经受了来自精神和肉体的双重折磨，然而也正是在狱中，他阅读了尼拉腊、苏米德拉南登·本德等阴影主义诗人的作品和大量心理学、政治学、经济学、历史学、哲学、法律等方面的著作，因此他把监狱称为自己的第二所大学。也是在监狱，阿格叶耶正式走上了文学创作的道路，他在狱中开始创作诗歌、短篇小说和长篇小说，并开始以"阿格叶耶"[①]的笔名发表作品。"阿格叶耶"这个笔名的诞生

① 意为佚名者。

还有一段颇为传奇的故事。阿格叶耶从狱中悄悄托人将自己的两篇短篇小说交给介南德尔·古马尔,并通过他送到普列姆昌德主编的《觉醒》杂志上发表。普列姆昌德很喜欢这两篇小说却又不认识作者,因此接受了介南德尔的建议,用“阿格叶耶”这个名字为作品署名。从此以后,文学新人萨基达南德·希拉南德·瓦德斯亚因就以“阿格叶耶”这个笔名正式登上了印度文坛,这个名字也渐渐在印度的诗坛和小说界引起人们的关注,而他只在散文作品里使用他的本名——瓦德斯亚因。阿格叶耶于 1934 年出狱,但仍被软禁监视。此时,他的弟弟和母亲已先后去世,父亲也失了业,失去亲人的痛苦以及艰难的生活境况使得阿格叶耶经历了一生中最为灰暗的时期,也使他狂热的内心渐渐趋于平静,使他内向的性格变得更为沉静。总的来说,1929—1936 年的七年间是阿格叶耶“饱受肉体折磨、精神苦痛和梦想破灭的时期”。[①]

1936 年,阿格叶耶前往阿格拉,在《战士》杂志的编辑部工作了一年,并积极参加了米鲁特的农民运动。这一时期,他结识了拉姆维拉斯·谢尔玛、普拉帕哥尔·马恰维等主修英国文学的学生,后来他们二人都成为实验主义诗歌的代表人物。1937 年,应贝拿勒西达斯·杰杜尔威迪的邀请,他参与了《伟大印度》的编辑工作,阿格叶耶在加尔各答生活了一年半的时间,结识了许多著名的孟加拉语作家,后来由于个人原因辞去了这份工作。他还在巴特那的《闪电》杂志作为编辑工作了一小段时间,后于 1939 年回到伯劳达的父亲身边。父亲希望他去国外继续深造,可这一计划最终却因第二次世界大战的爆发不得不改变。1940 年,他开始了在全印广播电台的记者和编

① 参见戈巴尔·罗易:《阿格叶耶和他的长篇小说》,印度迈克米兰有限公司,1975 年版,第 6 页。

辑工作,在那里工作到1942年。同年,阿格叶耶同森多茜·莫里克结婚,但婚后没多久他们就因感情不合开始分居,这段婚姻在1946年以离婚而画上了句号。

1942年,阿格叶耶在德里和克里山·钱达尔、夏希德·艾哈迈德一起组织召开了知识分子阶层的全印反法西斯大会。其间,第二次世界大战正进行到白热化阶段,关于印度是否参战的争论也在印度社会各阶层闹得沸沸扬扬。阿格叶耶本人是持反战观点的,他认为侵略性的战争是对人性的破坏,但出于自卫目的的战争有时又不可避免。在对待第二次世界大战的问题上,他反对独裁专制的法西斯统治,反对日本在东亚以及东南亚地区的侵略和扩张。因此,阿格叶耶于1943年毅然从军亲赴第二次世界大战战场,此后的三年他在布防于阿萨姆和缅甸的英军中服役。这三年的军旅生活使得他对战争有了更为直观的感受,战场上的残酷现实更深刻地激发了他沉静好思的内心中对战争的憎恶和对战争危害的更为理性的思考。第二次世界大战结束后,他认为自己作为军人的意义和使命以及从军的目的已经完成,于是在1946年正式退役。这一段军旅生活成为阿格叶耶日后文学创作的非常宝贵的创作源泉。

他深爱的父亲因病于1946年去世,这给阿格叶耶的内心带来了极大的痛苦,此后他更加专注地埋头进行文学创作和研究,以此来平息父亲离世给他带来的痛苦,同时也努力实现父亲对他成为一名文学家的殷切希望。他来到米鲁特,将那里的印地语文学理事会发展为文学思潮的中心。为了继续拓展文学事业,阿格叶耶于1947年来到阿拉哈巴德,主编《象征》杂志。《象征》杂志在当时扶持了一批用印地语创作的年轻诗人、小说家、散文家和文学评论家,成为传播文学新思想的有力阵地。《象征》杂志不仅在当时是一本非常重要的刊物,而且在印地语文学刊物的发展历史上也占据着重要的一席之地。[①]可以说,阿格叶耶为这本杂志的发展耗尽了心力,《象征》从最初的双周刊发展到移师于德里之后的周刊,阿格叶耶不仅耗尽了自己的全部积蓄,为弥补杂志发行带来的经济亏损,他还不得不身兼多职以维持杂志发行的各项开销。但是,迫于经济原因,《象征》杂志最终还是在1952年停刊了。

阿格叶耶于1952年来到全印广播电台重操旧业,从事编辑和记者工作,在那里工作到1955年。这期间,他还参加过一本英文周刊《思想》的编辑工作,并利用业余时间多次在印度各地旅游考察。对于阿格叶耶来说,这并不是简单的游山玩水,这些游历使得他的内心与印度文化和历史更加贴近,也使得他开始用一种新的视角审视印度文化。1955年4月,应联合国教科文组织的邀请,阿格叶耶第一次访问欧洲。在访问的过程中他结识了许多著名人士,对西方文化也有了更为感性的认识。这以后阿格叶耶还多次出访欧美、东南亚、日本等地,这些访问和交流不仅开拓了他的视野,对他的文学创作产生了很大的影响;同时也使他对基督教文化和西方现代工业文明中存在的问题和弊端有了更深入的了解。

1956年7月7日,阿格叶耶同相爱多年的卡比拉·默莉卡结婚。她也是一位热爱文学的知识女性,才华横溢而且个性张扬。与第二次婚姻相伴而来的是,阿格叶耶创作的一个高峰时期。然而这次婚姻带来的幸福感和创作动力并没有持续很长时间,由于性格方面的差异和各种矛盾,他们于20世纪60年代开始分居,虽然始终没有办理法律上的离婚手续,但是从那

① 参见戈巴尔·罗易:《阿格叶耶和他的长篇小说》,印度迈克米兰有限公司,1975年版,第8页。

时起这段婚姻就已经名存实亡了。此后，依拉·达尔米亚作为阿格叶耶的第三位伴侣陪伴他走过了人生最后的几十年，虽然两人没有缔结任何法律意义上的婚约，但一直感情笃厚，依拉·达尔米亚对阿格叶耶的事业也给予了极大的帮助。从阿格叶耶的个人生活经历不难看出他特立独行的个性，这些做法在当时的印度社会可谓惊世骇俗。虽然历经了多次婚姻，但这并不意味着阿格叶耶对待爱情和婚姻的态度是轻率的。相反，无论是从他的作品中还是从他个人的生活经历中都不难看出，阿格叶耶是一个对爱情始终抱有极其认真严肃的态度，同时又富有浪漫色彩和理想主义精神的人，对于女性，他也是相当尊重的。

1957 年 8 月，阿格叶耶访问了日本和菲律宾。他拜会了日本的许多知名作家和艺术家，日本的禅宗哲学给予他很大启发，日本的俳句诗歌对他的诗歌创作也产生了很大影响。除此之外，阿格叶耶还感受到，日本在发展科技、借鉴和学习西方文明的同时很好地保护了自己的传统文化和传统的伦理价值观，他认为这对印度的现代化进程很有启示。1958 年 4 月回国后，他一直住在德里从事文学创作和评论方面的工作。1960 年 4 月，他再次在联合国教科文组织的资助下对欧洲进行了为期三个月的考察和访问。在这次欧洲之旅中，他对欧洲基督教文化进行了比较深入的研究，同时也对印度教文化进行了理性的反思。在对东西方文化和宗教思想进行比较之后，阿格叶耶从思想和感情上都更加倾向于印度传统文化和印度教哲学思想，更加倾向于自然淳朴和追求精神满足的乡间生活，对人工色彩过于浓重的城市文明和工业文明并不赞同和欣赏。1961 年 12 月，阿格叶耶应美国加利福尼亚大学之邀赴美讲授印度文化和印度文学。1964 年 7 月，回国接受了心脏手术。

多次的出国访问以及在美国数年的生活和工作并未割断他和祖国之间深厚的情感,相反,却使他更加坚定了自己要做一个印度人的信念。

1965年4月,他接受了主编《星日》周刊的工作,他出色的组织才能和工作能力很快使《星日》成为一本具有相当影响力的印地语刊物。阿格叶耶一直对英语在印度社会和文化各个领域的统治性地位感到忧虑和不满,他发自内心地希望自己的工作能够使民族语言的报刊有实力与英文报刊抗衡,这一时期他的另一项主要工作就是致力于宣传民族语言和文学。同年,他以诗集《庭院之门》获得印度文学院奖。1966年,阿格叶耶还担任了在喀拉拉邦召开的第五次全印作家大会的主席。

1966年5月至6月,阿格叶耶出访了罗马尼亚、南斯拉夫、苏联和蒙古国,会见了许多当地的作家并与他们进行了深入的交流。1967年1月,他以印度代表的身份出席了在澳大利亚召开的名为“亚洲国家文学交流”的研讨会,并就印度的英语文学问题做了发言。1969年初,阿格叶耶作为加州大学伯克利分校的客座教授赴美进行研究和讲学,他在加州大学伯克利分校工作到1970年。其间,他再次访问了欧洲的荷兰、德国、法国、英国、瑞士、意大利以及希腊等国家,此外还访问了墨西哥。对欧美等国的多次访问使他透过表层更深入地看到了西方高度繁荣和发达的物质文明背后的痼疾,使他对那里存在的文化危机有了更加深入的了解。

回国后,他接受了乔特普尔大学比较文学系主任一职,但是由于对那里的工作环境不满,他于1972年9月辞去了这个职位。1972年底,他又担任了一份英语周刊的主编。1973年12月,由于这本杂志被《印度快报》收编,他辞去了主编职务并开始接手《象征》杂志的复刊——《新象征》的创刊和主编工作。此后，他一直从事文学创作和书刊的编辑工作，1977—1979年，担任了《新印度时报》的主编。在此期间，他还两次获得国内外的文学奖项，这也是对他多年来辛勤进行文学创作的肯定。1978年，他的诗集《摆渡几多回》获得印度国内文学奖"知识书院奖"。他拿这笔奖金成立了一个名为"慈爱基金"的机构，主要开展文学和文化方面的宣传和推广工作，每年举办以文化和文学为中心议题的座谈会，还经常组织由作家、思想家和学者参加的对各种文化现象、文学作品和文艺理论进行探讨的野营会和文化旅行，并且还赞助出版了一些文学和文化方面的著作，这些内容丰富、形式活泼的文化活动很受印度文化界人士的青睐。此外，1983年5月，在南斯拉夫举办的国际诗歌节组委会宣布当年的"金环奖"授予印度诗人阿格叶耶。"'金环奖'不仅是阿格叶耶个人的光荣，从某种意义上而言，它也是印地语以及印度文学的光荣。"[①] 大会主席南斯拉夫诗人米斯科维齐这样评价阿格叶耶的诗歌，"阿格叶耶的诗歌创作超越了时空的界限——我们感到它就是我们身边的声音，是我们熟悉的声音，是我们的时代、我们的生活的声音。……它吸引了世界上所有人的注意力。"[②]

1984年，阿格叶耶访问了中国，并为此创作了几首诗歌。1986年，印度文学界在德里为阿格叶耶庆祝了75周岁的华诞。然而非常令人遗憾的是，仅仅时隔一年，1987年4月4日，阿格叶耶因心脏病发作与世长辞，享年76岁。

阿格叶耶是一位在印度文坛上广受争议的作家，引起争议的不仅仅是他的作品，还有他的个性和思想。从出生到

① 罗摩·科莫尔·罗易：《从高山到大海——阿格叶耶的生活之旅》，国际出版社，1986年版，第109页。

② 同上书，第104页。

1925年进入大学预科学习,阿格叶耶人生最初的14年,也是在一个孩子人格和思想形成过程中起重要决定性作用的14年,是在家庭这样一个相对而言比较封闭和单纯的环境中度过的。与其他孩子相比,他受到了更多的来自家庭的限制和束缚,与同龄人交流和沟通的机会非常少。而且由于父亲工作性质的原因,童年时期他不断从一地到另一地的举家迁移,缺少一个相对稳定的家庭环境。这一切使得阿格叶耶自小养成了极为内向、敏感同时又独立自信的个性。而堪称严厉的家庭束缚又使他的性格中潜藏着追求自由、渴望摆脱一切禁锢的叛逆精神,这种带有叛逆色彩的个性在他早年致力于暴力革命的生活经历以及与当时的主流文学传统格格不入的文学创作思想和实践中表现得淋漓尽致。与此相应的是,他极富冒险精神,十分热衷于游历和旅行,向往清新淳朴的自然和田园生活,厌倦禁锢个性的城市文明和工业文明。

阿格叶耶早年受到过马克思主义的影响,在政治上比较激进,主张通过暴力革命争取印度的独立。后期在政治上接近无政府主义思想,推崇民主制度,不参与任何党派政治,也非常反对文学中存在的政治功利性。他的内心中充满对祖国的热爱,但国家对于他而言不仅是一种政治概念,更是一种文化信仰。在宗教信仰上,阿格叶耶是一个无神论者,他不信仰任何一种宗教,也没有参加任何教派组织,但是他从文化的角度对基督教文化和印度传统文化进行过深入的思考。在思想上,他受到了印度传统文化和哲学思想的熏陶,但是他认为自己“比起任何其他印地语作家,更受圣经和基督教思想的影响,……思想观点是科学人道主义的”。[①] 阿格叶耶早年倾向于西方价

① 黄宝生、周至宽、倪培根译:《印度现代文学》,外国文学出版社,1981年版,第99页。

值观和思想，强调人的自由和自我价值；后期受印度传统文化和价值观的影响日深，创作过许多反映印度传统文化思想的带有神秘主义色彩的诗歌，认为“空”即无限，“沉寂”中包含着绝对真理，同时对西方工业文明和一些西方价值观及思想持否定态度。

应该说，无论是否欣赏和喜欢他的个性和作品，可能我们都不得不承认阿格叶耶是一个才华横溢的人。他在文学创作方面涉猎了小说、诗歌、散文等多个领域，并且一直笔耕不辍地创作到生命的最后一刻；同时在文学理论和文学批评方面他也颇有建树；他做过记者、编辑、教师和军人；他精通梵语、印地语、旁遮普语、英语、波斯语和孟加拉语等多种语言，并且翻译了许多英语和孟加拉语的作品，他接受过十分严格的印度传统文化的教育，同时对西方文化也有十分深刻的了解；他爱好广泛，心灵手巧，喜欢摄影、绘画，擅长烹饪、木工、裁缝等多种技艺。[①] 不得不说阿格叶耶是一个极富人格魅力的作家。

罗摩·科莫尔·罗易说：“印地语文学过去五十年的历史从某种程度上来说是一部对阿格叶耶接受或是排斥的历史。”[②] 这句话也许有些夸张，但阿格叶耶无疑对印度现当代文学做出了巨大贡献，这一点“连他的反对者也没有勇气低估”。[③]

---

① 参见阿格叶耶：《自白》，印度知识书院出版社，1960 年版，第 173—174 页。

② 罗摩·科莫尔·罗易：《阿格叶耶——创作和斗争》前言，罗格帕尔第出版社，1978 年版。

③ 苏里叶那拉衍·勒那苏普、金德尔·松沃内：《短篇小说家阿格叶耶——作品及个性》，发展出版社，1994 年版，第 23 页。

第二章 创作

阿格叶耶对文学创作的兴趣和深厚扎实的文学功底得益于自幼年启蒙时期起受到的严格教育，尽管进入大学预科学习前的教育都是在家中进行的，但是父亲为他制订的教育计划和聘请的良师事实上最终被证明是卓有成效的。他从四五岁开始就以传统的诵背方式学习梵语的古代经文和诗歌，学习《罗摩衍那》《罗怙世系》等优秀的古典梵语作品。据阿格叶耶自己回忆，在他四五岁的时候，一次玩陀螺时他脱口而出的一句颇具诗歌韵味的话——“舞动吧，大地！”使他第一次体会到语言的魅力。他说：“我从一句普通的话语中发现了不平凡的意思——我成了发明家，成了创造者，我意识到了语言的魅力。”① 从七八岁起，阿格叶耶就开始尝试用印地语和英语写作一些诗歌，据说他九岁时创作了一部名为《因陀罗的宫殿》的戏剧（佚失）。② 十几岁的时候，他甚至模仿《文艺女神》杂志创办了一本家庭刊物《阿南德家族》，刊登自己的一些诗歌，甚至还配有编者按和插图。阿格叶耶 1924 年就在阿拉哈巴德的一本儿童刊物《服务》上发表了一篇小说，他的第一首诗歌是在拉合尔的福尔曼学院读书时在院刊上发表的，后收

① 阿格叶耶：《自白》，印度知识书院出版社，1960 年版，第 20 页。

② 参见苏里叶那拉衍·勒那苏普、金德尔·松沃内：《短篇小说家阿格叶耶——作品及个性》附录，发展出版社，1994 年版，第 162 页。

入诗集《忧虑》。阿格叶耶自幼饱读诗书，他十分钟爱和欣赏苏尔达斯、杜勒西达斯、米拉巴依和迈提里谢仑·古伯德等印度诗人的诗歌以及惠特曼、莎士比亚、托尔斯泰、果戈里和屠格涅夫等外国优秀作家的作品，这些作品对他日后的文学创作也产生了不可估量的影响。

绝大多数研究者，包括阿格叶耶自己都认为，他是在 1930 年被捕后在狱中正式走上文学创作道路的，尽管在此之前他已有一些作品发表。狱中的生活不仅使他对自己以往的政治观点和激进的政治行动有了更为理性的反思，也使他对暴力革命产生了怀疑，这直接影响了他后来的生活道路和政治观点，导致他后来一直远离政治。更重要的是，他利用大量的空余时间在德里和拉合尔的监狱中阅读了许多文学、政治、经济、历史、哲学方面的著作。受泰戈尔《吉檀迦利》和阴影主义诗歌的影响，阿格叶耶在狱中创作了一些具有神秘主义色彩的诗歌，其中许多作品因为牢狱这个特殊的环境佚失了，还有一部分幸运地得以保留，诗集《忧虑》收录的就是他这一时期的诗歌作品，虽然这部诗集正式出版是在 1942 年。他在狱中开始进行《狱中故事》等短篇小说的创作，并将其中一些作品托人带出监狱，通过介南德尔·古马尔交由普列姆昌德发表。《谢克尔传》第一卷的构思也是这一时期在狱中进行的。1933 年阿格叶耶还出版了诗集《战败的信使》，1937 年出版了短篇小说集《迷途者》。阿格叶耶早期的小说作品多以革命者和牢狱生活为题材，充满理想主义色彩和浪漫主义精神，然而在艺术方面还显得比较稚嫩，情节和人物塑造都不够真实自然。这一时期的诗歌作品则带有阴影主义的风格和受泰戈尔诗歌创作影响的烙印。

进入 20 世纪 40 年代，阿格叶耶的个人生活仍是动荡不安的。这一时期正是第二次世界大战进行得如火如荼以及印度独立运动开展得轰轰烈烈的时候，阿格叶耶的个人命运也不可避免地与国家和民族的命运紧密连接在一起。1943—1945年，他亲赴前线参加了盟军的对日战争。除此之外，他还先后从事过电台的记者、杂志编辑等工作，并经历了第一次不成功的婚姻。在文学创作方面，1940年《谢克尔传》的第一部正式出版，之后诗集《忧虑》（1942年），《谢克尔传》的第二部（1944年），短篇小说集《传统》（1944年）和《狱中故事》（1945年），诗集《终结》（1946年），短篇小说集《难民》（1948年），诗集《青草上的瞬间》（1949年）等作品集相继出版。此外值得一提的是，由阿格叶耶主编，收录了包括他本人在内的七位诗人作品的诗集《七星》于1943年出版，这本集资印刷出版，印数总共只有500册的薄薄的诗集在印地语现代诗歌发展史上却有着特别重要的意义，它是“实验主义”和“新诗”诞生的标志。

20世纪50年代，阿格叶耶除了致力于文学创作和文学刊物的编辑等工作之外，还多次出访欧洲和亚洲。国外的游历不仅使他有机会与国外的同行进行交流，更重要的是，使他对欧洲的基督教文化以及受佛教禅宗影响的日本文化有了更深入的了解，使他对现代城市文明和工业文明的负面影响有了更直接的感受。这对他的创作产生了一定的影响，这些思想在他这一时期的作品中也有所体现。这一时期的重要作品有：短篇小说集《胜利之湖》（1951年）、《长青的藤蔓》（1954年）、《命运的锁链》（1957年）[①]，诗集《疯狂的猎人》（1954年）、《被践踏的彩虹》（1957年）、《光辉的怜悯》（1959年）和长篇小说《江心洲》（1951年）。在这一时期，他还继续主编并出版了《七星》

① 《长青的藤蔓》和《命运的锁链》为重新结集出版的短篇小说集，没有收录新的作品。

的第二集（1951年）和第三集（1958年），为新诗的发展继续不懈地工作着。

20世纪60年代，阿格叶耶两次前往美国执教并进行研究工作，其间他还访问了包括苏联在内的一些东欧社会主义国家和澳大利亚。这一时期也是阿格叶耶创作的成熟期。这一时期出版的作品除了短篇小说集《你的偶像》（1961年）以及由旧作品重新结集而成的短篇小说集《不可触碰的花》（1961年）和《好奇》（1965年）之外，还有他最重要的几部诗集，如：《庭院的门槛》（1961年）、《摆渡几多回》（1967年）和《因为我了解》（1969年）。《庭院的门槛》在1965年获得了印度文学院奖。1965年出版的两部诗集《从前》和《金色的水草》是旧作重新结集而成的，此外阿格叶耶的最后一部长篇小说《陌生人》也于1961年问世。

20世纪70年代以后，阿格叶耶主要从事文学创作以及文学理论的研究工作，间或也担任过一些刊物的主编或在国内外的大学任教。这一时期，阿格叶耶出版了许多散文集，对文学、文化、政治、社会等方面的问题发表自己的见解，表现出了作为一个作家敏锐的观察力和强烈的社会责任感。阿格叶耶这一时期的作品数量也是相当多的，如：诗集《海的印章》（1970年）、《我编织了寂静之网》（1973年）、《大树下面》（1977年）、《河湾上的影子》（1982年）、《你曾见过这样的家》（1986年），1975年还出版了汇集他全部67篇作品的两卷短篇小说全集《弃绝的道路》（上）和《回转的小径》（下），1985年他的诗歌全集《大河奔流》得以出版，1978年《七星》第四集也由他编辑出版。

阿格叶耶是一个创作生命很长，同时作品数量也很多的高产作家。除了以上提到的十几部诗集中的千余首诗歌、3

部长篇小说和67篇短篇小说之外，他还创作了大量散文以及文艺理论和批评方面的文章，结成《色彩缤纷》（1946年）、《印地语文学现代观》（1967年）、《乌云》（1971年）、《洁白的纸》（1972年）、《今日》（1977年）、《纪元》（1974年）、《命中注定》（1977年）、《水流与堤坝》（1978年）、《人与制度》（1978年）、《文化意识》（1980年）、《圆周和圆心》（1984年）等几十部散文杂文集。阿格叶耶的散文作品涉猎极广，有随感、有艺术性的散文，还有关注社会问题和文学问题的杂文。这些作品充分反映出阿格叶耶并不是一个脱离社会、关在象牙塔中埋头个人创作的作家。他将目光投射到现实社会中，除了个人所从事的文学创作和文学评论方面的工作之外，他对社会问题、文化问题、教育问题、政治问题等都表现出极大的兴趣和关注。他的散文作品涉及诸如印度独立后文化的统一性以及印地语的发展前景，知识分子在民主社会中的地位和作用，报刊传媒中存在的问题，教育体系中的弊病，现代化和现代文明引发的危机，人与社会以及社会与社会制度之间的关系，现代印度社会及政治制度中存在的问题，宗教的平等观等包容面十分广泛的问题。此外，阿格叶耶还创作了不少英文诗歌，出版了英文诗集《狱中时光》（1946年），他还亲自将自己的诗歌译成英文和德文，《第一人称第二人称》（英文，1971年）和《住所》（德文，1977年）就是这样的诗集。此外，他还翻译了许多其他作家的作品，比如介南德尔·古马尔的《辞职》（英译本）、泰戈尔的《戈拉》和《国王》（印地语译本）以及他自己的小说《陌生人》（英译本）等。

阿格叶耶在诗歌、小说、散文方面的创作实践，在文艺理论和文学评论方面的思想，在文学翻译、文学刊物的编辑以及对印地语文学新人的扶持和对印地语语言的推广等方面卓有成效的工作使他成为印度现代文学发展史上一个非常重要的人物。尽管对他个人和他的文学作品一直存在不同的看法,但是随着时代的发展,他在文学方面的成就和价值开始得到越来越多的肯定和重视。我们相信,对阿格叶耶在印地语文学发展中的作用、地位和影响未来将会有更为客观和公正的评价,对阿格叶耶及其作品的研究也将一直持续下去。

第二部分

短篇小说创作

第一章 概述

从 1931—1959 年的 20 多年里，阿格叶耶共创作了 67 篇短篇小说，其中大部分创作于 1931—1954 年。进入 20 世纪 60 年代后，阿格叶耶就再也没有创作过短篇小说。短篇小说是阿格叶耶文学创作的起点，他的第一篇正式发表的文学作品就是他于 1931 年在狱中创作的《迷途者》，而同时短篇小说也是阿格叶耶在文学创作中最早放弃的领域。提到阿格叶耶，人们首先会想到他的长篇小说《谢克尔传》，这是一部在当时的印度文坛上引起广泛反响甚至争议的作品，至今它仍被认为是印地语现代文学史上一部具有转折意义的作品。除此之外，人们还会想到阿格叶耶作为一个诗人在印地语现代诗歌的创作实践和创作理论方面的成就和影响。所以从一般意义而言，短篇小说并不代表阿格叶耶在文学创作方面的最高成就。但是，还是有许多文学评论家对阿格叶耶的短篇小说给予了很高的评价，有学者说："在普列姆昌德之后，凭借自己的才能为印地语短篇小说领域增添了光彩的作家中，阿格叶耶是非常优秀的一位。"[①]

尽管同阿格叶耶的许多其他作品一样，他的短篇小说也引起了许多争议，评论家对其褒贬不一。然而大多数读者和评

① 罗摩·金德尔·迪瓦利：《印地语散文文学》，大学出版社，1968 年版，第 559 页。

论家看到了这些作品在印地语文学中的作用和影响，所以人们对阿格叶耶在20世纪60年代——其创作的成熟时期放弃了短篇小说创作的做法感到不解，甚至是惋惜。就这个问题阿格叶耶有着自己的观点，这些观点反映了他在文学创作方面独特的创作思想，同时也从一个侧面反映了阿格叶耶文学观的嬗变和发展。阿格叶耶认为，短篇小说是对“瞬间”的刻画和表现，而关于所谓的“瞬间”，他是这样来下定义的：“‘瞬间’的含义可以被理解为一个短的时间段，一种暂时的状况，一个事件，一次有感染力的谈话，一种心理，一个观点，一次对外界或是对自身的审视，偶然闪耀的一个智慧的火花以及恐惧、紧张、反应、过程等等……”[①] 而在阿格叶耶创作实践和创作思想的发展过程中，他越来越倾向于现代派作家的“心理现实主义”的观点，强调文学创作表现内心生活，表现心理现实的功用。他说：“我的兴趣和爱好逐渐从理想转化为现实——但我很清楚，我所追求的现实，不是‘外部的’或是‘物质的’抑或是‘社会的’现实，而是‘内在的’、‘人性的’以及‘心理上的’现实。”[②] 基于以上观点，阿格叶耶逐渐意识到只能对“瞬间”进行刻画的短篇小说在表现心理现实方面的局限性。他说：“短篇小说的不足在于：在短篇小说中虽然可以直接表现内心世界即心理现实的一次结合或分裂，但却无力表现内心世界的全部。”[③] 1977年，在与别人的一次谈话中，阿格叶耶更为明晰地阐述了自己在这一问题上的观点，他说：“那些同时创作长篇小说、诗歌以及短篇小说的作家，如果让他们放弃其中的某一领域，他们会放弃短篇小说的创作。短篇小说中包含的音乐

① 阿格叶耶：《阿格叶耶短篇小说全集》前言，腊基巴尔父子出版社，1989年版，第7页。
② 同上书，第18页。
③ 同上书。

美可以归于诗歌，故事性可以归于长篇小说。现实不仅存在于外部世界，也存在于内心世界。在这个方面诗歌和长篇小说是有力的，而短篇小说则不足。”[①]除了这个原因之外，促使阿格叶耶放弃短篇小说创作的另一个重要原因是他逐渐接受并日益推崇T.S. 艾略特等人提出的“非个性化”的创作理念。阿格叶耶认为：“只有当小说家摆脱个人生活的影子时才能被称为作家，作家应该力求摆脱体验性，从而获得创造性。”[②]而在阿格叶耶自己的创作实践中，他发现并且承认，自己的短篇小说中除了印巴分治题材的作品之外，绝大部分的作品都带有他个人生活的影子。虽然不是自传性质的故事，但却离不开他个人生活的经历和体验。[③]他感到自己在小说创作中始终无法摆脱一个“亲历者”的视角，这是促使他放弃短篇小说创作的另一个主要原因。其实不独短篇小说，他的长篇小说创作也在20世纪60年代初画上了句号。在他的三部中长篇小说中，发表于1961年的《陌生人》在他看来是唯一摆脱了自传色彩的长篇小说作品。从20世纪60年代初直至1987年他逝世之前的20多年里，虽然一直笔耕不辍地进行着文学创作，但是阿格叶耶将精力主要放在诗歌创作上。在他看来，诗歌才是表现他对人生的价值、内心及对人性追寻和思考的最佳手段。

阿格叶耶的短篇小说集共有6部（不包括几部重复结集出版的作品集），分别是：《迷途者》（1937年）、《传统》（1944年）、《狱中故事》（1945年）、《难民》（1948年）、《胜利之湖》（1951年）和《你的偶像》（1961年）。1975年，他的全部短篇小说被收入上下两卷的短篇小说全集《弃绝的道路》和《回转

① 普尔帕格尔·马杰韦：《阿格叶耶》，腊基巴尔父子出版社，1991年版，第44页。
② 阿格叶耶：《阿格叶耶短篇小说全集》前言，腊基巴尔父子出版社，1989年版，第22页。
③ 同上书。

的小径》。20 世纪 80 年代末,腊基巴尔父子出版社又出版了他的一卷本的短篇小说全集。阿格叶耶的 67 篇短篇小说创作于 1931 年至 1959 年,按时期对作品进行分类有助于我们了解阿格叶耶短篇小说创作的发展过程以及短篇小说创作在其整个创作生涯中的地位。

20 世纪 30 年代是阿格叶耶短篇小说创作的高峰期,他在这一时期总共创作了 44 篇短篇小说。

1931 年:《迷途者》《重逢》《清白之誉》《哈丽迪》《常青的藤蔓》《影子》《叛徒》。

1932 年:《超越理智》《一小时》《离家》《被谴责的人》。

1933 年:《宽恕》《通往安卡拉之路》《孤星》《巴高达树》《命运的锁链》《卡珊德拉的诅咒》。(注:1933 年之前的作品全部创作于狱中。)

1934 年:《坏疽》《山居生活》《非书面小说》《痛苦与蝴蝶》《夜花》《狱中故事》《曼素》。

1935 年:《香蒂笑了》《诗与注解》《回声》《敌人》《好奇心》。

1936 年:《泰姬陵的影子》《新小说情节》《文明的一天》《茵度的女儿》。

1937 年:《十号囚徒》《不可触碰的花》《发信号的人》《生活的勇气》《动物园》《诗歌与生活的故事》《苹果与神灵》。

1938 年:《警察的哨子》《监狱长阿米金德》。

1939 年:《亚当日记》《连锁故事》。

他在 20 世纪 40 年代创作了 11 篇短篇小说,分别是:《男人的命运》(1940 年)、《囚徒的真主,真主的囚徒》(1941 年)、《希利波的鸭子》(1947 年)、《乔杜里上校归乡记》(1947 年)、《信筒》(1947 年)、《庇护人》(1947 年)、《穆斯林是兄弟》

（1947 年）、《神的乐土》（1947 年）、《复仇》（1947 年）、《春天》（1949 年）、《诗人的情人》（1949 年）。

他在 20 世纪 50 年代创作的 12 篇短篇小说是：《胜利之湖》（1950 年）、《旁人》（1950 年）、《高原的宽容》（1950 年）、《蛇》（1950 年）、《那迦峰事件》（1950 年）、《德卫辛格》（1951 年）、《柯丁先生》（1952 年）、《教育》（1954 年）、《妮丽笑了》（1954 年）、《艺术家的解脱》（1954 年）、《橘子》（1957 年）、《刮脸皂》（1959 年）。

第二章　题材和内容

整体而言，阿格叶耶的短篇小说创作题材十分广泛，他的创作思路、选材和创作手法随着社会政治环境、个人生活经历和思想的变化不断得以丰富和发展。为了便于对阿格叶耶的短篇小说创作进行全面的分析和研究，可以将他的短篇小说按题材划分为五个主要类型：表现革命者题材的作品、爱情婚姻题材的作品、军旅题材的作品、反映印巴分治事件的作品和其他反映社会现实问题的作品，这几大主要题材类型之中的作品又因创作时间、作家经历和思想观念的变化呈现出各自不同的特点。

第一节　革命者或监狱生活题材的作品

在 67 篇短篇小说中，作家在近三分之一的作品中塑造了“革命者”的形象，虽然创作手法、表现的角度有所不同，但我们依然可以看出这是作家十分钟爱的题材类型之一。但是，这一类题材的绝大多数作品都是阿格叶耶早年创作的（1931—1934年），是他在狱中开始文学创作时的作品。这一类型的作品既与作家早年参加独立运动和暴力革命的生活经历有着密不可分的联系，同时也是作家个性中追寻自由、反对束缚的叛逆性格的反映。这一类型作品数量比较多的一个主要原因是阿格叶耶在创作初期将精力更多地投入短篇小说的创作中。但是客观地讲，这一题材中的大多数作品在阿格叶耶的文学创作中，无论是从艺术性还是从思想性等方面来看，都还显得比较稚嫩，即使是在他的短篇小说中也不能被归于成功作品的范畴。阿格叶耶本人对此也有比较清晰的认识，因而在他的短篇小说自选集中，只有1938年创作的《监狱长阿米金德》这一篇表现革命者题材的作品入选。

这些表现革命者题材的作品可依据题材的地域性划分为两大类：以国外民族民主革命为背景的作品和以印度本土民族独立斗争为背景的作品。前一类作品中包括以20世纪初中国的反袁运动和第一次国内革命战争为背景的《哈丽迪》《清白之誉》和《被谴责的人》，以俄国革命为背景的《迷途者》《重逢》和《超越理智》，以1933年古巴民主革命为背景的《卡珊德拉的诅咒》，以1922年希腊和土耳其战争为背景的《通往安卡拉之路》。这一类作品多以表现革命者的献身精神为主题，其共同特点是故事情节曲折离奇，人物形象的塑造充满理想化色彩，作品中洋溢着理想主义、浪漫主义的革命激情。虽然这些作品中的故事发生在不同的国度，但是作品中刻意表现和塑造的主人公都是为民族民主革命或国家解放而奋斗的革命者形象。

在革命者的心目中，国家的利益高于一切，个人的安危甚至个人的情感乃至生命与此相比都不重要。《哈丽迪》中女主人公哈丽迪是一个自小失去父母的孤儿,父亲因参加义和团运动被德国军队杀害,母亲也在外国侵略者的烧杀抢掠中丧生。无依无靠的她在贫苦人民的帮助下艰难地长大成人,并参加了孙中山领导的广东军。在她的心中埋藏着熊熊燃烧的复仇之火和盼望国家富强统一的心愿。在军队中,她剪去了心爱的长发,掩去了一切女性特征,把自己变得像男人一样。她全身心地投入革命中,不顾危难,不知疲惫。在孙中山领导的广东军中,有不少像哈丽迪这样置个人生死于不顾,为了理想,为了国家和人民的利益而奋斗的战士,光英就是其中的一员。他默默地将对哈丽迪的爱埋在心中,投身于革命事业。哈丽迪接受了一个紧急任务,将军派她送一封密信。哈丽迪、光英以及其他 9 名士兵在前有洪水、后有追兵的危急情况下日夜兼程,一路向前,9 名士兵和光英先后牺牲。身负重伤的哈丽迪终于将密信交到接信人手中,然而直到此时她才明白,让许许多多战士付出生命代价,让自己失去心上人的那封信并不是什么重要的军事情报,只不过是将军给情人的一封情书。哈丽迪带着轻蔑的嘲笑死去了。在革命军中既有像哈丽迪和光英这样时刻准备为革命献身的勇士,也有像将军这样为了一己私欲,为了所谓的"爱情"不惜利用革命的败类。巨大的反差和鲜明的对比在作品的结尾达到高潮,留给人们的是深深的震撼和反思。作品刻画了性格鲜明的女革命者形象,在她的身上,性别的特征已隐匿在"革命者"身份的背后,因为在她看来,在一个男人也沦为奴隶的国家,做女人还不如死了的好。凄苦的身世让她将国家的解放和富强视为人生最大的幸福,女性特有的温柔、美丽和光英默默的爱恋都是她无暇顾及的。与哈丽迪相比,阿格叶耶在另一篇以俄苏革命为背景的作品《迷途者》中塑造的女革命者玛丽亚·伊瓦诺夫娜似乎在牺牲个人、献身革命的道路上走得更远。与哈丽迪不同的是，玛丽亚出身于一个中产阶级家庭，父亲和丈夫都在政府部门工作。为了赢得同志的信任，为了革命信仰，她叛离了家庭。在一次营救行动中，她亲手杀死了自己的父亲。不仅如此，她甚至同意出卖自己的肉体用来交换被捕战友的自由。她参加了许多秘密暗杀行动，最终在刺杀了敌方的将军之后自刎而亡。对于这个女革命者而言，家庭、亲情甚至名誉和生命都不足惜，革命信仰和自我价值的实现才是她唯一追求的目标。

在阿格叶耶的笔下，革命者牺牲的不仅仅是爱情、家庭以及个人的幸福和生命，还有人类情感中另一种伟大的情感——友谊。《重逢》讲述的就是一个革命者在友情和革命利益之间艰难抉择的故事。萨尔基耶斯和迪米特里自小就是最好的朋友，两人一起长大，虽然外表和性格截然不同，但两人一直亲如手足。1905 年俄国革命爆发后，两人决定离开家乡各自开拓未来的生活道路，相约 15 年后的这一天无论发生何种情况都要重聚。1920 年，萨尔基耶斯和迪米特里履行了各自的诺言，带着对友谊的怀念如约而来。然而此时不同的政治抉择已使他们成为敌人，迪米特里加入了苏联红军，而萨尔基耶斯在为沙皇军队的秘密机构效力。尽管萨尔基耶斯百般掩饰，但是迪米特里还是以一个军人的敏锐从一处细节上发现了萨尔基耶斯的可疑，瞬间的震惊和犹豫之后，迪米特里在友谊和责任之间还是选择了后者，他借机叫来军警逮捕了萨尔基耶斯，萨尔基耶斯后来被军事法庭处以极刑。这篇作品中的迪米特里与前两位女革命者有所不同的是，作品中除了刻画他作为一个革命者在友谊和革命职责之间痛苦而坚定的抉择之外，他的身上更多地表现出作为一个普通人所具有的情感。在发现老友是沙皇军队的军事间谍后，他虽然决定舍弃友情，但割裂友情的痛苦甚至内疚使他不愿亲手执行这个任务，在他的内心也一直为这样的抉择而痛苦——“背叛友情和叛国之间哪一个更糟，我不知道”。[1] 萨尔基耶斯被处死之后，迪米特里也辞职去了国外。如果不对迪米特里的选择从政治取向上过多苛求的话，我们似乎可以更深地体会到一个革命者，同时也作为一个普通人面临的两难抉择。从表现人物情感的层面而言，这个人物的刻画层次更丰满、更自然也更真实一些，在表现人物复杂的内心世界以及人性方面，这个人物的塑造更贴近于现实。

除了个人的幸福乃至生命、亲情和爱情，革命者有时还必须为革命牺牲自己的名誉，甚至是同志和朋友们的信任。这本来也是他们视若珍宝的东西，但与革命以及广大民众的利益相比，他们宁可牺牲前者。这是阿格叶耶在这一题材的作品中力图表现的主题之一。《清白之誉》也是一篇以中国国民革命为背景的作品。马尔丁和克里丝塔贝拉是一对恋人，同时也是在革命信仰上志同道合的战友。在一次战略转移中，为了不让留下的房屋被敌方用作营地，将军下令毁掉堤坝，冲毁所有的房屋。马尔丁对此另有考虑，他想留下自家宽敞的住房庇护全村即将无家可归的村民。他觉得，作为一名军人，他完全可以保护村民们不受敌人的伤害。然而他的这个想法引起克里丝塔贝拉以及全体村民的误解和怀疑，他们认为马尔丁是只顾一己私利、贪图个人财产的懦夫和叛徒。饥寒交迫、贫病交加的村民们拒绝了马尔丁让他们到他家中暂避的请求，因为在他们的心中，马尔丁已经成为彻头彻尾的懦夫，往日他以自己的质朴、坦率和善良在村民中间赢得的信任此时已被怀疑、鄙弃甚至愤恨所代替。而面对赶到他家中询问究竟的克里丝塔

① 阿格叶耶:《阿格叶耶短篇小说全集》,腊基巴尔父子出版社,1989 年版,第 119 页。

贝拉，马尔丁并不做过多的解释，只是要求恋人相信他是为国家的利益着想。然而，克里丝塔贝拉还是无法相信他，愤怒失望的她也履行了革命信仰赋予自己的责任——向军事法庭检举了马尔丁，尽管她知道马尔丁被捕后将被处以死刑。马尔丁因此而遭到逮捕和审判，他不承认自己是懦夫和叛徒，但他仍旧未对自己的行为做出解释。克里丝塔贝拉最终从马尔丁在行刑前夜写给她的诀别书中知道，他在自家的房屋中设置了一个炸弹装置，并且为这个计划的实施做了精心安排。最终，在这所房子中安营扎寨的敌方部队被全部炸死，马尔丁的计划获得了成功。得知真相的克里丝塔贝拉骑马赶去解救已被押上刑场的马尔丁，然而迟了一步，在她大声阻止行刑的叫喊声以及急促的马蹄声中枪响了，马尔丁呼喊着她的名字，以惊人的力量挣脱捆绑，用胸膛迎接即将结束他生命的子弹，在生命的最后一刻也不愿用懦弱者的姿态来面对死亡，再一次证明了自己的勇敢。应该说这是一篇感人的作品，男主人公马尔丁是一个懂得爱，珍惜人与人的信任同时又对革命和人民无限忠诚的革命者，即使遭到所有人的误解甚至是军事法庭的审判，为了保证计划顺利实施，他也保持着缄默，不为自己做过多的辩解。对他而言，正如他在诀别书中写下的，他所渴求的是一种自然、本能和坚定不移的信任，爱和信任应该是无条件的，是无须刻意证明和展示的，否则即使得到了爱和信任，也失去了价值。最后他以自己年轻的生命证明了自己的清白，他以自己炽热的鲜血换来了信任。整个作品充满激情，在主要人物身上寄托着一种理想化的极其浪漫的革命激情，悲剧的结尾令人为之动容，从某种角度也能够引起读者的震撼和共鸣。但是，故事情节的发展人工雕琢的痕迹过重，马尔丁的做法无论是他最初想留下自己的房屋掩护村民，还是最后实施计划将敌人炸死在屋中,都显得不那么自然。因为自己的身份是地下工作者,以及为了保证计划的施行不受干扰,他对恋人甚至军事法庭都不说明事情真相,甚至宁愿为此而被处决更显得不合情理。马尔丁这个人物充满了理想化的色彩,而在他的恋人克里丝塔贝拉身上,似乎也只看得见对革命的忠诚,这个人物身上本应该具有更深厚的情感和复杂的内心感受,但是这一点在作品中并没有得到表现,虽然这可能是由于短篇小说篇幅的原因,但无论如何还是使这一人物的形象显得单薄,从而也降低了作品的艺术感染力。《被谴责的人》也表现了类似的主题,表现了一对共同投身于革命的名叫李阳和谢华的兄妹因对一次革命行动持不同见解,遭到同志们的怀疑和误解,两人隐姓埋名去了日本。怀着继续投身革命,以自己的行动证明自我忠诚的愿望,几年后他们又回到中国,忍辱负重效力于袁世凯的军队,但实际一直在暗中帮助护国军。然而,这一切并没有为他们洗去罪名,他们依然被革命军认定是叛国者。最终,李阳行刺袁世凯未果而献身,谢华在大街上散发传单号召抗袁而遭逮捕。然而,这两个为革命和荣誉不惜献出一切的革命者并未得到战友和群众的理解,随着革命的胜利和袁世凯的倒台,这两位不幸的革命者很快被人遗忘了。这篇作品仍是以故事情节为主的作品,表现的是革命者的无畏精神和为革命做出的巨大牺牲。与类似题材的其他作品一样,阿格叶耶在这篇小说中不仅尽力展现了革命者为革命事业所付出的努力,还关注了革命者的心灵世界中对理解和信任的渴求。这篇作品中的男女主人公同《清白之誉》中的马尔丁一样,都是蒙受怀疑甚至谴责的革命者,他们都为此付出了生命的代价,不过更让人痛心和令人深省的是,这篇作品中的主人公最终仍未能洗脱骂名,并且在革命成功的欢乐浪潮中很快被埋没和遗忘。虽然这篇小说在故事情节的发展和人物形象的塑造上一如既往地带有一种激情的、理想化的色彩，但是作品的基调更显晦暗和低沉，让人感到沉重和失落。这一类的作品还有《超越理智》《卡珊德拉的诅咒》以及《通往安卡拉之路》。

总之，通过以上对重点作品的介绍和分析，我们不难看出，这些以国外民族民主革命为背景的表现革命者题材的作品和作品中所塑造的人物形象全都充满一种理想化色彩的革命激情，理想主义、浪漫主义构成了这些作品的主旋律。这些作品也表达了作家本人当时的政治信仰和对革命的理解和认识——"革命不是运动、改良和变革。革命是对信仰、对习俗、对统治以及对思维方式致命的、毁灭的、惊世骇俗的破坏。……革命者就是迷途者，是毁灭者，是纵火者……"[①] 作家在当时对非暴力革命并不认同，这一点通过他作品中的人物也有所体现。"非暴力革命！就如同告诉那些饥饿不堪、衣不蔽体、痛苦挣扎的人们说——不要痛苦哀号，默不作声地去死吧！就如同告诉那些嗷嗷待哺的孩子们——不要再望着母亲那干瘪的乳房，出去啃石嚼土饿死吧！而那些残忍的统治者们则会望着你们暗自发笑，因为在你们非暴力的借口下，他们便可以继续吸食贫苦人的鲜血。这就是你们引以为自豪的和平革命。"[②] 对自己早期革命者题材作品中这种过于理想化色彩的浪漫主义，阿格叶耶后来是这样解释的："那个时代的革命者就是理想主义的，并且以此为骄傲。如果说当时的理想主义包含着一种浪漫主义的单纯的话，那也反映了当时的情况，暴力革命运动中充满这种浪漫主义的单纯，在理想主义的革命者身上也充

① 阿格叶耶：《阿格叶耶短篇小说全集》，腊基巴尔父子出版社，1989 年版，第 95 页。
② 同上书，第 94—95 页。

满这种浪漫主义的单纯，而且没有人为此而感到羞愧。”[1] 从阿格叶耶的生平中我们了解到，作家早年是一个暴力革命的信仰者和参与者，这些创作于狱中的作品不仅反映了作家本人当时的政治信仰和思想，同时也是一个亲历者个人生活的写照。

在开始于20世纪二三十年代前后的轰轰烈烈的反对英国殖民主义者的民族主义运动中，起引导性作用的是甘地领导的非暴力不合作运动 。但是，也有一些政治上比较激进的青年人主张通过暴力革命的手段推翻英国殖民统治。他们受到俄国十月社会主义革命胜利的鼓舞以及20世纪20年代左翼思想在印度传播的影响，成立了许多地下革命团体，从事反英地下武装斗争。阿格叶耶曾和“印度社会主义共和军”有过十分密切的接触，并同金德尔谢克尔·阿扎德、帕格德·辛格等人一同战斗过，他参加过许多反英的暴力活动，最终因此被逮捕入狱。所以，在狱中创作的这一题材类型的作品不仅是源于阿格叶耶对文学的热爱和天赋，更是来源于他个人的政治信仰以及切身的生活感受。他的这些作品饱含爱国主义热情，在他塑造的那些不计个人得失、甘愿为民族和国家奉献自己的一切乃至生命的革命者身上也寄托了作家本人当时的政治理想和信念。选择自己并不十分熟悉的外国革命作为背景，一方面反映了作家本人确实受到了左翼思想的影响，俄国的十月革命和发生在中国以及其他一些国家的民族民主革命对他也有所鼓舞和激励；同时，这也与他当时是在狱中进行文学创作的背景有关，从安全性上考虑，也许这样更便于作品的保存和发表。从内容上看，阿格叶耶的这些作品有可能受到了一些类

① 阿格叶耶:《阿格叶耶短篇小说全集》前言，腊基巴尔父子出版社，1989年版，第19页。

似题材的外国文学作品或人物传记的影响。当他最初把两篇作品从狱中秘密带出，并通过介南德尔·古马尔转交给普列姆昌德在《觉醒》杂志发表时，普列姆昌德和介南德尔都不认识他，通过作品的内容看，他们以为这两篇作品是外国小说的译文。

应该说，这些作品在当时的历史环境下还是有一定的积极意义和影响的，在当时的文坛内外也引起了一定的反响，阿格叶耶的这些作品和他本人受到了许多读者的推崇和喜爱。他的这些作品令读者感受到一种浪漫主义和理想主义的激情，这些作品中叙述的曲折感人的故事以及塑造的具有鲜明个性的人物也是颇具感染力的。因此，这个文坛新人当时给人留有这样的印象："他的身上充满热情、坚定以及为理想而献身的决心，他享受生命的冒险带来的乐趣，而在他身上缺乏那些日渐垂暮的老人所具有的理性，也没有世俗之徒引以为荣的精明和计较。"[①] "凭借这几篇短篇小说，他已经跨入了印地语小说文学优秀作家的行列，如果他有机会使自己的才能得到正确发挥，那么今后他所创作的那些闪烁光芒的作品将为印地语文学贡献出许多璀璨的珍宝。"[②]

尽管如此，这类以国外民族民主革命为背景的表现革命者题材的作品从情节内容、人物塑造到艺术表现形式都建立在一种脱离现实生活的浪漫主义激情之上，作家对故事发生的环境和背景缺乏真正深入的了解，使得此类作品缺乏真实感，从而也使得这类题材作品的艺术性和感染力受到影响。这类作品的故事性比较强，但是许多情节发展过于离奇曲折，因

① 阿格叶耶:《阿格叶耶短篇小说全集》附录，腊基巴尔父子出版社，1989 年版，第 608 页。

② 同上书，第 612 页。

此尽管作家在其中融入了自己的生活体验，但这一类作品读起来有时仍让人感到不够真实和自然。在这些作品中，人物形象的塑造过于单一，缺乏对人物性格更深层次的透视，人物形象显得简单化和类型化。从艺术手法的角度而言，这类作品比较注重故事性和对典型人物的刻画，但是缺乏对人物内心的描写。在艺术表现手法上多采取讲故事式的平铺直叙的叙述方式，大量运用对话、白描的手法，但心理刻画以及通过对人物语言风格的把握表现人物性格的手法却运用得比较少，艺术手法比较单一。与作家后期的作品相比较，这一时期这一类型题材的作品还比较稚嫩。所以，尽管此类作品的思想性和艺术性中也有令人称道的地方，并且在当时的历史环境下确实起到了振人心志的作用，但这一类充满浪漫主义激情和理想主义精神的作品艺术成就并不算很高，在阿格叶耶短篇小说中也不能算作特别成功的作品。

与这一类作品相比，以印度本土的民族独立运动为背景的作品尽管题材、手法和思想内容等方面与前者有相似之处，并未完全摆脱这一类型作品的局限性，但是从题材内容的广度和深度、人物形象的厚度以及创作手法的丰富程度上而言，后一类以本土革命为背景的作品更为成功。

以本土革命为背景的作品更注重人物形象和性格刻画的完整性、真实性和立体性。同样是表现革命者在革命与亲情和家庭之间面临的艰难抉择，《宽恕》中的革命者戴沃则带有更加人性化的特点，作家对人物内心的挖掘也更加深刻。作品采用第一人称的叙述手法，“我”既是故事的讲述者，又是故事的参与者和旁观者。“我”和一个名叫戴沃的青年都参加了地下革命组织，同时又是关系非常密切的朋友。受“我”的派遣，戴沃去给另一位战友送钱，可他并没有按时把钱送到，因为延误了时间，那位同志遭到了逮捕，从而使“我”对戴沃产生了极大的误解和不满。两人再次见面是在狱中，“我们”凑巧被关在同一所监狱，面对“我”的漠视甚至仇恨，戴沃终于鼓足勇气讲述了事情的原委：他在送钱途中顺路回家看望许久都不曾见面的母亲和姐姐，回到家以后才发现家中的境况十分窘迫潦倒。母亲和姐姐因为生活所迫把原来的房子卖给了别人住在马厩里，母亲罹患严重的哮喘病已奄奄一息。戴沃实在不忍心看到母亲病重而得不到救治，于是动用了一部分本应该送给同志的钱为母亲请医买药，守了母亲几天几夜，然而母亲还是离开了人世。悲痛欲绝的姐姐也一病不起，但是为了不让弟弟为此而耽误工作，她借口请医生看病支开了弟弟，自己服毒自杀。戴沃本想把剩余的钱送给同志后再回家照顾姐姐并且料理母亲的后事，但是到达时才发现同志已经被捕，他侥幸逃脱后发现姐姐已经自杀身亡。在了解事情的真相后，戴沃终于重新得到了“我”的理解、信任和宽恕。这部作品中的戴沃尽管没有按时完成任务，引发了一连串的恶果，但这不是因为对金钱的贪婪，而是由于他面临一次极其特殊的在工作与个人情感和责任之间的抉择。面对奄奄一息的母亲、心急如焚的姐姐和家中一贫如洗的惨状，他作为一个儿子和一个男人难道能眼睁睁地走开？在这种情况下，情感压倒了理智，在挽救生命和完成任务之间他选择了前者，因为他觉得，工作耽误一时可能不会有大碍，可母亲的生命也许就再也不能得到挽救了。虽然事情的发展出乎他的意料，母亲离开人世、战友被捕受审、姐姐自杀而亡，自己也锒铛入狱，但是人伦之情下的抉择却令人同情和理解。戴沃可能不是一个高大完美的革命者，但他是一个充满人性的令人钦佩的革命者。正是为了政治信仰，他舍弃了家庭，顾不上照顾母亲和承担养家的责任。为革命而牺牲的不仅仅是他本人，还有他的家庭，姐姐的死尤其悲壮感人。面对这样的一个革命者以及他的家庭，谁有权利指责他的“失信”？谁能够不对他报以深深的同情和理解？这篇作品中刻画的戴沃，这个革命者的形象与前面我们提到过的以国外民族民主革命为背景的作品中大多数的革命者形象有所不同，在他的身上带有更多人性化、情感化的色彩，少了几分理想化的浪漫主义的革命激情。如果说在以外国革命为背景的作品中更多地刻画了革命者做出的牺牲，那么在这篇作品中，作家则更多地刻画了革命者作为一个普通人的正常情感，而且同样能够唤起读者的共鸣。在创作手法上，作品采用了回忆倒叙的方式，并且加入了许多的心理描写，通过“我”的心灵独白，透过“我”的视线，借助“我”的感受刻画了主人公戴沃的形象，创作手法较以往的作品更为多样化。

与此相类似，在许多表现革命者的作品中，作家不仅表现了他们为信仰和事业付出的努力和做出的牺牲，同时也没有忽略表现他们的内心情感，从而使这些作品中的革命者形象更为丰满、真实、立体，因而也更具感染力。比如，在《一小时》这篇作品里，通过一些细节的描写刻意表现了主人公普勒帕格尔对妻子的体贴和关怀，表现了他在事业之外作为一个普通丈夫和男人的正常情感。罗吉尼出身于一个比较富有的家庭，家庭和学校的培养和教育使她像大多数普通女人一样渴望过一种正常、平静和安逸的家庭生活。然而，她渐渐发现在大学教书的丈夫在政治上是一个非常激进的人，他同情下层人民甚至是不可接触者，积极参加了许多政治集会，最后甚至加入了秘密的地下革命组织。无论是丈夫的政治信仰，还是他所从事的政治活动，都与罗吉尼的思想以及她对婚姻生活的理解格格不入，然而随着她对普勒帕格尔的逐渐了解，目睹他为自己心中的政治理想承担的危险和困难，罗吉尼也开始阅读丈夫经常阅读的一些政治方面的书籍，她的思想渐渐发生了一些变化。作为一个革命者的妻子，她不得不和丈夫一起面对这种充满危险和动荡的生活带来的种种考验。为了逃避通缉，他们逃到外地，躲藏在一间小屋里。恰逢灯节，为了不让妻子饿肚子，也为了不让她感到孤独和冷清，傍晚普勒帕格尔还是冒着被人发现的危险出门为妻子买一些过节用的物品，为家里增添一些节日的气氛。他走后，罗吉尼惶恐忧虑地等着丈夫回来，时间一分一秒地过去，外面砰砰作响的枪声令罗吉尼感到格外恐惧，她设想了种种可怕的结果，甚至找到了丈夫留在家里的手枪准备对付可能会破门而入的警察。然而好在是一场虚惊，普勒帕格尔平安地回到了家里，罗吉尼意识到她和他的命运早就连在了一起。这篇作品通过一个妻子的视角，从侧面表现了革命者充满危险的生活以及他们的家庭为此做出的牺牲。在这篇作品里，作家用极其细腻的笔触刻画了几次普勒帕格尔的"笑"。新婚不久，罗吉尼因为对丈夫的政治观点不满经常同他辩论，然而无论是罗吉尼滔滔不绝地引用她从大学书本上学来的论据攻击丈夫的观点时，还是一本正经地板着脸严肃地向丈夫表明自己的不满时，普勒帕格尔或是笑着将她的论据一一攻破，或是哈哈大笑，引得妻子也忍俊不禁，紧张的家庭气氛就这样在笑声中烟消云散。普勒帕格尔参加政治集会夜半归来，忙碌了一天身心疲惫，然而看到妻子的时候，"他的脸上绽开笑容并且用充满喜悦的声音唤道：'罗吉尼！'"。[①] 灯节的傍晚，在离家出门前，"他缓缓地叫了一声'罗吉尼！'，而后微笑着望了一眼镜子那边，随即走下了楼梯"。[②]

① 阿格叶耶：《阿格叶耶短篇小说全集》，腊基巴尔父子出版社，1989 年版，第 106 页。
② 同上书，第 105 页。

这几处微笑以及其他一些细节描写，把普勒帕格尔作为丈夫和男人的宽容、体贴以及对妻子的深厚情感表现得非常具体和生动。在这些作品中，作家除了着意刻画革命者的夫妻之情，还展现了革命者的手足之情，比如《影子》中就刻画了一对双双投身于革命的兄妹之间深厚的情感。此外，还有一些作品的主题是表现主人公个人的情感，比如《曼素》主要表现的是一位隐姓埋名逃亡到深山里的革命者莫荷希和一个名叫曼素的山野女子之间热烈但又朦胧微妙的爱情，作品通过大量的心理描写把莫荷希对曼素的爱慕、渴望、彷徨、矛盾的复杂心理细致入微地表现出来。这篇作品的主题实际上是“爱情”，革命者的身份只作为故事发生的一个背景，所以严格来说，这篇作品应该被归为爱情题材作品的范畴。

以本土革命为背景的政治题材作品中，除了塑造革命者形象，表现他们对信仰的追求和为此而做出的牺牲以及他们丰富细腻的内心情感之外，作家还刻画了经历和背景更为复杂和特殊的一些所谓的“革命者”的形象，剖析了他们复杂的内心世界。《叛徒》实际上是一个被捕后变节的叛徒的内心自白书，真实再现了一个背叛了自己信仰的“革命者”矛盾挣扎的复杂心理。尽管他为自己的变节行为找出种种理由，以对一个名叫迦穆拉的女人不能割舍的爱情为自己的叛变和出卖行为开脱，然而依旧不能摆脱内心的痛苦和不安。在经过激烈的思想斗争之后，他决定在法庭上收回以前的供词以减轻自己的罪恶感，同时也向迦穆拉表明自己的悔悟之心。然而一切都为时已晚，因他而被捕的同志在法庭上用义正词严的告白书将他彻底地钉在耻辱柱上，他深刻地意识到自己将永远是一个叛徒。这篇作品的视角独特，以一个变节者的情感和思想为切入点，分析刻画了他复杂矛盾的内心世界，同时又通过他的视角从侧面表现了许多信仰坚定的革命者形象，善与恶、美与丑形成非常鲜明的对比。这篇作品的创作手法也比较有特点，没有平铺直叙地讲述一个完整的故事，没有十分完整的人物形象刻画以及激烈的情节上的冲突和高潮，而是完全以人物内心独白的方式，通过对思维和内心活动不断变化发展过程的刻画，表现人物内心的矛盾挣扎，同时穿插回忆和梦境，不连贯地连接起一个完整的故事线索。小说的情节很简单，作品以大量笔触表现人物的内心状态，作品部分借鉴了意识流小说的手法。《命运的锁链》中萨德耶因为参加国大党发起的抗英活动而入狱三年，刑满释放的这一天，他受到了朋友和民众如同欢迎民族英雄一般的礼遇，他也俨然把自己视为一个为国家做出了巨大贡献的功臣。但是，暗暗涌动在他内心深处的却是压抑已久的对女人隐秘的渴望和性的需求。在回家的路上，他看到一个女人跳河，这引起了他的好奇，经过调查得知，这个女人是因为贫困的生活以及丧子之痛和地主的逼迫而自寻短见的。这一发现使萨德耶的内心受到了很大触动，残酷的社会现实使他真正感受到了广大人民生活中的痛苦和艰难，他开始真正全身心地投入农民运动中，两年后在一次农民运动中死于警察的枪下。这篇作品的主题表现了一个人从一个所谓的政治活动家成长为真正为人民利益而献身的革命者的心路历程。作品有积极的社会意义，因为在争取独立的民族运动中，确实存在许多像萨德耶这样没有完全摒弃自我意识，并不完全理解独立自由的真正含义，也并不真正了解和关心广大受剥削压迫的底层民众的政治活动家。作品也非常尖锐地指出，那些故作姿态的社会募捐之类的政治活动并不能从根本上改变国家的现状和人民的命运。作品十分立体地刻画了萨德耶这个人物的复杂心理，剖析了他内心深处潜藏的情欲和貌似无私奉献的行为背后的政治意图和个人野心，以及因为一起偶然事件在他内心深处引起的震撼，使得他在政治信念和行动上发生了脱胎换骨的变化。对萨德耶这个人物的刻画还是具有一定现实意义的，当然把引起这个人物内心思想翻天覆地的变化以及人生道路根本性改变的原因完全归结于一个偶然的事件，其真实性确实值得商榷。《离家》是一篇充满了悲观和失落情绪的作品。耿迦特尔青年时怀着改变社会不平等现象的政治理想，曾经投身于轰轰烈烈的革命运动，但他的晚年生活却陷入贫困和孤独之中。回首往事，他为自己年轻时的单纯感到有些后悔。他一生的理想是忘我无私地为社会大众服务和工作，然而他意识到自己最终也未能完全摆脱自我意识，他也需要关心、需要理解、需要朋友和爱。而此时他发现自己一无所有，没有激情、没有希望，也没有了理想，他感到自己被整个世界抛弃了。他决定离开最后的栖身之所，虽然并不知道要向哪里去，他感到“现在前面是一片黑暗”。[①] 作品试图通过一个早年的革命者对自己曲折多舛的经历和命运的反思，分析和揭示人性的本质，表现人类的自我意识和提倡无私忘我的政治和社会理想之间的矛盾。但是整个作品弥漫着一种失望和悲观的情绪。

在这一类型题材的短篇小说中，创作于1938年的作品《监狱长阿米金德》在内容和创作手法上都比较新颖独特。阿格叶耶本人对这篇作品也比较偏爱，把它收入了自己的短篇小说自选集。《监狱长阿米金德》是一篇充满幽默诙谐色彩的作品，故事内容、人物形象包括作品的语言风格和艺术手法与其他同类型的作品有很大区别。作品讲述了一个监狱里的政治

① 阿格叶耶：《阿格叶耶短篇小说全集》，腊基巴尔父子出版社，1989年版，第293页。

犯与监狱长机智斗争的故事。故事的主人公阿米金德是一个以管教犯人严厉刻薄而闻名于旁遮普各个监狱的监狱长，他因此得到了英国殖民政府的赏识，并不断获得嘉奖和提升，而犯人们也都对他十分畏惧。阿米金德另一个闻名于众的特点是，他总是把自己的两撇小胡子修剪整理并且用发蜡固定得如同两把高高翘起的匕首，尖利的形状对犯人们产生了无形的震慑。而当阿米金德被特地调往赫扎拉监狱去管理那些很不驯服的阿卡利党的政治犯时，他的"威望"却受到了前所未有的挑战。阿卡利党的政治犯们决心一定要煞一煞阿米金德的威风，于是他们开始借口饭菜质量低劣而绝食，阿米金德想尽各种强硬的办法都没能使坚强的阿卡利党人屈服。监狱中的内乱引起了上司的注意，阿米金德为了避免事态扩大，决定向犯人妥协。犯人们经过商量，收回了原先提出的所有条件，只提出一个要求，希望阿米金德当着他们的面把他高高翘起的胡须拉下来一次。阿米金德尽管不那么情愿，但权衡了一番利弊之后还是答应了，他认为这一时之举不会损害他的尊严。然而没有想到的是，在他这么做了之后，这一事件在整个狱中不胫而走。从此阿米金德威名大跌，在犯人面前再也无法像以前那样盛气凌人、威风凛凛了。因为每当他想板起面孔做出一副不可一世的样子，犯人中总会有人模仿他拉下胡子的动作，引得大家哄堂大笑。这样一来，在上司视察的时候，阿米金德落了个管理不力的恶名，被降职调到别的监狱。然而，关于他的传闻早已传遍了旁遮普所有的监狱，他从一所监狱调到另一所，地方换了不少，往日的"英名"却再也找不回来。终于，"忠心耿耿"的阿米金德只能告老退休，灰溜溜地不知躲到什么偏僻的地方隐居起来了。这篇作品是阿格叶耶短篇小说中为数不多的带有幽默诙谐色彩的作品，故事性比较强，口语化风格的语言和白描手法的运用与整个作品的风格非常协调，基本上没有采取心理分析和内心独白的创作手法，整个作品轻松诙谐，富有感染力。这篇作品的另一个成功之处在于对人物形象从外貌到内心的刻画都非常成功，人物性格鲜明，形象生动。作家用夸张的语言生动地勾勒了阿米金德令人难忘的外表——

> 阿米金德监狱长还有一个很知名的特点，就是他那张令人望而生畏的面孔。普通犯人看见他的脸就会吓得瑟瑟发抖，他要是瞅谁一眼，那个人就会吓得魂飞魄散。
>
> 其实阿米金德外表很普通，中等身材，但走起路来却趾高气扬。身材有些臃肿，但步态中却透着一种精干和敏捷，所以每当他检阅犯人队列的时候，犯人们似乎总要有意无意地往后退上半步。
>
> ……他在胡须上抹上蜡，然后把胡须摆弄得又尖又直，就如同一个技艺高超的工匠把一束铁丝分股磨出细尖来。最为出名的是，如果胡须尖不能直接扎透一个柠檬的话，那监狱长是决不会罢休的。这就好比刽子手每天都要把人放到绞刑架上去比划比划，目的是看绞架是否已经固定好了。大伙儿常说："阿米金德监狱长！那可是个地地道道的刽子手。你没看到他的胡须吗？"[1]

胡子是阿米金德震慑犯人的利器，最后让他大跌面子、威风扫地的也是这两撇胡须。整个作品构思巧妙，充满诙谐幽默的色彩，淋漓尽致地讽刺和嘲笑了英国殖民主义者统治下的

---

① 阿格叶耶:《阿格叶耶短篇小说全集》，腊基巴尔父子出版社，1989年版，第183页。

国家机器和为此而忠心效力的"工具"们。从思想内容、艺术特色等方面来看,这篇作品都可以说是阿格叶耶短篇小说创作中比较成功的作品。

除此之外,从内容和主题来看,《巴高达树》也是这一类型作品中比较特别的一篇。它的主要情节讲述的是一个逃避追捕的革命者在一个名叫苏克达的寡妇家里暂避了一夜,而这短短一夜的相处却打破了苏克达多年来死水一般的生活,她的心灵和情感以及性格都发生了微妙而复杂的变化,她重新感到了久违的激情,内心中充满复活般的喜悦。这是一篇以革命者为背景的作品,作品的中心在于刻画这个名叫苏克达的寡妇在短短的一夜里经历的情感和思想的裂变,展现她从封闭走向开放、从麻木到寻回自我、从忧郁走向喜悦的复杂心理变化,作品侧重于对人物内心世界的分析和挖掘。作品的主人公苏克达并不是一个革命者,这篇作品的主旨也不在于表现革命者的生活或情感。这篇作品的主题并不十分鲜明,很难把它按题材划分到某一类型的作品中去,但因为作品中涉及革命者的形象,同时女主人公苏克达性格、思想及命运的改变也与一个革命者走入她的生活,激起她内心的波澜有直接关系,所以仍把它划分到这一题材作品的范畴中来。

除了以上作品外,这一类型的作品还有《孤星》《狱中故事》《警察的哨子》《男人的命运》等。《孤星》通过妹妹的回忆表现了一个即将被判处死刑的革命者短暂坎坷但却奋斗不止的一生。《狱中故事》用拟人化的手法通过一间牢房的自白,刻画和表现了形形色色的革命者形象。《警察的哨子》和《男人的命运》也是通过表现为政治信仰而牺牲了家庭、亲人甚至生命的革命者形象的作品。

通过以上的分析我们不难看出,与以外国革命为背景的作品相比，以本土民族独立运动为背景的表现革命者和监狱题材的作品尽管仍未完全摆脱前一类作品的局限和不足，但因为作品中的人物和故事以及人物所处的环境和生活是作家更为熟悉和了解的，所以无论是从题材内容、人物刻画还是艺术表现力方面来说，都比前一类作品有所突破。题材和内容有所丰富和拓展，人物形象的塑造也从简单地以类型化的手法诠释和图解人物到更加注重表现人物内心复杂丰富的情感，关注更深层面的人性，从创作手法上来讲也更加丰富。在一些作品中，故事本身已不再是作家的着眼点，对人物内心的刻画开始成为作品的中心。因此，这些作品开始更多地使用心理描写、心灵独白、倒叙、插叙等手法，而不仅仅是通过平铺直叙的叙述手法以及对话来表现人物性格。

从整体上来看，表现革命者或监狱生活题材的大多数作品艺术成就不能说很高，这与阿格叶耶在创作这些作品时还处于文学创作的起步阶段，从思想到艺术技巧都还不够成熟有很大关系。此外需要引起注意的是，综观这些作品我们不难发现，作家本人对革命尤其是暴力革命的态度和观念发生了一些变化，从激烈转为冷静，从激情趋于理智。对此，阿格叶耶也承认是牢狱生活使他早期理想主义的热情逐渐冷却平静下来，他把在狱中生活的这一段时期称为“积累经验”的时期，把监狱称为自己的“第二所大学”。他充分利用各种便利条件，在狱中阅读了大量历史、经济、政治、心理学以及哲学方面的著作，对社会、政治等方面的问题有了更为深刻的思考，曾经澎湃于胸中的青春的激情也随之更加趋于理性。他说：“经过四年监狱生活、一年软禁生活获得自由之后，革命的热情并没有因此而淡化，但是对恐怖主义和地下运动的热情确实有所冷却，并且我对暴力的作用产生了许多怀疑。”[1] 这种思想上的变化反映在作品中表现为：作家从倾向于塑造过于理想化、充满激情和笃信暴力革命的革命者形象转为注重表现革命者更为复杂的情感和内心世界。应该说，这是一种思想和艺术上的成熟，但个别作品也因此流露出过多悲观失落的情绪，似乎从一种极端走向另一种极端。

第二节　爱情、婚姻题材的作品

对爱情的歌颂和描写是文学永恒的主题之一，像阿格叶耶这样强调表现人物内心世界的作家当然不会忽略对爱情主题的描画和挖掘。阿格叶耶的短篇小说中以爱情、婚姻为题材的作品很多，还有一些作品尽管在题材的划分中被归入其他类别，但是其中也不乏与爱情有关的内容。以爱情、婚姻为主题的作品主要有：《常青的藤蔓》《茵度的女儿》《不可触碰的花》《泰姬陵的影子》《发信号的人》《诗人的情人》《高原的宽容》《蛇》《旁人》《妮丽笑了》等。在这些作品中，作家不仅描绘和歌颂了真挚美好、忠贞不渝的爱情，更为重要的一个特点是：作家通过许多作品表达了对爱情的思考，同时还深入人的内心剖析了人们内心中潜藏的对情欲的渴望，尤其表现了因社会、家庭等原因长期压抑情感的女性对爱情的渴望。

在这些以爱情、婚姻为主题的作品中，有的小说讲述了曲折感人的爱情故事，《妮丽笑了》和《发信号的人》就是这样的作品。《妮丽笑了》表现了一对青年男女纯真朦胧但又无比坚贞的爱情。洪水突然暴发，一个名叫戴沃冈德的青年为了履行

① 阿格叶耶：《阿格叶耶短篇小说全集》前言，腊基巴尔父子出版社，1989 年版，第 20 页。

自己对心中暗暗爱恋的姑娘妮丽玛的诺言，不顾危险去救妮丽玛托付给他的一只小鹿，对爱情的美好回忆和对妮丽玛的爱一直支撑着他划着小船与滔天的洪水搏斗。小船终于抵挡不过洪水掀起的巨浪，翻沉在河里，但幸运的是戴沃冈德和他救出的小鹿都被人救起，他心中暗恋的妮丽玛守护着他，朦胧中戴沃冈德似乎又看到了妮丽玛的笑容。作品将景物描写、人物内心独白和回忆穿插交织在一起，跳跃式地展现了人物的内心世界，把戴沃冈德在与洪水搏斗时复杂的心绪刻画得非常细腻。

《发信号的人》讲述的则是一个爱情悲剧。巴尔拉吉自幼丧母，又受到父亲和继母的虐待，幼年时起就一个人搬到山上的一间小屋里独自生活。9岁时，他遇见了纯朴善良的小姑娘姗迪娅，她给予了他从未感受过的关怀和温情，短短一天的交往在巴尔拉吉渴望爱与亲情的心里留下了不可磨灭的印记。虽然此后两人再也没有见过面，但姗迪娅在他心中播下的那颗爱的种子却悄悄萌芽成长起来。此后整整8年，巴尔拉吉每天傍晚都对着山下姗迪娅家的方向用手电筒发出一闪一闪的亮光，姗迪娅看到了这亮光却不明白它的含义。直到一天，来家中探亲养病的表哥无意中看到了亮光，他告诉姗迪娅这是用“灯语”发出的表示“我爱你”的信号。姗迪娅非常吃惊，也很感动，她终于明白埋藏在那个少言寡语的年轻人心中炽热的情感。但是突然一连几天亮光没有出现，姗迪娅心中非常不安。她和表哥一起冒着大雨沿着泥泞的山路跋涉了很久，快到巴尔拉吉在山上的小屋时忽然又看到了那熟悉的“灯语”，然而当他们进到屋里才发现，重病不愈的巴尔拉吉刚刚倒在窗前死去。在生命的最后时刻，爱情仍以不可思议的力量支撑着他走到窗前，最后一次向爱人表达了心中深藏着的爱。这是一个非常凄婉动人以悲剧告终的爱情故事，巴尔拉吉对姗迪娅的爱是真挚而执着的，然而又是孤独和压抑的。面对自己深爱着的姑娘，却只能用这种寂寞无声的方式表达压抑在内心的爱情，这样的爱让人感到有几分沉重。然而，巴尔拉吉的爱情又是那样厚重，因为那是投入了整个生命和情感的爱情。这不是一种通常意义的爱，它还包含人性深处对关爱和温情的渴望和追求。特殊的生活经历造就了巴尔拉吉这个人物的独特性格，因而在他身上发生的这段哀婉感人的爱情故事是完全合乎情理和逻辑的，并不影响故事本身的真实性和感染力。作品创作手法上最大的特点是完全采用书信体的形式，通过叙述者——姗迪娅的表哥“我”写给朋友的信讲述了“我”所目睹和经历的一切。作品中不乏内心独白和心理描写，小说兼具艺术性和故事性，语言朴实而优美。

在很多这一题材类型的作品中，作家表达了自己对爱情的认识和思考。阿格叶耶的这些作品探讨了爱情的内涵、爱情与婚姻的关系、两性在情感和思想方面的和谐和差异等问题。

《茵度的女儿》中的拉姆拉尔与妻子茵度结婚已经两年了，平静的婚姻生活让他开始对自己的妻子和婚姻厌倦及不满。受过大学教育的拉姆拉尔觉得妻子是一个没有文化的家庭妇女，除了给予他衣食上的照顾之外，不能理解和满足他在精神上的追求。一次外出旅行，火车在一个小站稍作停留后又缓缓开动，茵度因担心下车找水的丈夫赶不上火车，一次次趴在车窗上向外张望，不慎坠下火车身亡。20年后，拉姆拉尔在从加尔各答返回家乡的途中再次来到茵度遭遇不幸的小站凭吊，因为整整20年来，他的心中依然不能摆脱失去人生伴侣的痛苦和对茵度深深的内疚和忏悔。在小站上他发现了一个被遗弃的女婴，他领养了她，他觉得这个女婴就是茵度的化身。在这篇作品中，从拉姆拉尔对茵度的冷漠和厌倦到茵度死后20年来他心中一直不能释怀的内疚和悔恨，这种心理变化实际上反映出他对婚姻和爱情的内涵在之前和之后理解的差异。以前在拉姆拉尔看来，“两年中婚姻的新鲜感已是明日黄花，那么家庭生活的幸福就依赖于新鲜感之外的其他一些东西。为人父母后的父性与母性，共同的情趣，对共同经历过的时光的追忆，彼此给予的痛苦和幸福的烙印等成为构筑家庭的基石。可在拉姆拉尔的生活里，这些却都不存在。他还没有后代，当他回忆他们夫妻生活的幸福与烦恼时，呈现在他眼前的只是他们相互给予对方的痛苦。他受过教育的大脑是不准备把他们夫妻之间相敬如宾的琐碎小事称作幸福的。举个例子来说，他挣钱养家，妻子做饭、洗衣、打扫卫生、磨面，可这些就是幸福吗？难道他结婚就是为了找一个女佣吗？……这个土里土气、目不识丁、蠢头蠢脑的女人除了磨面、扫地之外什么也不懂，她当然不会理解一个受过教育的人除了一日两餐之外还需要些别的东西。”[①] 但是，当他的生活中失去了茵度之后，心中抹不去的伤痛和内疚才让他领悟到以前的生活是多么平静而幸福，尽管他现在比以前富有，但是没有茵度的生活使他真正体会到了空虚和寂寞。“他不知道自己想要什么，不想要什么。他已经把自己交给了一个死去的人，生活中伴随他的只有因为失去她而产生的悔悟。此时即使死去，他好像也希望能和她同行，从她那里获得理想。”[②] 这篇作品中的主人公拉姆拉尔是一个中产阶级知识分子，实际上他的家庭悲剧从侧面也反映出许多类似家庭的困惑。这是一个曲折感人的故事，是一个家庭的悲剧，但同时也包含作者对婚姻、家庭和爱情等

① 阿格叶耶：《阿格叶耶短篇小说全集》，腊基巴尔父子出版社，1989年版，第424页。
② 同上书，第429页。

问题的严肃思考。

《诗人的情人》反映的也是类似的主题，不同的是，这篇作品从女性的视角表现了一个在婚姻生活中被丈夫冷落轻视的女人痛苦的内心世界，同时也涉及爱情与婚姻的关系以及女性的自我觉醒和自我意识等困扰着现代社会家庭的问题。香达是小有名气的诗人迪瓦格尔的妻子，诗人的爱情诗很受人们喜爱，香达的朋友和亲戚都认为，她的生活一定非常浪漫幸福。但是香达的内心却忍受着莫大的痛苦，因为在丈夫的心目中她无异于一个端茶送水的女仆，她体会不到丈夫的任何爱和温情，只能把压抑在内心的爱倾注在孩子和园艺上。诗人的情人只存在于诗人的笔下，现实中诗人的情人却只能压抑着对爱情的渴望，过着寂寞、孤独的生活。诗人缠绵感人的情诗是写给别人看的，而对本该建立在爱情基础之上的家庭，诗人却不愿投入他的一点点感情。正如香达的一个女友所说，"（诗人）想象中的情人是他遍寻整个世界而寻求不到的，在生活中可以找到的情人是尘俗的女人，根本不是他幻想世界的女神"。[①] 在迪瓦格尔这样的人心里，爱情是风花雪月般超脱尘俗的恋情，与现实世界中的生活是格格不入的。他用动人的诗句讴歌美丽的爱情，赞美心中至爱的情人，但再华美的辞藻也是建立在脱离现实的虚幻想象之上的，他根本不懂得在现实生活中投入真情去理解爱的真谛。而香达显然是令人同情的，因为在女性地位低下的社会中，家庭就是女人的全部，除了郁郁寡欢地将感情倾注于园艺和孩子身上，她只能默默地忍耐生活中的所有不如意，同时依旧无微不至地照顾丈夫，以他的需要为自己的需要。但是，她从没有想到寻求自我生活的价

① 阿格叶耶：《阿格叶耶短篇小说全集》，腊基巴尔父子出版社，1989 年版，第 566 页。

值和意义，这既是许多印度妇女的悲哀，也是社会中性别不平等造成的悲剧。这篇作品反映了作家进步开明的社会主张，这篇作品不仅探讨了婚姻生活中爱情的内涵和意义，还对中产阶级女性的生活状态和心理状态予以了关注，并对那些曲解爱情含义，没有家庭责任感的男性进行了委婉的讽刺和批评。这篇作品创作手法中最主要的一个特点是采用了戏剧体的形式，作品更像是一个短的独幕剧，主要通过对话表现人物的性格和内心世界。

作家在婚姻和爱情题材的作品中不仅关注了爱情的现实意义、爱情与婚姻的关系等比较现实性的问题，他对于爱情中两性之间应有的理解、忠诚、宽容等精神层面的问题也予以关注和思考。《旁人》是这一类作品中比较有代表性的一篇，体现了阿格叶耶进入创作成熟期之后的创作风格和倾向，有评论家认为这篇作品是最优秀的印地语短篇小说之一。[①] 这是一篇意识流风格的作品，人物简单，故事情节淡化，用大段跳跃性的内心独白、回忆和人物之间简短的对话串连起作品情节发展的主线。作品以男主人公的视角展开叙述，描写的是一对缺乏感情基础的夫妻从结婚伊始就面临着感情的不和谐，原因是双方在结婚前都各自有相爱的人，然而或是因为对方也是有妇之夫或是其他原因，他们都没有能够和自己心中真正相爱的人走进婚姻的殿堂。结婚后双方仍然没有走出以前的情感旋涡，不能将感情完全专注于婚姻生活中的伴侣。在一种相互猜疑的气氛中，两人的感情更加疏远和背离，这样的婚姻必然走向死亡。经过一段时间的分居生活之后，他们的婚姻最终以离婚而告终。离婚后男主人公试图与前妻进行一次倾

① 参见苏里叶那拉衍·勒那苏普、金德尔·松沃内：《短篇小说家阿格叶耶——作品及个性》，发展出版社，1994 年版，第 141 页。

心交流，希望能在一种更为融洽的气氛中为这场婚姻画上一个句号，希望能得到女人的原谅，同时也能弥补内心的歉疚和失意。然而，心灵的隔膜最终也未能消除，在女人的敌意和漠视中，男主人公只能放弃原来的幻想，最终他目送着女人和她的情人一起远远地消失在视线之外。作品涉及了两性情感中很重要的一个问题——没有感情的婚姻是不稳定的，而缺乏了解、信任和忠诚就不会有真正相知相爱的情感，作品甚至涉及了很敏感的婚外情感问题。作品中表现的现代社会中产阶级尤其是知识分子阶层的生活是阿格叶耶所熟悉和了解的，他非常善于刻画他们复杂的内心情感。这一阶层的人们面临的并不是严酷的社会环境和生存压力，然而对情感和精神世界的更高追求以及在现实中得不到满足的心理落差使得他们的内心中产生了无法排遣的苦闷和压抑。作品中的男女主人公就是这样一对苦苦挣扎在道德与情感中的现代男女，他们面对的是情感交流和心灵交流中的隔膜。这种没有情感基础的婚姻不仅给他们的精神带来痛苦，也导致了他们之间性爱的不和谐。双方最初都试图在婚姻中建立起和谐稳定的关系，然而内心中又都没有完全背弃以往的情感，因此他们都无法真正走入对方的心灵世界，这种缺乏忠诚和感情基础的婚姻只能在难以消除的隔膜中以失败而告终。作品带有阿格叶耶个人生活的影子，他的第一次失败的婚姻与这篇作品中男女主人公的经历非常相似，他将个人情感的亲身体验和感受融入了这篇作品。

作品是从男女主人公在海边交谈的场景开始的，通过男女主人公的对话、男主人公的心灵独白以及他对过去生活的片段回忆和跳跃式的心理活动，打破了时空的界限，渐渐串连起故事发展的线索。作家还非常成功地运用大量的景物描写来烘托人物内心复杂的心理变化和人物之间情感的碰撞，作品中反复出现大海的波涛冲刷着留在沙滩上的脚印的场景，既是写实的景物描写，又是象征手法的运用，沙滩上的脚印象征着两人在共同生活中在对方心灵中留下的印迹，而大海的冲刷最终抹去了沙滩上的足迹，象征着生活的潮水终会将他们在彼此的情感和记忆中抹去。“海门德(男主人公)望了她片刻，而后又朝双脚的方向望去，退去的潮水从脚底卷去一些沙粒，而那些印在潮湿海滩上的所有脚印都消失不见了……”[①] 作品风格独特，淡化人物和故事，主要表现人物内心的活动。语言隽永优美，含蓄而令人回味，但因为情节的淡化也使得作品有晦涩之感。

《常青的藤蔓》采用拟人的手法，通过一棵历经人世沧桑、目睹人世间爱恨离合的古老的毕钵罗树的视角，用散文诗般优美的语言表达了对人世间爱情的思考和困惑。这棵古老的毕钵罗树被常青的藤蔓缠绕着，年轻而富有活力的生命带给它幸福的沉醉和无奈的叹息，因为它也感受到了深藏在身体里的一种对爱和生命的渴望，它也希望能和人类一样去爱、去表达爱。然而，它既看到了被情人欺骗的女人遭到社会的谴责和唾弃，生下无辜的孩子后死去，也看到了互生情愫的男女之间充满甜蜜和幸福的等待和幽会，这一切都让毕钵罗树对爱情的内涵充满困惑。终于有一天，一个姑娘的自言自语让它对爱情的困惑有了答案——“我所思考、了解、感受到的东西一点也不能有所表达，但那又怎样呢？无论过去还是现在，存在于我心里的一切已经照亮了我的生活。在爱情中有痛苦也有幸福，有宁静也有忧愁，有相聚也有分离，爱情中包含着一切。

① 阿格叶耶：《阿格叶耶短篇小说全集》，腊基巴尔父子出版社，1989 年版，第 521 页。

没有差异的爱情是不存在的……否则被我们称之为爱情的东西，它的实质又是什么呢？"[1] 作品视角独特，没有连贯、完整、清晰的情节，行文风格更像是一篇抒情的散文，优美的文字之中包含着对爱情和人类社会富有哲理的严肃思考。

《高原的宽容》也是一篇具有现代主义风格的作品，它采用了一种时空倒置、梦境般似真似幻的写作手法，通过古今两对恋人的故事，揭示了爱情的含义不在于相互的占有，真正的爱情无须丧失自我，在爱情中需要相互信任和理解，需要更多的耐心和宽容。《泰姬陵的影子》探讨了什么是不朽的爱情，认为在爱情中应该奉献而不仅仅是索取。这两篇作品运用了现代主义的写作手法，时空交错，进行了大量的心理描写和分析。但是整个作品风格比较晦涩，主题和人物都不鲜明突出，过于追求写作的技巧性和对人物复杂内心意识的描摹，给读者对作品的理解带来困难，影响了作品的感染力。

阿格叶耶的创作表现出对人性的关注，注重挖掘人物的内心世界。受弗洛伊德精神分析学说的影响，阿格叶耶非常注重表现内心深处的潜意识对人类行为的潜在影响。在他的许多作品中，尤其是在以爱情和婚姻为主题的作品中，阿格叶耶力图表现人物内心深处对情感和欲望的追求，以及情感和欲望不能得到相应满足时人们的焦虑和痛苦。

《不可触碰的花》刻画了一个得不到真正爱情的女性的痛苦、压抑甚至扭曲的内心世界。作品的女主人公米拉是一个26岁、受过高等教育的成功女性，她有因参加政治运动而入狱的经历，而如今她是一个享有一定社会地位的保险代理商。她有着丰富的社会经验，交际甚广，凭着美丽的容貌和聪慧的头

① 阿格叶耶：《阿格叶耶短篇小说全集》，腊基巴尔父子出版社，1989年版，第39页。

脑游刃有余地穿梭于社会交际圈的各色男人中间，男人们像嗅到荤腥的狗一样尾随在米拉的身后。她和他们游戏着，操纵控制并且利用着他们，同时又小心翼翼地维护着自己贞洁的名声，因为她知道“对女人而言，进入男人的社会而又保持和他们的距离是十分重要的事情，更何况在印度这样的‘新文化’社会，关于行为规范的古老传统经典遭到了破坏，而新的‘标准’又还未建立起来，所以女人们行事的时候维护好自己的美德非常重要”。[1]米拉做得很成功，因而她有时又不免沾沾自喜，她觉得自己即使算不上是出淤泥而不染的荷花，那么至少也可以说是一只飞舞在各色鲜花中采撷花蜜的蜂儿，从不让自己的翅膀受到纠缠。然而，潜藏在她内心深处的则是对真挚爱情的渴望和对自己生活现状的厌倦和不满，虽然她不愿意正视和承认这一点，可郁闷的心情和焦躁不安的情绪却无意中暴露了她内心的秘密。一日，在外出散步的途中，米拉为了发泄自己郁闷的情绪，把一根树枝伸到一辆疾驰而过的自行车轮中，使骑车的小伙子受了重伤，她把他送到医院，直至听说他已脱离危险后才回到家中。米拉的心绪依旧很乱，她拼命想忘却与那个青年男子有关的所有回忆，可是他的面容却总在她的眼前晃动。瞬间她不得不接受自己一直以来不愿正视的事实——内心中对男人、对情感的渴望。在潸然的泪水中，她感到自己正如一枝无人触碰、无人真正懂得欣赏的花。

作家十分细致地对米拉的复杂心理进行了深入的刻画和分析，通过她的语言、动作以及对她的心理分析展现出这个人物潜意识中对爱情的渴望，把一颗矛盾、悸动和在自我挣扎中扭曲和痛苦的心灵刻画得十分到位。

① 阿格叶耶：《阿格叶耶短篇小说全集》，腊基巴尔父子出版社，1989 年版，第 350 页。

在散步的途中，米拉回忆着一个个为她倾倒、被她摆布的男人，不禁为自己的成功和自己的魅力而得意忘形起来，但是她内心中潜藏着的真实感受又是怎样的呢？

米拉一边散步一边想着这些，但她并不高兴。她不断庆贺着自己的成功，但是她的情绪却很低落。那些庆贺的言词仿佛毫无意义，她一遍遍重复着，但是从中却得不到丝毫的愉快和满足。[1]

在散步的路上，经常可以看到骑起自行车来不管不顾的年轻人，这本来是件与米拉毫不相干的事情，然而积郁在心中的压抑和不快却由此找到了发泄的途径。

米拉并非对这种类型的人感到愤怒。她自己身上就有热衷于冒险的天性，她也很了解冒险带给人的醉心感受。但是那一刻她就是感到一种无端的愤怒。她暗暗生起气来，她的心里一次次地泛起一种渴望，想粗暴地对待别人，想随便和什么人打上一架，想伤害别人，想损坏东西。她弄不清为什么要这么做，该怎么去做，但是她的内心充满对整个人类的一种强烈的反感。……

米拉恨恨地盯着那些从她面前经过的骑自行车的人。那些相貌丑陋的家伙有幸躲过了她愤怒的目光，可是她落在其他人身上的目光仿佛要把他们烧成灰烬。最终她心中熊熊燃烧的愤怒终于到了一种无法抑制的程

① 阿格叶耶:《阿格叶耶短篇小说全集》,腊基巴尔父子出版社,1989 年版,第 350 页。

度，它必须要通过什么途径爆发出来了。[1]

她终于按捺不住心中的无明怒火，把它发泄在那个倒霉的青年身上，这令她感到了一种发泄后的快感和一种更为复杂的难言的感受。

这以闪电般的速度发生的事件在米拉心中引起的第一反应是一种强烈的快感。那种快乐是胜利之后的快乐，是多日来连连受挫后终于有一天突然成功后得到的快乐。但是片刻之后，她发现这种愉快不是胜利的愉快，不是达到目的后的那种愉快。愉快的原因是现在她有事可做了。囚犯获得自由的时候是会感到高兴的，但此时米拉感到的快乐如同一个在单人牢房里关了很久的囚犯被派去参加劳动时感到的快乐，不管这劳动是去敲碎石头、榨油或是别的任何活儿。[2]

而当她终于开始正视一直压抑在自己内心的渴望时，她突然感到了一种如释重负般的轻松，同时也感到了一种更加强烈的沮丧和痛苦。

米拉的身体一下子放松下来，那种很久以来积累起来的紧张感开始消失，她直盯盯地用失神的目光望着那枝花。……她又咬住自己的嘴唇，这一次不是为了忘却什么，这一次仅仅是为了要阻止一个词从她的唇边吐出，这

① 阿格叶耶：《阿格叶耶短篇小说全集》，腊基巴尔父子出版社，1989 年版，第 350—351 页。

② 同上书，第 351 页。

个词代表了一切西式文明和教育的精髓——“该死的！”

突然泪水从她的眼里滑落，无声无息、大颗大颗的泪滴。[1]

作家笔下的米拉是一个受西方文明和传统印度文化双重熏染的现代女性，成功的事业、良好的教育、广泛的社会交际、美丽的容貌和众多的追求者让她俨然成为一个社会的宠儿。但骄人的外表下的内心却充满空虚、孤独和压抑，对情感的向往和对情欲的渴求是她不敢也不能让人知道的秘密。因为在一个由传统向现代过渡的社会，即使是受过高等教育和被西方现代文明熏陶的女性也依然要面临社会传统的束缚，渴求自由的心灵被紧紧禁锢起来。长期精神和情感的压抑使得米拉的心理和人格发生扭曲，她一方面为自己没有成为男性的附属品和玩物感到骄傲，可是另一方面她又暗暗为自己得不到来自男性情感和肉体的抚慰感到压抑和沮丧。压抑已久的郁闷和烦恼像火山一样喷发，但即使是这样，她依旧不敢正视自己软弱、孤独的内心和潜藏在心底的欲望。作家成功地表现了一个具有现代意识的现代女性在自我和社会的双重重压下痛苦扭曲的内心世界，这篇作品从题材、人物形象的塑造到创作手法和创作理念都非常具有现代主义小说的特点。

作品《蛇》用意识流的创作手法表现了两性在情感和欲望的抉择中各自感到的矛盾和困惑。在这篇作品中，意识流的倾向表现得非常突出，作品中运用了大量的象征手法，如以“蛇”象征人对性的欲望，此外还有对梦境的描写以及对人物内心潜意识和无意识的分析和挖掘等。但是由此也使得这篇作品

① 阿格叶耶：《阿格叶耶短篇小说全集》，腊基巴尔父子出版社，1989年版，第353页。

晦涩难懂,故事的内容和线索显得支离破碎。

阿格叶耶以两性婚恋为题材的作品更为突出地体现了作家对“心理现实主义”创作风格的追求。在这些作品中,作家创作的目的是深入人的心灵世界,揭示人们隐藏的心灵秘密。他以诗歌般优美的语言,以充满同情的笔触表现美好的爱情带给人的愉悦和力量;表现不幸和缺乏温情的婚姻带给人的伤害和痛苦;表现人类尤其是女性因为不幸的情感生活埋藏于内心的压抑和渴望;表现爱情和婚姻中人性的高尚和卑劣、非凡和平庸;表现面对情感、婚姻和家庭问题时,人们在思想和观念上的交流和碰撞、相融和相离。

通过这些作品,阿格叶耶也表达了自己对爱情和婚姻问题的理解和思考:爱情是婚姻的基础,心灵的融合和相通是爱情的基础,缺乏心灵沟通的婚姻是不幸的,真正的爱情应该具有相互的宽容、奉献、信任和忠诚等广泛的精神内涵。作家也并不回避两性情感中情欲的存在及其作用,对性爱的追求和渴望不仅是人类的本能,同时也代表了人类对真、对美的渴望和追求,但是只有建立在爱情基础上的性爱才会带给人身心交融的愉悦。可以看出,在阿格叶耶的爱情观中包含着他一贯的理想主义、浪漫主义和人道主义的思想。

阿格叶耶创作的爱情和婚姻题材的作品从总体上来讲可以分为两大类:一类以故事见长,虽然也重视对人物的心理描写,但仍然保留了传统现实主义的写作风格和特色,比如《发信号的人》《茵度的女儿》等;另一类小说的现实主义色彩较弱,小说中人物简单,情节淡化,几乎没有什么明晰连贯的故事情节,对社会环境和背景的描写也比较弱化,代之以对人物复杂心理的分析和刻画,意识流的风格突出,运用大量隐晦的象征和暗示,或者借助梦境的描写,通过人物意识的流动展现人物的心理、思想和情绪的变化。这一类作品中比较有代表性的是《旁人》《泰姬陵的影子》和《蛇》等。但是应该指出的是，这一类现代主义风格的作品由于意识流色彩过重，整个作品艰深晦涩，影响了作品的感染力和可读性，显得比较枯燥。

除了上文提到过的一些特点之外，还可以看到阿格叶耶在创作手法上进行了各种各样的尝试。作家尝试运用各种可以调动的手法来增强作品的表现力，比如：戏剧体、书信体、心理分析、心灵独白、象征和梦境等。在作品的语言风格上，也可以看到作家的这一努力，有些作品运用诗化的语言，有些作品的语言则平实而朴素、有些抒情色彩很浓、有些则带有诙谐的风格，表现出作家对语言的把握能力。

阿格叶耶以两性婚恋为题材的短篇小说尽管数量并不是很多，但比较集中体现了他的创作风格和创作思想。

第三节　军旅题材的作品

在印地语短篇小说中，表现军队和军事生活题材的作品并不多见，阿格叶耶此类作品的数量虽然不多，但是这类作品多创作于20世纪40年代末50年代初，是作家进入创作成熟期后的作品，从题材到思想内容和创作手法较以往更为成熟，数量虽少但却很有代表性，同时也弥补了印地语小说文学中这一题材类型作品的不足。

阿格叶耶之所以能够创作出这一类题材类型的作品，与他个人生活的经历是密不可分的，1943—1946年期间，他曾经在英国军队中服役。因为阿格叶耶青年时曾因积极参加反对英国殖民统治的地下暴力革命团体而遭逮捕，因此许多人对他为何会投身于英国对日战争的前线而感到困惑。探究阿格叶耶从军的原因，笔者认为首先是基于他个性中追求冒险、喜欢挑战的天性，但更重要的是他对法西斯主义和反法西斯战争有着深刻的理解。阿格叶耶认为，与英国的殖民统治相比，日本人的统治将更加危险。他说："直到现在，我仍然不认为如果日本人赢得了第二次世界大战的胜利，印度落入他们的手中，对我们来说会更加有利，或者说我们可以得到比现在更快、更完全的自由。"[①] 他认为，以希特勒为代表的法西斯主义的胜利意味着人类正义精神的失败，[②] 同时他还认为，"保护印度不受军事侵略也是独立运动的一个方面。"[③] 因此，阿格叶耶不仅于 1942 年在德里动员知识分子阶层召开了"反法西斯主义大会"，积极主张印度参加反法西斯战争，而且他本人也身体力行地走上了反法西斯战争的第一线。他说："我是那些认为这场战争值得一打的人们中的一员，我认为参与这场战争是我们的责任，我相信这场战争的结果将决定全世界所有国家的利益。"[④]

出于保护自己的祖国和捍卫人类正义精神的一种责任感，阿格叶耶积极主张印度参加第二次世界大战的反法西斯联盟并亲自从军以实践自己的主张。但是他并不是一个战争的狂热支持者，他说："我过去不是战争的支持者，现在也不是。"[⑤] 亲历战争的体验使他对战争的残酷性有了更为直接和真实的感受，这反而促使他后来成为一个更加彻底的反对战争的和平主义者，尽管他认为一些自卫性的和保卫正义的战

① 阿格叶耶：《阿格叶耶短篇小说全集》前言，腊基巴尔父子出版社，1989 年版，第 21 页。

② 参见罗摩·科莫尔·罗易：《从高山到大海——阿格叶耶的生活之旅》，国际出版社，1986 年版，第 69 页。

③ 阿格叶耶：《自白》，印度知识书院出版社，1960 年版，第 193 页。

④ 同上书，第 211 页。

⑤ 阿格叶耶：《阿格叶耶短篇小说全集》前言，腊基巴尔父子出版社，1989 年版，第 21 页。

争也是不可避免的。在 1945 年退伍前写给朋友的一封信中，阿格叶耶清楚地表达了自己对战争的看法——“军队的体验改变了我对战争的认识。……现在我认为，战争对于任何一个国家、时代和环境来说都是应该被摒弃的。……我将成为一个和平主义者。……战争是集体性的屠杀——是一个群体对另一个群体的屠杀。”[1] 他还清楚地指出，现代战争具有更大的危害性，他说：“战争是坏事情，在任何时代都是如此，在现代更是如此，因为在现代战争中，想了解战争是为了保护何种价值观就更为困难了。”[2] 亲身的感受和体验以及作为一个作家所具有的敏锐和深刻的思想，使得阿格叶耶将对战争的认识和思考渗透于自己的文学创作中。在他的短篇小说中，《乔杜里上校归乡记》和《那迦峰事件》就是这一类题材的代表性作品。

《乔杜里上校归乡记》创作于 1947 年，这篇作品表达了阿格叶耶对士兵生活的体验以及对战争的思考。作品的主题并不是直接描写和表现战争场景的残酷，而是秉承着作家创作中始终如一的对人的关注，通过表现战争对人的生活以及人性的毁灭和扭曲，对战争进行了更为深刻的反思和批判。这篇作品以第一人称的视角展开叙述，通过“我”与乔杜里上校的对话和回忆，在平静的讲述中刻画了一颗饱受战争摧残的痛苦心灵。乔杜里上校在战场上受伤，出院后被批准给予特别的“照顾性休假”回家探亲。然而，即将踏上回乡之路的他感受到的不是喜悦，而是一种难言的痛苦和酸楚。这是因为，战争不仅让他落下了终身残疾，再也无法正常行走，也同时使他失去了生育能力。结婚三年，在军队服役的他与新婚妻子几乎没有享受过正常的家庭生活，也没有生育子女，而现在他们永

① 阿格叶耶:《自白》，印度知识书院出版社，1960 年版，第 221 页。
② 阿格叶耶:《洁白的纸》，腊基巴尔父子出版社，1972 年版，第 101 页。

远不能拥有自己的孩子了。让乔杜里上校最为痛苦的不仅仅是他自己永远失去了作为男人的尊严和幸福，更重要的是对妻子的负罪感和歉疚感。在他的思想中，男人和女人、丈夫和妻子之间应当存在着一种精神上的平等和和谐[①]，而他的受伤给妻子带来的无可弥补的遗憾将会给他们的家庭生活蒙上阴影，这才是真正让他痛苦不已的。战争留给他的不仅是残缺的肢体，更有让他痛苦不安的灵魂和必将注定残缺不全的生活和感情。他因而感慨道："家终归还是家。但一旦离开家，还能否再回到这个家，谁敢打包票呢？"[②] 乔杜里上校和"我"还通过亲身的经历感受到了战争对人性以及人的本能的扭曲和扼杀。乔杜里上校遇到的一个英国士兵为了发泄长期压抑的性欲，排遣长久以来的精神压力，多次违反军纪在驻地嫖妓。当被问及为何这样做的时候，他竟然毫无羞耻感地说，因为比起其他士兵来说，他到后方驻地来的时间晚了许多天，部队很快就要开拔了，他不想在这个方面落在别人后面。这种在正常环境中违背道德观念的行为和思想，在战争中似乎确实有可以被理解甚至宽容的理由，因此乔杜里上校没有严厉追究和惩罚这个士兵，他说："我认为，对待动物用动物的逻辑是一种人性的表现，因为这是一种慈悲。而正义也罢，纪律也好，这些反而是不公，它们会让动物的本能变为兽性。"[③] 在这篇作品中，阿格叶耶并没有直接描写血肉横飞的战争场面，而是将目光投注到战争最直接的参与者——士兵身上。在阿格叶耶看来，战争不仅可以夺去人的生命，它还会让人失去人格的尊严，失

① 参见阿格叶耶：《阿格叶耶短篇小说全集》，腊基巴尔父子出版社，1989 年版，第 544 页。

② 同上书。

③ 同上书，第 549 页。

去人类应有的价值观和道德意识，战争带给人类心灵的痛苦将是持久和难以磨灭的。作品中表现出来的人道主义思想不仅体现在作家对于人性的关注上，阿格叶耶还以十分严肃和客观的态度探讨了战争中士兵的性本能问题，从一种人性和人道的角度出发，评价士兵在战争这一特殊环境的影响下表现出来的性道德的沦丧。战争一方面压抑和扼杀了人本能的生理需要，使之表现为一种畸形和扭曲的状态，使人“堕落”到以动物本能代替人类的理智和道德；另一方面在战争这个特殊环境中，人类固有的价值观、道德意识以及是非观念又不得不失去通常的标准，以一种非常态化的特殊形式存在。在这篇作品中，阿格叶耶以一种非常理性的态度和充满人道主义的思想对战争进行了深刻的反思和批判。

《那迦峰事件》是另一篇表现战争主题的作品，创作于1950年。作品以四名退伍老兵在退伍军人俱乐部聚会时的谈话展开情节。尽管已经远离了战场和军旅生涯，但是战争和军队生活对他们的影响似乎还在继续，这几个老兵交谈的话题仍围绕着战争展开。当他们为军队生活要求士兵对纪律无条件服从和人类独有的是非判断力之间的矛盾，以及讲求一致的军队生活把士兵变成“战争机器”是否正确等问题争论不休的时候，瓦尔敦上校对那迦峰事件的回忆和感受揭示出这一问题的实质：战争才是扭曲人性、抹杀人类尊严的真正元凶。第二次世界大战期间，瓦尔敦上校在情报部门工作，在毗邻印度东北部山区的前线上，以英军为主，包括美军和印度士兵在内的盟军与日军形成旷日持久的对峙局面，恶劣的自然条件使得双方的处境都十分艰苦。瓦尔敦上校建议上级情报部门采取劝降的方式结束这种对峙的局面，从而减少己方的伤亡。建议递交上去后如石沉大海，后来他从一个美军上校处得知，自己的这一建议已被采纳且秘密付诸实施，但是一起突发事件却使全盘计划失败，并使这一事件成为一个永久的军事机密。计划最初进展顺利，200多名饥病交加的日本士兵无奈地接受了盟军的建议，主动投降以保全生命。然而令人意想不到的是，一向以军纪严整著称的英国士兵却不约而同地集体违反善待俘虏的命令，举枪向投降的日军射击，使主动投降的200多名日本士兵全部毙命，无一幸免。因为当日本士兵进入英国士兵的视线，个人仇恨的怒火便压倒了一切，战争中残酷的环境和对生命随意的践踏使这些英国士兵失去理智，忘记军纪，不计后果地屠杀了投降的日军，从而破坏了不战而胜的计划，使这一地区的战事拖延下来。瓦尔敦上校通过那迦峰事件明白了这样一个残酷的事实：战争可以使人类所有的理智化为灰烬，使人性中的兽性表现到极致，把人类变成比动物还凶残的野兽。

在这篇作品中，阿格叶耶从另一个角度对战争进行了批判和反思。军人职业的特殊性使得军队必须以绝对的统一性要求士兵，使他们以高度的纪律性服从于战争的需要。在军队生活的训练和培养下，士兵们必须放弃自我的价值观和判断力，成为"只知服从命令的机器"和"驯服的牲畜"。[①] 在军队生活中，士兵必须学会放弃个人的理智和判断力，按照统一的命令行事，但是残酷的战争对人类精神的巨大摧残和扭曲甚至会让训练有素的士兵违反纪律，"战争会将军队训练出来的牲畜变成野兽"。[②] 一旦人性为兽性所取代，人就会变得比野兽还凶残。简而言之，军队生活只是把士兵训练成在严格的纪律

---

① 阿格叶耶：《阿格叶耶短篇小说全集》，腊基巴尔父子出版社，1989年版，第551—552页。

② 同上书，第554页。

下统一行动的机器，但是战争却会把这些士兵变成不受任何理智、道德甚至纪律约束的失控的杀人武器，“一只驯服的野兽不会比在战争环境下的人更可怕”。[①]在阿格叶耶看来，战争才是毁灭人性的最根本的原因。在这篇作品中，阿格叶耶更加直接地深入战争的实质，指出战争将带来毁灭人性的恶果。

《乔杜里上校归乡记》和《那迦峰事件》是作家根据个人生活经历和感受创作的具有鲜明反战思想和人道主义精神的作品。阿格叶耶认为，对人类精神的破坏和毁灭是战争最为严重的罪行，他从更加深刻的角度理性地批判了战争的恶果，而不是简单地展现战争的残酷，因而这一类型的作品体现出深刻的思想性。应当看到，作家的这种反战思想是针对一种广义的战争概念而言的，因为他对维护正义的战争持赞同观点，因此在第二次世界大战结束后，阿格叶耶依然认为印度参加对日战争是必要的。以上两篇作品都是通过人物之间的对话展开情节的，相比之下，《乔杜里上校归乡记》在艺术性和思想性的结合方面表现得更为出色，《那迦峰事件》中人物之间的对话略显冗长和琐碎，令读者略感单一和枯燥。但是总体来说，这两篇作品的立意、选材、思想内容和创作手法都有新意，在阿格叶耶的短篇小说中是比较成功的作品。

《胜利之湖》是一篇虽然以军队生活为素材，但内容思想以及创作手法与上两篇作品迥然不同的作品。这篇作品构思独特，在内容上兼有军旅题材和历史题材的双重特点。这篇小说以梦为线索将历史和现实串联起来，以一个现代军人的眼光透视历史事件，展现了历史上的英雄人物长久不衰的精神魅力。萨格尔上尉偶然走进了莫卧儿王朝时期一个荒淫残暴

① 阿格叶耶：《阿格叶耶短篇小说全集》，腊基巴尔父子出版社，1989年版，第553页。

的土邦王国的国王朱利格法的行宫遗址，疲惫的他在行宫里抵柱而眠，在梦中，他似乎亲身经历了彼时发生在这个宫殿里的一个让人感到惊心动魄的历史事件。朱利格法为了确保自己窃取的王位不被他人觊觎，残忍地割去了几乎所有王子的耳朵或手指，只有一个王子侥幸逃脱，他是杰雅莫蒂王妃的丈夫。暴君朱利格法在数十万百姓面前残忍地对杰雅莫蒂进行了百般折磨，但她一直不肯说出丈夫的下落。她不屈的精神不仅令她的丈夫为之骄傲和自豪，也激起了百姓对朱利格法暴政的反抗。在王子和百姓的共同努力下，朱利格法的统治被推翻。萨格尔上尉仿佛置身于百年前的宫殿之上，目睹并参与了这次推翻暴君的行动，然而猛然醒来却发现这只是一场梦境。行宫旁的湖水几百年来依旧荡漾着微波，它不仅是这一历史最忠实的见证人，更是象征着杰雅莫蒂王妃非凡的勇气、力量和人民追求自由精神的“胜利之湖”。

这篇作品用近乎荒诞的超现实的手法，借助历史事件表现了现实主义的内容和主题，整部作品充满了浪漫主义色彩。作品成功地塑造了一个集真、善、美于一身，兼具勇气和不屈精神的非凡的女性形象。在阿格叶耶塑造的众多女性中，杰雅莫蒂是一个近乎完美的形象。她有着柔弱美丽的外表，更有勇敢坚定的精神和忠贞诚挚的情感，出身高贵但却有着可贵的平民意识。这个人物形象虽然也带有一种唯美化的理想主义色彩，但是血肉丰满、真实感人。有评论家认为，杰雅莫蒂是“人类品行的楷模”，是阿格叶耶塑造的众多人物形象中非常“令人难忘”的一个。[①]

阿格叶耶的其他个别作品中也带有军旅生活的影子，比

① 罗摩·科莫尔·罗易：《阿格叶耶——创作和斗争》，罗格帕尔第出版社，1978年版，第150页。

如《希利波的鸭子》等。但由于这些作品并不是以军旅生活为主题，所以笔者并没有把它们划入这一类作品的范畴中。总的来看，阿格叶耶以军旅生活为题材的作品尽管数量有限，但是由于作品的思想深刻，创作视角很有新意，因而是他短篇小说创作中比较重要的作品。

第四节 印巴分治题材的作品

1947 年 8 月，与印度人民渴望已久的国家独立相伴而来的是国家的分裂。这一事件是一个重大的政治和历史事件，它给印度次大陆在社会、文化、宗教等方面造成的影响是极其深远的。在分治前后各地爆发的大规模宗教骚乱中，几十万人丧生，上千万人被迫离开自己生活已久的家园，举家迁徙，广大的印度人民成为这一事件最直接的受害者。狭隘的教派主义和民族主义情绪使得持不同宗教信仰的印度普通民众，无论是印度教徒、穆斯林还是锡克教徒，都为此付出了沉重的代价。

这一重大历史事件在阿格叶耶心中也引起了强烈的反响，他在 1947 年连续创作了五篇以印巴分治为背景的短篇小说，分别是：《信筒》《庇护人》《穆斯林是兄弟》《神的乐土》和《复仇》。这些作品反映了阿格叶耶的人道主义思想，作为一个敏感的充满同情心的作家，他不可能对发生在自己国家内部这种兄弟相残、骨肉分离的惨剧无动于衷。分治引发的宗教大屠杀和大迁徙带给人们的灾难和痛苦，以及在政治和社会的动荡中人性的善与恶、美与丑的强烈对比和反差激发了作家创作这一题材作品的灵感。阿格叶耶在短篇小说全集的前言中谈到自己这一类作品时说："这些小说是关于印巴分治的灾难与不幸以及与此相连的人类心灵感受的作品。”[①] 虽然阿格叶耶本人认为这是他创作的短篇小说中唯一一类没有他个人生活经历和体验的作品，但是我们不难发现，尽管作品的创作并不直接来源于作家个人的生活体验，但实际上这一类作品是阿格叶耶短篇小说中现实性很强的作品，从题材的选择、人物的塑造以及创作手法的运用等各方面来看，都非常贴近现实。虽然作家本人以及他的家庭并未直接卷入这场不幸的灾难之中，但耳闻目睹所引发的切身感受使一个充满人性良知和人道主义精神的作家不可能置身于这一事件之外。从这一角度我们应当看到，尽管阿格叶耶是一个更为关注人类心灵的作家，但他的视线并未完全游离于社会之外。与以普列姆昌德为代表的传统现实主义作家不同，阿格叶耶和介南德尔·古马尔等作家明显受到了西方现代哲学思潮和文学思想的影响，他们更为注重挖掘人物的内心世界，研究人性中更为真实的自我，通过个体来观照社会，通过个体的心灵世界反映人与现实、人与社会、人与世界的关系。尽管创作的视角不同，尽管在他的许多作品中，历史背景、社会环境甚至故事情节的本身都被淡化，人物的内心成为作品刻画的焦点，但是阿格叶耶并不是一个脱离现实的作家，而且他的许多作品都表现出极强的现实主义创作风格，以印巴分治为背景的短篇小说就体现出作家创作中的这一特点。

这一类作品的数量虽然有限，但五篇作品涉及了印巴分治前后的各个时期。从故事发生时间的先后来看，《神的乐土》中的故事发生在分治前，《穆斯林是兄弟》和《庇护人》讲述的是分治过程中的故事，其他两篇作品则表现的是分治之后余

① 阿格叶耶:《阿格叶耶短篇小说全集》前言，腊基巴尔父子出版社，1989 年版，第 21 页。

波未平的那一段时间的故事。同时，这五篇作品的主题和思想内容并不雷同，可以说，它们关注了与这一事件相联系的各个层面的问题。

在作品中，作家满怀同情地描写了那些在印巴分治事件发生的过程中，背井离乡、与亲人们生离死别的普通人的痛苦和不幸，《信筒》中那个名叫罗什安的小男孩其实就是成千上万遭遇了痛苦和不幸的普通人的缩影。在全家逃往拉合尔的途中，罗什安的叔叔和母亲先后被暴徒杀死，与父亲也从此失散。这个五岁的孩子沦为孤儿，被好心人带到收容所。然而，他日夜思念着失散的父亲，这个不知世事的孩子执着地相信父亲还活着，每天手拿着一张写给父亲的明信片坐在信筒旁，期待着有人能告诉他父亲的地址，期待着神奇的邮筒能够帮他找到父亲。没有人忍心打碎这个可怜孩子的梦，因为即使他的父亲逃过了劫难，在茫茫人海中凭借一个五岁孩子的力量找到父亲也绝非易事。他就这样每日守在信筒旁，满怀希望执着地守候着。这篇作品篇幅不长，故事情节也并不复杂，然而却不乏感人之处，罗什安这个孩子的形象以一种悲剧色彩撼动着读者的心。发生在罗什安身上令人心酸而又无奈的故事令人想到了千千万万个在这场灾难中承受着同样痛苦的孩子们，他们纯洁的眼睛目睹了鲜血和杀戮，他们稚嫩的心灵承受了连成人也无法承受的痛苦，阿格叶耶在罗什安身上寄予了对在这场灾难中饱受苦痛的人们深深的同情。虽然作品中并没有很多心理描写，但罗什安手中攥着那张皱皱巴巴、卷着边儿的明信片，稚嫩的脸上一双泪水干涸然而充满期待的眼睛，以及印在他脸上的那种超出了年龄的冷静和耐心等细节描写使罗什安的形象呼之欲出，鲜活而生动。

印巴分治是一个改变了国家的历史和面貌以及亿万人

民命运的政治事件，同时，它所引发的社会震荡对人类价值观的冲击和对人性的考验引起了人们对这一事件更为深刻的思考。阿格叶耶所创作的这一题材作品的主题不仅仅局限于简单表现人们在这个事件中承受的灾难和不幸，对人类心灵世界和情感世界的关注和洞悉使他更加深入地揭示了印巴分治这一政治事件背景映衬下的人类价值观和人性方面的问题。他说："这几篇小说是关于受到伤害的人类精神感受以及强调人类价值观的作品。直到现在我仍然相信，我所强调的那些价值观以及对破坏了那些价值观的行为所表达的谴责都是正确的，直到今天，对此的信念仍然可以让我们不断地得以升华和提高。"① 阿格叶耶强调价值观对于人类社会存在的重要意义，他认为，没有价值观的社会不能被称为人类社会，因为"价值观是人类的创造，对价值观的创造是人性的体现"。② 人类社会的发展会引发价值观念的变化，但不会使价值观消亡。他说："有时人类社会也会在很短的一个时期内出现价值观的沦丧，比如战争之后，国家的分治也属于这样的时期，但这样的时期是兽性占据优势的时期，在这期间人性受到压制，陷入一种停滞状态。"③ 基于这种认识，阿格叶耶希望通过自己的作品引发人们对人类价值观的思考，他在作品中讴歌美好的人性，对人性中卑劣和丑恶的一面给予揭露和谴责。他抛开狭隘的教派主义和民族主义的情绪，站在人性的高度上审视分治事件对社会和人类心灵的影响，这充分体现出阿格叶耶是一个充满人道主义精神的作家。他在谈到这一问题时说："无疑，我的这一人道主义思想又是一种理想主义，但我并不为此而感到

① 阿格叶耶:《阿格叶耶短篇小说全集》前言，腊基巴尔父子出版社，1989 年版，第 21 页。
② 同上书。
③ 同上书，第 21—22 页。

羞愧，更看不到有什么减少这种人道主义和理想主义的理由存在。”[①] 事实上，作家这种充满理想主义精神的人道主义思想正是他思想的精华所在，也是他文学创作中的可贵之处。因此，在以印巴分治为背景的作品中，阿格叶耶除了表现这一政治和历史事件引发的社会动荡带给普通民众的灾难和不幸之外，还力图在自己的作品中展现更为深刻的主题和思想。在灾难和危机之中更容易暴露人内心最真实自然的本性，作家试图挖掘这一灾难事件背景下人性的善与恶、人格的高尚和卑劣以及人类价值观的升华和沦丧，同时揭露教派主义的丑恶、种姓制度的恶果以及贫富等级差别等种种不公正的社会现象。

《复仇》是一篇张扬善良与美好人性的作品。在分治时期混乱躁动的环境下，仇恨、敌视、宗教对立情绪像瘟疫一样蔓延开来。但即使是在这样一种状况下，依然有一种呼唤宗教平等、国家统一和保护弱者的力量存在。一个名叫苏莱娅的穆斯林妇女带着一双儿女深夜上了火车，翌日清晨，当她发现车厢里还有一对锡克教徒父子后感到非常恐慌，因为她担心受到异教徒的报复。后来车厢里又上来一个印度教徒，车厢里的气氛更加紧张。但这位父亲先是劝慰苏莱娅并保证将她安全送到她要去的地方，而后又痛斥了那个一直不顾别人的内心感受，滔滔不绝、津津乐道地讲述印度教妇女如何遭受穆斯林侮辱的印度教徒。这篇作品的主人公是一个无名的锡克教徒，他带着自己的大儿子经常往返于德里至阿里迦特的火车上，护送一些素不相识的穆斯林妇女和男子，虽然他本人在宗教骚乱中家破人亡，而造成这一悲剧的正是穆斯林暴徒。但是，面对这一切的不幸，他不是去疯狂地报复，而是将痛苦和悲

① 阿格叶耶:《阿格叶耶短篇小说全集》前言，腊基巴尔父子出版社，1989 年版，第 21 页。

愤埋在心中,在火车上护送那些无辜的需要帮助的穆斯林。他的言行不仅感动了苏莱娅,也使那个企图借别人的伤痛羞辱穆斯林妇女的印度教徒羞愧难当。在这篇作品中,作家巧妙地将信奉锡克教、伊斯兰教和印度教等不同宗教的普通印度人置于同一个空间下——一个狭小的车厢里,在充满屠杀、仇恨、暴力的大环境下,在本该浓缩着怀疑、仇恨和复仇情绪的气氛中,塑造了一个充满人性光辉,正直、坚强,超越了宗教和政治狭隘情绪的普通印度人的形象。他承受了教派对立和国家分治所引发的暴乱对其家庭灾难性的毁灭,然而他所做的不是以暴制暴,而是以德报怨。他说:"对于我们在谢克普尔所经历的一切……我知道我永远不会去报复,因为这一切是不能去报复的。我的复仇就是让我经历的一切不要在别人身上发生……"[①] 而且在他的身上,我们还可以找到一种可贵的对女性的尊重。当印度教徒借机大谈妇女在宗教骚乱中受到的凌辱以此来羞辱穆斯林妇女时,锡克人制止了他,他说:"对女人的侮辱只是对女人的侮辱,它不是对印度教徒或是穆斯林的侮辱,它是对人类母亲的侮辱。"[②]

在阿格叶耶的作品中,既有对美好人性的赞美,也有对丑恶人性的揭露和鞭挞。在极端的社会氛围下,这种善与恶的对比表现得更加鲜明,也更加令人深思。《庇护人》既是阿格叶耶又一篇以分治事件为背景的作品,也是他短篇小说中的名篇。故事的主人公戴温德尔拉尔是一个印度教徒,住在拉合尔一个以穆斯林为主的街区。宗教骚乱的气息日浓,他本想同街区中其他印度教徒一样逃离拉合尔,或者躲到印度教徒集中的街区,但是他的老朋友和街坊穆斯林勒菲古丁劝说他留下,

① 阿格叶耶:《阿格叶耶短篇小说全集》,腊基巴尔父子出版社,1989 年版,第 503 页。
② 同上书。

并保证一定会保护他的安全。骚乱愈演愈烈,戴温德尔拉尔待在自己家中已不安全了,他先是躲在勒菲古丁家,没过多久,勒菲古丁受到其他穆斯林的威胁和逼迫,让他转移到自己一个名叫谢赫的穆斯林朋友家的车库里躲了起来。一天,戴温德尔拉尔在送来的饭菜中发现一个纸条,上面提醒他先把饭让狗尝尝,结果一只猫吃了送给他的饭菜后中毒毙命。戴温德尔拉尔知道这里不再是能够庇护他的地方,当即悄悄逃走了。一个半月之后,听到了戴温德尔拉尔在德里电台播出的寻人启事,谢赫的小女儿杰布尼霞给他写了一封信。在信中她为自己父亲曾经企图伤害他的行为请求他的原谅,并告诉他说那张纸条是她写的。她说表白这些的目的不是为了让他感恩,只是恳求他尽可能给那些陷入困境的人以帮助,"并非因为他们是穆斯林,而是因为您是人"。[1] 看完杰布尼霞的信,戴温德尔的眼前出现的是那只中毒的猫奄奄一息时绝望的呻吟,"他将信揉成一个小纸团,用手指弹了出去"。[2] 这轻轻的一"弹"却深刻地揭示了戴温德尔拉尔在这一段惨痛的经历之后扭曲的人性以及他对善良人性和人道主义的失望和背离,这短短的一句话含义深刻且具有讽刺意味。在充满宗教仇恨和敌视气氛的社会环境中,挚友承诺的庇护已毫无力量,曾经珍视并信之不疑的友谊险些让他丧命,戴温德尔拉尔的心中被播撒下仇恨和复仇的种子,但是与此同时,他却没有因一个素不相识的小姑娘善良无私的言行而感到任何触动。"再大的恶也不足以危及世界,真正可怕和危险的是善的无力。善的怯懦软弱才是最大的恶。乌云再厚也无法令黑夜降临,阳光黯淡消失才是黑夜

① 阿格叶耶:《阿格叶耶短篇小说全集》,腊基巴尔父子出版社,1989 年版,第 489 页。
② 同上书。

登场的原因”。[1] 阿格叶耶并没有简单地从宗教和政治的角度来看待印巴分治的悲剧，而是以人道主义的眼光捕捉到这场社会危机和政治危机背后隐藏的人性危机。虽然在这样一场危机中，我们可以看到许多像《复仇》中的锡克人和《庇护人》中的小姑娘杰布尼霞一样用自己也许微弱但却闪耀着人性光辉的力量去帮助别人的人，但是更多的人却像《复仇》中的印度教徒和《庇护人》中的戴温德尔拉尔以及谢赫那样，可能既是灾难的承受者同时又是痛苦的制造者。

《神的乐土》中的故事发生在印巴分治前动荡骚乱已初见端倪的拉合尔 。一个名叫毕什辛格的锡克人收留了一个在白天的骚乱中慌不择路、与丈夫失散的印度教妇女。但第二天送她回家时，她的丈夫却不听任何解释，不肯接受这个“不清不白”的女人，因为她前一天晚上住在别人家里。女人痛不欲生，毕什辛格只好将她带回去。第三天他和一群锡克人一起再次送她回家，并告诫她的丈夫说，如果不接纳她就是对锡克人尊严的诋毁，女人的丈夫迫于压力让她进了家门。然而，毕什辛格的内心并不轻松，因为在紧闭的房门背后等待这个女人的不知将是什么样的命运？《穆斯林是兄弟》描写的是在印巴分治后的大逃亡中，三个贫困的穆斯林妇女来到火车站，渴望能搭上开往巴基斯坦的火车。疲于逃命的人们使每一趟列车都人满为患，她们只好将希望寄托在一趟开往拉合尔的专列上，这趟列车是为德里的穆斯林官员及家人特别安排的。这三个穆斯林妇女乐观地认为，车上都是穆斯林，一定会给她们一个容身之处。但是没有想到，在她们试图登上二等女士车厢时，却遭到车厢里四个穆斯林上层妇女和相邻车厢里一名穆斯林

---

① 阿格叶耶:《阿格叶耶短篇小说全集》，腊基巴尔父子出版社，1989 年版，第 488 页。

男子的拒绝、谩骂和羞辱。她们最终放弃了登上列车的打算，望着疾驰而去的火车，心中充满愤怒和痛苦。

这两篇作品与其他几篇作品一样也关注了人性和人类价值观等问题，与此同时，作家还揭露了存在于社会观念中的丑恶和黑暗。在《神的乐土》中，作家借毕什辛格之口对印度教的种姓制度进行了激烈的抨击，指出种姓歧视是造成穆印矛盾的本质原因。“不是所有的穆斯林都来自阿拉伯、波斯和鞑靼，其中只有百分之一的穆斯林我们今天可以说他们是阿拉伯人、波斯人或是鞑靼人的后裔。……其余的那些穆斯林是谁？是我们的兄弟，是千百年来被我们践踏于脚下，受我们欺凌的人。今天他们昂起头唾弃我们，而我们却为此而气愤。……谁是穆斯林？那些受压迫的印度教徒就是穆斯林。为我们所鄙视的人憎恨我们有什么不对？这不正是报应吗？……一粒仇恨的种子会生出百棵有毒的幼苗来，否则让我们身困其中而又无法逃离的森林是怎样生长出来的呢？”[①] 毕什辛格质朴的话语实际上一针见血地揭示了，当时印度国内的穆印矛盾正是长久以来种姓制度造成的不平等以及由此引发的宗教教派矛盾和分裂带来的恶果之一。此外，这两篇作品还反映了人与人之间等级地位的不平等和传统观念中歧视女性等问题。这一时期，穆斯林和印度教徒之间的对立和矛盾是社会冲突的主要方面，然而在这一社会背景下，社会内部的种种不公正和丑恶的现象也仍然存在，这引发了人们对造成穆印冲突和印巴分治事件更深层次的社会原因的思考和警醒，促使人们更进一步对人类社会现有的价值观进行反思和重估。《穆斯林是兄弟》中三个逃难的穆斯林妇女原以为火车会把她们带到

① 阿格叶耶:《阿格叶耶短篇小说全集》，腊基巴尔父子出版社，1989 年版，第 495—496 页。

一个人与人之间能如兄弟般和睦相处的地方，然而让她们没有想到的是，在危难时拒绝援手以助甚至出言不逊、谩骂羞辱她们的并非印度教徒，恰恰也是穆斯林。那些在任何情况下都可以享受到特别待遇的达官显贵们是永远不会用平等的眼光看待下层人民的，伊斯兰教倡导的平等思想在这些上层阶级看来，只不过是一句空洞的口号。阿格叶耶通过这篇作品表明：自私的人性、悬殊的贫富等级差别是潜藏在狭隘的宗教教派矛盾背后更为深刻和复杂的社会原因，以宗教和民族利益为借口引发的国家分裂，事实上不会带给人们以真正和平、安宁和平等的生活。这篇作品以《穆斯林是兄弟》为名，揭露和讽刺了教派冲突背后深层次的社会矛盾和阶级差异。在《神的乐土》中，那位孤立无援的印度教妇女得到了锡克人的帮助，但是在危难时刻弃她不顾，而后又因为所谓传统的贞洁观念拒绝她进家门的却是本该和她相濡以沫的丈夫。在他看来，不用任何其他证据，仅仅是一个晚上住在别人家里就足以证明自己的妻子是一个已经被玷污的女人，是应当被抛弃的。丈夫最后的妥协和对她的接纳是迫于锡克人的压力，我们怎么能不为那个可怜无助的女人今后的命运而担心和忧虑呢？在这篇作品中，阿格叶耶对处于传统观念以及家庭和社会等多层重压下的女性寄予了深深的同情，对这种宗教观念和社会观念中歧视妇女的思想进行了揭露和批判。

这五篇以印巴分治为题材的短篇小说是阿格叶耶短篇小说创作中比较成功的作品。其成功之处在于，这些作品不仅反映了重大历史事件造成的灾难性社会影响，更重要的是，作家关注了处于这一历史事件中的普通人的命运，以及这一背景下人性和人类价值观的变化问题。这些作品充分体现了阿格叶耶的人道主义思想以及平等的社会观和女性观，体现了一个作家的社会良知和责任感。这一题材的作品更多地运用了现实主义的创作手法，没有过多技巧性的雕琢，语言平实自然，富有感染力。

第五节　其他社会现实题材的作品

有许多人批评阿格叶耶的短篇小说“极端以自我为中心”，“极为个人主义”，“缺乏进步的社会意识”。[①] 在我们对这样的观点进行全面分析之前，单就阿格叶耶短篇小说的题材而言，这样的指责和结论应该说有失客观和公允。除了以重大历史事件和政治事件为背景，具有现实意义的作品外，阿格叶耶短篇小说中还有相当数量的作品也是直接反映一些社会现实问题的，由此可以看出，作家对各种社会现实问题的关注。这些作品又可大致分为以下几类：女性题材的作品；揭露社会丑恶现象，表现下层人民不幸命运的作品；歌颂美好人性的作品；反映艺术创作中各种问题的作品等。

一、女性题材的作品

作为一个男性作家，阿格叶耶一直以充满人文主义情怀的眼光关注着印度社会中的女性。在有着根深蒂固的男权意识的文化传统中，阿格叶耶对女性生活和灵魂的关注和描写从另外一个角度反映了他的人道主义思想。这些女性题材作品反映了女性在现实社会中面临的诸多问题，描绘了男权占统治地位的印度社会中女性在婚姻、家庭、个人情感等方面面临的种种困惑和挣扎，以及她们痛苦压抑的内心世界。这类作品是对传统女性题材的突破。

① 维谢那特·普拉萨德·迪瓦里主编:《阿格叶耶》，国家出版社，1978年版，第176页。

20世纪30—60年代正是印度社会从传统走向现代，发生剧烈变革的时代，许多旧的传统观念被打破，而新的思想和价值观又未完全建立起来。一方面传统文化的影响还在继续；另一方面许多现代的文化思想观念也在悄悄地影响着人们的生活，传统文化与现代思想在共存中产生的激烈碰撞对印度社会的方方面面产生的巨大影响是毋庸置疑的。处于家庭和社会双重束缚和重压下的女性也不可避免地站在了传统和现代的十字路口，面临着困惑迷茫，经历着艰难的抉择和挣扎。

阿格叶耶出身于一个中产阶级的知识分子家庭，生活环境和个人经历使他对中产阶级的生活状态以及思想情感有十分深刻的了解和感受。他在作品中刻画了许多自我意识觉醒，但又无法挣脱传统观念束缚的中产阶级女性，展现了她们在对婚姻、家庭和爱情的抉择中困惑挣扎的心灵状态。《春天》中的玛尔蒂就是这样一个在平静安逸的家庭生活中，因为寻找不到自我价值而困惑痛苦的女性。丈夫为生计忙碌工作，尽管在内心中也很想对她多一些关心和呵护，但是繁忙紧张的工作使他无暇关注妻子的精神世界。一个女人存在的价值和意义在平凡琐屑和枯燥的家庭生活中似乎被有意无意地遗忘和淡化了，这正是玛尔蒂心灵世界最大的痛苦。她常常自语，在与自我的对话中探寻自我存在的价值——“我是你，我是你要成为的你，我是过去的你，是将来的你。但我自己过去是谁？将会是谁？现在是谁？”[①]这实际上，正是玛尔蒂灵魂深处的自我意识发出的充满矛盾和困惑的疑问和呐喊。但是，对大多数女性而言，清醒地了解自我在家庭和社会中存在的意义和价值并不容易，玛尔蒂的困惑反映了印度现代女性在探索和

① 阿格叶耶:《阿格叶耶短篇小说全集》，腊基巴尔父子出版社，1989年版，第590页。

建立自我的过程中的觉醒和挣扎。她对自我存在的价值产生了强烈的渴求,但又为如何实现这种价值而感到困惑,这时她选择了逃避——"也许我不该问这个问题。否则为什么这么多年来我一直拖延着不能回答这个问题。"[①] 在女性的自我意识觉醒后,她必然会去寻找一种更为平等的男女关系,她会为因性别差异得不到公正对待以及处于从属地位的现状感到不满。玛尔蒂对女人在家庭和社会中的依附和从属地位有着清醒的认识,她对丈夫说:"工作和休息——这是男人的创造,女人不休息,因为她们也许从不工作。她们什么都没有做……也许她们压根儿就不存在。从女孩到少女,从未婚的姑娘到别人的妻子,从女儿到母亲,她们不断地变化着角色,因为她们从不是她们自己。"[②] 玛尔蒂这样的女性渴望冲破男权意识的压制,希望摆脱家庭樊篱的束缚,希望能够在更广阔的天空中飞翔,"我要是风筝就挣开线飞走,飞得很远很远,再也不回来"。[③] 尽管《春天》中的玛尔蒂最终在儿子纯真的话语——"你就是我们的春天"中感到触动,重新在家庭中确定了自我存在的意义和价值,认识到生活本身充满各种内容,有甜蜜也有平淡,有欢笑也有忧伤,意识到孩子是她希望的幼苗,是她一生一世的幸福的源泉,但是女性对自我价值的探索以及对幸福生活的追寻带给我们的思考并未结束。这篇作品中的"春天"象征着玛尔蒂的自我对幸福的寻找,作品中的玛尔蒂最终走进了真正的"春天"。通过这篇作品我们可以看出,阿格叶耶是以平等、同情和尊重的目光来看待女性的。他反对女性由于在家庭和生活中的从属性地位从而成为男性的附属品,他洞悉而且同

① 阿格叶耶:《阿格叶耶短篇小说全集》,腊基巴尔父子出版社,1989 年版,第 590 页。
② 同上书,第 591 页。
③ 同上书,第 592 页。

情女性面临的困惑和迷茫，他理解她们探索自我、建立自我的要求。但是他希望，女性能够在家庭中寻找到自我价值，得到社会和家庭的承认，男人和女人不应该由于扮演不同的社会角色而有地位和自我价值上的差异。

《春天》中的玛尔蒂代表的是在家庭和社会的双重禁锢中依然努力寻找自我，具有觉醒的自我意识的中产阶级女性。但是，还有许多中产阶级家庭的女性在缺少温情和活力、死水一潭的家庭生活中变得麻木而消沉，放弃了对自我存在意义和个人幸福生活的追寻，在时间机器的消磨下浑浑噩噩地生活，成为没有灵魂的空壳和傀儡。阿格叶耶在《坏疽》（又名《日子》）中塑造的玛尔蒂就是这一类女性形象的代表。《坏疽》是阿格叶耶短篇小说中的名篇，是“印地语短篇小说发展进程中一篇具有里程碑意义的作品”。[①] 有学者评论道：“阿格叶耶在这篇小说中，艺术化、细致入微地成功描绘了潜藏在一个家庭内部的微妙的痛苦，揭示了积郁于女性内心的痛苦及环境的改变对她们价值观的影响。”[②] 作品用第一人称的视角，通过叙述者“我”的眼睛塑造了一个在沉重、乏味、阴郁的生活中失去所有生活的希望和动力，剥离了灵魂和热情的不幸女人——玛尔蒂。

孩提和少女时代的玛尔蒂是一个开朗、活泼、个性十足甚至像男孩子般顽皮的女孩，但是两年的婚姻生活不仅使她从一个女孩变成了一个孩子的母亲，更让她整个人发生了一种脱胎换骨似的变化。现在的她沉默、忧郁，对一切事情都失去了热情，冷淡而麻木。自幼青梅竹马、感情笃厚的表弟步行十

① 苏里叶那拉衍·勒那苏普、金德尔·松沃内:《短篇小说家阿格叶耶——作品及个性》，发展出版社，1994 年版，第 160 页。

② 同上书。

几里山路来看望她，也只是在她死水一般的生活和心灵中激起瞬间的涟漪，而后一切又复归沉寂——“我发现玛尔蒂的眼中有种奇异的神情，她好像正在暗自努力回忆某件往事；好像正在努力再次搅动弥散的空气，让它流动起来；好像正在努力让断裂的神经重新复元。但是这种努力并没有成功。就如同一个人突然想抬起很久未动的手臂，却怎么也抬不起来，在长久的遗忘中，它仿佛已经死去，如此微弱的力量根本不足以撼动它。我觉得，这就像一个活人的脖子上被套上了一个骷髅项圈，他想把它取下来扔掉，却怎么也摘不下来……”[①] 改变玛尔蒂的正是日复一日平淡、枯燥、缺乏情趣、机器般的生活。玛尔蒂与在山区诊所行医的丈夫是按传统包办婚姻的习俗结合的，他们之间没有深厚的感情基础，婚后的家庭生活虽然没有衣食之虞，但是情感沟通的缺乏、生活环境的封闭和生活方式的单调让他们之间的精神生活变得十分贫乏和空虚。在乏味、枯燥和麻木的生活状态中，玛尔蒂对生活的渴望和热情早已被日复一日机械运转的家务劳作消磨掉了，“她的生活日复一日地按照固定的节奏缓缓向前流动，不会因为一抹皎洁的月光，一眼对尘世的顾盼而停下脚步……”[②] 生活对她而言就像一个按时运转的时钟，没有爱，没有热情。这篇作品创作于 1934 年，但是作品所揭示出的中产阶级家庭生活中存在的问题直到今天看来，仍具有很强的现实意义。20 世纪 60 年代后，工业化城市文明给人们的生活带来更大的压力，那片笼罩在玛尔蒂家中的无形阴影不仅没有散去，反而更加浓密。因此，有学者指出，这篇作品反映了阿格叶耶作为一个艺术家敏锐的观察力和深邃的思想——“这篇作品走在了时代的前

① 阿格叶耶：《阿格叶耶短篇小说全集》，腊基巴尔父子出版社，1989 年版，第 208 页。
② 同上书，第 214 页。

面，……如果以客观的目光审视印度的中产阶级家庭，就会感到这篇小说非常生动且具有现实意义。”[①] 作品的标题“坏疽”具有象征意义，它不仅是玛尔蒂丈夫在山区行医时每日都要处理的病症——受到感染的伤口慢慢恶化，最终只能通过截肢手术来挽救生命，它实际上象征着一种蔓延在中产阶级家庭中的“病症”，在不知不觉中使他们的生活溃烂，最终让他们的灵魂也残缺不全。

阿格叶耶对中产阶级女性心灵世界的刻画是十分细致和深刻的，在表现爱情题材的作品《诗人的情人》和《不可触碰的花》中，作家也从不同角度刻画了这一阶层的女性在情感和婚姻问题上面临的困境。《诗人的情人》中的香达被丈夫冷落，感受不到夫妻的温情和家庭的温暖。但她摆脱不了传统观念的束缚，只能压抑着内心的痛苦以及对爱和尊重的渴求，继续忠诚地扮演着一个妻子的角色，她是缺乏觉醒的自我意识的传统女性的代表。《不可触碰的花》中的米拉是现代社会中另一类妇女的代表，她凭借自己的才能和美貌赢得了成功的事业和男人的逢迎，这让她的虚荣心得到很大的满足，然而潜藏着的对真诚爱情的渴望使她的内心世界感到无限的孤独和压抑。米拉痛苦扭曲的灵魂实际上正是一些在新旧道德价值观的碰撞下极度压抑的现代印度女性心灵的真实写照。

除了中产阶级女性，阿格叶耶的一些作品还表现了普通女性甚至是下层女性的不幸命运以及她们对生活和爱的渴望和追求。《生活的勇气》中的山塔尔族姑娘芭德拉是一个孤儿，在流浪的生活中以乞讨为生，但是在她心中仍然潜藏着对爱和美好生活的渴望——“她想好好过一种体面人家的生活，

① 苏里叶那拉衍·勒那苏普、金德尔·松沃内：《短篇小说家阿格叶耶——作品及个性》，发展出版社，1994 年版，第 159 页。

她想有自己的家，房子外面的花盆里种着几枝花，屋里的摇篮里睡着两个婴儿，她还想有个人和她一起站在摇篮边端详孩子可爱的面孔，一起吃她烹制的饭菜，这个人是属于她的。这种属于不是如同人豢养一条狗，这种属于像花朵对芬芳的拥有。"[1] 但是在冷漠的城市中，这样的女人是没有权利过人一样的生活的，为了实现这个梦想付出的努力在周围妒忌的店主和野蛮警察的破坏下化为了泡影。尽管如此，芭德拉依旧没有放弃她对生活的追求和梦想。这是个命运多舛、备受欺凌但又勇敢反抗、性格刚烈的下层妇女形象。她人性中最耀目的美丽体现在她顽强的生命力和对生活的无比热爱上，在她的身上寄托着作家对下层女性的同情和尊重。

《希利波的鸭子》是一篇着重刻画和表现人物心理的作品。鸭子是曼尼普尔的卡西亚族妇女希利波唯一的生活来源，同时也是她生活的寄托。可是在德亚尔上尉应她的要求，猎杀了那只骚扰并捕食了鸭群的狐狸之后，希利波的反应却十分反常。她亲手将剩下的鸭子全部宰杀，并叱责向她表达关切之情的德亚尔上尉是刽子手。她失常的过激反应其实是心中积郁已久的痛苦的一次激烈爆发，阿格叶耶说这篇作品"刻画的是一个为没有孩子而痛苦的女人，……她扭曲地将这种痛苦以过激的反应发泄出来"。[2] 希利波曾经爱过，也曾得到过爱，但是她经历过的爱情都没有结果，34 岁的她还是独身。尽管她很美丽，但是村里人都说她不像个女人，说她是一个"没有蛇居住的空穴"。[3] 她以鸭群为伴，过着表面上看来平静如水的生活，然而在她心中埋藏着无可言状的孤独。像绝大多数女人

① 阿格叶耶：《阿格叶耶短篇小说全集》，腊基巴尔父子出版社，1989 年版，第 432 页。
② 同上书，前言，第 24 页。
③ 同上书，第 539 页。

一样,在她内心中也深深潜藏着对家庭和子女的渴望,所以当德亚尔上尉无意中提到她的家打扫得很干净时,她的第一反应却是带着一丝苦笑说:“对,没有会弄乱房间的人。我是自己一个人生活的。”[①] 她和德亚尔上尉追赶受伤逃走的狐狸,来到狐狸的洞穴,看到的是伤重而亡的公狐狸、悲伤无助的母狐狸和三只嗷嗷待哺的幼崽。眼前的一切唤起了沉睡在希利波心灵深处的母性和对家的渴望,她感到一种强烈的自责,继而迁怒于德亚尔上尉和鸭群。这一切的心理变化在瞬间完成,在她突然爆发的疯狂和难以理喻的行为背后,是一个女人因母性和对爱的渴望得不到正常满足而备受压抑的人格和扭曲的心灵。这篇作品也是阿格叶耶短篇小说中比较成功的作品,“它非常艺术化地表现了复杂的人格”。[②]

阿格叶耶在短篇小说中塑造了大量女性形象,最具代表性和典型性的有两类:一类是在其早期创作中塑造的女革命者形象,另一类是在婚姻、家庭和个人情感等方面面临种种困惑的现代印度妇女形象。在前一类女性形象身上,阿格叶耶力图表现和传达的是浪漫感人的革命激情和理想,人物形象更像是图解“革命”思想的工具,对人物的刻画流于表面化、雷同化,缺乏对人物个性和内心世界的挖掘。这些女性形象可敬但不可亲,感人但并不可信。随着阿格叶耶艺术技巧的提高和创作思想的不断发展,他笔下的女性形象及其所反映的思想内容也随之发生了很大的改变。此时,他的艺术视角敏锐地触及现代印度社会中女性的心灵世界,他从平等的、充满人文关怀的角度理解同情女性,以艺术家的良知和敏感刻画和表现了

① 阿格叶耶:《阿格叶耶短篇小说全集》,腊基巴尔父子出版社,1989 年版,第 537 页。
② 苏里叶那拉衍·勒那苏普、金德尔·松沃内:《短篇小说家阿格叶耶——作品及个性》,发展出版社,1994 年版,第 155 页。

现代印度女性痛苦、焦灼和挣扎的心灵状态。与前一类女性形象相比，这一类女性形象更为真实自然，通过她们所反映出的社会问题更具有现实意义和代表性。但是无论作品的艺术性和思想性如何，阿格叶耶通过这些作品表现出的是平等、进步和充满人道主义思想的女性观。他对女性美好的心灵、顽强的生命力和勇敢无畏精神的赞美，对女性不幸命运和痛苦矛盾的心灵世界的同情都体现了他的这种女性观。

二、揭露社会丑恶现象，反映下层人民不幸命运的作品

这一类型题材的作品主要包括：《动物园》《刮脸皂》《十号囚徒》《山居生活》《夜花》《香蒂笑了》《诗与注解》等。这些作品通常运用有别于传统现实主义的表现手法，着意刻画在黑暗的社会现实中遭遇不幸命运的下层人民痛苦矛盾的复杂心态，借此表达对丑恶社会现象的讽刺揭露和对下层人民深切的同情。

《刮脸皂》中名叫希鲁的仆人只是因为一件不值一提的小事，便被主人——一个杂货店的店主责骂和痛打，他却逆来顺受，一言不发地忍受着对他人格的羞辱和对他尊严的伤害，甚至没有进行申辩。最后他只说了一句："主人，您是我唯一的依靠。您的儿子就如同我自己的孩子，我可以把生命都给他。"[①] 听到这句话，店主感到有些羞愧，这才停止了对他的责打。主人毫无人性地对待仆人，而仆人不仅没有任何反抗，而且仍然将主人称为自己"唯一的依靠"。因为他需要这份工作，在生存需要的面前，只能放弃人格和尊严。这不仅仅是个人的软弱，也是不公平的社会制度、贫富差距造成的等级观念对人性的践踏。当店主献媚地乞求因目睹了这一切而感到愤怒的故事

① 阿格叶耶：《阿格叶耶短篇小说全集》，腊基巴尔父子出版社，1989 年版，第 582 页。

叙述者——“我”买点什么的时候,“我”回答说:“一小袋茶和一块便宜的刮脸皂。”[1] 这是对店主辛辣无声的讽刺,因为在他的店铺中,没有比买一块便宜的刮脸皂更适合于挖苦他低贱的人格的了。

《香蒂笑了》中的姜吉达斯虽然受过不错的教育,但他仍是城市中无数失业者中的一员。四处寻找工作都没有结果,生存的巨大压力和四处碰壁的尴尬处境让他的心里充满绝望和彷徨。他精神恍惚地随着人流来到公园马戏表演的场地前,这里声色交错、喧闹异常,这让他似乎忘记了生活中的烦恼和不幸,在炫目的霓虹灯和喧嚷的人群中,他麻醉着自己。“什么世界啊,家啊,香蒂啊,烤饼啊,这一切他通通都忘了。……他没有任何思想,也没有任何愿望。”[2] 他夹杂在急于看马戏表演的人群当中,人群中的狂热气氛让他麻木混沌的大脑也疯狂起来,他想掏钱买票但是忘记了自己身无分文,最后因在公园门前滋事被判刑一年。阿格叶耶通过内心独白、意识流、蒙太奇等一系列现代主义的表现手法,生动地描摹了一个失业者痛苦、麻木的心理状态。

《十号囚徒》中的勒登也是一个失业者,为了给姐姐治病而行窃,最终被捕入狱。阿格叶耶通过大量的内心独白表现了勒登矛盾、挣扎、痛苦的内心世界。刑满出狱,勒登没有接受监狱发的路费,他不认为自己有罪,因为是生活的绝境将他逼上了行窃的道路。但是,自尊在严酷的生活面前往往没有意义,身无分文的他该往何处去呢?他开始为自己一时冲动下的自尊感到后悔。在街上徘徊流浪了一天,傍晚,绝望的他坐在亚穆纳河边,想到了生活之苦,一度想轻生以求解脱。然而转念

① 阿格叶耶:《阿格叶耶短篇小说全集》,腊基巴尔父子出版社,1989 年版,第 583 页。
② 同上书,第 249 页。

一想，又对社会的不公产生了强烈的不满甚至复仇的心理。为这样一个不堪的世界去死太不值得，因为没有人会在乎他的死活。他决定再次行窃，既然已经背上小偷的恶名，一次和十次又有什么不同呢？在一个有钱人家行窃得手后，他躲藏在一间茅屋外，无意间听到了屋内一对夫妻的对话，妻子病重亟待医治，而丈夫却因没钱看病而一筹莫展。勒登鄙视那个男人的软弱无能，但是女人的眼神让他想起姐姐，唤起了他的同情之心。他把偷来的钱留在了门外，然后转身离开。但是没过多久，他又开始后悔把冒险得来的钱给了根本不认识的人。他为了拿回钱返回茅屋的时候，看到警察正要将丈夫当成小偷带走，开始他觉得这是对那个软弱无能丈夫最好的惩罚，心中感到一阵快慰，但想到病中的女人哀怜的目光，他的良知再一次被唤醒。他走上前去承认是自己犯了罪，再度锒铛入狱，成为囚徒。勒登内心的挣扎是对现实世界无望的反抗，他在沉沦堕落和道德良知之间充满矛盾的内心斗争和选择是残酷的社会现实对人性的扭曲和毁灭，不泯的良知是他灵魂中残存的美好和善良人性的表现，也许连这一点良知也将被无情的社会吞噬。阿格叶耶通过对一个人复杂纠葛的内心世界的刻画，揭露和抨击了黑暗的社会制度和社会现实。

《山居生活》和《诗与注解》中渴望在远离尘嚣的山区和乡间寻找艺术创作灵感的城市青年，并没有看到他们想象当中风光旖旎、质朴淳厚的田园生活，带着失落和不满转身离开。而在他们身后的世界，那些与欺凌和压迫默默抗争的贫苦无助的人们还在用自己的方式顽强地生存着。这两篇作品不仅反映了黑暗不公的社会现实和下层人民的不幸命运，还表现了不同阶层、不同生活背景下的人们在思想和情感上的隔膜与距离。

《动物园》是一篇构思独特的作品，通过一个小小的动物园，折射出一个黑暗的社会和一些上等人伪善、残忍的内心世界。作品分别有“猴子”“大象”“鹦鹉”“狮子”“水獭”“虎崽”和“动物园园长”几个标题，在一个自称是“动物园的灵魂”的向导的引领和讲述下，作品的叙述者迪纳格尔了解到发生在动物园内的辛酸故事：捕入笼中的猴子因不适应当地的炎热气候，全身溃烂。为了避免它们生下不健康的后代，王公老爷下令将它们雌雄分笼，这似乎是不杀生的“善举”，但却令猴群过着痛苦的生活。年老体衰的大象不能再参加王公老爷斗象消遣的活动后便被关入动物园，王公老爷为了显示自己的“仁慈”，同时也知道这只大象的象牙和象骨已没有价值，所以没有杀它。但是，双目失明的大象得不到充足的食物，在饥饿中等待死亡。为了让关在笼中的鹦鹉说话，王公老爷花了不少气力，然而笼中的天地并不是它真正渴望的自由天空。为了显示刹帝利种姓的威武勇敢，王公老爷打死了刚生完幼崽的母狮，而他手下的一个青年，为了遵守王公老爷要亲手杀死狮子的命令，在面临狮子的袭击时也不敢开枪，被母狮活活咬死，现在笼中的狮子就是那只母狮的后代。因为不愿按照训练的要求从水池中捡拾游客丢下的钱，水獭被一个有钱的游客刺伤了一只眼睛和脚。从此，对人类的恐惧让它总是乖乖地听从游客的摆布。被纳瓦布老爷猎杀的母虎中弹挣扎的时候产下的三只虎崽，被纳瓦布老爷当作庆祝自己喜得贵子的礼物关入动物园的笼中……迪纳格尔突然惊醒，发现动物园的故事不过是一场梦境。然而，他知道动物园外的世界也只不过是一个更大的动物园而已，他自己就身在其中。英国殖民统治下的印度仍保留了许多印度教土邦王公和穆斯林王公的贵族头衔，并且给予他们在土邦国内部一定程度的统治权力，作品中的王公老爷和纳瓦布就是享有这些特别待遇的上层贵族。印度学者评论这篇作品说:“作家未加任何评论,但却成功揭示了封建的价值观和土邦王国风气的真实面目。”[①] 在这篇作品中,阿格叶耶巧妙地将传统小说的叙事性手法和一些现代主义的表现手段结合起来,以梦境之虚写现实之实,叙述手法并不复杂。这也是一篇得到了许多评论家肯定的短篇小说。

三、歌颂美好人性的作品

在阿格叶耶的文学创作中,他一直坚持着对人类心灵世界和对人性的关注。这不仅体现了现代主义文学主观性、内向性的重要特征,同时也反映了阿格叶耶的人道主义思想。无论是在表现革命者题材的作品中,还是在以第二次世界大战和印巴分治为背景的作品中,阿格叶耶都试图表现特定社会环境和历史事件对人类价值观和人性的影响。无论是对美好人性的歌颂,还是对丑恶人性的揭露和谴责,都体现了阿格叶耶充满理想主义精神的人道主义思想。在阿格叶耶的短篇小说中,有一些以歌颂美好人性为主题的作品,比如《柯丁先生》《德卫辛格》和《苹果与神灵》等。

《柯丁先生》中的主人公柯丁先生是一个极其普通的小职员,其貌不扬,脸上满是出天花留下的麻子。不仅如此,他还是一个瞎了一只眼睛、断了一只胳膊的残疾人,但是他开朗、热情、友善的性格让周围所有的人都喜欢他、敬佩他。柯丁先生是不幸的,他在一连串不幸的事件中又相继失去了双腿和另一只胳膊,但是不幸并没有改变他开朗热情的性格和积极乐观的生活态度。他没有把自己看作一个残疾人,相反,闪耀在他灵魂中的坚毅和乐观的光芒却越来越灿烂,周围的朋友也

① 维谢纳特·普拉萨德·迪瓦里主编:《阿格叶耶》,国家出版社,1978 年版,第 178 页。

受到了感染,感受到了生活的力量和勇气。柯丁先生后来因一次手术后的感染而死去,但就是这样一个平凡的普通人却长久留在所有认识他的人的记忆中。柯丁先生最耀目的人性光芒是他身上永摧不折的意志力,“从生活的一个方面来说,衣、食、住所无疑是非常必要的,但是它并不是人生的根本。人生的根本是不屈顽强的意志”。[①] 评论家们对《柯丁先生》有不同的评价和认识,有人认为对这个人物的塑造过于夸张,失去了生活的真实感,因而也是不可信的。印度学者玛尔根德耶不无讽刺地说:“没有双脚的柯丁先生是怎样上班的?他的职员工作的收入是多少?对于读者而言,关于柯丁先生他们有许多需要了解的事情,因为他们是生活现实的经历者。因此,他们想象不出一个喝着西北风但却拥有不屈顽强意志力的人。”[②] 但也有学者认为,《柯丁先生》这样的小说是永远不会过时和陈旧的,因为其中蕴含着充满生命力的“特殊内涵”[③],这种“特殊内涵”是指对人内在心灵和人性本质的寻找和传达。这两种相左的观点实际上是不同审美视角和观点的反映。传统的现实主义小说注重的是人物、情节和环境的典型性,强调的是对生活进行逼真的反映和再现。而阿格叶耶强调并推崇的不是一种现实性和客观性的真实,而是一种具有现实意义和社会意义,同时又具有主观性和内在性的真实。具体到这篇作品,实际上柯丁先生作为文学形象所要表现的不是一个具有典型意义的典型人物,不是对真实生活的逼真再现,他更像是一个符号——一个代表人类价值和人性光芒的标志,他是人类顽

---

① 阿格叶耶:《阿格叶耶短篇小说全集》,腊基巴尔父子出版社,1989 年版,第 598 页。

② 萨维德力·米歇拉主编:《阿格叶耶——创作和背景》,誓言与象征出版社,1989 年版,第 110 页。

③ 罗摩·科莫尔·罗易:《阿格叶耶——创作和斗争》,罗格帕尔第出版社,1978 年版,第 154—155 页。

强意志和灵魂的象征，通过他，作家所要表达的是对人类精神的赞美。从这个角度而言，柯丁先生不是一个典型人物，而是一个理想人物。但是应该看到，柯丁先生这个人物的真实性确实有值得商榷之处。

《德卫辛格》是一篇和《柯丁先生》具有相同创作手法和思想内涵的作品。主人公德卫辛格是一个父母双亡的孤儿，又因小儿麻痹落下残疾，在街上以乞讨为生。但和别的乞丐不同，他脸上始终有一种自信、坚毅的神情，决不为乞讨到更多的钱而摇尾乞怜，也不在一周内向同一个人乞讨两次。一年以后，他用乞讨来的钱治好了残疾的腿，并且开始以贩卖书刊为生，同时还准备挣钱读书。作家通过这个人物所要传达的，是一种健康向上、有所追求的积极的人生态度。柯丁先生和德卫辛格身上都有一种超乎于现实生活之上的理想主义色彩，就真实性而言，的确有所欠缺。

《苹果与神灵》讲述了一个人在善与恶之间矛盾抉择的故事。作品通过大量的心理描写和内心独白，刻画了格迦金教授在是否拿走古代石塑女神像的问题上，从犹豫到决定，而后自醒、自责，最终归还神像获得精神解脱的心理变化过程，表现了人性在善与恶之间痛苦矛盾的挣扎，但"善"最终压倒了"恶"，昭示了人性的美好。

四、反映艺术创作问题的作品

阿格叶耶还在一些短篇小说中探讨了艺术创作中存在的问题，尤其是作家与生活的关系问题，这些作品的题材和内容在印地语短篇小说领域是比较独特的。虽然这些作品并没有直接表现社会现实生活，但是仍然具有比较强的现实意义。其中还有一些作品关注了作家的文学创作与现实生活之间的矛盾等问题，从另一个角度和侧面提出了对现实社会的批评。这一类作品主要有:《艺术家的解脱》《非书面小说》《新小说情节》和《诗歌与生活的故事》。《艺术家的解脱》讲述的是一个带有神话色彩的故事,通过有些荒诞的故事传达的是阿格叶耶对艺术创作的思考。宾格马雷是一个著名的雕塑家,阿佛洛狄忒女神给了他源源不断的艺术创作灵感。在他完成了一尊栩栩如生的女性雕塑后,阿佛洛狄忒女神突然现身,并将雕塑变成一个活生生的女人作为对他的奖赏。但是,宾格马雷感到的不是快乐和满足,而是惶恐不安。塑像变成女人,意味着他心目中不朽的艺术有了存在的时限。雕像的复活可能是艺术家的成功,因为这会为他带来盛誉,但却是艺术的失败。他想做美的创造者,而不是美的奴隶,于是他打碎了雕像。开始他还为可能因此而触怒女神从而让他失去创作灵感而惴惴不安,而后他突然醒悟到,这种创作上的独立恰恰意味着他作为一个艺术家的解脱。宾格马雷拥有了真正属于自己的艺术观,从此以后,他创作了许多不朽的传世之作。阿格叶耶认为,艺术创作的过程是艺术家个性体现的过程,对于艺术家而言,不受任何束缚,自由地表达艺术感受是至关重要的。这篇作品表达的正是这一思想。

《非书面小说》和《新小说情节》以及《诗歌与生活的故事》这三篇作品不无讽刺地对一些作家割裂了创作和生活的关系的倾向提出了批评。无论是《非书面小说》中试图用小说中的浪漫氛围驱走平淡的现实生活的作家,还是《新小说情节》中为构思一篇小说绞尽脑汁寻找故事情节的勒迪夫,还有《诗歌与生活的故事》中在城市和乡村四处寻找诗歌创作的灵感和美感的青年希沃松德尔,他们都将自己创作灵感的枯竭归咎于现实生活的平淡和乏味,将文学创作和现实生活之间的关系对立割裂开来,没有用作家应有的敏感去感受生活,从中获得文学创作的灵感,因而他们都无法创作出真正优秀的作品。除此之外,作家在生存的需要和艺术创作之间常常也会感到种种无奈和困惑,作为现实生活中的人,作家也面临着严酷现实的考验,有时生存和写作会成为一对既对立又统一的矛盾体。这一主题在《非书面小说》和《新小说情节》中也有所体现,这实际上也表达了一种对社会现实的不满,是阿格叶耶从艺术创作的角度对严酷的社会现实提出的一种委婉的批评。

在阿格叶耶反映社会现实题材的短篇小说中,题材的广泛性、艺术手法的多样性都超过了作家其他题材类型的作品。这些作品涉及了社会生活的方方面面,反映了各种各样的社会问题。从这一角度而言,阿格叶耶并没有逃避社会现实,只是沉浸于心理、意识、潜意识的小圈子中。阿格叶耶侧重于通过人的内心世界来反映现实,虽然确实表达了在复杂的社会生活中人类内心情感和心灵的微妙感受,但是也必须看到,在作品的客观真实性方面的确存在一定的局限,而且对社会问题的复杂性和深刻性的反映也存在不足,与现实主义作家的作品相比,在这些方面还有一定的差距。所以,不少评论家对阿格叶耶的作品中一些人物的可信性提出质疑,比如《柯丁先生》。同时还应该看到,受个人经历和生活环境的影响,阿格叶耶对中产阶级生活和心态的把握更为游刃有余,而在对下层人民的刻画上有时显得有些力不从心。有学者说他“将中产阶级的生活移植到其他阶级的生活中去了”。[①]《生活的勇气》中流浪的孤女芭德拉梦想生活中能拥有一份属于自己的爱情——“这个人是属于她的。这种属于不是如同人豢养一条狗,

① 苏里叶那拉衍·勒那苏普、金德尔·松沃内:《短篇小说家阿格叶耶——作品及个性》,发展出版社,1994 年版,第 81 页。

这种属于像花朵对芬芳的拥有”。[1] 这样的梦想和这种表达方式带有明显的中产阶级的思想特点，脱离了人物应有的真实感，在一定程度上削弱了作品的感染力。

与其他题材类型的作品相比，这些直接反映社会现实问题的作品在艺术手法上也体现出更加多样化的特点。在创作中，阿格叶耶将现实主义的创作手法和现代主义的创作手法结合起来。当然，在他的作品中，现代主义的倾向更为明显。除了多样化的心理描写手法外，阿格叶耶还运用了梦境、回忆、象征等多种手段来加强作品的艺术表现力。《动物园》《非书面小说》《新小说情节》中都以梦境来带动故事情节的发展，《春天》中的“春天”象征着玛尔蒂的自我意识中对幸福的理解和追寻，《夜花》中干枯的夜花花环是戈温德心中美好爱情的象征。从作品的艺术形式来看，这些作品也各有特点：《春天》运用了许多戏剧元素，女主人公内心中两种彼此矛盾的自我意识被拟人化、具体化为与她的本体进行对话的两个人物；《动物园》采用一种标题式的结构；《艺术家的解脱》带有一些寓言的特点。

除了以上提到的五种主要题材类型的作品外，阿格叶耶的短篇小说中还有三篇篇幅很短的寓言故事性质的作品，它们是《敌人》《教育》和《好奇心》。《敌人》讲述的是“知识”受上帝的委派，在人间传教以拯救人类的毁灭，然而他四处碰壁，对什么才是人类最大的敌人感到困惑和绝望。最终他意识到，让人类走向毁灭的原因不是唯一的，而生活中最大的问题是人们总趋向于简单化。《教育》中学生在老师的启发下，从观察一只鸟儿的过程中，经历了思想和知识方面的三次飞跃。其

① 阿格叶耶：《阿格叶耶短篇小说全集》，腊基巴尔父子出版社，1989 年版，第 432 页。

中寓含着这样一种哲学思想：人应该从拥有无限的欲望到拥有现实的欲望，最后彻底摆脱欲望。《好奇心》以创世纪故事为母题，其寓意在于：人的求知欲是创造世界万物的根本力量。这几篇作品没有太多的现实意义，反映的是作家对一些问题的认识和思考。此外，还有一些短篇小说的主题比较模糊，比如：《回声》《痛苦与蝴蝶》《橘子》《囚徒的真主，真主的囚徒》等。

第三章 创作特点

第一节 人性化的创作理念

人性化的创作理念是阿格叶耶短篇小说创作中最显著的特点，这一特点既体现在作品的艺术性中，也体现在作品的思想性中。

真正意义上的印地语短篇小说的发展始于 20 世纪，但其发展速度却非常快。阿格叶耶之前以及与其同时代的印地语作家，如浪漫主义的代表人物伯勒萨德、批判现实主义的代表人物普列姆昌德以及开始尝试用一些现代主义的创作手法，尤其擅长刻画分析人物心理的小说家介南德尔·古马尔等都在短篇小说创作领域取得了巨大的成就。特别是被称为“短篇小说之王”的普列姆昌德，更是将印地语短篇小说的创作推向了顶峰。作为一位现实主义作家，普列姆昌德的短篇小说在题材、思想、艺术手法等方面都代表了印地语短篇小说的最高成就。

传统的现实主义作家强调在文学中真实地反映现实生活

和客观世界，强调真实地再现典型事件中的典型人物，通过对现实生活中典型事件和典型人物的如实描绘，揭露和挖掘社会生活的本质。传统现实主义的审美视角是外向性的，以普列姆昌德为代表的批判现实主义作家的作品强调通过对典型人物的塑造，真实客观地反映和再现社会生活，人物的塑造多注重外在的体貌和行为，对人物心灵世界的挖掘和对丰富情感世界的表现比较有限。因而有印度学者指出，普列姆昌德时代的印地语短篇小说“社会的声音很洪亮，但因此也显得个性不足”。①

文学作为时代和生活的反映，进入 20 世纪后发生了巨大的变化。其中，最主要的表现之一就是现实主义作为文学主流的传统被打破了，各种文学思潮和流派层出不穷，文学不断向着多样化、现代化的方向发展。叔本华、尼采的唯意志论和超人哲学，帕格森的直觉论，弗洛伊德的精神分析学说，海德格尔和萨特的存在主义等哲学、社会学思想构成了现代主义的思想基础，对现代主义文学的发展产生了很大影响。作为世界文学的一分子，印度文学在 20 世纪 30 年代之后也不可避免地受到了世界文学潮流变化的影响。在 20 世纪三四十年代，印地语文学进入了一个转型期。深究其原因，应该说，印地语文学的变化不仅与西方现代哲学和文学思潮的影响有着密切的关系，与印度国内当时的政治、历史、社会、文化背景也密切相关。随着争取独立的民族民主运动和第二次世界大战进入尾声，人们的注意力也开始从关注外部世界更多地转向对人性、对自我的审视和反思。关注社会、关注现实的现实主义作品已不能完全满足人们的这种审美需要，而一些通过内向性、主观

① 苏里叶那拉衍·勒那苏普、金德尔·松沃内：《短篇小说家阿格叶耶——作品及个性》，发展出版社，1994 年版，第 13 页。

性的审美视角，强调表现人的内心世界的作品开始在印地语的文学创作中占据一席之地，并且引起读者广泛的关注和热烈的反响。阿格叶耶和介南德尔·古马尔就是这一类型创作倾向的代表性作家。

因此有评论家认为，“从实际意义上来说，印地语小说文学现代化的功劳应归于阿格叶耶”。[①] 阿格叶耶接受了现代派作家“心理现实主义”的观点，强调文学创作应该表现内心世界和心灵的真实，他认为“艺术中的现实往往要经过感情的过滤”。[②] 如果没有人的主观意识参与理解和判断，外部现实从某种特定的含义上来讲是没有意义的，因而艺术中的现实不是通常理解的客观现实，而是主观性的现实。因而阿格叶耶在小说创作中采用了一种内向性、主观性的审美视角，强调关注人性以及人的心灵世界，刻意表现人物心灵对复杂的社会生活和环境的体验，客观的外部环境往往只是一个背景，作品的焦点是人的内心世界。印度学者罗摩·金德尔·迪瓦里指出：“对阿格叶耶而言，时间和空间以及社会背景并不是他的短篇小说中的重要因素，它们只提供了次要的基础，他关注的焦点是人的特性。”[③] 阿格叶耶不是根据社会法则去审视社会中充满个性差异的人，而是从人的心灵视角来观照世界。在这种内向性、主观性审美视角的引导下，阿格叶耶在小说创作中深刻挖掘人类心灵世界细微、复杂的感受和体验，力图表现人性的本质和人类心灵深处最真实自然的思想情感，强调自由、独立的个性。这种内向性、主观性的审美视角一方面顺应了 20 世纪

① 阿格叶耶:《阿格叶耶短篇小说全集》附录，腊基巴尔父子出版社，1989 年版，第 626 页。

② 同上书，前言，第 11 页。

③ 同上书，附录，第 628 页。

文学发展的大趋势，反映了新的时代和社会环境中人们新的审美需求；另一方面它还体现了以人为本的创作思想，体现了对人的尊重、对人类心灵和情感的关怀，因而这种内向性的审美视角同时也是一种充满人文关怀的审美视角，它是阿格叶耶人性化创作理念的一种表现。

这种审美视角反映在其作品中，表现为淡化情节和重视对人物的心理分析。现代主义文学的特点之一就是打破了传统的现实主义文学强调的故事性，与传统的现实主义文学相比，现代小说不再将注意力放在构建完整严密的故事情节，或者通过典型环境中的典型事件和人物反映及再现现实生活上，而是注重刻画表现人物的内心世界，表现人物的心理真实。阿格叶耶的短篇小说创作也体现了这一特点。他的许多作品不再有完整连贯、复杂曲折和高潮迭起的故事情节，而是注重细腻地刻画人物跳跃、复杂的心理活动，挖掘人物的潜意识和下意识，故事情节只是为人物心理活动提供一个必要的背景和载体。阿格叶耶的许多短篇小说打破了传统小说的叙事结构，没有传统小说通常所具有的情节的完整性、清晰性和连贯性。因为，这些作品关注的焦点是人的内心世界，而人内心深处的心理活动往往是抑于内心的，并不完全表现为外在的行为，因而并不能像传统小说一样通过人物与事件之间的冲突，形成故事情节，达到故事高潮。《坏疽》中没有完整复杂的故事情节，它完全是通过对玛尔蒂动作和语言的细节性描写，以及叙述者对过去生活的片段回忆和内心独白等心理描写，表现了一个女人在单调乏味、毫无精神追求的家庭生活中混沌麻木的心灵状态。在有些作品中，不仅情节被淡化，人物的构成也很简单，人物的背景和身份也并不重要。在作品《蛇》中，甚至连主人公的名字也被隐去，仅以“我”和“她”来代替，对于“我”和“她”的社会身份没有作任何交代,“我”和“她”已被符号化,“我们”之间恋人的关系只是为作品提供了一个非常模糊的背景。整个作品中,可以说没有任何传统意义上的情节,没有对人物外在形象和行为的直接描写,对话也非常简单,几乎完全是叙述者“我”跳跃性的、不连贯的,甚至没有逻辑联系的意识流动,并且运用大量具有象征性和隐喻性的意象和场景来传达作品的内涵。“蛇”是欲望和情感的象征,“我”和“她”行走在林间,“我”的内心备受欲望的煎熬,于是“我”眼中的一切都有了一种双关的含义,充满着一种暧昧的欲念的色彩:静寂、无人、幽暗的森林,林中废弃的女神庙,美丽、柔软、毫无自卫能力的“蛇”,不时浮现在脑海中对梦的联想和回忆……虽没有提及梦的内容,但这种暧昧和朦胧暗喻着“我”内心对肉欲的渴求和压抑。最终“她”的纯真和对蛇的怜悯触动了“我”,使“我”从欲望的陷阱和挣扎中清醒过来——“梦的纠缠仿佛松脱了,我原来双重的视线变得单一和专注起来,我看见,我独自在这里,她独自在那里,美丽、优雅。她和我单独在森林里,但是她独自在那里。”[①] 整个作品通过梦境、直接内心独白、象征性场景的描写,表现了人的内心在欲望中的沉沦和挣扎。这种对人内心深处隐秘、朦胧的潜意识的刻画和表现,在传统小说中是很难实现的,而通过运用现代主义的表现技巧,则将这种心灵深处对爱和情欲的渴求、悸动、矛盾、挣扎表现出来。但是,在阅读这一类作品时,往往需要最大限度地发挥读者的想象力,因而读者在阅读这样的作品时常常感到艰深晦涩,甚至不知所云,这也是这一类现代主义风格的作品最为人诟病之处,阿格叶耶的短篇小说中也存在这样的问题。

① 阿格叶耶:《阿格叶耶短篇小说全集》,腊基巴尔父子出版社,1989年版,第587页。

阿格叶耶强调“心理真实”的观点在当时受到了许多指责和批评，有人从意识形态的角度出发对此提出异议，称这样的观点是“一种谬误”[①]，也有人认为，阿格叶耶的创作倾向是一种个人主义的创作倾向，有逃避和脱离社会之嫌。认为他“越来越深地陷入自己的内心深处，通过自己的方式观察、检验和接受社会。他从没有机会从自身之外去观察一个更为广阔的社会，与其相融并且与其中的困难和内部矛盾作斗争”。[②]应当看到，这样的观点确实指出了阿格叶耶短篇小说创作中存在的一些问题，但是这种批评也表现出一定的片面性。因为，尽管这种内向性创作倾向使作品在表现社会现实生活方面有所不足，但是这并不意味着阿格叶耶的作品没有反映客观现实生活。在分析“客观现实”与“主观现实”或“心理现实”的区别时，阿格叶耶指出，这种分析和比较的意图并不在于说明客观或外部的现实和主观或内在的现实孰高孰低，它们只是有所区别而已。在艺术领域，客观现实必然要经过人的情感和意识的过滤和渗透，因而带有主观化、心灵化的色彩，从而才能满足艺术对内涵和意义寻找及捕捉的要求。他认为，理想的创作应该做到主观和客观、内在与外部现实的统一。他说：“对我而言，创作的目的或者理想一直是在其中既有题材、情节、外部现实的真实，同时又有自我意识、内在现实的特殊内涵。”[③]应当看到，阿格叶耶的短篇小说从一个与传统现实主义有所不同的视角反映社会和现实生活，力图通过对人的内在心灵的

---

① 萨维德力·米歇拉主编：《阿格叶耶——创作和背景》，誓言与象征出版社，1989年版，第106页。

② 罗摩·科莫尔·罗易：《阿格叶耶——创作和斗争》，罗格帕尔第出版社，1978年版，第152页。

③ 阿格叶耶：《阿格叶耶短篇小说全集》前言，腊基巴尔父子出版社，1989年版，第11—12页。

挖掘表现人与社会环境之间的矛盾和冲突。有印度学者指出："阿格叶耶试图在个人的层面上接受现代性的挑战,他努力在个体真实的基础上表达生活的复杂性和价值观。认为他的短篇小说中极端缺乏社会意识的说法是不正确的。"① 通过前文依据题材类型的划分对阿格叶耶短篇小说的介绍和分析,我们可以了解到,他的短篇小说对社会生活的方方面面都有所涉及,同时侧重于反映人类心灵对现实社会矛盾和冲突的体验。比如,在阿格叶耶反映社会现实题材的作品《十号囚徒》中,虽然作品用许多篇幅,通过大量的内心独白表现了人物的心理活动,但是主人公内心世界的痛苦挣扎和矛盾纠葛与不幸的个人命运及残酷的社会现实是紧密相连的,勒登在犯罪和良知之间的摇摆挣扎反映出无情的社会对人性的践踏和毁灭。作品通过人物的心灵视角,从一个不同于传统现实主义小说的角度反映了现实社会中的矛盾和问题。阿格叶耶在创作手法中吸取了现代主义的艺术技巧,注重刻画人物心理,而对情节和人物的外在特征有所忽略。尽管如此,我们仍然应该看到,阿格叶耶的作品在表现社会现实方面确实存在相当的局限性,作品的真实感也因此受到了一定的影响。

以上我们分析过,内向性的审美视角和淡化情节、重视对人物心理的刻画是阿格叶耶人性化创作理念在艺术上的表现。此外,其短篇小说的思想内容也处处体现了这种人性化的创作理念。阿格叶耶的短篇小说反映了印度民族独立运动、印巴分治和第二次世界大战等重大历史事件以及相关历史背景下的印度社会的状况。比如,《一小时》《命运的锁链》《监狱长阿米金德》等作品就以民族印度独立运动为背景,刻画了形

① 阿格叶耶:《阿格叶耶短篇小说全集》附录,腊基巴尔父子出版社,1989 年版,第 627 页。

形色色，以不同方式投身于这场运动中的人和他们的经历及感受。《信简》《庇护人》等作品以印巴分治为背景，《乔杜里上校归乡记》等作品以第二次世界大战期间盟军对日战争的前线为背景。但是，阿格叶耶关注的焦点往往不是历史事件本身，而是在这些历史事件和社会环境的影响下，人的心灵受到的冲击以及人类社会的价值观和道德意识所面临的考验，从人性的角度对历史事件、社会生活的价值和准则进行了深刻的反思。这一点在印巴分治题材和军旅题材的短篇小说中表现得尤为突出，《报复》《神的乐土》《那迦峰事件》等作品充分体现出阿格叶耶的这一创作特点。人类社会随着时间的流逝不断发展，人类社会的许多成果会随着时代和社会的发展而过时和被淘汰，文学作品也是如此。阿格叶耶认为，那些跨越了对社会的认识而达到对人的认识，表现了真实人性的作品更经得起时间的考验。他说："那些不会很快变得陈旧的短篇小说，或者即使陈旧也正在或已经焕发出新意的短篇小说，它们的创作者并没有将视线局限在社会现实的圈子里，而是关注于人性的现实。"[①] 这种关注人的精神和心灵的创作倾向带有人文关怀的色彩，体现出对人的独立性的尊重。因为，阿格叶耶笔下的人物不仅带有"社会性"和"普遍性"的特点，同时更为重要的是，还具有"独立性"和"特殊性"，因而体现出对人的价值和尊严，对人的心灵和情感的尊重、关怀和理解，这也是阿格叶耶人性化创作理念在作品思想内容方面的表现之一。比如在《乔杜里上校归乡记》中，作家从人文关怀的角度表现了战争对士兵人性的扭曲和摧残，使读者对战争的残酷和危害有了更深层面的理解。对士兵在战争中表现出的价值观和

① 阿格叶耶:《阿格叶耶短篇小说全集》前言，腊基巴尔父子出版社，1989 年版，第 13 页。

道德感的沦丧，作家既寄予充满人道主义精神的同情和理解，同时也希望借此引起人们对人类价值观的反思和重视。

此外，阿格叶耶的短篇小说中对弱势群体的关注和同情也体现了他的人性化创作理念。无论是反映社会现实生活题材的作品，还是以重大历史事件为题材的作品，阿格叶耶刻画和塑造的人物多是女性以及下层民众等一些社会弱势群体。作家不仅对他们的不幸命运和痛苦矛盾的心灵寄予了深深的同情，同时也不忘展现闪耀在他们身上的人性光彩。在夫权思想占统治地位的印度社会，女性地位低下，受到来自社会和家庭的双重重压，阿格叶耶的许多作品表现了她们在寻找自我价值的过程中经历的迷惘与痛苦，表现了她们对爱的渴望和失落，同时也表现了她们坚毅无私的美好心灵。以平等、人性化的角度审视和刻画女性，不仅是阿格叶耶思想中女性观的体现，也体现了他的人性化创作理念。他在对下层人民的刻画和塑造上也体现了同样的特点。《春天》《生活的勇气》等作品就是阿格叶耶这一创作特点的最好说明。

阿格叶耶通常被称为一个心理分析作家，但是阿格叶耶却并不认同自己是和伊拉金德尔·觉西同一倾向的作家。他认为，虽然他的作品“经常有限度地运用心理分析的方法”，但“合理的乐观主义，对生活的热爱，对人类和个人的信任，肯定使他有别于觉西一类的作家”。[①] 伊拉金德尔·觉西的作品往往是对弗洛伊德理论的机械图解，他热衷于分析人物的病态心理，他“从弗洛伊德的心理分析和科学著作中所叙述的变态人物的病历中，提取自己小说的故事内容，然后幻想一些人物作为例子，并把他们放置在全面的社会生活中来编造故事线

① 黄宝生、周至宽、倪培根译：《印度现代文学》，外国文学出版社，1981年版，第99页。

索”。[1] 阿格叶耶也是一个受到了弗洛伊德精神分析理论影响的作家，他的一些作品虽然也刻画了人物内心世界的痛苦和矛盾，甚至是麻木扭曲的心灵状态，但是这些作品的立意和思想与伊拉金德尔·觉西的作品有所不同，不是为了心理分析而分析心理，而是力图表现更深刻的思想内涵。《香蒂笑了》《不可触碰的花》和《希利波的鸭子》中虽然也刻画了人物复杂扭曲的心理，但是阿格叶耶对人物心理的刻画与作品的主题是紧密相连的，它们或表现了失业者在现实中的痛苦和无奈，或表现了女性渴求爱情抚慰和家庭温情的焦灼和困惑。此外，在阿格叶耶各类题材的作品中，我们常常能够感受到乐观热情的人生态度、纯洁美好的爱情信仰和对美好人性的赞美及景仰，这种贯穿于作品之中的理想主义精神是对他人性化创作理念的又一说明。

综上所述，人性化的创作理念贯穿于阿格叶耶作品的艺术性和思想性中。无论是内向性的审美视角，淡化情节、着意刻画人物心灵的创作手法，还是以反映现实社会的冲突与矛盾中人类心灵的体验和感受为创作核心，无论是表现人类价值的升华与沉沦的思想内涵以及关注和同情社会弱势群体的题材内容，还是作品中透露出的乐观和理想主义精神，都体现了阿格叶耶以人为本的创作思想，体现了他的人性化创作理念。

第二节　艺术手法的创新和多样化

阿格叶耶是一个毕生致力于文学探索的作家，他说：“我一直都是一个探索者，现在仍然是，为了寻找，我不会仅仅因为

① 刘安武编选:《印度现代文学研究》，中国社会科学出版社，1980 年版，第 158 页。

偏见而放弃任何一条道路。”[1] 他开始进行文学创作的年代正是印度文学从传统向现代转型，新的文学思潮兴起并不断发展的年代，这为他不断进行文学探索和实验提供了一个非常有利的环境。阿格叶耶不仅在诗歌领域树起了“实验主义”的旗帜，这种探索求新的精神也体现在小说创作领域。关于自己在短篇小说创作中进行的尝试和探索，他说：“我进行了实验，这种实验既是艺术的，也是语言的、形式的，还包括题材的选择、时间的构成，（还有哲学的主题）……”[2] 阿格叶耶在短篇小说创作中的实验和探索可以归纳为一点，即艺术手法的创新和多样化，这种创新性和多样性又是紧密联系在一起的。

阿格叶耶进行短篇小说创作的时间是从 20 世纪 30 年代初至 50 年代末，时间跨度近 30 年。在这近 30 年的时间里，作家个人经历的不断丰富，人生态度和思想的不断变化和发展，创作技巧的不断成熟，都使得他的作品在不同的时期和不同的历史阶段呈现出不同的特点，作品的题材、思想和艺术手法都有所不同。同时，对其创作产生更为重要影响的还有 20 世纪印度文学的发展变化。在 20 世纪前 30 多年的时间里，民族主义、浪漫主义、进步主义和现实主义在印度文学中交相辉映，构成了印度文学的主旋律。20 世纪 30 年代以后，随着第二次世界大战和印度民族独立运动逐渐走向胜利以及西方文学思潮的影响，印度文学也进入了一个由现实主义向现代主义的转型期。一方面，现实主义的文学传统作为文学的主流仍继续和不断发展；另一方面，现代主义的文艺思想也开始在各个领域对印度文学产生不同程度的影响。从 20 世纪 40 年代开始，“实验主义”“新诗派”“新小说派”直至 20 世纪 70 年代后出

① 阿格叶耶：《阿格叶耶短篇小说全集》前言，腊基巴尔父子出版社，1989 年版，第 6 页。
② 同上书，第 24 页。

现的“非诗派”“非小说派”等各种受西方现代主义和后现代主义思潮影响的文学思想和流派相继对印度文学产生了一时的影响。身处这一变革转型的时代,阿格叶耶的创作也体现出类似的特点。他的创作既有对现实主义传统的继承,同时也带有非常明显的现代主义的倾向,他的创作手法融合了现实主义和现代主义的特点。但是总的来说,阿格叶耶被认为是印地语文学中现代主义的开创者之一,在他的创作中,现代主义的倾向表现得更为突出,这不仅体现了他在文学创作中的探索精神,同时也是形成他艺术手法多样性和创新性的一个非常重要的原因。

首先,阿格叶耶的短篇小说在题材和风格形式上呈现出多样化的特点。他的60多篇短篇小说涉及的题材很广,既有以重大的历史事件如:民族独立运动、第二次世界大战、印巴分治为背景的作品,也有许多反映社会现实问题的作品,这在前面对文本的分析中已经讨论过,这里不再赘述。除此之外,其作品的风格和形式也呈现出多样化的特点。创作早期,阿格叶耶受传统现实主义和进步主义文学的影响,创作了许多现实主义风格,具有革命浪漫主义和进步主义色彩的作品,他的许多以革命者或监狱生活为题材的作品便是这一风格的体现,比如《迷途者》《哈丽迪》《清白之誉》《被谴责的人》和《重逢》等。这些作品采用的是传统小说对情节、人物的安排以及叙事手法,小说中通常都有完整、清晰、连贯的故事情节。不仅如此,这些故事情节往往曲折离奇,富有戏剧高潮。这些作品中的人物形象也符合现实主义小说对典型人物的要求,通过对人物的容貌、衣着服饰、语言动作的描写表现人物的性格,对人物心理的刻画不多。这一类型的作品虽然遵循了现实主义的创作风格,也有作家个人的生活经历作为铺垫,但是由于对作品中所表现的文化和社会背景不熟悉，这些作品反而显得脱离生活，过于概念化和简单化，成为对革命奉献精神机械和生硬的图解，艺术成就并不高。阿格叶耶在后来的创作中开始吸收现代主义的创作手法，表现为打破了小说情节在时间和因果关系上的连续性，情节淡化，富有象征性，注重对人物心理的分析和描写，等等。在有些作品中，现代主义的创作倾向十分突出，完全称得上是意识流小说，比如《旁人》《香蒂笑了》《蛇》，等等。当然，阿格叶耶的大部分短篇小说结合了传统现实主义和现代主义的表现手法，保留了传统小说中一些以白描为特点的表现手段，同时也运用了许多现代主义的艺术技巧，比如：《发信号的人》《乔杜里上校归乡记》《庇护人》《动物园》，等等。在作品的形式上，尽管短篇小说受到篇幅的限制，人物和情节都比较简单，留给作家创作发挥的空间比较有限，但是阿格叶耶在这个方面依然进行了探索和尝试。在他的短篇小说中有寓言或神话故事性质的作品，比如《敌人》《教育》《好奇心》《亚当日记》《艺术家的解脱》，等等。《诗人的情人》采取了戏剧形式，《春天》也吸收了许多戏剧元素和表现手段。《动物园》在讲述不同动物遭遇的时候采用了标题的形式，这也是短篇小说中并不多见的。

在艺术手段的运用方面，阿格叶耶大量使用了现代主义的艺术手法，比如：象征、隐喻、意识流、潜意识和梦幻等，以此表现人物微妙细致、复杂多变甚至恍惚迷离的心灵状态。故事情节的淡化使具有象征性和隐喻性的场景和意象成为传达信息的主要手段，成为表达作品思想内涵和人物复杂内心的载体。阿格叶耶在短篇小说中很注重这种隐喻和象征手段的运用。《巴高达树》中的苏克达因为自己的寡妇身份几乎与社会切断了一切联系，她在孤独忧郁的心情中打发时间，连院中的那棵巴高达树正是她这种心灵状态和生活状态的象征和写照——“对这棵树来说,它再也萌发不出春天时充满希望的柔嫩的新芽,也不再有儿童嬉戏般甜美的轻风掠过它的身旁,它再也长不出充满青春气息的新叶”。[①] 然而,一个革命者的偶然造访打破了苏克达死水一般的生活,一夜之间,使她的思想和情感掀起层层波澜,使她从一种压抑封闭,近乎自我埋葬的心态中重新感受到生活的激情和活力——“巴高达树一夜之间褪去了旧皮,换上了新装。今天再也不见它身上黑色的印迹,它缀满了花朵,绽放着美丽,摇曳着醉人的芳香”。[②] “巴高达树”的枯萎和绽放正是苏克达的情感和心灵沉睡与重新复活的象征。《旁人》中男女主人公在结婚之后依旧无法摆脱过去的感情纠葛,因此在新婚蜜月时便出现了情感的裂痕。爱情是灵与肉的结合,情感的裂隙使得他们之间的性爱也不可能和谐及愉悦。做爱的时候,男主人公从妻子紧闭的双眼中似乎看到了藏在她内心中的昔日的情人,本能的欲望和冲动顿时熄灭——“慢慢地不知何时,欲望的缠绕渐渐松开了捆绑,蛇死去了”。[③] 两人只能在酒精的麻醉下重新燃起欲望的激情,而此时“那条僵死的蛇仿佛复活了,在它的缠绕中两人纠缠在了一起”。[④] 在这里,“蛇”是情欲的象征,与此相同的象征性意象在《蛇》《亚当日记》和《好奇心》中也都出现过。《旁人》中海滩上不断被冲刷的脚印,也是具有象征性的场景。《不可触碰的花》中握在米拉手中,失去了往昔的洁白,“揉得不成样子,因为暑热和汗水的浸渍已经发黑枯萎的花”[⑤] 也是一种隐喻和象征,它表现了米

---

① 阿格叶耶:《阿格叶耶短篇小说全集》,腊基巴尔父子出版社,1989 年版,第 303 页。
② 同上书,第 320 页。
③ 同上书,第 518 页。
④ 同上书,第 519 页。
⑤ 同上书,第 353 页。

拉失落、痛苦的精神状态。这样的例子还有很多，比如前文提到过的“春天”“坏疽”，等等。象征和隐喻手法的运用构成了形象的多义性和多重暗示性，减少了直接描述，而代之以一种朦胧的、充满画面感的审美意象，增加了作品的内涵和表现力。

阿格叶耶被认为是一个“表现了人内心最深处细微悸动的作家”，[①] 他关注人的心灵世界和情感世界，善于刻画人类内心深处最隐秘、最真实、最微妙的变化和感受。阿格叶耶采取了大量形式多样的心理描写以达到这一目的。这些心理描写中既有传统现实主义的心理描写手法，如：通过人物的动作、表情、语言展现人物心理，由叙述者直接描述人物的心理状态，等等；此外，也有意识流风格的自由联想、内心独白、蒙太奇、梦幻等现代主义小说的心理描写技巧。《坏疽》中没有对玛尔蒂的外貌和体态做过多描述，而是通过对其动作、神态以及语言洗练的描写刻画人物的心理。玛尔蒂对表弟突然来访的瞬间反应是——“认出是我，不期而至的惊喜使她疲惫枯槁的面庞瞬间有了神采，但这丝生气一闪而过，她的面容很快便平复如初。她说：‘进来吧！’说完，不等我回应，她便径直朝屋里走去。”[②] 作家对玛尔蒂冷淡和平静的反应并没有作更多解释和交代，而随着情节的发展，读者便会理解这淡漠的神态和简单的语言背后所展现的人物的心理状态。“我”告诉玛尔蒂说她对“我”的到来好像并不感到特别高兴，她的回答却只是一个“嗯”字。之后是叙述者“我”的一段心理活动——“这声‘嗯’用的是疑问语气，但并非因为玛尔蒂没有听清我在说什么，只是因为惊讶。所以，我并未重复刚才的话，继续沉默地坐在那里。玛

① 阿格叶耶：《阿格叶耶短篇小说全集》附录，腊基巴尔父子出版社，1989 年版，第 628 页。

② 同上书，第 207 页。

尔蒂也没有再说什么。”[1] 玛尔蒂一个“嗯？”的回答表面上是空洞和毫无内容的，但却非常生动地描摹出她麻木的心灵世界。因为她已经习惯了生活中的麻木和冷漠，因而“我”的反应倒让她觉得有一些吃惊，然而即使对此她也表现出一种冷漠，因而她唯一的反应只是稍显惊讶地问了一句“嗯”，之后便沉默了，没有再追问下去。“我”也保持着沉默，“我”与玛尔蒂的沉默背后的内容和心理是不同的，这种沉默既是对屋内沉闷尴尬气氛的一种无声的渲染和表现，同时又是刻画人物心理的一种特殊手法。

传统现实主义小说对人物心理的描写和刻画遵循时空发展的顺序，人物的心理活动是有条理并且合乎逻辑的。而意识流对人物心理活动的描写却打破了时空的界限，表现为叙述时间的互相倒置、渗透，形成所谓的“心理时间”。因而，意识流作品“大都缺乏情节和事件发展的连贯性和有机联系。对意识流过程的描写，只是一连串未必有内在联系的意念、感觉、幻象和不合逻辑的回忆混成的一片”。[2] 意识流最常用的手段是自由联想和内心独白，强调让人物自己来表达自己的内心活动，从而将人物内心复杂、活跃、变幻莫测的心理更直接地呈现在读者面前。阿格叶耶短篇小说中大量使用了意识流的手法刻画人物的心理活动。《香蒂笑了》整篇作品描写的就是姜吉达斯在短短五分钟时间里的心理活动。在这五分钟时间里，姜吉达斯的脑海里涌现的是过去一整天中一些混乱的、不连贯的甚至也没有什么逻辑性的场景和片断：清晨与姐姐香蒂的对话，找工作时与一对儿童的对话，公园马戏表演场地前喧闹的人群，等等。这些回忆片断串联起来，既形成了作品松散、

① 阿格叶耶：《阿格叶耶短篇小说全集》，腊基巴尔父子出版社，1989 年版，第 208 页。
② 郭正元：《文艺理论基础教程》，中山大学出版社，1996 年版，第 373 页。

模糊的故事情节，也表现了主人公混乱、麻木、迷惘的心理状态。下面这段描写非常具有代表性。在听到法官说给他五分钟的时间为自己辩护之后，阿格叶耶这样描写姜吉达斯的心理反应——

五分钟！

这句话就如同鞭子一般，如同蝎子的毒牙一样狠狠地落在姜吉达斯仿佛遭受了雷击的心上，他失神地重复着…… "五分钟"。

五分钟。

仿佛卧在河岸的乌龟听到附近什么地方传来的咔嗒声后微微地晃了一下，而后又待在那里一动不动了，姜吉达斯也是这样。他在心里说："香蒂笑了"，而后又呆愣在那里。

五分钟……

一定得说些什么，一定要辩解……

五分钟……

香蒂笑了。

什么时候？在哪儿？为什么笑？她是谁？她为什么笑？她和我有什么关系？……

五分钟。

他仿佛渐渐回想起什么，然而这不像是回忆，却仿佛是高烧时的噩梦一般。[1]

在这段心理描写中，时而采用姜吉达斯的内心独白，时而

① 阿格叶耶：《阿格叶耶短篇小说全集》，腊基巴尔父子出版社，1989 年版，第 247 页。

采用第三人称叙述者的角度描写姜吉达斯的心理感受，时而穿插着法官的声音和姐姐香蒂微笑着的画面，整个心理活动非常杂乱，没有条理和逻辑，但把姜吉达斯瞬间混乱麻木的心理状态刻画得十分逼真。心理活动、画面、声音的交替使用还带有一种蒙太奇的特点，充分体现出阿格叶耶驾驭心理描写技法的能力。

现代主义小说由于着意表现人物心灵和情感的体验，并不强调对现实环境和人物的外在行为及体貌的刻画，因而语言风格通常不是描述性的，而是意象化的，具有象征意味。阿格叶耶短篇小说的语言风格中也带有这样的特点。而且，阿格叶耶同时也是一位非常著名的诗人，因而他的语言风格在意象化、象征性的特点之外，还具有诗化的风格。《坏疽》中，山林的夜晚在叙述者“我”的眼中是如此迷人而美丽——

> 月圆之夜，天空晴朗澄澈。
>
> 我看见——公屋的平屋顶白天看起来异常平淡枯燥，此刻却在月色中闪着银光，清凉似水，柔波荡漾。月亮的清辉水银泻地般洒在上面，然后又从屋顶上淌落下来……
>
> 我看见——夜风中的松树……被烈日烘烤得有些枯黄的松树，似在浅吟低唱，曲调柔美但并不忧伤，悸动但并不焦灼……
>
> 我看见——月色朦胧，蝙蝠悄无声息地在幽蓝的天穹下盘旋，连它们都显得美不可言……
>
> 我看见——积聚了整整一个白天的灼热、焦虑、疲惫和痛苦，此刻都从群山中蒸腾而去，消失得无影无踪，起伏的山峦将松枝状的手臂伸向天空，像任性的孩子一样

不肯放它们离开……[1]

这段充满着诗歌般唯美意境和音乐般节奏的景色描写不仅仅是为了描绘山中夜色的美丽，因为当"我"被夜色感动的时候，玛尔蒂和她的丈夫对此却无动于衷，生活一如既往地在单调的节奏中重复着——"而我所看到的这一切，也只有我看见了。摩诃谢沃尔在打盹，而玛尔蒂刚吃过晚饭，一边用热水清洗陶罐准备做酸奶，一边说：'马上就可以休息了。'"[2]这两帧不同画面的反差和对比非常巧妙地表现了玛尔蒂生活和心灵的空虚和乏味。诗意的语言不单单是在炫耀技巧，更是在为作品的主题服务。

在传达人物的主观感受和体验时，对客观环境和物体的描述往往带有个人的体验和感悟，减弱或失去了客观事物本身的真实性。大量象征性意象的使用往往成为刻画人物内心感受最有效的手段，既准确地描摹了人物朦胧复杂的内心体验和精神感受，在艺术上也避免了过于简单直白而丧失人物心理应有的真实感，体现了一种含蓄和意韵幽长的艺术性。《旁人》中的这段描写很有代表性——

他的意识也有些迟滞。他什么都记得，也注意到有一种非常清晰的冲动在左右着他的每一个动作。但是仿佛他的内心深处有一个更高地位的操纵者在重击下醒来了，一切不再由他控制。他起来关上所有的门窗，拉上窗帘。此时正是中午，但是他感觉此刻有些朦胧，看上去蓝莹莹的，就好像潜入水中后睁开眼睛所看到的景象。风

① 阿格叶耶：《阿格叶耶短篇小说全集》，腊基巴尔父子出版社，1989 年版，第 214 页。
② 同上书。

> 如同水一般沉重和凝滞，走路时他觉得好像在划着水前进，……好像并没有什么直接的阻碍，但是每一个动作中都有一种莫名的缓慢和迟钝。[①]

男主人公喝了很多烈酒希望借此麻醉自己，在醉意中，他暂时忘记了发现妻子另有所爱的难言痛苦和屈辱，酒精刺激了本能的欲望，使他在一种近于麻木的状态下想去做些什么。这段描写真切地刻画了男主人公在醉意中失控、变形、混乱的心理状态和行为。

深厚的文学功力和诗人的特质使阿格叶耶的小说语言优美、含蓄、富于诗意，但是大量使用梵语原形字和词缀，有时过于追求意象化，具有象征含义和主观体验性特点的语言风格，使得他的有些短篇小说晦涩难懂，人工雕饰感过重，有失朴素和自然。因此，有印度学者指出："他的确做过借助于象征和暗示赋予语言以新的形式的尝试，但是他的遣词用句却是人工化和雕琢感语言的例证。"[②]

无论是作品丰富多样的内容，象征、隐喻和各种心理描写等艺术手段的运用，还是诗化、意象化的语言风格，都反映出阿格叶耶在短篇小说创作方面的探索精神，这种创新性的探索和努力对印地语短篇小说的发展无疑是有益的。

从这个角度来看，阿格叶耶的短篇小说突破了以往现实主义作品的框架和局限，在思想、主题、艺术手法等方面都有所创新，顺应了20世纪世界文学的发展趋势，在丰富印地语短篇小说创作的多样性，以及推动印地语小说的发展方面发挥

① 阿格叶耶：《阿格叶耶短篇小说全集》，腊基巴尔父子出版社，1989年版，第518—519页。

② 维谢那特·普拉萨德·迪瓦里主编：《阿格叶耶》，国家出版社，1978年版，第180页。

了重要的作用。因此,有评论家认为:“阿格叶耶是印地语小说文学中现代主义的介绍人。”[①] 在评价阿格叶耶的短篇小说创作时,笔者认为这一观点是比较中肯和准确的——“阿格叶耶的短篇小说使印地语的短篇小说创作获得了一个崭新的视角。……他打破了普列姆昌德时代作品中题材的陈旧。虽然他未能将短篇小说带入一个崭新的领域,但仍然在其中播种了新鲜的、理性的、艺术化的、人性的、表现心灵生活的幼苗,从这一角度而言,在印地语短篇小说的发展史上他的功绩是卓著的。”[②] 但是同时也应当指出,阿格叶耶的短篇小说中也存在一些缺陷和不足,比如对社会现实生活的反映不够深刻和全面,许多作品由于雕饰化的语言风格以及过于追求现代主义的表现技巧,因而晦涩难懂,一定程度上影响了作品的艺术感染力和表现力。

此外应当看到,阿格叶耶的短篇小说创作对后来的印地语小说的发展也产生了一定影响。虽然在 20 世纪五六十年代新小说运动兴起的时候,阿格叶耶已基本上停止了小说的创作,他的名字与新小说并无直接的联系,但是由于创作倾向和思想有一定相似性,应该说阿格叶耶对新小说作家在一定程度上产生了影响,比如对内在情感的挖掘,以及淡化情节,象征、隐喻手法的运用,等等。有印度学者指出:“阿格叶耶对我们这一代的作家产生了影响,尤其影响了尼尔莫尔·沃尔马和莫亨·拉盖什。”[③]

① 阿格叶耶:《阿格叶耶短篇小说全集》附录,腊基巴尔父子出版社,1989 年版,第 626 页。

② 苏里叶那拉衍·勒那苏普、金德尔·松沃内:《短篇小说家阿格叶耶——作品及个性》,发展出版社,1994 年版,第 15—16 页。

③ 转引自萨维德力·米歇拉主编:《阿格叶耶——创作和背景》,誓言与象征出版社,1989 年版,第 106 页。

第三部分

长篇小说创作

阿格叶耶的文学创作生涯开始于20世纪30年代，但是真正引起印度文坛广泛反响，并为其在印地语文学史上赢得一席之地的是他的长篇小说创作——1940年长篇小说《谢克尔传》的第一部——《成长》正式出版，奠定了阿格叶耶在印地语现代文学中的地位。此后，他还分别于1944年、1951年和1961年出版了《谢克尔传》的第二部——《斗争》《江心洲》和《陌生人》等长篇小说。阿格叶耶长篇小说的数量虽然不多，但是几乎每一部作品的出版都在印度文坛引起了不小的震动和争议，他的长篇小说创作因其在主题、艺术和语言等方面的探索性和创新性，丰富并推动了印地语长篇小说的发展。

第一章 《谢克尔传》——一个“叛逆者”的回忆录

第一节 创作背景

《谢克尔传》的第一部和第二部分别出版于1940年和1944年。阿格叶耶在第一部的前言中谈到，《谢克尔传》共分三部，这三部的人物和情节是互相联系的，但是又有各自的独立性，“可以说，《谢克尔传》实际上是系列三部曲”。[①] 前两部

① 阿格叶耶：《谢克尔传》第一部前言，文艺女神出版社，1951年版，第9页。

出版之后，尽管人们一直翘首盼望第三部的出版，但是直到阿格叶耶逝世，《谢克尔传》的第三部也没有问世。生前有不少读者和评论家也曾就这一问题多次向他询问过原因，阿格叶耶说："第三部已经写了两遍，还在修改，但是仍不满意。"[①] 关于不能令自己满意的原因，他解释说："创作不仅仅是表达，而且是传递，今天当我感觉到当初的表达是不完整的，或者用今天的观点来看，那根本不是表达，那么在有鉴赏力的社会面前我该出版什么呢？传递什么呢？"[②] 可以看出，阿格叶耶最终没有出版《谢克尔传》第三部的原因是，他感到当初希望通过作品得以传达的思想和感受已经远离了这个时代，他自己关于暴力革命的观点已经发生改变，而他现在的观点和"谢克尔"这个形象的性格特征是不相符的。几经修改他还是没有出版作品的第三部，这也反映出作家对待艺术认真负责的态度。

阿格叶耶在《谢克尔传》第一部的前言中谈到创作这部作品的原因时，说它是"将我在一个极度痛苦的夜晚所看到的幻象诉诸文字的一种尝试和努力"。[③]1930 年的一个夜里，阿格叶耶因为参加秘密暴力革命组织被逮捕，受到审讯和拷打。在这样一种处境和心理状态下，阿格叶耶感到他的生命"即将走向终结"，[④] 可能会被判处绞刑。即将面临死亡的痛苦给予他一种回顾自己人生的力量，他认为"痛苦中隐藏着一种使人富于洞见的力量，一个身处痛苦中的人或许会成为一个洞察者"。[⑤] 在生与死的交叉点上，阿格叶耶开始思索生命的价值和意义——"如果这就是我生命的终点，那么对于个人而言，对

---

① 普尔帕格尔·马杰韦：《阿格叶耶》，腊基巴尔父子出版社，1991 年版，第 57 页。
② 阿格叶耶：《自白》，印度知识书院出版社，1960 年版，第 62 页。
③ 阿格叶耶：《谢克尔传》第一部前言，文艺女神出版社，1951 年版，第 5 页。
④ 同上书。
⑤ 同上书。

于社会而言，对于人类而言，人生的价值何在？有何意义？实现了什么？”[①] 在这种自诘和反思中，他感到“我的人生之门开始慢慢开启。我的人生不再以一种个人化的、孤立的形式存在，而是成为一个事件，成为社会的一部分。人生的因果链条上的种种线索渐渐被解开，我开始领会其中的玄机”。[②] 阿格叶耶突然意识到，人生旅途中的许多表面上看起来毫无关联的小事，在一种冥冥力量的左右下最终会铸成一个人的命运，正如谢克尔在回顾自己人生的旅程时所感到的——“生命旅途中的高山、溪谷、河渠、荆棘、风暴，所有这一切对我而言，而且仅仅对我而言，是相同的。其目的就是在某个特殊的时期、特殊的环境、特殊的地方，以特殊的方式和手段给我的生命一个特殊的终结，由此使其获得自身的解脱、成功和完满……”[③] 因此在《谢克尔传》中，谢克尔所做的正是努力探寻在人生中铸成自己命运的线索，因为认识了这些，就“理解了生活，完满了人生”。[④] 阿格叶耶通过《谢克尔传》所要表现的是一个人性格发展和命运形成的过程，是对人格、命运的探究和挖掘。他说：“我最感兴趣的是一个从事恐怖暴力活动的人的心灵是怎样形成的，《谢克尔传》的创作正是由此开始的。”[⑤]

阿格叶耶入狱一个月之后，在拉合尔监狱用铅笔写下了几百页的书稿，记录了被捕之夜他的感悟和思考，“这两三百页用铅笔写成的文稿就是《谢克尔传》的基础”。[⑥]《谢克尔传》的草稿是用英文在监狱中写成的，而后阿格叶耶在 1935 年被

---

① 阿格叶耶：《谢克尔传》第一部前言，文艺女神出版社，1951 年版，第 5 页。
② 同上书。
③ 阿格叶耶：《谢克尔传》第一部，文艺女神出版社，1951 年版，第 16 页。
④ 同上书，前言，第 6 页。
⑤ 阿格叶耶：《自白》，印度知识书院出版社，1960 年版，第 64 页。
⑥ 阿格叶耶：《谢克尔传》第一部前言，文艺女神出版社，1951 年版，第 6 页。

软禁期间,又用印地语对原稿进行了修改和完善。这样的修改和再创作持续了9年时间,直到1940年,《谢克尔传》的第一部才经文艺女神出版社正式出版,因此阿格叶耶说《谢克尔传》是他十年努力耕耘的结果。据说,《谢克尔传》第一部的原名是《矛盾》,但是阿格叶耶的良师益友——迈提里谢仑·古伯德读过手稿后认为这个名字并不合适,在他的建议下,阿格叶耶采用《谢克尔传》为这部作品命名。

《谢克尔传》的创作与阿格叶耶的个人生活经历和思想有着密不可分的联系。诚然,所有文学作品的创作都是作家思想和经历的一种体现,但是从《谢克尔传》的前言中我们可以看出,这部作品与阿格叶耶个人生活和思想的联系超出了一般的文学作品,所以学者们比较一致地认为,《谢克尔传》中主人公谢克尔的原型就是阿格叶耶本人,甚至有许多学者直接依据《谢克尔传》研究阿格叶耶个人的生平经历和思想。阿格叶耶也承认《谢克尔传》中有自己的影子,他说:"我的个人感受和我所经历的磨难的确浸润于'谢克尔'这个人物身上。……《谢克尔传》中有许多我的影子。"① 但是,绝不能把《谢克尔传》看作阿格叶耶的自传,也不能把谢克尔这个人物看作阿格叶耶本人,尽管阿格叶耶从个人生活的环境和经历以及个人的思想、情感和对生活的感受中提取了很多素材,塑造了谢克尔这个形象。阿格叶耶说:"出于真实刻画儿童内心世界的目的,我根据自己的生活经历,为《谢克尔传》的开篇部分选取了故事发生的地点。然而随着谢克尔的成长,他的生活和精神世界与我自己的生活和精神世界逐渐脱离开来,乃至于连我自己都感觉到,我是一个独立个体成长的见证者和记录者,我并未

① 阿格叶耶:《谢克尔传》第一部前言,文艺女神出版社,1951年版,第8页。

对他的生活进行任何干涉和控制。”[1]《谢克尔传》是阿格叶耶文学创作的结晶，谢克尔这个人物是阿格叶耶以一个艺术家所特有的敏感和对生活的感受创作与塑造的文学人物形象，这两者是绝不能混淆的。至于阿格叶耶作为一个作家从自己的生活中以怎样的角度和方式提取了艺术创作的素材，做这样的判断和辨析是十分困难的。

第二节　情节和思想

《谢克尔传》的第一部和第二部在情节、内容以及时间方面是连贯一致的，第一部主要描写的是谢克尔从出生到 17 岁左右大学毕业这一段时期的生活经历；第二部描写的是谢克尔从在拉合尔读硕士到谢西死去，即 17 岁到 20 岁这一阶段的生活经历。但是，正如阿格叶耶所说，这两部小说具有各自的独立性，既是一部作品的两个部分，同时也可以被看作两部独立的长篇小说。《谢克尔传》第一部和第二部在创作思路、创作思想和艺术手法等方面都有所不同，在关于作品艺术特色的章节中对此会有更详细的论述，这里只从作品的故事情节和思想内容的角度，对《谢克尔传》的第一部和第二部做一个简要的介绍。

《谢克尔传》表现的是主人公谢克尔—— 一个参加暴力运动的“革命者”，在被判处绞刑之后，以一种经痛苦磨砺而成的平静的心情和中立的态度对自己的一生所做的回顾。《谢克尔传》第一部的标题是《成长》，分为《序曲》《黎明与神灵》《种子与幼芽》《自然与男人》和《男人与环境》五个章节。谢克尔

① 阿格叶耶：《谢克尔传》第一部前言，文艺女神出版社，1951 年版，第 9 页。

面临绞刑的惩罚，面对死亡，他并未感到恐惧，而是以一种超脱于痛苦之外的理性回首自己以往的人生之路——“我在回顾我的人生，重新历经一次过往的生活。过去我总是注视前方，而当我到达生命旅途的最后一站时，我开始向后回望，望见我从何处启程，在什么地方迷了路，又是如何获得了奇妙的感悟体验，最终来到了这里。”[①] 谢克尔开始以一个旁观者的角度回顾审视过去生活中的谢克尔，谢克尔的精神和灵魂对另一个谢克尔——经历了20年的坎坷风雨后成为“革命者”的谢克尔——的人格和情感进行理智和清醒的剖析。在他的回忆中，谢克尔充满叛逆的一生渐渐清晰地出现在读者面前。

第一部主要表现的是谢克尔17岁之前的生活和经历，通过对过去生活中一些人物和场景的不连贯，甚至模糊朦胧的回忆，刻画并揭示了影响谢克尔人格和命运形成的主要因素以及他的人生经历。

谢克尔出生于一个婆罗门种姓的知识分子家庭，从他诞生于父亲考古工作现场的帐篷里那一刻起，父母、婆罗门祭司以及佛教的僧侣就为他谋划好了未来，使他感觉到似乎自己一出生便被套上了锁链。从此之后，谢克尔就开始不断与束缚进行斗争。谢克尔似乎天生就是个叛逆者，从他幼年时起，家庭和学校的约束和规矩就不断激起他强烈的不满和反抗。他聪慧而又骄傲，心中充满对世界万物的好奇心和求知欲，他不断地对恐惧的含义、生命的起源、死亡的意义和神的存在等诸多问题发出疑问，希冀得到真实无欺、令人信服的答案，但是父母、家庭和学校对他的这种求知欲不但不能满足，而且回避、欺骗甚至压制和扼杀，这使谢克尔从幼年时起便充满了对周围

① 阿格叶耶：《谢克尔传》第一部，文艺女神出版社，1951年版，第15页。

环境、家庭、父母以及学校教育的不满，他感受到的是欺骗和不公正的束缚，这是他叛逆性格形成的主要原因。他渴望信任、渴望爱，但是这些渴望又常常得不到理解和满足，从而形成了他内向、多思同时又独立、叛逆的性格。谢克尔最初是在教会学校接受教育，但他顽皮而又执拗，非常厌恶学校的教育方式。退学后，家里请家庭教师来教他，但是仍不能改变他对教育的敌视和反抗。最后，姐姐萨尔丝沃蒂开始充当他的老师，她的教育方式让谢克尔感到学习的乐趣。从此之后，他的心中渐渐涌起对姐姐的一份特殊感情，姐姐对他的理解和呵护也弥补了母亲褊狭、冷漠的性格对他造成的伤害。但是，他们之间亲密的姐弟之情又受到家人尤其是父母的嘲笑和压制，这让谢克尔对家庭产生了不满。姐姐的出嫁让谢克尔的感情受到了一次深深的伤害。在谢克尔幼小但又超乎其年龄的成熟的内心世界里，生活中存在太多的秘密。当所有问题都不能从父母那里得到真实的回答后，谢克尔开始压抑自己的内心，变得内向孤僻；而另一方面，他自己偷偷从书中寻找答案，而且开始对周围的一切充满怀疑和否定。就是在这样一种焦灼、矛盾的精神状态下，谢克尔成长起来，进入了青春期。这时他认识了一个与他同龄、美丽活泼的女孩子，她就是邻居的女儿夏尔达。他们相爱了，夏尔达使谢克尔第一次感受到爱情的甜蜜和痛苦。但是，在夏尔达母亲的干涉下，他们的爱情最终夭折了。谢克尔去拉合尔参加大学入学考试，回来后才发现夏尔达全家已经搬走，他第一次体会到失恋的痛苦。谢克尔在马德拉斯开始了自己的大学生活，在婆罗门学生的宿舍里他因为自己特立独行的个性受到排挤，对一个名叫古玛尔的同学的友谊和信任也被对方利用。谢克尔离开了这个专供婆罗门种姓的学生居住的宿舍，搬进了贱民种姓学生的宿舍。在那里，他不仅得到了友谊和信任，而且还和几个志同道合的朋友决定一起实践一些社会理想和主张。谢克尔在特里凡特琅无意间遇到了两年未见的夏尔达，但是夏尔达却拒绝了他的爱，对他表现出疏远和冷漠。在落寞失望的心情中，谢克尔永远告别了自己的初恋，也结束了大学生活。

《谢克尔传》第二部的标题是《斗争》，分为《男人与环境》《束缚与探索》《谢西与谢克尔》和《线、绳、结》四个章节。这部作品主要描述了谢克尔 17—20 岁这段时期的生活和感情经历，尤其是谢克尔和谢西之间的爱情故事。与第一部情节的散乱和跳跃不同，第二部有着连贯清晰的故事情节。

谢克尔再度告别家乡，来到拉合尔攻读硕士。在学校里，谢克尔的个性依旧使他不能真正融入集体，他感到孤独和失落。旁遮普也是谢西的家乡，谢西是谢克尔的远房表妹。谢西的父亲因病去世，谢克尔来到谢西家中住了一些日子，在与谢西的交往中，两人逐渐熟悉和亲密起来。谢克尔参加了国大党年会的志愿者服务工作，却因妨碍公务等罪名被警察逮捕。谢西来监狱看望并鼓励他，使谢克尔很受感动。监狱的生活仿佛为谢克尔开启了一扇通往一个新世界的大门，他从狱友莫丹辛格、默赫辛、拉姆吉和维迪亚普什纳的身上感受到了许多令人震撼的东西，也使他对暴力革命产生了兴趣，谢克尔的政治观念在狱中发生了一些新的改变。谢西写信告诉谢克尔，家里正在替她安排婚事，向他征求意见并且寻求帮助。谢克尔经历了异常痛苦和矛盾的思索后写信告诉谢西，无论她做出怎样的决定，他都会支持她。谢西最后选择嫁给拉梅谢沃尔，谢西最终对婚姻的选择让谢克尔感到痛苦、不安甚至自责。在狱中生活了 10 个月之后，谢克尔终因证据不足被无罪释放。出狱后他去看望谢西，感到谢西的生活并不幸福。在谢西的鼓励下，谢克尔决定以写作的方式开始新的生活，并实践自己对革命的理解。但是，他的创作进行得很不顺利，为了书稿的出版，他四处碰壁。在接连不断的打击下，谢克尔几乎失去生活的勇气，此时谢西给了他最大的鼓励，并且向他表达了自己将永远给予他精神之爱的愿望。谢西留在谢克尔的住所陪伴精神沮丧、几近崩溃的谢克尔，整整一夜没有回家。这使一贯猜疑他们关系的丈夫拉梅谢沃尔怒不可遏，他将谢西殴打至重伤并赶出了家门。谢西无处可去，只能在谢克尔的住所落脚。谢克尔悉心地照顾她的生活，虽然两人都知道彼此的情感，但又理智地将爱埋在心里。谢克尔最终参加了地下革命组织，他们从拉合尔来到德里开始了新的生活。谢克尔终于难以抑制内心的情感，向谢西表达了自己的感情，但被谢西拒绝了。谢西的健康状况越来越差，在生命的最后时刻，谢西向谢克尔坦白了深藏于自己内心深处的爱情。在谢克尔的怀里，谢西永远地闭上了眼睛。失去了谢西的谢克尔从此毫无牵绊地投身于暴力革命之中。

《谢克尔传》以谢克尔的生活和个性成长为主要线索，表现了在与社会、家庭以及各种传统观念的冲突和碰撞中，他的叛逆性格形成和发展的过程，是对一个所谓的“革命者”心灵的解读。作品的另一条线索是谢克尔和谢西的爱情故事，这两条线索相互交叉、密不可分。因为谢西以及她和谢克尔之间的爱情既是影响谢克尔人格和命运发展的一个非常重要的因素；同时，谢克尔的个性和经历又最终铸成了他和谢西之间感人而又充满悲剧色彩的爱情。第一部的主要线索是谢克尔的心灵成长史，第二部在延续了这一线索的发展之外，主题的重心偏重于谢克尔和谢西之间的爱情这一线索的发展。因此，两部作品的内容和情节虽有连贯性，但是侧重点却有所不同。

第三节 人物形象分析

人物形象的塑造是小说创作的重要内容,人物是一切叙事性文学尤其是小说的描写中心,一部小说是否具有艺术魅力,与它是否成功地塑造了个性鲜明的人物有很大关系。无论是用“外向性”审美视角,强调通过典型人物的塑造反映现实生活的本质和意义的传统现实主义小说,还是以“内向性”审美视角,关注现实生活中的个体,强调表现人物内心世界真实的现代主义小说,都离不开对艺术形象的塑造。

《谢克尔传》是以人物个性及心灵的成长为主要线索的小说,因而人物形象在这部小说中显得格外重要。谢克尔是这部作品的中心人物,作品的主题就是揭示他的人格的形成过程。这部作品中其他人物形象的塑造都是围绕着谢克尔展开的,刻画其他人物是为了表现他们在谢克尔人格发展过程中所起的各种不同作用。其中,谢西是一个非常重要和关键的人物,因为她不仅是影响谢克尔人格发展的一个重要因素,同时她与谢克尔的爱情也是这部小说的另一条主要线索。因此,在此主要对谢克尔和谢西这两个主要人物进行分析,然后对其他人物做一些简单的介绍。

谢克尔和谢西

谢克尔出身于一个富裕的婆罗门种姓的中产阶级知识分子家庭,聪明、多思、个性独立,充满强烈的求知欲,孤傲清高仿佛是他与生俱来的秉性,这使他从幼年时起就具有一种有别于同龄孩子的早熟和特别的气质。在成长的过程中,来自家庭、社会和情感方面的人及事所构成的各种偶然因素都促进了他天性中叛逆个性的发展,使他对家庭和社会产生了不可遏止的逆反心理,最终促使他走上了暴力革命的道路。

与生俱来的强烈自我意识和桀骜不驯的个性是他叛逆性格形成的基础。三岁左右的时候，谢克尔骑在街边红色的邮筒上，像所有孩子一样幻想自己骑着一匹马，感到自己像一个皇帝，“坐在自己的宝座上，俯视着整个世界，嘲笑着世界的渺小”。[①]而当他受到邮差的呵斥和阻止之后，他跳下邮筒时故意踩了邮差的脚以示报复，由此他感到自己是一个胜利者。

面对他认为不公正的对待，谢克尔不会驯顺地服从，而是激烈地反对和报复。七八岁的时候，由于园丁拒绝了他摘芒果的要求，他爬上树不仅吃成熟的芒果，还将青涩的生芒果故意从树上摘下摔坏，以此发泄自己的怒气和不满。这种清高孤傲的性格有时又表现为极度的自尊。幼年时，他和一个名叫布尔迪帕的小姑娘相处得非常愉快，然而由于在布尔迪帕家中吃饭时因不会使用刀叉受到她的嘲笑，谢克尔愤然离去，从此再也不和她一起玩耍。在和夏尔达相爱后，谢克尔曾经非常钟爱山上一棵 S 形的树，因为它暗应了夏尔达名字的缩写。但是由于爬树时笨拙地摔了下来，引得夏尔达大笑不止，谢克尔感到自尊心受到了伤害，几天之后，他用斧头砍断了这棵树的树枝。

谢克尔身上还有一种无畏无惧的冒险精神，这也是他叛逆性格的一个方面。三四岁时的一次经历让他学会了如何去对待恐惧。在博物馆里看到的一只老虎的标本令他感到异常恐惧，后来家里放了一个类似的标本，当他明白这不过是一只用虎皮包裹而肚子里塞满了草糠的动物标本后，他才消除了恐惧。这件事对他的影响很大，他幼小的心灵感觉到——“恐惧源于畏惧。世界上所有可怕的东西，都只不过是填满糠草、

① 阿格叶耶：《谢克尔传》第一部，文艺女神出版社，1951 年版，第 51 页。

没有生命的皮囊，畏惧它们是愚蠢的行为。”[①] 他亲自用匕首划开了标本的外皮，从此他相信，面对外表可怕的东西不应该恐惧，而应该揭露出它软弱的内质。从幼年时起，谢克尔就表现出对待死亡无所畏惧的态度。看到兄长们在河里畅游，他不顾自己不会游泳，跳入水里差点溺水而亡。但他对这次冒险却不以为然，他骄傲地对伙伴说：“这件事有什么了不起的，哪天我还要这么干一回。掉进水里以后我倒要看一看，我究竟会不会死掉。哪天我一定要这么死一回。”[②] 这种无畏无惧的性格也是促使他最终成为一个反英地下革命组织成员的重要因素之一。直到即将走上绞刑架的时候，谢克尔依然可以平静地面对死亡——“对绞刑的想象一直令我沉迷，它就像毒蛇的眼睛一般冷若冰霜，但又能施展令人无法抗拒的催眠法术……这种催眠、这个邀约，使这个复仇的工具变得富于诗意，给予那些祭献于它的不幸的人们——或许是极度幸运的人们——一种人生的实现，完成他们人生过早的终结。”[③]

谢克尔天资聪颖，善于思考，对世界满怀好奇，有极强的求知欲。他用自己的眼睛去观察生活，用自己的头脑去思考问题。从幼年时起，这个世界对谢克尔来说就充满太多疑问。谢克尔首先对死亡的含义发生了疑问，他感觉到父母以及周围的人对死亡异常恐惧，但是他不能理解这种恐惧到底源自何处，于是他不停地去探寻死亡的含义。他怀着无邪的好奇问母亲什么时候会死，但却遭到了父母的责打；舅舅在战争中牺牲，他看到了母亲为此伤心难过；他看到了马因为饥饿和劳累死在街头，这些观察和经历让谢克尔感到死亡和战争是令人

① 阿格叶耶：《谢克尔传》第一部，文艺女神出版社，1951 年版，第 52 页。
② 同上书，第 83 页。
③ 同上书，第 15 页。

恐惧的事情，那么全知全能的神为何要让死亡和战争存在于世界上呢？他还看到了灾荒中克什米尔人民不聊生、祈求神灵保佑的场面，他询问父亲是什么造成了这一切，却得不到令他感到信服的答案，这更让他对人们叩首祈拜的神灵的存在产生了怀疑。像所有的孩子一样，谢克尔也对生命缘自何处产生了强烈的好奇心，但得到的答案却是神安排了这一切，而他知道这不是问题的真实答案。没有人告诉他，进入青春期后，是什么原因令他总是感到焦躁不安、蠢蠢欲动，这种萌动使他充满犯罪感，但又无法抑制。他开始对父母和周围的一切产生强烈的怀疑和不满，因为他感到，没有人能够用诚实的态度回答他的问题，他觉得他们"从头到尾都在说谎"[①]，他感到被欺骗和被愚弄。于是，谢克尔开始以自己的方式探求各种问题的答案。表面上他变得沉静驯顺，他压抑着自己内心的求知欲和好奇心，但是那种内心的煎熬使他十分痛苦，他只能用牙齿紧紧咬住嘴唇，以至于咬破了嘴唇才能克制自己不再发问。内心中他依然渴望知道问题的答案，于是他偷偷从父亲藏书中的"禁书"中去寻找真相。通过看书他终于真正了解了人类繁衍的秘密，从此他感到豁然开朗，心里顿时觉得轻松了——"世界在谢克尔面前敞开了大门。他明白了一切。……他偶尔读到了罗曼·罗兰的一句话——'真理是为那些有勇气承受真理的人准备的。'从那一天起，他仰起自己的头颅看到——他已经越过了汪洋大海，他是完整的、自由的，他已经成长为一个男人。"[②]

不能以正常的方式满足自己的求知欲，不仅使谢克尔对父母、家庭以及周围的环境产生不满，认为他们在用谎言蒙蔽

① 阿格叶耶：《谢克尔传》第一部，文艺女神出版社，1951 年版，第 95 页。
② 同上书，第 197 页。

自己的眼睛,更让他对神的存在产生疑问,乃至最后否定神的存在,成为一个无神论者。作为他思想的一部分,无神论观点也对谢克尔的人生道路产生了非常重要的影响。谢克尔感到,死亡、饥馑和战争带给人们的是无限的痛苦和恐惧,既然神创造了世间的一切,那么他为何要给人间播种痛苦?沉浸在夜色之美中的谢克尔进一步对神的存在产生思考和怀疑——"神是不存在的,因为哪个制造了饥馑和战争的神灵能够创造出这样的美景?如果这种美丽并非拜神灵所赐,那为什么世界的其余部分会是他的作品?"[①]他开始对神的存在产生越来越强烈的疑问。而且在谢克尔对世界产生疑问和好奇的时候,答案总是被推诿于神的创造,这令谢克尔越来越感到"求知路上最大的障碍就是神。"[②]但是,他却不敢向任何人吐露这种对神存在与否的怀疑,这种心理重负对一个年龄尚幼,心灵还显稚嫩的孩子来说几乎是无法承受的。对神存在与否的疑问成为谢克尔人格发展的一道障碍,但他最终还是以自己诚实无畏的精神跨越了这道障碍。在全家去神庙敬神的路上,谢克尔终于鼓足勇气说出了隐藏在心中已经很久的话——"我不相信神!……神是假的,神根本不存在。"[③]这样的观点在这个传统的婆罗门家庭当然被视为大逆不道,谢克尔被父亲当众责打,但是他却为自己敢于说真话而感到自豪。[④]在思索、疑问乃至最后彻底否定神的存在的过程中,谢克尔的人格和思想经历了一次痛苦的锤炼,最终的跨越塑造了他人格中最为重要的一个部分。

---

① 阿格叶耶:《谢克尔传》第一部,文艺女神出版社,1951 年版,第 92 页。
② 同上书,第 135 页。
③ 同上书,第 93 页。
④ 同上书。

谢克尔爱好自由，反对束缚。阿格叶耶说："谢克尔归根到底是在寻找自由。"[1]审视谢克尔的人生经历和心灵成长的整个过程，我们不难发现，他一直是在以一个叛逆者的姿态挣脱束缚，同时不懈地探索和追求自由。他对世界的求知欲不断遭受遏制和打击，对真挚的情感和信任的渴望得不到真正的理解和回应，谢克尔因此感到整个世界充满束缚和禁锢。他试图从大自然中去感受一个自由无拘的世界，在谢克尔的心中充满了对自由的无限遐想和渴望。当他将笼中的鸟儿放飞到天空，他忽然感到——"在他的世界之外还存在着一个世界，这是鸟儿的世界，这里充满自由。在这个世界里，有信任，有爱，有不受束缚进行思考和嬉戏的自由，这个世界的唯一信条是'成为本来的你'。对他来说，这个世界是一个天堂，是一个令他渴盼的梦想。"[2]当谢克尔从花匠那里得知花园和森林的区别后，森林在他的想象中又成为一个没有束缚的自由天堂——"那该是一个多么自由的地方啊！一切都自由自在，连小苗也可以自由自在地生长、开花和结果。"[3]谢克尔感到自己就如同一只被关在屋里的蝴蝶，撞窗不止，上下盘旋，一直不停地在寻找通往自由的道路。但是在现实生活中，谢克尔感受到的却是来自家庭、学校和社会的束缚，他渴望自由的心灵被紧紧地禁锢起来。于是，他以一种叛逆者的姿态对这些禁锢和束缚进行了大胆的反抗，离家出走、对死亡的挑战、对神灵的否定都是这种叛逆意识的表现。

此外，从幼年时起，谢克尔就对传统的教育体制和教育方式产生了强烈的反感。无论是教会学校还是家里为他聘请的

---

① 阿格叶耶：《自白》，印度知识书院出版社，1960年版，第64页。
② 阿格叶耶：《谢克尔传》第一部，文艺女神出版社，1951年版，第62页。
③ 同上书。

家庭教师，都不能让他驯服地接受教育，因为他感到，在这样的教育中他学到的不是知识，而是“对教育的蔑视和反抗”。[①]学校和社会想要培养的是一种规范化的“模型”，而他想成为一个有独立思想和判断力的人。他觉得“在这个世界上，所谓的‘理想人物’并不是人，而是一个‘模型’。这个世界想在第一时间锤炼每一个人，践踏他的个性，将其溶注于模型之中，不让人保留本真的面貌，而要将他变成一个模型的复制品”。[②]

谢克尔渴求自由，反对束缚和禁锢的叛逆精神还表现在对社会传统观念和社会制度的反抗上。1919年前后，当非暴力不合作运动的浪潮席卷全国的时候，年幼的谢克尔也受到了感染，希望参加到这场运动中去。他脱掉进口的衣服，换上了国产的粗布衣，高呼“甘地万岁”的口号参加游行，而且开始拒绝说英语，还用印地语创作了一个描绘他心中自由印度的剧本。当他的这些行为受到了家里的限制后，他用一种更为激烈的方式表明了自己的态度——在母亲外出时，将家里所有昂贵的进口衣服付之一炬，为此受到了重重的责罚。童年的时候，谢克尔朦朦胧胧地感受到等级差别以及贫富不均等不公正的社会现象的存在，这在他的心中留下深深的烙印。他的父母不让他和一个名叫普朗的小女孩交往，尤其不让他吃普朗家里的食物，因为她是低等种姓。但是，谢克尔无意间发现普朗的母亲并不因为自己的种姓而羞愧，反而有一种隐隐的自豪和骄傲。谢克尔长大后才明白，普朗母亲的精神和犹太民族在长久的痛苦和迫害中依旧不失尊严和勇气的民族精神是相通的，这件事情对他的触动很大程度上影响了他的社会价值观，使他在心里产生了对低等种姓的尊重。在马德拉斯念大学

① 阿格叶耶:《谢克尔传》第一部，文艺女神出版社版，第57页。

② 同上书，第53页。

期间，他离开了婆罗门种姓的学生宿舍而和贱民种姓的学生住在一起，并为贫民区的低等种姓的孩子开办学校，这都是他平等的社会思想以及反对陈腐的社会观念和制度的表现。他告诉那些低等种姓的孩子们，他渴望有一天“摧毁种姓和教派的藩篱，催生一种新的宗教，我们和你们将会变成兄弟和亲人”。[①] 这种民本意识和平等观念是谢克尔思想中极为可贵的方面。此外，谢克尔还在大学里成立了一个俱乐部，主张平等友善地对待女性，唤醒女性的自我意识，并与歧视妇女的传统观念和夫权思想进行斗争。与谢西生活在一起以后，除了在生活中悉心照顾她之外，谢克尔还积极鼓励谢西走出家门，参加社会活动，并且帮助谢西准备题为“妇女的平等权”的演讲。尽管这些社会思想、主张和行动还很不成熟，但是体现出谢克尔叛逆和觉醒的社会意识以及进步、平等的女性观。

除此之外，谢克尔在自己的感情世界里也在不断与家庭、社会的规则和观念进行着斗争。谢克尔认为，在自己人格发展的过程中，有三种因素对他人格的形成产生了很大的作用：自我意识、恐惧和欲望。强烈的自我意识和战胜了恐惧之后的无畏精神是促使谢克尔走上叛逆道路的重要因素，而情欲的作用也是对其人格的形成产生了重要影响的因素之一。在这个方面，阿格叶耶无疑受到了弗洛伊德精神分析理论的影响。弗洛伊德认为，性欲和性爱是人类繁衍和生存的根本动力，被称为“里比多”的性本能的冲动和欲望会受到社会文明准则的压制。但是，对性本能的过度压制会使人产生一种破坏力，使人倾向于反叛和暴力，甚至导致精神分裂。谢克尔从孩童时起就表现出一种性意识萌动的迹象，他对诸如生命的来源，父母

① 阿格叶耶:《谢克尔传》第一部，文艺女神出版社版，1951 年，第 136 页。

因为一个女仆发生争吵的真实原因等事情怀有强烈的好奇和探究心理。但是,儿童正常的好奇心没有在家庭中得到正确的理解和引导,在父母欲盖弥彰的躲闪和遮掩中,与性有关的问题让谢克尔产生了一种更加强烈的探究欲。和姐姐萨尔斯沃蒂亲密的姐弟关系中潜藏着一种“俄狄浦斯情结”,父母对此的压制和家人对此的嘲笑让谢克尔非常不满。进入青春期后,强烈性意识的萌动使谢克尔感到惶恐和自责,冲动和压抑间的矛盾和挣扎使他的性格变得更为内向和封闭,他用一种近乎苦行僧式的生活方式来平息这种让他不知所以的痛苦和困惑。当他被压抑的欲望折磨得几乎要崩溃和迸发的时候,初恋情人夏尔达的出现拯救了谢克尔的灵魂。在十四五岁的年龄,以自由恋爱的方式悄悄萌发成长的爱情,又是对社会和家庭的规则和观念发出的挑战,谢克尔和夏尔达纯真的初恋在夏尔达母亲的干涉下最终夭折。谢克尔在刚读大学的时候,对一个名叫古玛尔的男同学产生了一种朦胧但又特殊的情感。古玛尔伪装出来的文雅、友善和对谢克尔的信任让谢克尔平生第一次感到了友谊的可贵,他非常珍视这份友情,而且这种感情也在悄悄发生着变化。谢克尔渐渐对古玛尔产生了一种依恋之情,但是这种在同性恋边缘徘徊的感情很快就因为谢克尔认识到古玛尔的卑鄙和虚伪画上了句号。谢克尔在感情世界中的迷茫和徘徊直到他意识到自己对谢西的爱之后才停止。谢克尔和谢西的爱情又是一次对社会传统观念的挑战和反叛。在和谢西相爱的过程中,谢克尔经历了从迷茫到清醒、从犹豫到坚定的过程,在这个过程中,他不断遭受打击,又不断在谢西的关心和帮助下坚强起来。可以说,谢西的爱情是塑造谢克尔灵魂和心灵的一双妙手。

通过上面的分析我们可以看出,谢克尔的人生旅途是一条充满叛逆和不断寻找自由的旅途。来自家庭、社会以及个人情感的各种因素造就了他独特的、具有叛逆精神的个性。从童年到青年，谢克尔一直不断地与周围的环境发生冲突，同时也在自我内心的矛盾和痛苦中苦苦挣扎，在与自我和与外部世界的不断斗争中，塑造着自己的心灵和人格，寻找着自我存在的价值和人生方向。他的性格随着人生经历和思想的不断变化发展而成长着，来自家庭方面的因素，比如：父母个性的差异、母亲的褊狭和多疑、父亲的独断和严厉、家庭中保守的观念和作风对儿童个性的遏制和压抑；来自社会的因素，比如：刻板无趣的教育方式，宗教、社会和经济中存在的不平等现象，殖民统治和压迫；来自情感方面的因素，比如：对性的好奇和关注得不到正确的引导，性的萌动和本能受到压抑，真诚的爱情得不到社会和家庭的承认和理解等都对谢克尔性格的形成以及人生的方向产生了一定的影响。综合地说，谢克尔是一个充满矛盾个性的人。他性格内向，善于思考，非常重视和渴望亲情、友爱和信任；他敏感细腻，同时又极端自我，充满叛逆精神，对待他人对于自己的误解和伤害绝不宽容；他清高自傲，但有时又非常自卑；他时而充满热情和理想，时而又悲观自弃；时而非常坚强，时而也非常脆弱。在与自我和外界的不断斗争中，他不断探索着自我的价值，不断否定自我而后又重塑自我。谢克尔的性格是复杂多变的、是多层面的，而不是单一的。

许多人认为，谢克尔是个唯我主义者，是以自我为中心的人，“任何外界的呼喊从未在他的内心中激起比焦灼不安更强烈一些的责任感”。[①]“他的所有斗争都停留在口头，而没有转

① 罗摩·科莫尔·罗易：《阿格叶耶——创作和斗争》，罗格帕尔第出版社，1978 年版，第 114 页。

化在行动里”。[①] 谢克尔身上确实有许多人格弱点，他的反叛性格中有一种为叛逆而叛逆的倾向，而且他有时十分软弱，所谓的反叛经常只停留在心里和口头上，在实际行动中常常摇摆不定。阿格叶耶也指出了谢克尔性格中的矛盾和弱点，他说：“我感到这部作品中既表现了他的伟大，也刻画了他的渺小。伟大是因为他的求知和探索中充满专注和虔诚，渺小是因为虽然他的求知欲非常强烈，但在很多方面，他并未成为一个真正的探寻者，而是沦为了一个理性主义者，而且他的理性让人感到可怜和可悲。”[②] 阿格叶耶在谈到谢克尔这个人物时还说：“谢克尔不是什么伟大的人，也不是完美的人。但是他一直试图在人道精神的光芒下诚实地认识自己。他可能也不算是一个好的同伴，但是我相信，与他同行，最终您不会冷酷地对待他。而且在当今这个时代，我或者您都具有综合性格，也许你会发现，你内心深处的某个地方也有一个谢克尔，他并不伟大，也不优秀，但是清醒、自由而且诚实，非常诚实！”[③] 由此可见，作家并不想把谢克尔塑造成一个完美的理想人物。阿格叶耶认为，在印地语文学从传统向现代转型的过程中，科学人道主义逐渐取代了浪漫主义和现实主义，在印地语文学中出现了一种“非英雄主义倾向”。他说：“作家现在不再着力于塑造人，而是满足于发现人，承认人的重要性。当代印地语作品关心和描写普通人。”[④] “人类价值被认为是来源于普通的人，而不是来自概念化的‘英雄’。”[⑤] 阿格叶耶将印地语文学中的这一变化称为——“英雄的退场”。作家的这一观点也许能为我们认

---

① 那根德罗主编：《印地语文学史》，国家出版社，1988 年版，第 676 页。
② 阿格叶耶：《谢克尔传》第一部前言，文艺女神出版社，1951 年版，第 7 页。
③ 同上书，第 10 页。
④ 黄宝生、周至宽、倪培根译：《印度现代文学》，外国文学出版社，1981 年版，第 101 页。
⑤ 同上书，第 102 页。

识和评价谢克尔这个人物提供一些依据。对于读者而言,贴近真实生活和人类情感的人物更为可信,更易于产生共鸣。笔者比较赞同印度学者戈巴尔·罗易的观点,他说:“谢克尔身上随处可见的不寻常把他和我们分隔开来,但是谢克尔对人性的感受是如此强烈,这使我们原谅了他的不同寻常。”[①] 无论我们是否喜欢或欣赏他,相信许多读者都会同意,谢克尔是印地语小说中一个非常令人难忘的人物形象。

读完了《谢克尔传》这部作品,我们常常会发出这样的疑问:谢克尔是一个革命者吗?谢克尔在作品中是以一个革命者的形象出现的,但是《谢克尔传》并没有侧重于表现谢克尔的革命生涯。我们看不到谢克尔从事了多少重要的革命工作,甚至连他最后参加地下革命组织都带有一定的巧合性,让人感觉到,他似乎是由于生活现状所迫而不是出于强烈的革命意识投身于暴力革命的。在《谢克尔传》的第一部中,我们可以看到谢克尔从童年到青年时期叛逆性格的形成和不断发展,可以看到他的社会意识和政治意识的觉醒和萌发。然而在第二部中,尽管作家描写了他在监狱生活中受到了一些关于暴力革命和国家民族意识的教育和熏陶,以及他出狱后,从通过写作宣传进步思想直到最后参加地下革命组织的生活经历,但是我们似乎很难感受到在17—20岁这一段生活中,谢克尔的社会和政治意识中的反叛精神有更进一步实质性的发展。第二部情节的主要线索是谢克尔和谢西的爱情,他作为一个“革命者”的经历和生活成为背景,并没有作为作品发展的主要线索。由于主题和内容线索的重心发生了转移,谢克尔心灵和人格的成长过程仿佛也发生了中断。对他作为“革命者”

① 戈巴尔·罗易:《阿格叶耶和他的长篇小说》,印度迈克米兰有限公司,1975年版,第121页。

的经历和生活的描写并不能打动读者，打动读者的是谢克尔和谢西之间曲折感人的爱情故事。从这个角度来看，谢克尔在《谢克尔传》中的性格发展是不完整的。从作品情节发展的连续性来看，我们可以预测《谢克尔传》的第三部应该侧重于刻画谢克尔的社会角色，侧重于表现他思想中政治和革命意识的发展和变化，以及他作为一个通过暴力革命进行反英斗争的革命者的生涯。但是，由于阿格叶耶创作思想和个人观念的改变，《谢克尔传》的第三部一直没有出版。由于在思想和性格的发展过程中出现的断裂，因而通过第一部和第二部呈现在我们面前的谢克尔的形象不够完整，这不能不说是一种遗憾。

谢西是《谢克尔传》中另一个非常重要，同时也非常具有感染力的人物形象。尽管在《谢克尔传》中，谢西是和其他人物一起作为影响谢克尔人格和命运发展的因素出现的。但是，与其他人物不同的是，由于《谢克尔传》第二部将他们两人的爱情发展作为主要线索，因而她的人物形象在作品中也得到了比较充分的刻画，从而使谢西这个人物的性格比较饱满。相对于其他人物而言，她的形象更为独立和完整，尽管对谢西的刻画仍围绕谢克尔展开，这是由作品的主题和形式决定的。谢克尔的人物性格和思想在整个作品中一直处于一种不断的发展和变化中，与谢克尔相比，谢西的性格没有大的发展和变化，这与作品的主题是表现谢克尔的心灵发展史有直接关系。当谢西以主要人物形象出现在作品中的时候，她的年龄是 16 岁左右，人物的性格已经基本定型。读者是在作家对谢克尔和谢西爱情故事发展的描述中逐渐了解谢西这个人物的。

谢西是谢克尔的远房表妹，两人在三四岁的时候第一次见面，之后在长达 10 年左右的时间里她没有在谢克尔的生活中出现过，所以也没有在他这一时期的思想和性格的形成和发展中产生过任何影响。15岁的谢克尔到拉合尔参加大学入学考试时,与谢西曾经有一段非常短暂的交往,两人开始建立起一种兄妹般的友情。直到两年后谢克尔再次来到拉合尔读书时,谢西才真正走进谢克尔的生活,成为他心灵和情感世界的灵魂。如果对谢西的性格特点做一些归纳的话,那么真诚、善良、宽容、坚强、富有牺牲精神应该是她人格魅力最集中的体现。她是谢克尔精神力量的源泉,是谢克尔灵魂的塑造者、爱情的培育者、生命的保护者。谢克尔将他与谢西的关系比喻为"宝剑"和"砥石",他在与谢西的灵魂对话中说:"你是砥石,我的生命在你不断地磨砺下才保持锋锐。在你的磨砺之下,我才能够去除锈渍、显露锋芒,我才能够站在世界面前不感到羞愧——因为我不知道有任何需要感到羞愧的理由。"[①] 谢西在谢克尔生命中的价值是如此重要,因此在《序曲》中,当谢克尔面对绞索痛定思痛回顾一生的时候,最先出现在他脑海里的人就是谢西。谢克尔对谢西充满依恋和亲近,他感到他和谢西之间超越了兄妹关系的亲密感情"如同秋日的阳光一般,不仅驱走了笼罩着整个家的阴霾,也驱走了他自己内心深处的黑暗"。[②] 谢克尔对谢西充满感激和崇拜,他感到,谢西对他人格的呼唤促使他心灵中叛逆的一面更加积极地去面对挑战,而谢西的温柔和怜爱又唤醒了他心灵深处对美的追求和灵感。

谢西和谢克尔在三四岁第一次见面的时候,谢克尔因为一件小事把谢西的额头打出了血,但是谢西在被大人责问时却替谢克尔遮掩。吃饭时,谢克尔用自己的水罐斟水放在谢西的旁边,谢西默默地端起来喝了,她用这样的方式表示对谢克尔的原谅和对他自尊心的维护。这样一件普通的小事让谢克

① 阿格叶耶:《谢克尔传》第一部,文艺女神出版社,1951年版,第16页。
② 同上书,第18页。

尔第一次感受到了亲情,而谢西性格中的宽容、忍耐和善解人意也从那时起就有所表现。在谢西对自己婚姻的选择中,再一次体现了她的善良、宽容和牺牲精神。谢西并不情愿嫁给拉梅谢沃尔,因此她写信向当时在狱中的谢克尔求助,但是谢克尔没有给她足够的鼓励,而是让她自己选择。谢西最终选择嫁给了拉梅谢沃尔,她做出这样的决定不是因为她没有反抗社会的勇气,在写给谢克尔的信中谢西说:"我是社会的一分子,我对它负有责任,但我可以对此漠然不顾,因为它并未忠诚于我,而且社会理想一直在不断发生变化。"[①] 谢西为了不让寡母承受太多来自社会的压力,决定牺牲自己的幸福,她说:"妈妈是寡妇,而且她有自己的观念,我如果拒绝结婚,在整个社会面前将置她于何种境地,现在我还无法预测,但一定会令她在我面前崩溃。她什么也不会说的,这我知道,但是难道我能对此视而不见吗?沉默会使她的忧伤变成一把锋利的刀子,每时每刻刺痛着我的内心。……如果必须有人默默投身于祭火,那个人为何不能是我?"[②] 谢西宁愿牺牲自己的幸福也不愿意因为自己给别人带来痛苦。

谢西比谢克尔小一岁,但是在和谢克尔的交往中,谢西一直显得更加成熟和沉稳,一直以自己的沉静、宽容和善良平和着谢克尔有失偏执、过于起伏波动的性格。谢西就如同谢克尔生活中的一味中和剂,她富有母性的宽容和沉静化解了谢克尔心中的焦虑和沮丧。她总是在谢克尔生活的转折点上出现,用自己的坚强、信任和爱支撑谢克尔的灵魂。正是在谢西的精神力量和爱情的庇护和鼓励下,谢克尔才有勇气与生活中的困难进行不懈的斗争。谢西是谢克尔灵魂的庇护者。谢

① 阿格叶耶:《谢克尔传》第二部,文艺女神出版社,1947 年版,第 81 页。
② 同上书。

克尔在狱中的时候,谢西去看望他,两人没有过多交谈,但临走时谢西对谢克尔说:"英雄永远不是罪人。"[①] 这句简单的话让谢克尔感到了爱和信任,谢西的存在成了激励谢克尔在狱中生活下去的一种精神力量。出狱后谢克尔去看望谢西,谢西问他对监狱的感受如何,因为她担心谢克尔会和许多人一样,经过监狱生活的折磨后会变得消沉起来,对一切都失去了信心。当得到谢克尔肯定的回答后,谢西感到非常欣慰,谢克尔也从她的目光中受到鼓舞,书中写道:"谢西意味深长地看了谢克尔一眼,目光中的鼓励和欣慰让谢克尔感到很开心。"[②] 谢克尔在写作和出版自己作品的过程中四处碰壁、四处受挫,心情沮丧到了极点,甚至失去了生活下去的勇气,想要自杀。他感到自己无法给予任何人幸福,生活中的一切都失去了意义,到处充斥着冷漠和黑暗。正巧谢西来看他,在谢西的宽慰下,谢克尔稍许恢复了一些平静,他向谢西述说他对生活的迷茫,并且吐露了深藏在心中的对谢西的爱。谢西沉默不语,静静陪伴着他,无声的安慰让谢克尔痛苦的心情得到了平复。经过一夜的思考,谢西决定用自己的爱使谢克尔重新找回生活的意义,在她对谢克尔的表白中,可以看到她对谢克尔融入灵魂的忘我的爱。她觉得自己的肉体已经成为痛苦婚姻的祭品,但是她的精神将永远和谢克尔在一起。她对谢克尔说:"但是在你的身上有我的生命存在,她就是我,她属于我。……你不要把我看作姐妹、母亲、兄长、儿子或是任何其他角色,因为我——此刻——什么也不是。我只是一个影子。我已无影无形,我就是你无法命名的那个属于你的自己。"[③] 在谢西看来,她个人的存

① 阿格叶耶:《谢克尔传》第二部,文艺女神出版社,1947 年版,第 60 页。
② 同上书,第 112 页。
③ 同上书,第 168 页。

在已经毫无意义，她和谢克尔已经成为一个整体，她对谢克尔的爱已经完全是一种超越于肉体的灵魂之爱，是一种完全无我的生命之爱。

谢西不仅用爱、宽容和信任支撑着谢克尔的精神，她还不断激励谢克尔进行文学创作，实现自己的人生理想和价值。从这一方面来说，谢西又是谢克尔人生的激励者。谢克尔出狱后，当他们第一次见面时，谢西就非常关心谢克尔对未来的打算，此后谢西一直默默地关注和支持谢克尔的文学创作。她写信嘱咐母亲把自己以前用过的书寄给谢克尔，当谢克尔把这些书放入书柜后，“他感觉，谢西温柔慈蔼的双眼正透过那两格书柜注视着自己的房间，她的目光让整个房间的空气变得湿润而柔软”。[①] 谢西受到丈夫拉梅谢沃尔的猜疑，被赶出家门后只能和谢克尔生活在一起。谢克尔悉心地照料谢西的生活和身体，但是谢西并不愿意谢克尔为了照顾自己而耽误写作的时间。她不仅卖掉了母亲给自己的金项链以维持两人的生计，还不断鼓励和催促谢克尔继续进行文学创作。谢西鼓励谢克尔用内心真实的感受进行创作，她说：“一些真实的故事真正激发出了你内心深处的真情实感，那样的故事一定会是值得书写的素材。故事无须惊天动地，但感悟必须深刻，对人的理解必须透彻，你应该专注于并且勇于利用和把握这些故事。热量不在柴薪里，而在火焰中，你将内心真实的感受写下来，其中必定燃烧着熊熊火焰。”[②] 随着谢西健康状况的不断恶化，她越来越感到自己已经成为谢克尔的负担和前进道路上的障碍，这让她十分痛苦和不安，她甚至提出要离开谢克尔，回到抛弃和伤害过自己的丈夫身边去。因为对于谢西来说，一旦她觉得自

① 阿格叶耶：《谢克尔传》第二部，文艺女神出版社，1947 年版，第 120 页。
② 同上书，第 216 页。

己不能再给予谢克尔帮助,反而成为他的负担和障碍,那么她对谢克尔的爱就没有了意义,她自己的灵魂只有在对谢克尔的不断塑造和成就中才能获得存在的价值。她对谢克尔说:“因为我要一直守护着你,一直推着你往前走。我之所以要远离你,谢克尔,并非因为我不懂爱的含义,而是因为我是个残缺不全的人。”[①] 谢西对谢克尔完全忘我的爱中充满牺牲精神,她在临死前写给谢克尔的信中说:“我恳求,我希望,自己的生命能在你的身上结出果实,能在你的身上获得自我的圆满。于我而言,你已然成为一种象征,象征着我自己的人生。我的四周是一望无际的汪洋,充满了退缩、绝望、消沉、沮丧和幻灭,你象征着驻留停靠的港湾,你象征着横渡穿越的方舟……因此我说,为我写作吧! 这样说并非要为你的生命注入希望,恰恰相反,我期冀能从你那里获得希望……”[②] 谢西希望谢克尔在她死后继续前行——“你能够继续前行,并不是我的失败,而是我最终的胜利……”[③] 谢西用自己的全部生命实现了她对谢克尔的爱,她愿意牺牲自己的一切,点燃自己照亮谢克尔的人生之路。

谢西的命运是不幸的,为了维护母亲的尊严和家族的荣誉,她被迫选择了本不愿意接受的婚姻。她的婚姻并不幸福,而且由于同谢克尔的关系被丈夫猜疑,她遭粗暴地殴打后被赶出了家门。一个被丈夫驱逐出家门的女人实际上也就等于被社会抛弃,因此连她自己的母亲也不能收留她。她和谢克尔苦苦相爱,但是由于家庭和社会的压力又不能真正结合,只能在精神世界里用彼此的爱相互支撑。但是,谢西又很坚强,面对生活的不幸,她并不抱怨,而是默默承受,从自我的奉献中寻

① 阿格叶耶:《谢克尔传》第二部,文艺女神出版社,1947 年版,第 223 页。
② 同上书,第 249 页。
③ 同上书。

找生活的意义，在自我的奉献中实现对爱的理想。她不向命运低头，她的精神力量也成为支撑、塑造、激励谢克尔的无穷动力。她身上具有的宽容、忍耐、自我奉献的精神是印度女性的传统美德，但是她对生活的理想和热情，对精神满足的执着追求，对不幸命运的顽强抗争，对爱情的坚定信念又使她区别于传统的印度女性。谢西最感染人的品格就是她对爱的执着和全然无我的奉献。所以，无论对《谢克尔传》这部作品，对谢克尔这个人物以及谢克尔和谢西之间的爱情存在多少争议，评论界对谢西这个女性形象的评价还是比较高的。

下面谈谈谢克尔和谢西之间的爱情。谢克尔和谢西的爱情引起了许多争议，许多印度评论家都对他们的关系提出过质疑，这种质疑和批评多是从伦理道德的角度提出的。[①] 许多人认为这种表兄妹之间的爱情是不道德和不纯洁的。还有许多同情谢克尔和谢西爱情的评论家试图从作品中找到依据，证明谢克尔和谢西之间没有直接或很近的血缘关系。作品中对谢克尔的母亲和谢西母亲之间的关系交代得并不很清楚，但是谢西的母亲确实曾经对谢克尔说过："尽管从民间风俗的角度来看，我们没有什么血缘关系。"[②] 但是即使抛开对这些细节的深究，如果我们能避免用道学家的眼光去审视他们的爱情的话，一定会认为他们之间带有悲剧色彩的爱情是真挚而感人的。

道德标准会随着时代、环境以及社会价值的变化而变化。伦理道德绝不是评价和判断爱情的唯一标准，也不是最终标准。我们不应该从社会习俗的角度去评判谢克尔是否可以爱谢西，这份爱情是否真诚、是否感人、是否体现出爱情对于人类

① 参见那根德罗主编:《印地语文学史》，国家出版社，1988 年版，第 676 页。
② 阿格叶耶:《谢克尔传》第二部，文艺女神出版社，1947 年版，第 190 页。

心灵的价值才是对爱情的评价中不应被忽略的问题。

谢克尔和谢西的爱情是在相互了解、相互沟通的基础上逐渐建立起来的。无论他们真正的血缘关系如何,从相识之初,他们就已经被套在一个兄妹关系的框框里。他们的情感交流最初并没有僭越兄妹之情,但是灵魂和情感的相互吸引却在不知不觉中产生。他们在这种渐渐发生了改变的情感面前感到矛盾和困惑、痛苦和挣扎,即使终于认识到他们彼此的感情是爱情而不是亲情后,他们仍然小心翼翼地压抑着自己内心当中这份不能言表的爱。谢克尔和谢西谈起婚姻问题的时候暗示了自己对谢西的爱慕,但是他在谢西眼中读到的却是这样的内容——“他看到那扇开启的大门后面有光,光的后面是深深的痛楚,痛楚的更深处有一道充满伤痛的光芒。”[①] 谢西的心中夹杂着爱的甜蜜和不能爱的痛苦,她决定只用灵魂陪伴着谢克尔。即使在一起开始共同生活之后,他们之间的关系也一直没有逾越理智的屏障。这种精神之爱虽然建立在他们对精神之爱的满足和信仰之上,但也因为他们内心深处一直未能完全摆脱传统和习俗的束缚和压力。谢西临死前两人的拥吻依然不带有任何肉欲的色彩。谢克尔和谢西的爱情虽然是对世俗观念、对社会传统的挑战,但是最终他们也未能完全打破这种束缚,即使谢克尔具有超出常人的叛逆意识。但是,我们又应当看到,在他们的精神之爱中,包含着彼此无私的给予和付出,对爱情道路的选择体现了他们对爱情的执着和忠诚,但是不能不说这种选择充满了悲剧的意味。由于他们的爱情有着特殊的背景,所以这种精神之爱并不会令人感到虚假和空洞。有印度学者指出:“对这种关系的刻画是建立在情感基

① 阿格叶耶:《谢克尔传》第二部,文艺女神出版社,1947 年版,第 158 页。

础之上的,而它又不像阴影主义的爱情那样虚幻和不真实。小说家艺术地创造出了一个环境,这种形式的爱情在这一环境中是可以成立的。”①

谢克尔和谢西的爱情是真挚感人的,对他们爱情的刻画是这部作品具有感染力的一个重要方面。

其他人物分析

生活中还有许多人对谢克尔人格的形成和发展起了不同作用,这些人在不同时期出现,以不同方式对他的生活和心灵产生了或大或小的影响。刻画这些人物是为了展现谢克尔心灵和人格成长的过程,因此这些人物形象在《谢克尔传》中通常并不完整,围绕着谢克尔这一中心,作品刻画和表现了他们身上的某些性格特征。其中,对谢克尔产生了比较重要影响的人有:父亲、母亲、姐姐萨尔丝沃蒂、夏尔达以及莫丹辛格等狱中朋友。

父亲是对谢克尔影响很深的人,他身上有许多非常矛盾的性格特点。他受到了西方文化的影响,但同时又为自己的民族文化传统而自豪。他宽容豁达但有时也多疑易怒,常常怀疑别人不诚实。他喜欢证明自己是有能力的,也喜欢在孩子面前显示自己的权威,希望孩子对他有畏惧感。因为在他的思想中,孩子是属于他的,因而他有权决定孩子的一切。但是,父亲又和母亲不同,他永远相信自己的孩子是最优秀的。他经常惩罚他认为犯了错误的孩子,但他宽宏的个性又使他很快便会宽恕孩子的过错,像以前那样毫无芥蒂地相处。和父亲相处的过程中,有两件事给谢克尔留下了很深的印象。谢克尔少年时代曾一度对甘地主义很痴迷,但是父亲对此却不以为然。他总是

① 戈巴尔·罗易:《阿格叶耶和他的长篇小说》,印度迈克米兰有限公司,1975 年版,第 85 页。

在有客人拜访的时候，带着一种捉弄谢克尔的神情把谢克尔叫到客人面前，问他："如果别人打了你的脸，你会怎么办？"父亲并没有意识到这是对孩子自尊心的一种伤害。终于有一天，谢克尔失去了耐心，不再配合父亲进行甘地主义的"表演"，而父亲的勃然大怒更加激怒了谢克尔。这次冲突之后，谢克尔感到被人伤害和羞辱的痛苦，从此他放弃了对甘地主义的信仰和迷恋，心中对父亲的崇敬也打了折扣。但是，父亲有时又会给谢克尔敏感的内心以包容和安慰。少年时，谢克尔曾经因为对家庭和周围世界的不满而离家出走，然而又不知往何处去，只好在三四天之后回到了家里。他本以为一定会受到责罚，但是父亲一言未发，默默接纳了他，这件事让谢克尔重新对父亲产生了一种崇拜之情。谢克尔相信他的独特个性受到了来自父亲的影响，因为他认为，受母亲影响深的男孩和受父亲影响深的女孩通常都比较循规蹈矩，有时不免有些平庸；如果正好相反，这样的孩子会比较特立独行、与众不同，他们人格的发展也会比较走极端。[①] 尽管父亲的某些性格和思想观念对谢克尔造成过伤害，激发了他的叛逆意识，但是谢克尔仍然是父亲的崇拜者。

如果说父亲的个性对谢克尔的性格发展产生了正反两方面影响的话，那么谢克尔与家庭的矛盾和冲突更多体现在与母亲的对立和紧张关系上。母亲和父亲的个性差异很大，她是一个文化不高的家庭妇女，非常务实，也有些虚荣。母亲非常希望自己的孩子精明、善于交际，而父亲很反感这一点。母亲性格中最为突出，也是对谢克尔的心理影响最大的一个特点是她心胸狭窄、性格偏执。按谢克尔的说法——"母亲不是个

① 参见阿格叶耶:《谢克尔传》第一部，文艺女神出版社，1951 年版，第 127 页。

宽容的人。与此同时，她也并不易怒。没人见过她大发雷霆，但是她也从不忘记别人的任何过错。她的性格中缺乏足够的气度，因此她既不会勃然大怒，可与此同时，她的同情心也很有限。父亲尽管会因为某人的过错大为光火，但是气消后便会和他'和解'；而即便是自己错了，母亲也不会流露丝毫歉意，而且对被她训斥过的人，心中一直怀有怨气。"① 在谢克尔的回忆里，一件与母亲有关的往事给他带来过很深的伤害，产生过很大的影响。十三四岁时，有一天父母在议论哥哥的时候，谢克尔无意间听到母亲对父亲说，她不信任谢克尔。这句话让谢克尔受到莫大的伤害，因为别人的信任一直都是谢克尔最为看重的东西。他觉得"做一条狗、一只老鼠、一只臭虫也胜过做一个不被别人信任的人"。② 他为此离家出走，甚至想到了自杀，但最终他以一种叛逆的心态承受了这件事对他的打击——"等我赢得了全世界的信任和尊重，我就把它狠狠掷到妈妈的脸上，对她说：'看看这个！我根本不在乎这个！'"③ 从这件事情以后，他不仅鄙视而且开始憎恨母亲。谢克尔似乎从未感受过母爱，相反，对母亲的不满甚至憎恨增强了他的叛逆心理。父母个性的差异和冲突对谢克尔的个性成长也产生了不小的影响。

姐姐萨尔丝沃蒂是家庭中另一个对谢克尔产生了很大影响的人。童年和少年时代的谢克尔与家庭的关系常常充满对立和冲突，而萨尔丝沃蒂成为家中唯一可以给予他真诚关怀和爱护的人。虽然只比谢克尔大 5 岁，但萨尔丝沃蒂对谢克尔温柔的呵护在一定程度上弥补了谢克尔缺失的母爱，以至于

① 参见阿格叶耶：《谢克尔传》第一部，文艺女神出版社，1951 年版，第 124 页。
② 同上书，第 186 页。
③ 同上书，第 187 页。

谢克尔对姐姐产生了一种类似于“恋母情结”般的亲密感情。姐姐的出嫁是对谢克尔心灵的一次打击。谢克尔从姐姐对他的理解和爱护中寻找到了心灵的安慰，并且感到他们之间心灵相通，有一种超越了其他关系的默契和亲切。他觉得姐姐身上综合了美丽可爱、善解人意并且富有同情心等种种优点，谢克尔成了萨尔丝沃蒂的崇拜者。姐姐除了给予谢克尔情感和精神上的慰藉和理解之外，她还是谢克尔第一个真正意义上的老师，在萨尔丝沃蒂的教授下，谢克尔开始心甘情愿地接受教育。同时，在他因为内心的求知欲和好奇心得不到满足而苦恼的时候，只有姐姐萨尔丝沃蒂愿意给他诚实耐心的回答。无疑，萨尔丝沃蒂平衡了一些谢克尔性格中的叛逆性，缓和了他内心中常常出现的焦虑和愤怒情绪，使他的人格向一种健康的方向发展。

夏尔达是谢克尔的初恋情人，她被谢克尔形容为“像舞动于夜幕上的一道闪电”。[①] 与谢克尔孤僻内向的性格不同，夏尔达美丽、活泼，她弹奏的维纳琴的琴声使谢克尔感到沉迷。夏尔达的出现使谢克尔青春的萌动找到了目标，使他对爱的渴望有了释放的对象。谢克尔的爱情之路是从和夏尔达相识后开始的，他们的初恋是纯洁美好的，但也是因为夏尔达，谢克尔人生中第一次品尝了失恋的滋味。

监狱生活对谢克尔人生观和思想的改变也产生了很重要的作用，他最终参加地下反英组织也是因为这段生活中的一些人与事件给他带来的改变。狱中结识的三个朋友：莫丹辛格、默赫欣以及拉姆吉对谢克尔产生了一定的影响。莫丹辛格在监狱里已经被关了整整 21 年，但是谢克尔发现他的脸上依然

① 阿格叶耶:《谢克尔传》第一部，文艺女神出版社，1951 年版，第 164 页。

有乐观的微笑。监狱生活让莫丹辛格的健康不断恶化，痛苦的磨砺让他的思想也产生了很大的变化。他将自己关于奴性以及对社会文明的理解和感悟写在牢房的墙壁上，谢克尔读后很受震撼。谢克尔从莫丹辛格身上受到的最大影响是他的"痛苦哲学"——以冷静的态度去承受痛苦会升华人的思想和精神，即阿格叶耶在《谢克尔传》前言中所说的："痛苦中隐藏着一种使人富于洞见的力量，一个身处痛苦中的人或许会成为一个洞察者。"[①] 默赫欣快乐、幽默，他用桀骜不驯的方式反抗监狱的狱规，以乐观幽默的态度对待牢狱生活的痛苦。他一次次故意违反狱规，无论受到怎样的体罚也决不低头，而且永远保持乐观幽默的态度，以此作为对监狱和统治者的讽刺与反抗，他的坚强和乐观给谢克尔留下很深的印象。拉姆吉是一个死刑犯，他因为杀了嫂子以及与她有私情的男人而被判刑，他认罪伏法但并不为自己的行为感到后悔。拉姆吉没有什么文化，但他非常淳朴和诚实，面对即将来临的死亡，他异常平静。谢克尔对他很有好感，也为他感到难过。

除了以上提到的这些人物以外，还有许多人物出现在谢克尔人生的不同阶段，对他的生活产生了一定的影响。比如，谢克尔做家庭教师时教过的学生茜拉，和谢克尔产生过一些朦胧感情，后来因病离开人世的香蒂以及谢克尔的狱友维迪亚普什纳、瑟达西沃，等等。有人统计《谢克尔传》中的次要人物约有 100 多个，但《谢克尔传》是一部围绕着谢克尔，以他为人物刻画和描写中心的作品，所以对其他次要人物不做更多介绍。

① 阿格叶耶：《谢克尔传》第一部前言，文艺女神出版社，第 5 页。

第四节 艺术特色

《谢克尔传》是印地语文学史上一部非常重要，但又广受争议的作品，它的题材、人物和艺术手法中的创新性和先锋性突破了当时人们对传统小说的阅读习惯和思维定式，因而不同的读者和评论家对《谢克尔传》的评价也不尽相同。那根德罗在《印地语文学史》中写道："评论家因这部长篇小说产生了严重的分歧。有人把它称为闪亮的彗星而对它大加褒扬，有人指责它过于以自我为中心，情节混乱而不连贯。从这些相互矛盾的观点中可以得到这样的认识：从情节、艺术以及语言的角度来看，它背离了传统而进行了一种新的尝试。"[①] 无论对这部作品的评价如何，评论界对其具有创新性的看法是一致的，而且也承认这部作品对印地语长篇小说发展的影响和作用——"伴随着阿格叶耶的长篇小说《谢克尔传》第一部的出版，印地语长篇小说的方向也发生了一个新的转变。"[②] 下面从审美视角、叙述视角、情节结构和语言风格等方面分析一下《谢克尔传》的艺术特色以及它所表现出来的创新性和探索性。

一、审美视角

在阿格叶耶之前，印地语的长篇小说已经取得了非常大的成就。普列姆昌德不仅是印地语短篇小说创作的代表性作家，也树立了长篇小说创作的丰碑。他以批判现实主义的创作手法真实再现了印度社会的现实状况，塑造了许多感人的艺术形象，在题材、艺术和语言等方面都对印地语长篇小说的发展做出了巨大的贡献，他的长篇小说《戈丹》是印地语长篇小说发展过程中一部具有里程碑意义的作品。阿格叶耶在《印

① 那根德罗主编：《印地语文学史》，国家出版社，1988 年版，第 675 页。
② 同上书。

地语文学》一文中，对普列姆昌德的小说创作做了如下评价："普列姆昌德是印地语的第一位符合现代意义的小说家，他在选择题材方面十分明智。……他以惊人的真实和巨大的同情描写农民生活。……从写作技巧方面看，印地语小说在普列姆昌德之后取得了长足的进步，但从博爱和感染力方面看，仍然赶不上普列姆昌德。"①

在前面分析阿格叶耶短篇小说的艺术特色时，我们已经谈到，世界文学潮流在进入20世纪后发生了很大变化，现实主义作为文学主流的传统被打破，现代主义文学得到了很大的发展。伴随着世界文学潮流发展的脚步，印地语文学也在20世纪三四十年代进入了一个由传统向现代发展的转型期。文学潮流变化的一个显著特征就是在文学中出现了一个"向内转"的大趋势：从强调表现客观现实发展到强调表现心理真实；从通过对人物的塑造表现和反映复杂的社会关系及社会现实到强调表现人类的心灵世界与情感世界；从传统现实主义文学的"外向性"审美视角到"内向性"的审美视角。阿格叶耶的文学创作就体现了这种文学潮流和思想的变化。在短篇小说的艺术特色分析中，我们已经介绍了阿格叶耶在这些方面的文艺思想，这里不再过多论述理论问题。下面具体分析一下《谢克尔传》是如何体现了这种内向性的审美视角的。

传统现实主义小说强调通过对典型人物的塑造和刻画真实地再现现实世界，现实主义作家更强调笔下人物的社会性，把他们作为社会成员赋予他们一种普遍性和共性的特征。但是，现代主义小说更强调对人的自我意识进行探索和对心灵世界的深刻挖掘，人本身成为文学关注的焦点。在注重人的普

① 黄宝生、周至宽、倪培根译：《印度现代文学》，外国文学出版社，1981年版，第93页。

遍性之外,更关心人的特殊性。阿格叶耶认为,在印地语现代文学的发展中发生了一个深刻的变化,一种重新确定对人的看法的变化——“它(注:印地语文学)日益认识到人是一个无与伦比的完整体,这是文学意识的一个新水平,情感的一个新尺度。”[①] 他说:“当代印地语作品关心和描写普通人。作家承认人的普遍性,承认人的爱情、离愁、希望、心愿、幸福、痛苦、饥渴、恐惧、不安、欢乐和忧愁的普遍性。他不认为普遍性和特殊性之间有什么矛盾。人类是普遍的,而同时每个人又是特殊的。正是从这一前提出发,当代作家开始为人类寻求希望。”[②]《谢克尔传》这部作品是阿格叶耶内向性审美视角和表现普通人的特殊性的艺术思想最集中、最生动的说明和体现。

与普列姆昌德不同,阿格叶耶在《谢克尔传》中并没有把对印度社会的描写作为作品的主题,而是将人作为作品主题、内容、情节以及各种艺术手段所要表现的中心。整部作品都是围绕谢克尔这一个中心人物展开的,故事情节的发展和人物形象的塑造都以他为中心来进行,所有的人物、事件以及社会环境都是在与他的冲突和碰撞中得以展现的。谢克尔是整部作品的中心,是整部作品的灵魂,其他所有人物、事件和情节都附着于这个中心和灵魂之上,脱离了他,这些人物和情节也就失去了在作品中存在的意义。因而有评论家指出:“《谢克尔传》第一次使一个人物成为整部长篇小说的主题。”[③] 在《谢克尔传》中,外部的社会和生活不是作品关注的中心,它只是人物活动的一个背景,作品关注的焦点是复杂的社会环境中人物心理

① 黄宝生、周至宽、倪培根译:《印度现代文学》,外国文学出版社,1981 年版,第 100 页。

② 同上书,第 101—102 页。

③ 戈巴尔·罗易:《阿格叶耶和他的长篇小说》,印度迈克米兰有限公司,1975 年版,第 186 页。

的发展和衍变的过程，它着意反映人的自我斗争，以及人与社会环境的冲突和对立对人心灵的冲击和影响，着意表现人的自我探索和思考。

《谢克尔传》不是一本通常意义上的人物传记，他是主人公谢克尔的心灵成长史。它所要展现的不是谢克尔的生平经历和生活故事，而是谢克尔的心理衍变和人格发展的过程。无论是对谢克尔的心理分析，还是对故事情节的描写和对人物的塑造，都是围绕着谢克尔心灵和人格的成长这条主线进行的。与一般文学作品中心理刻画和描写通常是辅助性的创作手段不同，在这部作品中，整个情节的发展就是在谢克尔的心理变化和人格发展中进行的。读者阅读文本的过程就是不断感受谢克尔心理变化和发展的过程，是读者同谢克尔一起回顾其个性成长的过程。所以说，《谢克尔传》不仅使谢克尔这一个人物成为整部作品的中心和主题，它还使对这个人物的心理分析和描写成为作品的主要线索之一，这与传统小说有很大不同。有学者认为："可以毫不犹豫地说，阿格叶耶之前的任何其他长篇小说家都没有如此深刻地进入某一个人物的内心世界对其进行分析和刻画。"[1]

二、叙述视角

作为叙事文学的一种，影响小说表现力的一个重要因素是小说的叙述视角。传统现实主义小说通常采用的是第三人称全知者视角，在这些作品中，往往存在一个全知全能的叙述者，这个角色通常由小说的作者担任。这种叙述视角使得叙述者脱离于作品的人物之外，站在一个俯视的角度，拥有一种全知全能、通晓一切的能力。叙述者的讲述可以将外部的事件和

① 戈巴尔·罗易：《阿格叶耶和他的长篇小说》，印度迈克米兰有限公司，1975 年版，第 186 页。

人物内心的变化，将过去、现在、将来以及不同地点的所有人物和事件的全部材料交代清楚。读者和叙述者之间的关系是讲述者和听众的关系，叙述者和主人公之间的地位也不平等。这种叙事视角的缺点是全知全能的讲述会影响作品的真实感；同时，作者过多地参与作品，过多发表主观性的判断和叙述，也会影响作品的感染力，不能充分发挥读者自身的想象力和判断力。为了避免这一问题，现代小说作家开始大量采用第一人称的视角。叙述者也是当事人，这种叙述角度更容易增强作品的可信度和感染力，而且叙述者和主人公之间是平行和重合的，在表现人物心理方面更为深刻和自然，同时也能够最大限度地调动读者的想象力，避免了作家本人对作品的过度参与。

《谢克尔传》采用了一种非常独特的叙述视角，整个作品既有第一人称的叙述视角，又有第三人称的叙述视角。但是，这两种叙述视角的并存和转换并不是简单地由多位叙述者共同叙述造成的，而是和这部作品的内容、主题以及结构非常巧妙地糅合在一起。

《谢克尔传》是谢克尔对自己人生经历的回顾，属于一种自传体小说。从自传体小说通常的特点和写作方法来看，它应当采用第一人称的叙述视角。事实上，《谢克尔传》有别于一般自传体小说的特点即在于此，它既没有完全抛弃一般自传体小说从第一人称的角度展开叙述的特点，同时又借用了第三人称的全知者视角，但是因为作品特殊的题材和结构，这种第三人称全知者视角突破了以往传统小说中第三人称全知者视角的局限。在《谢克尔传》中，谢克尔通过回顾自己以往的人生经历探寻自己心灵成长的过程。但是，即将面临死亡的痛苦使谢克尔产生了一种超越了自我的清醒态度，他用一种理性的目光回顾自己的过去，从一个旁观者的角度审视生活中的自我。于是,《谢克尔传》自然地将两种叙述角度结合在了一起。作品中的"我"和"他"是相同的,是谢克尔的精神与过去生活中的谢克尔在记忆中的交汇;作品中的"我"与"他"又是不同的,正如谢克尔所说:"他的名字是'谢克尔'。他此刻正等待着死亡的降临,他的自我在等待中得以表达,而我要阅读他真实的人生经历,得出结论,并用文字记录下来。"[①] 作品不断地在"我"与"他"之间转换叙述视角,既有谢克尔的心灵独白和对自己内心感受的直接倾诉,也有在回忆中以一个旁观者的视角记录下来的片段的生活场景和事件。读者在阅读的过程中,似乎进入了谢克尔的大脑,随着他的思维流动、回忆和讲述目睹并感受了谢克尔心灵的变化和成长。第一人称的叙述视角自然地向读者直接展现了谢克尔自己的内心感受,而当作品采取第三人称视角进行叙述的时候,由于叙述者和主人公之间的特殊关系,不会给读者带来不自然、不可信的感觉。同时,由于叙述者和主人公处于一种完全平等的地位,因而在刻画人物内心感受的时候是客观和真实的,由于叙述者和当事者之间特殊的平等关系,叙述者的主观性议论也不会让读者感到枯燥和虚假。而且值得注意的是,当作家采取第三人称全知者视角叙述情节时,对人物心理的描述通常仅限于谢克尔这一个人物,很少直接描写和分析其他人物的心理活动。所以在《谢克尔传》中,除了谢克尔之外,其他所有人物包括谢西都很少用内心独白的方式来表达内心感受,对谢西内心感受的几次为数不多的直接刻画,都是通过她对谢克尔的倾诉和书信表现出来。因此,《谢克尔传》中第三人称全知者的叙述视角与传统小说中的第三人称全知者视角有所不同,实际上

① 阿格叶耶:《谢克尔传》第一部,文艺女神出版社,1951年版,第43页。

在这部小说中,并不存在真正意义上的全知全能的叙述者。

《谢克尔传》这种独特的叙述视角不仅打破了传统小说讲故事的叙述方式,也突破了一般意义上自传体小说叙述视角的单一性。同时,这种独特的叙述视角是与整个作品的主题、内容以及艺术风格结合在一起的,叙述视角的创新和实验并不仅仅是一种简单的技巧的炫耀,同时也增强了这部作品的艺术感染力。

三、情节结构

传统小说通常要求具有比较完整、生动、复杂的故事情节,情节的发展通常具有因果联系,而且在时间上呈连续性,情节的发展过程通常包括开端、发展、高潮和结局。现代小说由于采用了内向性的审美视角,注重刻画人物的内心真实,因而在情节结构上与传统小说有所不同。因为人的心理活动可能并不一定导致外部行动,形成生动复杂的故事情节;同时,心理活动也通常并不具有相应的因果关系和时间先后,它通常在无意识或潜意识的作用下,呈现散乱性和跳跃性的特点。现代小说通常没有复杂曲折的故事情节,情节结构也不具有传统小说所强调的完整性,而是随着人物内心世界的变化和跳跃,故事情节之间的因果关系被打破,情节的发展在时间关系上也不再呈线性特质。所以,现代小说的情节结构往往是散乱的、无序的,这也是现代小说和传统小说最大的区别。

阿格叶耶在《谢克尔传》的创作中借鉴了一些现代小说的创作手法,《谢克尔传》的情节结构具有一些现代小说的特征。第一部《序曲》一章的开始是谢克尔在精神世界中的内心独白,在凌乱、跳跃性的思维流动中,穿插交错着谢西、姐姐、夏尔达、母亲、茜拉等一些相互之间没有什么内在关系的人物,一些散乱而且相互之间缺乏联系的生活场景和谢克尔本人的内心活动。这些人物、场景、事件以及心理活动看上去并没有什么相互的逻辑关系以及时间的先后顺序，但是在心理活动的背景下，这些散乱的片断由人物的心理逻辑串联起来，表达了相应的思想内容。在这一章节中，我们几乎完全找不到传统小说情节的完整性、清晰性以及相应的因果联系和时间顺序。在此之后，整部小说，尤其是《谢克尔传》的第一部基本保持了这样一种情节结构，在叙述视角的转换中，情节发展的时间顺序被打破，时而是回忆之中的生活场景和事件，时而是牢狱中谢克尔的心理活动，而且回忆和心理活动之间并不一定具有必然的相互联系。作品中，情节发展所依据的时间不是现实时间，时间和空间的变化和转换完全随着人物的心理活动进行。因而有学者指出："阿格叶耶的时间是从现在向过去发展，而后又转回来融入现在，不仅如此，在阿格叶耶的时间观念中，现在和过去如同两只球，不断从一只手被交换到另一只手中，于是现在和过去就这样共存着。"① 在《谢克尔传》的第一部中，在谢克尔对 3—17 岁这一生活阶段的回忆里，所有的人物和事件都以一种松散的时间顺序出现，虽然有一定的时间先后，但是这种时间顺序并不清晰和明确，事件的发展也没有延续性和完整性。这样的情节结构完全符合这部作品以人物心理活动串联起情节发展的基本特点。

但是应该指出，《谢克尔传》的第一部和第二部在艺术创作的手法上是有所差异的。在前面的章节中我们已经谈到过，连阿格叶耶自己也认为，这两部小说既构成一个系列又可独自成书。它们的创作时间相隔四年，因而产生这样的差异也是可以理解的。第二部的情节是围绕着谢克尔和谢西的爱情线

① 戈巴尔·罗易:《阿格叶耶和他的长篇小说》，印度迈克米兰有限公司，1975 年版，第 188 页。

索展开的,虽然某种程度上仍保留了第一部情节结构的一些基本特点,通过叙述视角的转换在现在和过去之间游走,但是第二部的情节结构更接近于传统小说的风格,有清晰完整的故事情节,情节的发展之间既有因果关系,又有时间的连续性。从谢克尔读大学→被捕入狱→出狱进行文学创作→和谢西共同生活→谢西之死,第二部中的情节发展已完全符合传统小说情节发展的基本特点。谢克尔的思维从现在到过去,再由过去回到现在的转换已经非常有限,这数量有限的时空转换也可能是出于保持前后两部作品在艺术风格方面的延续性和一致性的考虑。

另外,需要指出的是,《谢克尔传》并不是一部纯粹的意识流小说,虽然它借鉴了一些现代小说包括意识流小说的手法,在第一部尤其是《序曲》一章用了少量意识流的创作手法。但是与纯粹的意识流小说不同,这部作品的情节结构虽然有些散乱,具有跳跃性,但是仍然具有相对完整的情节,人物的心理活动也不完全属于毫无关联的自由联想,意识流小说惯用的内心独白和象征手法也并不很多。所以从整体上来说,尽管《谢克尔传》尤其是其中的第一部对传统小说的情节结构有所突破,吸收了许多现代小说的创作特点,但是它并不是一部真正意义上的意识流作品。

四、语言风格

阿格叶耶的语言风格非常独特。他偏爱使用梵语原形词或使用梵语的词缀创造词汇,遣词造句十分古雅,具有一种诗化的语言风格,因此有学者指出:“他的语言风格很接近于杰耶辛格尔·伯勒萨德,也就是非常梵语化。”[①] 这种语言风格一方

① 普尔帕格尔·马杰韦:《阿格叶耶》,腊基巴尔父子出版社,1991年版,第54页。

面使作品的文辞优美典雅，富有节奏感和诗意，但是另一方面又常常会使语言显得堆砌雕琢、晦涩难懂，有失生动和自然。与普列姆昌德和介南德尔·古马尔生动、自然、朴实、亲切的语言风格相比，阿格叶耶的语言更为书面化，尽管具有优美和高雅的意蕴，但是有时不免会脱离人物的身份和性格。不过，仅从语言的角度来看，阿格叶耶作为一个诗人对诗化语言的运用是十分成功的。

比如，书中有这样一段对清晨的描述——

> 黎明……
>
> 一抹来自天际的晨曦投射在东方，幽暗渐渐隐去。清凉的晨风，似乎在向微笑的露珠表达敬意的茉莉花蕾，疯狂嗡鸣的蜜蜂，穿过山林飞向村庄的群鸟——我在想象中看到了这一切。图圄光秃的墙壁上映着一小片绯红的朝霞，它们就出现在这片朝霞里……[①]

这是谢克尔在清晨看到一缕投射进牢房的阳光后对牢狱外自然景色的幻想，表现了他对生活和自由的渴望和热爱。这段描写中使用了大量浪漫主义色彩的意象，语言风格呈现浓郁的诗化特征。但是，也有学者指出，阿格叶耶此时的诗歌化语言还未摆脱阴影主义诗歌的影响，许多意象和象征明显带有阴影主义诗歌的特点。[②] 因为创作《谢克尔传》的年代，正是阿格叶耶的诗歌创作受到阴影主义风格影响的时期，所以《谢克尔传》的语言风格中带有阴影主义诗歌的色彩也就不足为

① 阿格叶耶:《谢克尔传》第一部，文艺女神出版社，1951 年版，第 132 页。

② 参见戈巴尔·罗易:《阿格叶耶和他的长篇小说》，印度迈克米兰有限公司，1975 年版，第 174 页。

奇了。

20世纪40年代初,《谢克尔传》这样一部在题材、内容、艺术手法等各方面都与传统小说截然不同的作品问世,由此引起激烈的争论和不同的评价并不奇怪。赞同者和反对者争论的焦点是这部作品表现出的“实验性”,赞同者认为它为“普列姆昌德之后印地语文学的发展指明了一个新的方向”,[①] 反对者则认为,它仅仅刻画了一个个体的内心斗争,但是却没有充分地反映社会现实生活。[②] 但是无论是赞同还是反对,印度文学评论界已经形成共识的是,《谢克尔传》的出版使得印地语长篇小说的发展产生了新的变化。而如果我们将这部作品的出版与20世纪世界文学的发展方向,以及20世纪三四十年代印度文学中出现的新的文学思想潮流结合起来看的话,笔者认为,对这部作品在印地语文学中的影响和地位应当给予肯定。《谢克尔传》不是一部完美的作品,但它顺应了20世纪世界文学的发展趋势,是对印地语文学传统的丰富和发展,对印地语文学的发展进程也起到了一定的促进作用。《谢克尔传》,不仅奠定了阿格叶耶在印度文学中的地位,还因独特的艺术风格以及由此体现出的探索和创新精神,成为一部令人难忘的作品。

当然,这部作品中也存在一些不足和缺陷,比如对谢克尔的刻画中十分强调他与众不同的个性,但是这种个性使谢克尔的身上似乎总带有一种将他和常人分隔开来的优越感。对这个人物的塑造过多地体现了作家的主观意愿,没有充分结合相应的时代背景和社会环境,人物与社会生活有些脱离。因而这

---

① 戈巴尔·罗易:《阿格叶耶和他的长篇小说》,印度迈克米兰有限公司,1975年版,第189页。

② 参见普尔帕格尔·马杰韦:《阿格叶耶》,腊基巴尔父子出版社,1991年版,第55页。

个人物与现实生活中的普通人之间似乎存在一定的距离，使读者有时会对这个人物的真实性产生疑问。同时，散乱和跳跃性的情节结构的确会给读者的阅读带来一些障碍，这也是具有现代主义特征的小说不能完全避免和解决的一个问题。

第二章 《江心洲》——对爱情和生活的思考

第一节 概述

1951 年，阿格叶耶出版了他的第二部长篇小说《江心洲》，这是他在长篇小说创作领域沉寂多年后的一部作品。如同阿格叶耶的其他许多作品一样，《江心洲》的出版受到了很多读者和评论家的欢迎，同时也引起了很大的争议，喜爱者有之，批评者也为数不少 。有人认为“它在艺术表现力方面很成功”，称它是“一个非凡作家的非凡作品”；[①] 但是也有人从艺术和思想两方面对这部作品提出了质疑。著名作家介南德尔·古马尔认为，这部作品中的男女关系没有建立在正确观念的基础之上，他同时认为，这部作品的风格是“笨拙的”和“造作的”。[②] 有人从伦理道德的角度对这部作品提出了批评，根据这部作品批评阿格叶耶是“性解放的支持者”；但是也有人称赞阿格叶耶是“真正具有革命意识的人道主义者”。[③]

---

① 罗摩·科莫尔·罗易:《阿格叶耶——创作和斗争》，罗格帕尔第出版社，1978 年版，第 116 页。

② 普尔帕格尔·马杰韦:《阿格叶耶》，腊基巴尔父子出版社，1991 年版，第 56 页。

③ 普尔帕格尔·马杰韦:《阿格叶耶》，腊基巴尔父子出版社，1991 年版，第 56 页。

但是，无论对这部作品的思想性和艺术性存在怎样的争议，有一点看法基本上是共同的——《江心洲》是阿格叶耶继《谢克尔传》之后在长篇小说领域的又一部力作，“它再一次如里程碑一般确立了阿格叶耶作为一个长篇小说家的地位”。[①] 尽管与《谢克尔传》相比，《江心洲》在印地语文学尤其是小说创作领域的影响要小一些，但是这部作品无论是在阿格叶耶的小说创作，还是在其整个文学创作中都应该说是一部非常重要的，反映了其艺术成就的作品。如果说《谢克尔传》体现了一个文学新锐的创新和探索的话，那么《江心洲》则体现了阿格叶耶创作风格的日渐成熟。

从内容来看，《江心洲》是一部表现爱情题材的作品。这部作品的情节有淡化的特点，人物构成也比较简单，整个故事情节都是围绕着普文、列卡、高拉以及金德尔马特沃这四个人物展开的，主要表现了普文与列卡和高拉两位女性之间的爱情纠葛。普文是一名物理学家，他的大学同学、记者金德尔马特沃介绍他认识了列卡。列卡已经结婚，但是因为和丈夫感情不和，分居后自己独自生活。普文和列卡相识后，思想和感情上的共鸣使他们相互吸引，很快坠入爱河。不久，在一次旅行中，两人情爱难抑发生了肉体关系。列卡发现怀孕并打算生下孩子，但她并没有接受普文的求婚。后来由于收到了还没有正式解除婚姻关系的丈夫的一封威胁信，为了不让普文的声誉受影响，列卡瞒着普文做了流产手术。手术并不成功，列卡险些因为大出血而丧命。在普文的精心照顾下，列卡恢复了健康，但是两人之间的感情已经产生了裂痕。另一个女主人公高拉幼年时便与普文相识，普文做过她的家庭老师，后

① 罗摩·科莫尔·罗易：《阿格叶耶——创作与斗争》，罗格帕尔第出版社，1978 年版，第 115—116 页。

来也不断在思想和学业上给予她帮助。随着高拉年龄的增长，她对普文的感情也从崇拜发展到爱慕，但是普文并不知情。普文因为与列卡的感情纠葛痛苦自责，心情苦闷而又沮丧，他一直逃避高拉对他的爱情。后来在列卡的鼓励和高拉充满耐心的真诚爱情的感召下，普文终于从痛苦的旋涡中走出，并且认识到自己内心深处对高拉的爱。而列卡也在和丈夫解除了婚姻关系后，重新找到了生活的伴侣，她鼓励并最终促成了普文和高拉的结合。作品在普文在第二次世界大战战场上对高拉的思念中结束。

《江心洲》分为十一个章节，以作品中的四个主要人物来命名各个章节，每个人名各有两章，此外还有名为《间隔》的两个章节以及以《结局》命名的一章。各个章节的顺序是这样的：《普文》→《金德尔马特沃》→《高拉》→《间隔》→《列卡》→《普文》→《金德尔马特沃》→《列卡》→《间隔》→《高拉》→《结局》。每章各以一个人物为中心，在名为《间隔》的两个章节中是四个人物之间的信札。

第二节　人物分析

同《谢克尔传》一样，《江心洲》也是一部以刻画人物为中心的作品。作品中情节发展的时间跨度只有两年，情节的变化和发展也并不刻意追求曲折和复杂，作品的中心在于挖掘和刻画人物的心灵感受和情感变化。这并不是一部具有宏大背景的作品，它以刻画和挖掘人物的内心感受见长。阿格叶耶说："《江心洲》展现了四种不同的情感感受，其中发展变化的不是人物的性格，而是人物的感受。”[①]《谢克尔传》的主人公谢克尔的性格随着时间、个人经历以及思想的变化而不断发展，但是《江心洲》中的四个主要人物在出场时已经具有成熟而稳定的个性，作品所表现的是他们各自不同的情感经历以及由此产生的精神世界的真实感受。在这部作品中，普文、列卡和高拉构成了一个三角形的爱情关系，作品的情节和主题都是围绕着这个三角形的人物关系展开的。在四个人物中间，金德尔马特沃最为次要，他只是起了情节发展的推动者和主要人物的衬托者的作用。

普文是一个物理学家，在一所大学里工作。良好的教育背景使他有着很高的人格修养，为人谦逊文雅。他一方面像孩童般单纯和质朴；另一方面又具有成熟、理智、认真、严谨的性格特点。虽然从事的是科学研究工作，但是普文在文学和艺术方面也很有天赋和造诣，这又体现了他性格中细腻敏感的一面。普文内向好思，对生活、情感以及社会等问题有自己独到而深刻的见解。他也是一个非常正直的人，有积极向上的人生价值观和道德责任感。

列卡有过一段不幸的婚姻，她的丈夫海门德勒是同性恋，他和列卡结婚是因为列卡和他的一个同性情人长得很相像，对他来说，婚姻只是社会生存的一种需要而已。因此结婚以后，列卡没有感受到家庭生活的幸福以及丈夫的爱护和体贴。相反，她在心灵上遭受了很大的伤害，在人格上受到了很大的屈辱。因为不堪忍受这样的生活，列卡和丈夫分开，但是他们并没有从法律上解除婚姻关系。因为父母早已去世，离开丈夫以后，列卡靠做家庭教师来维持生活。而海门德勒去了马来西亚

① 阿格叶耶：《自白》，印度知识书院出版社，1960 年版，第 73 页。

工作，他再度回国是在多年之后，那时列卡已经和普文相爱并怀有身孕。列卡受过很好的教育，她美丽、聪颖、感情细腻丰富，具有现代意识和思想，有非常独立的个性。但是痛苦的婚姻也在她的身上刻下了深深的烙印，潜藏于内心深处的痛苦使她常常在不经意间流露出一种黯然和忧郁的神情，情感生活的挫折使她美丽的外表下又隐隐透露出一种冷漠和淡然。普文初次见到列卡时就感觉到，这个美丽的女人有一种与众不同的气质，他觉得“列卡如同笼罩在一种冰冷的光焰里，在它的笼罩下，她独自远远地站在一旁，让人不能接近”。[①] 列卡掩藏着她热情的天性，压抑着内心深处对爱的感受和渴望，直至遇见了普文。

高拉是这部作品中唯一被展现了一些性格成长过程的主人公。高拉与普文的相识可以追溯到她五六岁的时候，那时她还是个聪明、活泼、调皮可爱的小姑娘。1932 年，获得硕士学位后，普文应高拉父亲的邀请担任她的家庭教师。此时，13 岁的高拉已长成一个身材修长、相貌清秀，表情有几分严肃的少女。在相处的过程中，高拉和普文建立起一种既如师生又如兄妹和朋友般的亲密关系。高拉对文学、艺术，尤其是音乐有着特别的兴趣和爱好，大学毕业后她决定终身致力于音乐研究工作。她一边在大学里担任音乐教师，一边继续学习和深造。高拉聪明、温柔，感情丰富细腻，内向但富有主见。高拉和普文在生活观上极其相似，乐观向上并且带有一种理想主义色彩。因而，普文对高拉的评价是——“她身上有一种生命力，一种对生活的渴望。她的性格既温柔也很丰富。”[②] 在普文的眼中，

① 阿格叶耶：《江心洲》，文艺女神出版社，1951 年版，第 6—7 页。
② 同上书，第 57 页。

高拉如同"一缕闪亮跃动的阳光"[1]一般充满灵性和创造力。

金德尔马特沃是普文的大学同学,后来在勒克瑙的一家报社做记者。他的性格和普文的沉稳踏实正好形成鲜明反差。金德尔马特沃性格外向,交际甚广,社会活动能力很强。他游历过很多国家,也从事过很多职业。他为人市侩油滑,表面上道貌岸然,但内心里却潜藏着许多非常卑鄙和肮脏的念头。金德尔马特沃是一个追求物欲和感官刺激的人,从不懂得真正付出情感,他所追求的只是肉体的刺激和满足。"他不是生活的观众,他是角斗士,是主角,他将生活看作葡萄串一样摘下来,吸吮它的汁液,而后折断它的藤蔓,然后一把火烧掉。"[2]金德尔马特沃早已结婚,并且已经是两个孩子的父亲。他的妻子相貌平平,是个善良、贤惠而又懦弱的家庭妇女。但是,金德尔马特沃却毫无家庭责任感,因为他的个性是无法忍受这种平淡无奇的家庭生活的。他把妻子和孩子留在外地的家中,只是偶尔寄些钱回去,而自己却在外面光怪陆离的世界里追逐女人,过着他喜欢的生活。他觊觎列卡的美貌,热情地帮列卡找工作,但是又常常暗中诽谤和破坏列卡的名声,使她丢掉工作,这样做是为了把列卡牢牢控制在自己的手中。他向列卡求爱,言辞露骨、意图卑劣。在他看来,列卡和丈夫的关系已经破裂,而自己的婚姻又是有名无实,所以列卡和他在一起是对双方都有好处的,因而他暗示列卡做他的情妇。在被列卡拒绝后,金德尔马特沃不仅对列卡产生了非常强烈的报复心理,同时也非常嫉妒和仇恨普文。他介绍普文和列卡认识,本来是为自己与列卡发展关系找一个借口和幌子,想借普文的"迂腐"映衬自己的"聪明",但没有想到会事与愿违。向列卡求爱不成,

① 阿格叶耶:《江心洲》,文艺女神出版社,1951年版,第64页。
② 同上书,第45页。

他又盯上了高拉，但是高拉也没有给他任何可乘之机。于是他开始利用普文和列卡以及高拉之间的关系，在中间巧舌如簧、搬弄是非，希望挑起他们之间的误解和不和，借此满足自己的阴暗心理。列卡的丈夫海门德勒也是在他的挑拨下，产生了对列卡的不满和戏弄心理，因而写信威胁列卡，致使列卡不得不去堕胎。在这些自作聪明的卑劣伎俩都没有奏效后，金德尔马特沃失去了普文的友谊和尊重。他后来去了孟买，和一个女演员结了婚。金德尔马特沃在这部作品中虽然也是一个主要人物，但是作家并没有着重对这个人物的内心世界进行深刻的挖掘。他作为一个典型的反面角色出现在作品中，是其他三个人物之间感情发展的一股逆流和一种阻力。金德尔马特沃的性格和思想是对作品中力图表现的爱情观和生活观的一种反动，作家希望借助这个人物映衬出其他三个人物的崇高人格和美好情感。所以，金德尔马特沃在这部作品中只是起到了一个推波助澜、穿针引线的作用，作家对其性格和行为以及思想的刻画比较浮于表面，并没有着意丰富和挖掘这个人物的内心。

普文和列卡

普文和列卡的关系构成了这部作品中情节和思想发展的一条最主要的线索。阿格叶耶在这部小说中，通过对普文和列卡之间的爱情故事和他们各自内心世界精神感受的刻画和剖析，表达了一种既具有现代意识，同时又兼具传统精神的爱情价值观。

普文与列卡在勒克瑙初次见面时，两人之间便产生了好感，彼此互相吸引。列卡从未见过像普文这样诚实、坦率、理智和单纯的人，而列卡美丽而略带忧郁，睿智又略显淡漠的神秘气质也吸引了普文的注意，这种一见钟情式的相互吸引，其实是缘于他们各自在生活中缺失了一些东西。两个人的生活经历非常不同,普文质朴单纯,对生活充满理想主义的乐观精神,这些都是列卡不具备的,也是为她所羡慕和欣赏的。她对普文说:"我很羡慕你,我被一片片的绿洲征服和打动,但我不能把它们连在一起,而且也不想把它们连在一起……如果存在绿洲,我认为就必定会有沙漠。而您却认为世界上一定存在没有沙漠相伴的绿洲,您是幸运的。"[①] 在普文身上,列卡看到了自己昔日的人生理想。而列卡的人生态度和普文是不同的,她常常将自己与生活的关系比喻为河水中流沙堆积而成的小洲,隔绝于水流之中,漂浮不定,在水流的冲刷和推动下,时而消散了痕迹,时而又重新在另一个地方汇聚起来,短暂地驻留,被动地承受水流的冲刷。她说:"我认为我们至多不过是这水流中一个个小小的沙洲,被激流包围、隔绝,有时碰上陆地而停止漂浮,但是在水流中全然无助——不知道什么时候,激流中一股突如其来的波涛便会抹去我们所有的踪迹。"[②] 因此,列卡认为,对自己来说,现在才是生活的一切,把握住生活中每一个现时的瞬间便找到了生活的意义——"对我而言,时间的流动并不是连续不断的,那只是一个个的瞬间以及瞬间的总和。"[③] 对列卡而言,现在的意义要比未来重要得多,她说:"我已经放弃了相信未来。根本没有什么未来,一个永远不断发展的现在才是一切。"[④] 因此,尽管普文和列卡的思想中有许多一致和共鸣,比如对爱情和真理的理解,但是两人的生活观却是不同的。普文的积极和乐观不仅吸引着列卡,也让她感觉到自己在思

① 阿格叶耶:《江心洲》,文艺女神出版社,1951 年版,第 15 页。
② 同上书,第 14 页。
③ 同上书,第 28 页。
④ 同上书,第 42 页。

想和生活上与普文的距离和差异，她觉得自己是一个没有未来的人，而普文则有明确的人生方向和光明的未来。她对普文说："有道路的人是不应该被从自己的道路上拖离一分一毫的，而我则不同，我的前面没有道路。"[①] 因此在和普文的交往过程中，她始终不愿成为普文生活道路上的障碍，正是这种思想导致了列卡和普文爱情的最终命运。

列卡美丽的容貌、睿智的思想和独特的气质汇集而成一种魅力，深深吸引了普文，使他在不知不觉中陷入了对列卡的思念和爱慕中。在列卡的身上，他也感受到了一种经痛苦和磨砺造就而成的精神内涵——"痛苦可以摧垮一个人，但是如果它没有也不能让一个人垮掉，那么它就会让人获得解脱和自由。"[②] 普文在列卡身上感受到了这种没有被痛苦摧垮的坚强精神。但是在对列卡的情感中，普文一直感到一种隐隐的迷茫和困惑，这是他无法解释的一种潜在的内心感受。有些印度学者认为，这是因为在普文的潜意识里，潜藏着没有被他的意识察觉到的对高拉的爱情。这种说法有一定的道理。但是笔者认为，列卡和普文之间之所以存在朦胧的，甚至很难被他清楚认识到的隔膜，主要由于普文在列卡身上找不到真正能与他灵魂共鸣的精神力量。因此，尽管在他们交往的过程中，他不断为列卡对他毫无保留的情感付出和牺牲而感动，但是他在列卡身上从未感到过一种真正灵魂交融、不分彼此、合二为一的感觉，这种感觉他后来在与高拉的爱情中找到了。这才是造成普文和列卡爱情破裂的最根本原因。

与普文相比，列卡对他们之间感情的认识更加清楚，也更加深刻。在诺古契亚湖，列卡不能自抑对普文强烈的爱恋，坐

① 阿格叶耶：《江心洲》，文艺女神出版社，1951 年版，第 26 页。
② 同上书，第 82 页。

在普文的床边喃喃自语："我是你的，普文，要我吧！"[①] 但是普文没有接受列卡对他毫无保留的爱，尽管他也感到自责和怅然。他向列卡解释说，这不是一种拒绝，他只是不希望有任何事情破坏他们之间已经存在的对美的极致体验。但实际上，在普文的内心里，他并不能完全解释为何要拒绝列卡，他问自己："如果在你的身上已经产生了对美的一种极致体验，那么普文，你为何要害怕呢？恐惧只能证明对美的不信任。"[②] 列卡并未责怪普文，但她对两人之间的爱情有了更为清醒的认识，她知道自己的爱情可能并不是普文真正想要的。但是，列卡是一个笃信现在的人，她深深地爱着普文，同时也无法割舍这份爱，尽管她清楚地知道自己和普文不会有未来。她在日记中写道："我爱你，但我的触碰是有毒的！……但是我会把你从我这里解救出来……我将走进你的生活，并且也将走出你的生活，我了解自己命运的边界。"[③] 列卡是一个勇敢面对自己感情，并且大胆追求自己所爱的女人，她在对普文的付出中得到了最大的满足。他们两人的理智最终被激情的潮水淹没，在杜里耶那美丽的自然景色中，他们终于身心融合。这种肉体和灵魂交融的快乐带给了列卡从未有过的精神满足，对普文的爱让她没有一点对未来的惶恐和担忧，没有任何对社会传统道德观念以及社会压力的顾忌和恐惧。

然而这并不是列卡爱情观中最重要的方面，最能体现列卡思想和人格光彩的是她最终放弃了对普文的爱，并且促成了普文和高拉的爱情。普文得知列卡怀孕后，决定要承担责任，他向列卡提出结婚的请求，但是列卡却毫不犹豫地拒绝了。

---

① 阿格叶耶：《江心洲》，文艺女神出版社，1951 年版，第 127 页。
② 同上书，第 129 页。
③ 同上书，第 137—138 页。

她对普文说："我向你要的是爱，而不是你的未来，这是我不能接受的。"[①] 列卡知道普文求婚是出于一种责任感，虽然心存感激，但是这种因势而为的婚姻不符合她对爱的理解，而且她也不想成为普文生活中的负担和障碍。试想，在20世纪三四十年代的印度，列卡是一个还未与丈夫正式离婚的单身女性，做出生下普文的孩子并独自抚养的决定需要怎样惊世骇俗的勇气？列卡的每一个选择都表现出她纯真无私的爱情观以及愿为爱牺牲一切的勇气和精神。列卡突然做了流产手术，导致大出血而险些丧命。普文问及原因时她说："我不愿让你受到侮辱，我不愿意让你低头——在任何人的面前，更何况在那个魔鬼的面前……"[②] 列卡为了保护普文的声誉不受海门德勒的威胁和侮辱，不顾一切地去堕了胎。而她这样做的时候，心中已经做了一个艰难的决定：她要离开普文。

列卡在承受了身体和精神的双重痛苦之后，渐渐恢复了平静的心态和对生活的勇气。她参加了志愿者服务队的护士工作，开始过一种与以往不同的崭新生活。她的心中依然充满对普文强烈的爱，但是此时的爱已不是为了占有，而完全是一种精神的给予。她鼓励普文继续在生活中寻找爱和美，因为她感到——"我的希望将在你的身上延续，成功……"[③] 列卡和丈夫离婚后嫁给了一个名叫罗梅西金德尔的医生，他在精神上给予了列卡很多的鼓励和支持，列卡也将自己过去的一切告诉了罗梅西金德尔并且得到了他的理解。列卡选择婚姻不仅仅是出于对自己未来生活的考虑，在她的选择中，还包含对普文无私的关切和爱。因为从那次事件之后，普文一直不能从痛

① 阿格叶耶：《江心洲》，文艺女神出版社，1951年版，第206页。
② 同上书，第224页。
③ 同上书，第272页。

苦和自责中自拔，这是列卡不愿看到的，而且她也了解高拉对普文以及普文内心深处对高拉的情感。列卡知道，她和普文之间的情感经历已经成为阻碍普文未来生活的一道深深的鸿沟，他自己是没有力量越过这道沟壑的，填平这道沟壑的唯一办法是让自己今后的生活有一个归宿，这样才能把普文从自责的痛苦中拯救出来。她仍将普文看作精神和灵魂中唯一的挚爱，她在写给普文的信中写道："几年前我被称为海门德勒夫人，它有何意义？ 而从下个月起，我就要成为罗梅西金德尔夫人了……对我而言，这些妻子的名分都是毫无意义的，因为我是你的，只是你的，我属于过你，从未属于过别人，也不可能属于别人。"[①] 但是此时，列卡对普文的爱已经是一种完全无我、毫无私欲、毫无保留的精神之爱。列卡看到了普文对他自己内心情感的逃避，她也了解普文和高拉的结合才能真正给普文带来幸福，因此她劝说普文勇敢追寻心中真正的理想之爱。普文在战场上染上了疟疾，在列卡工作的医院休养，两人再度重逢。列卡直言劝说普文正视心中的情感，不要逃避。她说："面对自己心中的真理不要将自己封闭起来——对她打开自己的心灵吧。你给我读过'爱你的痛苦让我无法承受'的诗句——打开你自己，面对这种'痛苦'吧！ ……我了解高拉，因为我是女人，而且你也不会认为我完全不了解你的内心，毕竟我是女人。她是一种恩赐，普文，接受她吧！ 即使明天——即使明天生命不再，你消失了，普文，那又怎样？"[②] 对经历了最真切的生命之爱和生命之痛的列卡来说，爱已不再是为了占有，爱的全部意义都体现在无我的付出和给予之中。普文从列卡的话语中得到了启示，终于有勇气正视并接受了高拉的爱。列卡对自

---

① 阿格叶耶:《江心洲》，文艺女神出版社，1951 年版，第 306 页。
② 同上书，第 311 页。

我感情的牺牲是对爱情意义的深刻诠释。

与列卡不同，普文在对待自己与列卡的爱情关系问题上常常表现出一种摇移不定的困惑和退缩。他在与列卡的爱情中虽然也体会到了精神的满足，但是他似乎有些惧怕，而且不能坦然接受并理解列卡对他这样无我的给予和奉献。列卡曾经在给他的信中写道："你从未告诉过我你心中对我的情感。"[①] 当知道列卡怀孕的消息以后，普文先是有些惊诧，一时不知道自己是否真正明白这一切意味着什么。他感动于列卡对他无欲无求的爱，但是对普文来说，他绝不能承受列卡这样不求任何回报的付出，这不符合他的价值观。他向列卡求婚，但这更多的是出于一种责任感。列卡看出了这一点，她拒绝了普文。从这一点来看，普文也是一个对待爱情极其认真并很有责任感的人。他和列卡之间最大的问题，是他始终没有厘清自己内心当中对列卡的真正情感，他爱列卡，但这种爱与他理想中的爱是不同的。堕胎事件以后，普文陷入深深的自责和痛苦之中，此时他感到他们的感情已经产生了不可弥补的裂痕。他在写给列卡的信中说："我们中间仿佛竖起了一道墙，我们可以相见，但是仿佛是站在墙的两边，你在那里，我在这里，……列卡，现在我仍然爱着你，像从前一样，但是……"[②] 普文一直不能摆脱这段充满甜蜜也充满苦涩的感情经历带来的矛盾和痛苦，在这样一种心态下，他感到自己也无法接受高拉对他无私的爱，于是他选择了逃避。最后，是列卡的唤醒和高拉耐心宽容的爱让他重新有勇气面对爱情。

普文和列卡的爱情是《江心洲》三条交叉的人物关系中最为重要的一条，阿格叶耶对他们之间的爱情以及由此产生的

① 阿格叶耶:《江心洲》，文艺女神出版社，1951 年版，第 200 页。
② 同上书，第 254 页。

内心情感变化的刻画也最为细腻和生动。无论爱情的结局如何，普文和列卡的爱情包括了三个方面的内涵：对自我的探索、对传统意识的挑战和对传统爱情的回归。首先，无论是普文还是列卡，他们都在对爱情美与痛的体验中，重新定义自我存在的意义，重新梳理对于爱情的理解和感受。造成他们爱情破裂的最主要和最根本的原因，不是社会习俗和传统道德的压力和破坏，而是他们各自内心对生活和爱情的理解。普文和列卡都是注重精神追求的人，他们在爱情的体验中检验和审视着真实的自我。普文和列卡的爱情已不再是传统小说中描写的爱情，阿格叶耶通过对他们爱情的刻画，表现的是一种个人思想和情感的碰撞，而不是传统小说中通常表现的个人情感和社会现实之间的冲突，这是新的时代和社会中新的爱情观和价值观的表现。从这一点来看，这部作品是具有一定社会现实意义的。而且我们看到，阿格叶耶通过这部作品表现出其思想的前瞻性。因为，他的这些思想随着社会的发展和文明的进步，在现代社会的婚姻和爱情观念中已经越来越为人们所接受。尽管在当时的时代和社会环境中，这些思想还显得有些超前，不能被大众广泛地接受和认可，因此也引起了很多争议。其次，我们在普文和列卡的爱情中可以看到他们对社会传统意识的大胆挑战。列卡的婚姻虽然已经破裂，但是她的社会身份仍然是一个有夫之妇。她与普文的相爱、结合以及之后的怀孕和堕胎等行为，表现出对社会道德标准的背叛和反抗。在传统的价值观中，婚姻是女性生活和未来的保障，但是在列卡对普文的感情中，既没有对婚姻的要求也没有对婚姻的承诺，她最为看重的是普文的爱，而不是一个男人对一个女人生活的庇护和供养，这是新的社会环境下，思想和经济自立的女性独立意识的表现。在列卡对普文的情感中，没有任何对社会传统道德的臣服和畏缩，她勇敢地追寻爱、表达爱、给予爱、感受爱。列卡身上带有鲜明的现代女性的性格特征。最后，列卡对普文的爱情中，仍然体现了传统的爱情观，它表现为在爱情中的自我牺牲和奉献的精神。在列卡身上，不仅可以看到一个大胆追求爱和感受爱的现代女性形象，在她身上，还可以发现不少传统女性的影子。列卡对普文的爱是毫无保留的，同时也不要求有任何回报，而且她最终以对自己爱情的牺牲成全了普文和高拉的爱情，列卡身上这种无我的奉献和牺牲精神正是传统爱情观的一种体现。列卡身上融合了传统印度女性和现代印度女性的双重特征，这正是从传统走向现代的印度社会中女性人格的真实反映。

作品问世以后，普文和列卡的爱情在读者和评论家中引起了很大争议。正如反对者们主要是从伦理道德的角度批判《谢克尔传》中谢克尔和谢西之间的爱情，普文和列卡的爱情也被指责为违反了道德和伦理。伦理道德的标准不是一成不变的，它会随着时代和社会的进步与发展不断变化。以我们今天的眼光来看，列卡和普文的爱情不仅不是不道德的，而且应该得到尊重和同情。列卡和海门德勒的婚姻，无论是从婚姻的实质还是从形式上来看都已经破裂，他们之间不仅没有爱情，实际上，海门德勒对列卡不仅毫无责任感，而且从精神上给列卡造成了极大的伤害。在这样的婚姻状况下，列卡和自己倾心相爱的人走到一起，当然不能说是不道德的。难道让一个女人毫无怨言地忍受充满屈辱和有名无实的婚姻便是道德的体现吗？阿格叶耶对此所做的阐释表明了作家在面对这些道义指责时十分鲜明的立场，他说："把对世俗的伦理观念的支持看作是艺术的目的，至少对我而言是毫无意义的。而且我相信，对任何艺术的追求者而言也是毫无意义的。……道德的陈规陋俗将很快从这个时代消失……”①

此外,《江心洲》中为数不多的几段关于普文和列卡的性爱描写也引起了许多争议。仅从艺术上而论,阿格叶耶在这些性爱描写中尽量避免使用直接的和描述性的语言,而是采用了许多诗化、意象化的语言和象征手法,并且引用了许多欧美象征派诗人的诗歌,含蓄地表现了两人身心交融的愉悦感受,并没有对肉欲的低俗渲染和铺陈。从内容上来说,这些性爱描写也是符合情节和内容发展需要的,不存在为性而性的因素。因此,有印度学者认为:“在我看来,迄今为止,在印地语长篇小说文学创作中,阿格叶耶是唯一一位以深刻和敏锐的感觉,艺术化同时又充满节制地描写性爱的作家。”② 阿格叶耶对此问题的看法是——“所谓文明和庸俗是由地域和时间决定的。……每个社会和环境中都有各自不同的对文明和庸俗进行判断的准则。”③

但是需要指出的是,在描写普文和列卡的爱情时,《江心洲》中的一些情节和人物设计经不起推敲。比如,列卡后来的倾慕者——最后成为她丈夫的罗梅西金德尔的形象过于理想化,因而很不可信,作品将他对于列卡的包容和爱刻画得过于完美,对此缺乏必要的铺垫和说明。此外,把列卡堕胎的原因归咎于海门德勒的一封信,因为作品中并没有直接叙述信的内容,而且也缺乏更为可信的交代,因而让人感觉到,以列卡的坚强和独立,似乎不应该为一封信便做出如此突然和重大的决定。这些细节上的瑕疵多少影响了作品的真实性。

---

① 阿格叶耶:《自白》,印度知识书院出版社,1960 年版,第 167 页。

② 戈巴尔·罗易:《阿格叶耶和他的长篇小说》,印度迈克米兰有限公司,1975 年版,第 106 页。

③ 同上书,第 107 页。

普文和高拉

与普文和列卡的爱情相比，普文和高拉的爱情虽然也经历了一些曲折，但是整个过程中没有太多情感变化的波峰和谷底。他们之间的爱情表现为一种完美的精神融合的爱情，高拉身上传统女性的特点也表现得更为突出。普文和列卡的爱情是一见钟情式的，而他和高拉的爱情则经历了漫长的过程，历经了兄妹→师生→朋友→情人几个不同的发展阶段。

高拉和普文的年龄相差七八岁，许多年来，普文在学业和思想上的教诲使高拉心中充满了对普文的尊敬和崇拜。普文也很欣赏和喜爱高拉，只是在他的眼中，高拉是一个小姑娘，他对高拉是一种兄长式的关怀。当高拉面临包办婚姻的难题写信向普文求助时，普文慎重地给高拉回了信，鼓励她和父母坦率地进行沟通，并按照自己的意愿选择生活的道路，选择志同道合的生活伴侣。高拉在普文的鼓励下，不顾母亲的反对拒绝了婚事，并按照自己的爱好开始研究和学习音乐。高拉对普文更加信赖、倚重和崇拜，而且这种感情随着高拉年龄和思想的不断成熟也在悄悄发生着变化，朝着爱情的方向发展。此时在普文的心中，高拉的意义也有所不同，普文感到她是自己在生活中寻找到的一个非常难得的同伴，通过高拉他更加了解了自己——“突然，普文的心中对高拉产生的不是兄长般的关爱，而是一种从未有过的感激之情。‘好的教育是教师也能从中受益的教育’，不仅如此，它还是一种其光芒能够同时照亮两人未来道路的稳定关系。”[①] 如果没有列卡在普文生活中的出现，高拉和普文之间这种情感的成长和变化本应该更快些。但在普文和高拉真正理解他们之间这种感情的真正含义，

① 阿格叶耶：《江心洲》，文艺女神出版社，1951 年版，第 65 页。

在他们明白这种亲密和彼此信赖的关系已不仅仅是一种友谊之前,普文的情感生活因为列卡的出现发生了变化。第一次收到金德尔马特沃暗示普文和列卡已经产生特殊情感的信件之后,高拉非常难过地抽噎起来,此时她才真正印证了自己内心中对普文的真实情感。但是,高拉是一个非常有涵养和自控力的女人,对普文的信赖和崇拜让她非常尊重普文的个人选择,所以金德尔马特沃离间两人关系的伎俩在高拉身上并没有成功。普文和列卡分开后,一直不能从痛苦中自拔,他利用工作的机会来到爪哇,希望在平静和孤独的氛围中忘却痛苦。但是从这时起,普文开始意识到,自己内心深处潜藏着对高拉的一种莫名的特殊情感,因为在难以平抑的痛苦和孤独中,他最渴望见到的人是高拉,似乎只有高拉才能理解他内心最深处的痛苦。普文从爪哇回国后在高拉的家中住了几日,高拉对他细致入微的照顾和关心让他感到非常安慰。一个晚上,普文终于打破沉默,将他和列卡之间发生的一切都向高拉进行了倾诉,高拉静静地倾听,在内心中体会和感受着普文的痛苦。而后,沉静的高拉终于向普文表白了一直深藏于灵魂中的对普文的爱——“无论怎样,无论付出怎样的努力,如果奉献自己能够抚平你的伤口,我会认为我的生活是成功的。”[①]高拉感到,她所做的一切不仅仅是为了普文,也是为了自己,她感到她和普文已经连成了一体,因为“一个幸福的普文对她的生活是非常必要的,在这个基础之上她才能建立自己的生活观”。[②]高拉表现出和列卡一样的奉献和牺牲精神——“我是为你而生的,因为我就生活在你当中。”[③]“你是我的未来,

① 阿格叶耶:《江心洲》,文艺女神出版社,1951 年版,第 291 页。
② 同上书,第 295 页。
③ 同上书。

因而我要成就你。”[①] 还未彻底从过去的伤痛中走出的普文，在发现高拉厚重真挚的感情后，感到无力承受，于是再一次选择了逃避。普文之所以逃避，是因为他怕自己的爱会给高拉带来伤害，这是和列卡的爱情留给他最大的伤痛和悔恨，因而他不敢给予高拉爱，也不敢接受高拉的爱。他在写给高拉的信中说："我是黑暗之子，因此我崇敬和膜拜光明，有时从远处，有时从近旁，……有时我渴望伸手触摸，而那是最大的愚蠢，因为我的触摸会让光明消失。”[②] 直到列卡鼓励普文正视内心真实的情感以后，他才真正有勇气和高拉走到了一起。作品的最后，在从战场上写给高拉的信里，普文表达了他对爱的信念和感受："因为有你，所以才有我。在相互的了解之后，令人惊奇的不是发现爱情存在于你我之间，不是我们相爱了。令人惊奇的是我们成为我们，我们以一种新的结合体而存在。我曾经是我，现在仍然是我，但这两种存在是相同的吗？是，但又不是。”[③] 普文在与高拉的爱情中感受到了一种心灵交融、合二为一般的精神升华，他们在彼此的拥有中真正找到了爱之于生活的意义。高拉对普文的爱充满无条件的信任和坚定的信念，充满忍耐和宽容，充满奉献和牺牲。与列卡炽热的爱情表达相比，高拉的爱更为沉静也更为耐心，但是在这两个女人的爱情观中，对爱的奉献和牺牲是一致的。普文和高拉的爱构成了《江心洲》中另一条有着不同内涵的爱情线索。

列卡和高拉

在普文、列卡和高拉构成的三角形人物关系中，列卡和高拉本应该是一对对立的元素，但是在《江心洲》中，本该是情敌

① 阿格叶耶:《江心洲》,文艺女神出版社,1951 年版,第 296 页。
② 同上书,第 315 页。
③ 同上书,第 325 页。

关系的列卡和高拉之间却产生了一种非同寻常的和谐关系。

列卡和高拉的初次见面是在金德尔马特沃不怀好意的安排下进行的。但是,成熟的列卡用自己的坦诚和直率打破了最初陌生尴尬的气氛,她们彼此感觉到对方身上的光彩之处,因而不仅没有产生妒意和敌视,反而达成了一种默契。这两个女人都真诚地爱着普文,她们都将普文的幸福看得比自己的幸福还要重要。在这样一种情感的前提下,列卡和高拉之间朋友式的坦诚友好并不是不可信的。更为重要的是,聪明成熟的列卡通过这次见面,发现了高拉对普文的感情,而且列卡感到,也许高拉比她更适合普文。她在这次会面后一封写给普文,但却没有发出的信里写下了自己心中的感受——"如果在一个地方的深处有一些珍贵的、闪光的东西存在,那么走在那里时就应该小心翼翼一些。她不想干涉什么,也不想破坏什么。沙洲在河流中若隐若现地漂浮着,让它们向自己的归宿、向自己的终点漂流而去吧!她不会搅动河中的水流。"[①] 列卡决定不以自己的爱去约束普文,让爱情的发展自己来决定自己的命运。这也是为什么在她决定走出普文的生活后,竭力促成普文和高拉之间恋情发展的重要原因。在普文和高拉走到一起之后,列卡将一枚母亲送给自己的结婚戒指转赠给了高拉,她觉得只有高拉才配得上这枚满含着对幸福婚姻祝福的戒指。高拉决定将一本普文送给自己的劳伦斯的诗集送给列卡,她觉得这部普文最喜欢的诗集和其中的一行诗句能够代表普文和自己对列卡的感激和情谊——"一个女人给了我力量和财富,我接受了她的馈赠"。[②] 高拉和列卡对同一个男人无私的爱,她们彼此间的理解、信任和友爱构成了这部作品中人物和情感关

① 阿格叶耶:《江心洲》,文艺女神出版社,1951 年版,第 179 页。
② 同上书,第 323 页。

系的第三条线索。

《江心洲》中三角形的爱情关系与通常意义的三角恋爱是完全不同的,因此有人对此提出质疑,认为这样的情感是不可能在两个本该互为“情敌”的女人之间产生的,她们相互嫉恨和仇视才符合人类情感的基本规律,因为爱情在本质上是自私的。阿格叶耶阐述了自己对这一问题的理解和认识,他说:“我认为嫉妒是爱情最大的敌人,也是爱情向健康和成熟道路上发展的最大障碍。我不认为摆脱了嫉妒的爱情是不存在、不正常和不自然的。而且我认为,那些最大限度地将自己从嫉妒的困扰中解救出来的人,将会得到我最大的尊敬。”[①] 与对罗梅西金德尔过于理想化和简单化的塑造不同,由于小说中对列卡和高拉的性格和情感进行了比较充分的描写和刻画,因此她们之间这种超越了一般生活常态的感情还是有依据的,因而也是真实可信的。即使其中有理想化的成分存在,那也恰恰体现了对美好人性的一种肯定。阿格叶耶这种带有理想主义色彩的浪漫主义精神正是他思想中的闪光点,这一特点在他的短篇小说中也有所体现。

通过以上对人物的分析,我们不难在《江心洲》中的普文、列卡和高拉身上找到一些谢克尔和谢西的影子。普文的内向多思、敏感细腻的性格特征和理想主义者的倾向与谢克尔非常相像,而列卡、高拉和谢西的个性中则能找到更多的相似点。因而有学者指出:“谢西的性格被分成了两部分,分别塑造了列卡和高拉。谢西性格中的一个部分以更加成熟、智慧和富有光彩的形象成为列卡;而另一个部分则以更加沉静、温和,具有献

① 阿格叶耶:《自白》,印度知识书院出版社,1960 年版,第 84 页。

身精神以及坚定信念的形象成为高拉。"[①] 而且我们可以看到，正如谢西深沉、包容和无私的爱成就了谢克尔一样，列卡以自己的痛苦和牺牲，高拉以对爱的忍耐和宽容使普文找到了爱情的真谛。在阿格叶耶的长篇小说中，女性形象通常具有比男性更多的冷静和智慧，也更富有耐心、宽容和牺牲的品格，她们有比男性更敏锐的洞察力和更为坚强的承受不幸的坚韧精神。因而，无论是谢西还是列卡和高拉，实际上都在扮演男性的拯救者和塑造者的角色。但是，这些女性又不是高高在上的，她们的牺牲和奉献中满含对男性的理解和尊敬。她们身上糅合了传统和现代女性的不同特点，这也从一个侧面反映出阿格叶耶的女性观。

此外需要指出的是，除了金德尔马特沃之外，《江心洲》中其他三个主要人物身上都带有比较理想化的特点。其中，列卡的性格最为饱满，也最具有层次感。普文尽管在作品中被塑造为一个理想化的人物，但他的艺术感染力远远不及列卡。

当然，对这部作品的思想内涵一直有着不同的理解和评价。20世纪50年代，印度进步主义文学评论家西沃丹·辛赫·觉杭是这样评论这部作品的——"普文从列卡和高拉对自己的献身中，和自己一时对列卡后来又对高拉的献身中，感受到生活的最大意义。在这种相互献身中，任何地方也没有产生过外来的或内在的障碍。在一再重复引用艾略特和劳伦斯的英语诗时的美妙场合的浪漫气氛中，身和心的这种相互'呈献'也无障碍地进行下去。可是《江心洲》仍然未能成为一部艺术作品，因为除了最熟练的印地语散文体语言的华丽以外，读者在任何地方也感触不到实际生活，小说中没有揭示生活的任何

① 罗摩·科莫尔·罗易:《阿格叶耶——创作和斗争》，罗格帕尔第出版社，1978 年版，第 117 页。

真理。”[①] 这样的评价虽然确实从一个侧面反映出《江心洲》在反映社会现实生活方面存在一定的狭隘性和局限性，但是笔者认为，这部作品中展现的爱情观还是具有一定社会现实意义的。经过半个多世纪，当我们以现在的眼光和观念再来审视这部作品的时候，仍然会感到这部作品中的一些思想和观点不仅并未过时，而且仍有值得思考之处。当然，由于作品刻意表现的是人的内心情感和心灵感受，因此在反映更为广阔的生活和社会背景方面，这部作品确实存在不足和缺陷，这既是阿格叶耶长篇小说创作的特点，同时也是他创作中主要的缺陷和问题。

第三节　创作特点

在《江心洲》中，阿格叶耶仍然采用了内向性的审美视角刻画人物，表现主题。而且与《谢克尔传》相比，《江心洲》将创作焦点更为集中在对人物内心情感的挖掘上。《谢克尔传》通过表现人物内心的自我斗争以及人与周围环境的斗争和冲突，表现了一个人心灵和性格的成长过程，虽然是以人物为中心，但是仍然在一定程度上反映了人与家庭、社会和政治事件的关系以及客观环境对人的影响。与前者不同，《江心洲》中虽然有四个中心人物，但是这四个人物构成了一个几乎完全封闭的关系圈，阿格叶耶并没有把注意力放在这些人物与外部世界的关系上，而是深刻挖掘情感关系变化带来的不同情感感受。所以在《江心洲》中，我们几乎看不到超出这些人物相互关系之外的其他现实生活和外部环境，现实世界仅仅是

① 刘安武编选:《印度现代文学研究》，中国社会科学出版社，1980 年版，第 161 页。

一个背景，甚至有时连这个背景也是模糊不清的。所以有学者说："这四个人物如同'江中的沙洲'，与生活的常流隔绝开来。"[①] 这也是这部作品最为人诟病的一个方面。不少评论家给它冠上了"视角狭隘""漠视社会"的罪名，[②] 这些批评并不完全是空穴来风。但同时应当看到，采用内向性和主观性的审美视角，关注人的心灵世界和情感世界正是阿格叶耶文学创作最显著的一个特点。《江心洲》的主题不是反映广阔的现实世界和各种复杂的社会问题，而是表现人物内心深处最真实、最细腻的情感感受。印度学者拉姆斯沃卢波·杰杜尔威迪指出，阿格叶耶长篇小说的主题是表现爱与痛产生的创造力对人格的完善和解放。[③] 他的观点比较准确地概括了《谢克尔传》和《江心洲》这两部作品的内涵。阿格叶耶也曾经说过："《江心洲》没有刻画社会生活，作品中的人物不是普通人，而是一个特定阶层的人，并且这个阶层从人数来讲也不属于最主要的社会阶层。"[④] 阿格叶耶的这段话清楚地表明，他所力图表现和反映的不是最具有广泛性的社会群体的生活，而是中产阶级知识分子的生活和思想。但他同时认为，如果一部作品确实真实刻画和反映了某一阶层以及他们的生活和情感，那么这部作品就应该被认为是真实和有说服力的，人物形象也应该被认为是真实和自然的。因此他自信地说："我相信《江心洲》中对社会和人物的刻画是真实的。"[⑤] 笔者认为，《江心洲》在表现中产阶级知识分子的思想和情感方面确实有其成功之处，作

① 戈巴尔·罗易：《阿格叶耶和他的长篇小说》，印度迈克米兰有限公司，1975 年版，第 130 页。

② 罗摩·科莫尔·罗易：《阿格叶耶——创作和斗争》，罗格帕尔第出版社，1978 年版，第 130 页。

③ 同上书。

④ 阿格叶耶：《自白》，印度知识书院出版社，1960 年版，第 63 页。

⑤ 同上书。

品对人物情感的挖掘深刻而细腻。但是，由于人物和题材内容的局限性，我们的确很难通过这部作品感受到当时的时代和社会生活。主要人物之间构成的闭环式关系圈使读者感到，作品中的人物如同生活在隔绝于社会之外的某个孤岛之上，每个人都沉浸在个人情感的欢乐和痛苦之中，对外界的生活和社会毫无感受。这确实是《江心洲》最大的缺陷和不足。因此，有评论家对阿格叶耶的作品这样评论道："作品中的人物是那样渺小，又是那么自我陶醉，这在每页上都可以找到证明。"[①]再加上作品中的三个主要人物普文、列卡和高拉的思想和性格中多少都带有一些理想化的色彩，而对反面角色金德尔马特沃以及海门德勒的刻画又流于表面，因而多少影响了作品的真实感和艺术感染力，这不能不说是一种遗憾。

和《谢克尔传》采用了在当时具有先锋性质的艺术手法不同，这部作品采用了许多传统小说的技法。在叙述视角上采用了第三人称全知者的视角，这个全知全能的叙述者就是作家本人，他常常参与到作品中去，描绘刻画人物的外貌形象、行为举止，讲述故事发展的前因后果，描写人物的内心感受，甚至表达叙述者本人对事件和人物的看法和评价。但是，像阿格叶耶这样一个具有探索和实验精神，并且受到现代主义文学思想影响的作家，是不会满足于仅仅通过传统小说的技法进行创作的。为了弥补这种全知者视角在挖掘和表现人物内心情感和感受方面的不足，阿格叶耶在《江心洲》中大量采用了书信体和日记体的形式，让作品中的人物自己抒发和表达自己的心灵感受和思想。在这些书信或日记中，叙述者的视角天然地转为第一人称视角，增加了心理描写的真实性和感染力。书信、

① 转引自刘安武:《印度印地语文学史》,人民文学出版社,1987 年版,第 429 页。

日记以及主人公写在纸上的片言杂感在《江心洲》中占据了很大的篇幅，在名为《间隔》的两章中全部都是主要人物之间的相互书信往来，在其他的各个章节中，也常常采用书信的方式传达人物自己的内心感受。这种叙述视角的改变可以调动读者对作品的直接参与，调动读者发挥自身的想象力，从而增加了作品的感染力。当几个主人公处于不同地方时，作家巧妙地通过书信的形式继续让他们形成一个封闭的人物关系圈，保持了作品风格的一致性。而且，这种书信形式还避免了不必要的情节交代和铺垫，使作品的情节和内容非常集中，避免了冗长和拖沓，同时最大限度地将焦点集中在对这些人物内在情感的挖掘和刻画上。从这一点上来讲，《江心洲》中书信体的形式运用得非常合理，做到了形式和思想内容的统一。

作品的结构形式也很有特点，多数章节选取一个人物为中心，叙述和交代相应的情节发展。因此，虽然整部作品的情节发展有一定的时间顺序和连贯性，但是各个章节之间在情节发展和时间发展方面又产生了一定的交错。《江心洲》这部作品具有一定情节淡化的特点，事件和情节的发展并不复杂，主要侧重于对人物心理感受进行描写和刻画。阿格叶耶采用这样的结构形式，是为了从不同角度描写人物之间交错复杂的情感关系，刻画和挖掘矛盾微妙的内心感受。

在《江心洲》中，心理描写的比重比《谢克尔传》大，因为《谢克尔传》主要对谢克尔这一中心人物的心理进行了比较深入的刻画和表现，阿格叶耶并没有着意描写其他人物的心理。《江心洲》中次要人物虽然很少，但是中心人物却有四个，并且这部作品的主题就是表现和刻画人物心灵及情感世界的真实感受，因而《江心洲》完全可以称得上是一部心理分析小说。但是应当看到，这部作品中采用的多是传统小说中的心理描写技法,通常是通过叙述者的直接描述、人物之间的对话以及书信体的形式对人物的心理加以表现,几乎没有采用现代小说惯用的心理描写手法。但是,这些心理描写手法的运用应当说是比较成功的,因而有评论家指出:"从对人物的塑造以及对内心世界准确的刻画和分析来看,《江心洲》无疑可以算作一部优秀的心理分析小说。"①

与《谢克尔传》的语言相比,《江心洲》的语言虽然仍然体现了作家文辞优雅、含义隽永的诗化语言风格,但是可以感觉到,阿格叶耶对梵语原形词的使用在这部作品中有所减少。相比较而言,《江心洲》中的语言虽然仍然与普列姆昌德等作家平实质朴的语言风格有很大区别,但是也在向自然和生动的方向发展。此外,这部作品还大量引用了艾略特和劳伦斯等人的诗歌,语言中仍然带有诗化的风格,意象性和象征性的特点也很突出。作品的题目"江心洲"便出自经常出现在作品中的一个象征性意象:以江河比喻生活,以江中漂浮不定的沙洲比喻人。

通过以上分析我们可以看到,尽管《江心洲》在艺术方面的先锋性和实验性不能与《谢克尔传》相比,但阿格叶耶仍然在这部作品中进行了很多新的尝试。而且,从艺术和语言等方面来看,我们能够感受到阿格叶耶日臻成熟的创作风格。

① 戈巴尔·罗易:《阿格叶耶和他的长篇小说》,印度迈克米兰有限公司,1975年版,第187页。

第三章 《陌生人》——死亡面前的人生选择

1961 年，在第二部长篇小说《江心洲》出版十年之后，阿格叶耶发表了自己的第三部，也是最后一部长篇小说《陌生人》。这部作品发表以后，阿格叶耶就不再进行长篇小说的创作，事实上，此前他已经停止了短篇小说的创作。随着阿格叶耶文学创作的不断发展，他日益感到在小说创作方面面临许多难以克服的问题。他非常推崇 T.S. 艾略特等人提出的“非个性化”创作主张，认为作家与事件的经历者应该有本质的区别，两者的差距越大，证明作家的创作越成功。但是，在小说创作中，阿格叶耶感到自己始终无法完全摆脱一个亲历者的视角。为此，他也在创作实践中进行了种种探索性的尝试和努力。应该说，《陌生人》就是这种尝试和努力的结果，《陌生人》体现了阿格叶耶在文学创作思想上的新的变化。

《陌生人》是阿格叶耶对自己以往小说创作风格和思想进行突破的一次新的尝试和努力。从一个方面来说，这种尝试和努力是成功的，因为《陌生人》在题材、内容、思想等方面与他以前的两部长篇小说《谢克尔传》和《江心洲》有很大的不同，而前两部长篇小说中存在许多的共同点和相似之处。所以，在《陌生人》问世之初，很多评论家认为，阿格叶耶的小说创作风格发生了根本性转变。有印度学者说：“《陌生人》的出版令《谢克尔传》和《江心洲》的读者感到有些突然和意外，他们对阿格叶耶的这部作品感到既熟悉又陌生。”[1] 但是，从另一方面来讲，这种突破性的尝试和努力又不能算是一种真正的成功，因为这部小说从思想性和艺术性两方面来看，并没有真正超越阿格叶耶以往的创作。除了一些内容和思想方面的新鲜感之外，这部作品在其他方面并没有更大收获，而且从作品的艺术感染力方面来说，它远远不及阿格叶耶的前两部长篇小说。

《陌生人》的篇幅比较短，严格地说应该是一部中篇小说。它包括三个章节，分别是：《尤凯和塞尔玛》《塞尔玛》和《尤凯》，整部作品围绕两个主人公尤凯和塞尔玛展开。故事的背景是在欧洲某个国家，时间是在第二次世界大战期间，故事的两个主人公也是外国人。作品的故事情节非常简单，第一章主要讲述了一个名叫尤凯的年轻姑娘和男友到山区滑雪，为了体验冒险的感觉，她独自来到山上的一所小木屋中，打算住上几天。但是突遇雪崩，整个小木屋被压在厚厚的雪下，尤凯不得不和这所小屋的女主人——年迈的塞尔玛一起度过了几个月与世隔绝的生活。尽管木屋里有充足的食物和燃料，但是尤凯依然感到死亡的威胁似乎时时就在身边。这一章的主要内容是尤凯为了打发时间写下的日记，占整部作品篇幅的二分之一左右。在日记中，尤凯不仅记录了她和塞尔玛枯燥、单调的生活，还流露出自己内心中对死亡的恐惧和绝望，甚至记录了自己濒临疯狂的心理状态。与尤凯不同，塞尔玛身患癌症，而且已到晚期，生命即将走向尽头，但是她对死亡却表现出一种极度的冷静和淡然。塞尔玛的从容和乐观不仅令尤凯感到惊异和不可理解，而且越来越激起她的反感甚至仇视。在极度封闭和隔绝的环境中，两人之间的陌生感让尤凯感到精神几近崩溃，

① 维谢纳特·普拉萨德·迪瓦里主编：《阿格叶耶》，国家出版社，1978 年版，第 155 页。

她一度失去控制想要杀死塞尔玛。但是,塞尔玛不仅没有责怪尤凯,反而请求尤凯原谅,因为她觉得是自己的情绪和思想引起了尤凯的失常反应。为了让尤凯了解自己为何在死亡面前能够保持淡泊和平静的心态,以及为何在这样一种孤独和绝望的境况下,还能对生活中的一切充满悲悯和热爱,塞尔玛给尤凯讲述了年轻时一次彻底改变自己人生和思想的经历。作品的第二章主要讲述的就是塞尔玛年轻时的那段经历。她曾经在城里的一条河边开了一家茶点店,旁边还有一家照相馆和一家由一个名叫扬·艾凯洛夫的青年经营的商店。有一年洪水泛滥,通往这里的桥梁被冲垮,三个人如同陷在一个孤岛上,而且死亡似乎也在一步步临近。那时的塞尔玛对金钱十分贪婪,极端自私、冷漠甚至残酷。在此绝境中,她不仅把自己库存的食品以高出以往几倍的价格卖给扬·艾凯洛夫,并且拒绝照相馆的店主向她要一些饮用水的请求。后来,照相馆的店主由于喝了不干净的水生了重病,最后精神崩溃,烧掉了自己的店铺后跳河自杀。但是塞尔玛依旧不为所动,仍然用吝啬、冷酷的态度对待来向她购买食品的扬·艾凯洛夫。但是,塞尔玛没有想到,尽管对她的做法非常愤怒和鄙视,扬仍将自己用最后的一点钱从塞尔玛处购买的肉干烤好后拿来与她分享,这使塞尔玛十分震惊,继而又很受触动。塞尔玛向扬提出结婚的请求,两人在获救后建立了家庭,塞尔玛从此彻底改变了人生态度和生活方式。塞尔玛在讲完故事不久后死去了,尤凯埋葬了她,自己最终获救。在作品的第三章《尤凯》中,情节跳跃而且更加离奇。一个疯疯癫癫的女人来到了一家商店,把烟蒂扔在一个名叫杰克纳顿的青年刚刚买来的奶酪里,然后转身离开。这个女人就是尤凯。作品模糊地交代了尤凯获救后的经历——男友欺骗了她,而且她后来在德国军队的蹂躏下沦为妓女。杰克纳顿尾随在后追上了尤凯，但是并没有对她进行报复或是伤害。尤凯感到杰克纳顿是一个善良而宽容的人，于是她突然服毒自杀。临死前，尤凯在断断续续的呓语中告诉杰克纳顿，她一直希望死在一个好人的面前，现在她找到了一个好人，因此她愉快地选择了死亡，由此也满足了自己很久以来的心愿，因为她终于在人生中真正地做了一次自由的选择。

《陌生人》的主题比较模糊，很难确定一个非常清晰明确的主题和线索，它包含对生命、死亡、选择的自由和信仰等问题的思索。评论家们认为《陌生人》是一部存在主义小说，但也有人认为它只是“西方存在主义哲学拙劣的文学翻版”。[①] 这部作品的确受到了存在主义的影响，因此作品中到处可见一些存在主义的语汇，诸如：自由、选择、陌生感、死亡，等等。但是在这部作品中，阿格叶耶并没有完全趋同于西方存在主义哲学的全部观点，他在一些方面提出了包含有东方伦理道德的新的思想，表现了东方和西方在哲学思想、人生价值观和死亡观念等方面的碰撞。

存在主义哲学最根本的思想是认为“世界是荒诞的”，“人生是荒诞的”。因为“在存在主义者看来，人是不知道为什么被抛到世界上来的。人生没有目的和意义，人的存在是偶然的和荒谬的”。[②] 因而在存在主义者眼中，人生充满了恐惧、厌恶、孤独和失落感。在《陌生人》中，塞尔玛和尤凯这一对陌生的女人，因为突如其来的雪崩，被迫在一个狭小的空间中生活在一起，这表现了人在自然和环境面前的无奈和趋从，这样的场景似乎正是对存在主义思想的诠释和说明。死亡的威胁、人与人之间的陌生感使尤凯的心中充满了绝望、恐惧、忧虑和

① 转引自石海峻：《20世纪印度文学史》，青岛出版社，1998年版，第163页。
② 王克千、樊莘森：《存在主义述评》，上海人民出版社，1981年版，第7页。

厌恶。甚至连塞尔玛也感到对生活和环境无从进行选择，她说："自由——谁能是自由的呢？难道我能够自由地不生病？或者，当我现在已经生病了，难道我能够自由地死去吗？我本来希望在最后的日子里没有人在我身旁，但是那是我可以选择的吗？"[①] 尤凯和塞尔玛的无奈，正说明了人生和世界充满荒诞。但是，塞尔玛的这种人无从选择自由的观点又恰恰是对存在主义哲学"自由选择"观点的一种否定。存在主义哲学的代表人物萨特从"存在先于本质"的原理出发，得出的结论是——"人是绝对自由的"，在1943年出版的《存在与虚无》中，他提出了绝对自由说。他还认为——"自由就是选择的自主权或否定选择的自由权。个人自由的作用就是在许多可能性中进行选择，创造自己的本质，决定自己未来的命运。"[②] 但是，阿格叶耶在《陌生人》中，通过塞尔玛传达出来的思想却是——人没有选择的自由。塞尔玛对尤凯说："你将自己理解为自由的，而这正是所有问题的根源所在。我们既不是孤立的，也不是自由的。我们不是孤立的，也不可能是孤立的，因此不是自由的；因此我们没有选择和决定的权力。……难道我能够选择自己喜欢的环境吗？难道你能够自由地让自己避免目睹死亡吗？所有这些对自由的想象都只是一种自负……"[③] 塞尔玛认为，人不是孤立存在于社会中的，因此不存在可以排斥他人存在的绝对的自由，而且人也不可能完全根据自己的主观意愿进行绝对自由的选择。这种思想正是对萨特存在主义关于"自由是排斥他人存在的自由"和"自由是选择的自由"观点的一

① 阿格叶耶：《陌生人》，印度知识书院出版社，1981年版，第34—35页。

② 魏金声主编：《现代西方人学思潮的震荡》，中国人民大学出版社，1996年版，第179页。

③ 阿格叶耶：《陌生人》，印度知识书院出版社，1981年版，第46页。

种鲜明的否定。

在这部作品中，塞尔玛和尤凯代表了两种不同的精神和思想。通常认为，塞尔玛对死亡的淡然和超脱，对一切事物的悲悯之情，对生活和宗教的坚定信仰是东方智慧的象征；而尤凯面对死亡的恐惧，她怀疑一切、缺乏信仰的人生态度以及对世界和对他人的冷漠及排斥是西方价值观与思想的体现。尤凯信奉绝对自由的观点，但是这却给她带来难以抑制的焦虑、烦恼、孤独和痛苦，正如塞尔玛所说，对绝对自由的追求只是人的一种自负而已，它是人痛苦的根源。而在塞尔玛的人生哲学中，虽然她认为人没有选择的自由，但她同时认为，即使对一切都无能为力，人仍然可以去认识这些无力改变的事实和状况，从而让人生摆脱虚无和消极。[①] 同时，阿格叶耶在这部作品中还流露出这样一种思想，即人性的光芒可以让人们抛却自负，从而使人与人之间消除陌生感。与存在主义的虚无主义思想相比，这是更加积极的人生观。塞尔玛正是受到了扬·艾凯洛夫无私、宽容的人格力量的感召，才形成了她后来的人生观，而尤凯最后选择在杰克纳顿这样一个“好人”面前自杀，似乎也是为了寻找一种感召人性的力量。阿格叶耶在这个问题上，秉承了他一贯的人道主义思想，体现了对人性和人类价值观的坚定信念，他试图通过这样的思想，为荒诞的人生和荒诞的世界寻找一条出路。在他看来，尽管人生充满不可选择的无奈和偶然，人与世界、人与人之间充满难以逾越的陌生感，但是他仍然相信，人性的力量可以使人生避免陷入虚无和消极，人性的力量也能够打破人和人之间的隔膜，使世界消除陌生感。

除此之外，这部作品的另一个主题是：在面对死亡的人生

① 阿格叶耶：《陌生人》，印度知识书院出版社，1981 年版，第 19 页。

态度中东西方思想和价值观念的碰撞。同样是面对死亡的挑战和威胁,塞尔玛的超然和平静与尤凯的焦虑和恐惧形成了鲜明的对比。许多评论家认为,这种心理和态度的差异正是源于印度(或者东方)及西方对死亡与时间的不同理解。在印度的宗教和哲学思想中,人生处于不断的轮回之中,生命是一种永不停息、永不间断的流动。时间在生与死不断轮回的过程中,不是从起点到终点呈直线发展,而是如同圆周运动一般无始无终、永不停止。因此,死亡即意味着重生,生命的结束也是生命的开始,死亡是一种人生的解脱和圆满,因而他们对死亡没有恐惧感。而在西方人的观念中,时间是呈线形发展的,是从起点到终点的一个有时限的过程,死亡是时间的终结,是生命的终结,因而他们对死亡有更深的恐惧感。

在这部作品中,塞尔玛和尤凯之间一直存在一种陌生感,这种陌生感直到塞尔玛死后也未能完全消除。在埋葬塞尔玛时,尤凯的心中曾经泛起一时的怜悯和哀伤,但是她很快克制住自己的情感,她仍然认为——"怜悯是错误的,它什么也拯救不了。如果憎恨是地狱的大门,那么怜悯也是地狱的大门。我对别人施以怜悯之后坠入的和我对别人抱以憎恨之后坠入的是同一个地狱。"[①] 当尤凯离开小屋的时候,她仍然带着对整个世界的陌生感——"哪里也没有选择的自由。我们不可能选择自己的朋友,同时也不可能选择自己的陌生人……我们连选择自己的陌生人的自由都没有……陌生人,莫名的恐惧……"[②] 在和塞尔玛共处了几个月,共同经历了死亡的考验之后,尤凯依然没有认同塞尔玛的思想和价值观。因此,她们自始至终都是一对陌生人。这实际上暗喻了互相矛盾的思想

---

① 阿格叶耶:《陌生人》,印度知识书院出版社,1981 年版,第 88 页。
② 同上书,第 90 页。

和观念在激烈碰撞之后依然不能融合在一起，表明了东西方思想和价值观念之间的差异与隔阂难以彻底消除。

《陌生人》被公认为是一部表达思想的小说，它既不重视对情节和故事的铺陈和渲染，也没有塑造和刻画鲜明的人物形象，甚至分析和描写人物心理的根本意图也不在于表现人物的性格和思想，所有的情节、人物和场景都是为了表达思想而设置的。阿格叶耶在这部作品中，不仅力求对自己以往的小说创作风格进行突破和创新，而且对通常意义的小说创作思想也进行了大胆的挑战。一般来说，小说创作追求情节和人物的真实感，无论是传统小说强调的现实真实，还是现代小说强调的心理真实。绝大多数作家都认同于作品的真实感在读者阅读和审美过程中的重要作用。但是在《陌生人》中，作家似乎完全沉醉于通过作品表达哲学思想，对作品的真实性似乎未加考虑。《陌生人》不仅情节淡化，而且并不强调事件和人物的真实感，故事情节和人物形象作为小说的构成要素，在这部作品中都退而成为背景，成为作家表达思想的媒介和工具。没有交代任何地域背景，被雪崩掩埋的小木屋，两个陌生的女人，这一切就如同一个为了阐述和表达思想而设置的舞台背景，只不过登台表演的不是人物，而是作家的思想。从情节的角度来说，这部作品的情节极度简单和淡化，而且缺乏必要的真实感。作家似乎刻意虚构了一个脱离现实社会和现实生活的封闭环境，将不同观念的主人公置于其中，让她们在与世隔绝的空间里进行思想和灵魂的碰撞，从而体现世界和人生的荒诞性。不仅是塞尔玛和尤凯共同生活的被雪崩掩埋的小屋，在塞尔玛对往事的回忆中，作家同样设置了一个由洪水造成的隔绝于世的环境和场景。只不过塞尔玛与扬·艾凯洛夫最终灵魂交融，而塞尔玛和尤凯隔膜依旧。在《陌生人》中，作家既不追求情节的完整性和清晰性，甚至连情节的真实性也经不起推敲。但是这一切并不是由于作家的疏漏，而是他刻意追求的效果。从人物塑造的角度来看，作为一部中篇小说，作品中的基本人物只有两个，次要人物只有三个，这在中长篇小说中是不多见的。关于作品的主人公尤凯和塞尔玛，除了她们的年龄，作品没有对其他信息做更多交代。在这部作品中，作家在对人物的刻画上吝笔惜墨，既不注重描写人物的外在特征，也没有挖掘人物内心更深层次的，能够表现人物个性特征的心理活动，对尤凯的心理刻画不是为了塑造或刻画个性鲜明的人物形象，而是为传达思想服务。因而在阅读完整部作品之后，读者很难感受到作品中存在任何性格鲜明、具有艺术感染力的人物形象，塞尔玛和尤凯更像是某种思想或人生观的代表，具有象征化和符号化的特点。在这部作品中，人物形象的真实感和感染力似乎并不重要。当情节和人物都被淡化之后，它们在作品中的最大作用就是为传达思想服务，而这似乎正是作家在这部作品中追求的目标。

《陌生人》与阿格叶耶的前两部长篇小说《谢克尔传》和《江心洲》相比，在思想内容、情节刻画和人物塑造方面都表现出极大的差异。有印度学者指出，阿格叶耶长篇小说的主题是表现爱与痛产生的创造力对人格的完善和解放。[①] 这一观点比较准确地概括了《谢克尔传》和《江心洲》这两部作品的内涵，但是对阿格叶耶的最后一部长篇小说《陌生人》来说，这一观点并不适用。在前两部作品中已经有所体现的情节淡化的创作特点，在这部作品中被发挥到极致。在《谢克尔传》和《江心洲》中，尽管作品对现实生活的展现比较有限，但是故事和

① 参见罗摩·科莫尔·罗易：《阿格叶耶——创作和斗争》，罗格帕尔第出版社，1978 年版，第 130 页。

人物仍然以现实生活为背景，尽管作品中的人物都共同呈现出一种沉浸于个人悲欢的性格特点，与现实生活的联系不够紧密，但是人物和事件仍然具有真实感，个人的心灵感受与他人以及周围的环境是有联系的。在《江心洲》中，尽管四个人物之间构成了一个相对封闭的关系圈，但是人物的情感和感受与他们相互之间错综复杂的情感关系是密切相关的。但是在《陌生人》中，现实环境完全失去了意义，在作品中完全看不到与现实社会有关的生活。两个主人公之间，正如作品的题目所暗示的那样，充满陌生感，不仅谈不上情感的沟通，甚至连思想的交流也极其有限，塞尔玛和尤凯完全沉浸于各自的思想之中。我们在前文中分析过，《谢克尔传》和《江心洲》中的人物形象有相似之处，但是在《陌生人》中的人物身上很难寻觅到前两部作品中人物形象的影子。通过《陌生人》这部作品，阿格叶耶实现了对自己以往创作风格的突破，并且在这部作品的创作中，阿格叶耶力求体现"非个性化"的创作思想，在作品中我们看不到作家个人生活和经历的影响。从这些方面来说，阿格叶耶似乎实现了自己的创作初衷。

但是一直以来，无论是从评论界的角度还是从读者的角度，比较一致的看法是——《陌生人》并没有超越阿格叶耶以往的小说创作。这部作品的主题线索模糊不清；情节的发展显得支离破碎，缺乏真实感；人物的思想发展缺乏逻辑性，人物情感和思想的变化缺乏有说服力的依据，因而作品中的人物形象显得怪诞而奇特，不具有应有的感染力。塞尔玛仅仅因为扬·艾凯洛夫要与她共享她高价卖给他的食品，就从一个极度冷漠自私的人脱胎换骨，颠覆了自己的人生观和价值观；尤凯向杰克纳顿进行挑衅，而后又认定他是一个"好人"，因此在他面前服毒自杀，实现她人生中唯一一次自由的选择等情节的设置和人物刻画都让人感到突兀和不真实。这不仅使作品晦涩难懂，读者在猜谜却又不得其解的过程中难免兴味索然，从而使作品的艺术性大打折扣，同时也使得作家试图通过作品传达的思想缺乏必要的逻辑性和说服力，因为这些情节的设置本来是为传达思想服务的。因此，无论作家在这部作品中体现了怎样超越自我的探索精神，但是艺术性和思想性的脱离没有使《陌生人》真正成为一部有突破性的、超越以往作品的成功作品。

尽管在艺术手法上阿格叶耶也做出了一些新的尝试和努力，比如采用了第三人称全知者视角和日记体的第一人称视角的结合；在语言方面，这部小说也更加口语化，与以前的作品相比，体现出更加自然、朴实的特点。但是总的说来，除了表现出娴熟的艺术技巧和自然化的语言风格以外，《陌生人》不算是一部十分成功的作品。它在阿格叶耶长篇小说创作中的最大作用和意义，体现在作家试图通过这部作品达到对原有创作风格的突破。因此，也有评论家对其予以一定程度的肯定，拉姆斯沃卢波·杰杜尔威迪说："这部作品在作家的个人创作中有着特殊的意义，因为这部作品尝试转变作家的艺术风格。"[1]

通过以上对阿格叶耶长篇小说的分析我们可以看到，与短篇小说相比，他的长篇小说在反映社会现实和社会生活方面表现出更大的局限性。从《谢克尔传》到《江心洲》再到《陌生人》，作品中的时代和社会背景变得越来越模糊，从对人与社会环境的斗争和冲突有所表现，发展为着重表现人的自我情感，在《陌生人》中，甚至连这种表现人的自我挣扎和情感心理

① 维谢纳特·普拉萨德·迪瓦里主编:《阿格叶耶》，国家出版社，1978 年版，第 158 页。

的变化都逐渐消失或淡化，人物和情节完全为传达哲学思想服务，更不要说表现广阔的社会生活和复杂的社会问题了。如果说在短篇小说中，还力图对普通人甚至是下层人民的情感和生活予以表现的话，那么他在长篇小说中表现的则基本是中产阶级知识分子阶层的生活和思想。阿格叶耶对自己长篇小说创作中的局限性也有比较清醒的认识，他认为，自己内向的性格和惯于独处的生活方式使自己不能通过作品表现更为广泛的社会生活，他说："从环境和个人内心世界的角度而言，我的生活更多是在孤独中度过的。在孤独中进行诗歌创作是可行的，但对于长篇小说来说，这种生活是远远不够的。或者可以这样说——对一个以这样生活方式生活的人来说，创作一种特殊风格的长篇小说才是可行的。"[①] 由此可见，随着创作实践的不断深入，阿格叶耶越来越感觉到自己在长篇小说创作方面有些力不从心。作家几乎每一部长篇小说的创作都相隔十年左右的时间，虽然一方面说明了作家在创作中的严谨态度，但是也反映出阿格叶耶不能像对诗歌创作一样比较自如地把握长篇小说的创作。尽管作家尽力突破自己的创作局限，追求长篇小说创作中的"特殊风格"，但是《陌生人》的创作证明这种努力并不十分成功。此外还应该看到，在三部长篇小说中，除了最后一部作品《陌生人》之外，其他两部作品都或多或少带有作家个人生活的影子。阿格叶耶说："归根结底，所有的小说文学都是以自传为基础的，即使不是对个人生活的刻画，也是个人生活的投影。"[②] 他越来越感觉到，在小说创作中很难体现"非个性化"创作思想，尽管他在《陌生人》的创作中力求对此局限有所突破，但是这部作品并未获得实质性的成功。应

① 阿格叶耶:《洁白的纸》，腊基巴尔父子出版社，1972 年版，第 101 页。
② 阿格叶耶:《谢克尔传》第一部前言，文艺女神出版社，1951 年版，第 8 页。

该说，造成阿格叶耶停止长篇小说创作的原因主要来自两个方面，一方面是受个性的影响，他在长篇小说的创作方面陷入了困境；另一方面的原因是：他个人创作思想的改变与他在小说创作领域的创作实践产生了矛盾。因此，阿格叶耶在20世纪50年代末停止了短篇小说的创作，在20世纪60年代初也停止了长篇小说的创作，他的小说创作就此画上了句号。

但是我们应当看到，虽然阿格叶耶长篇小说的数量并不多，而且在内容和思想方面表现出一定的局限性，但是更为重要的是，他的长篇小说创作在题材、内容和艺术手法等方面都进行了大胆的尝试和创新，推动了印地语长篇小说创作向现代主义的方向发展。所以，不论对他的作品有多少争议，印度文学评论界比较一致地认为，阿格叶耶是普列姆昌德之后印地语长篇小说的重要作家之一。其中，戈巴尔·罗易的观点比较具有代表性，他说："阿格叶耶是继普列姆昌德之后为印地语长篇小说创作指引了一个新的方向的另一位重要作家（注：另一位作家指介南德尔·古马尔）。"[①] "在印地语文学中，作为一个长篇小说作家，阿格叶耶的名字是不朽的。"[②]

① 戈巴尔·罗易：《阿格叶耶和他的长篇小说》，印度迈克米兰有限公司，1975年版，第189页。

② 同上书，第58页。

结语

阿格叶耶的文学创作涉及小说、诗歌和散文等多个领域，小说创作只是其文学创作的一个方面，而且并没有贯穿于阿格叶耶整个文学创作过程的始终。阿格叶耶从事小说创作的时间是从20世纪30年代初到20世纪60年代初，持续了30年左右的时间。之后，他主要作为一个诗人继续在印地语文学领域不懈耕耘，直到1987年因病辞世。停止了在小说领域的创作之后，阿格叶耶作为一个文学家的创作生涯仍然持续了将近30年的时间。由此可以看出，小说创作不仅只能代表其创作活动的一个方面，而且只能反映其文学创作生涯前半期的主要成就和思想。在我们通过文学作品对一个作家的创作思想以及人生观和价值观进行研究的时候，应当看到，小说创作并不能够反映阿格叶耶个人思想发展的整个过程和所有方面。在小说创作中，阿格叶耶的思想也经历了一些变化和发展。在早期创作中，尤其是在1930—1934年期间，阿格叶耶创作的短篇小说充分说明了作家当时的政治信仰。作为一名暴力革命的支持者，他将个人的生活经历融入文学创作之中，通过文学作品表达自己的革命信仰。但是，监狱生活悄悄地改变了他的暴力革命思想，阿格叶耶逐渐对恐怖主义、地下组织以及暴力革命的作用产生了怀疑。虽然受到了马克思主义和左翼思想的影响,但是阿格叶耶并不是一个坚定的马克思主义者。随着时间的发展,阿格叶耶的人道主义思想在文学创作中表现得越来越突出。根据自己军旅生活和体验创作的带有反战思想的短篇小说,充分反映出阿格叶耶已经从一个信仰暴力革命的激进青年变成了一个坚定的和平主义者。以印巴分治为题材的短篇小说不仅反映了作家的人道主义思想,还反映了他平等的宗教观和社会观,对狭隘的教派主义和民族主义,他都持坚决的否定态度。此外,通过《谢克尔传》和《江心洲》等作品,可以看出阿格叶耶思想中一些受西方思想影响的价值观,比如崇尚自由、反对束缚、强调个人的价值和个人奋斗、追求自我实现等。

从小说创作的特点来看,在题材和内容的丰富性方面,阿格叶耶的短篇小说超过了长篇小说,短篇小说在表现社会生活方面涉及的范围也更加广泛。但是一般说来,阿格叶耶的长篇小说引起的关注和反响更多,对印地语文学产生的作用和影响更大,在艺术探索和创新方面的成就也更为突出。从小说创作的整体发展过程来看,随着时间的推移,阿格叶耶的艺术风格日趋成熟,但是他在小说创作上投入的精力和取得的成果越来越有限。这一方面反映了阿格叶耶创作重心的调整和改变;另一方面也说明,他在小说创作领域逐渐陷入困境,在突破和创新、创作思想和创作实践方面面临着无法解决的矛盾和问题,这些因素最终促使阿格叶耶放弃了小说创作。

此外,通过对阿格叶耶的短篇小说创作和长篇小说创作在主题、思想和艺术特色等方面的分析,我们不难发现,尽管他的短篇小说创作和长篇小说创作有各自不同的特点,但是阿格叶耶的小说创作就整体而言仍然呈现了许多共性的特征,这些共性的特点反映了阿格叶耶作为一个小说家在印地语文学中的地位和成就。

首先，阿格叶耶的小说创作中最重要的特点是他对人类心灵世界的关注，刻画和表现人类的心灵感受和内心情感成为他小说创作的中心和主题。他的短篇小说尽管也刻画和展现了较为广泛的社会生活和社会问题以及一些重大的历史和政治事件，但是阿格叶耶更加侧重于从“内向性”的审美视角出发，揭示和挖掘在这些事件和社会背景下，人的内心情感和心灵状态。在他的长篇小说中，表现人物内心世界的特点体现得更为突出，与此同时，长篇小说在反映社会现实方面有一定的局限性。关注和表现人的心灵与20世纪世界文学的发展趋势和潮流是一致的。虽然阿格叶耶的小说创作与以普列姆昌德为代表的现实主义作家的作品相比，在表现印度社会现状和普通民众的生活方面存在一定的局限性，但是他的这种创作倾向与当时的社会生活和文学思想的发展有着密切的联系，它在一定程度上满足了读者在新的历史时期和新的社会环境下的审美需求。

其次，这种创作倾向还体现了作家的人道主义思想和带有人文关怀性质的创作思想。阿格叶耶的小说体现了他对人类心灵世界的关注和理解，体现了他对社会弱势群体的关心和同情，体现了他平等的社会等级观念和进步的女性观，体现了他富于乐观主义精神和理想主义精神的生活观和价值观，也体现了一个作家应有的社会责任感和正义感。他谴责战争，谴责国家的分裂，批判黑暗的社会现实，同情并且理解女性痛苦和压抑的精神世界。他歌颂人性之美，强调人类社会价值观的重要性，主张真诚和美好的爱情以及无私无我的献身精神。这些都是阿格叶耶人道主义思想的体现。

最后，应该指出的是，阿格叶耶在小说的主题、内容、艺术手法、语言风格等方面进行了许多大胆的探索和实验，丰富了印地语小说的表现形式和艺术风格。作为一位处于传统和现代交叉点上的作家，阿格叶耶具有非常可贵的创新精神。他突破了印地语传统小说的创作模式，改变了读者对小说的阅读习惯和思维定式，他的小说在主题内容和艺术手法等方面都给人以耳目一新的感觉。尤其是他的长篇小说《谢克尔传》，一直被认为是一部在印地语小说发展史上具有转折意义的作品。

这些创作特点使得阿格叶耶成为印地语文学中现代主义的开拓者和代表性作家，他的小说创作在印地语小说从传统向现代发展的过程中起了重要的推动作用，对印地语文学的发展产生了一定的影响。同介南德尔·古马尔一样，阿格叶耶也被公认为是印地语文学中具有现代意义的开拓性作家，是普列姆昌德之后最重要、最具影响力的印地语小说家。

附录

监狱长阿米金德

我可以透露故事发生在哪个监狱，可麻烦的是，这样一来，要么就得把监狱长的名字也一同公布于众，要么你们自己也能打听出他到底是谁。可因为一篇小说而让一个人感到痛苦，我觉得于心不忍，尽管故事本身真实无欺。所以我只能告诉你们，故事发生在1934年，当时全国的监狱里第二次出现了人满为患的“盛况”。犯人们被划分为ABC三个等级，戴上了代表不同党派的徽标，可仍有很多心怀不满的反英运动者加入了“政治”性的兄弟会，在狱中抱团过活。

如果非得说的话，那就姑且说这是发生在赫扎拉监狱的事吧。因为赫扎拉监狱也许是旁遮普最大的监狱，谎言未必是隐藏真相的上佳选择，用“大”来掩藏真相似乎是个更好的办法。我是赫扎拉监狱的一个新来的嫩雏儿，来这儿之前，我被划为B级囚犯，一直在拉合尔的监狱里过着空虚而舒适的日子。可是我实在厌倦了这种无聊的生活，故意找碴儿打架，于是降为C级囚犯，被遣送到哈利普尔的赫扎拉监狱。我琢磨着，去就去吧，虽然舒服日子没了，可是也就不那么无聊了，生活也会有些变化。像赫扎拉这样的大监狱一定丰富多彩，虽然一定会比以前多一些漆黑的乌暗，可是也会有七彩斑斓的明媚和绚烂。在这样的监狱里，我肯定不会觉得失望。尽管我期待的是五颜六色，但是我相信也一定有暗无天日的时候，因为我对赫扎拉监狱的新任监狱长早有耳闻。其人一等一的心黑手辣，并且因此名声在外。因为对阿德格监狱那些破坏戒严令的惯犯施以酷刑，他的名字传遍了旁遮普的所有监狱，正因如此，监狱长阿米金德成为人们口中的“阿德格的那个家伙”，尽管他早凭上述战绩从监狱长被提拔为副狱监，并且获得了“罗易萨赫布”的称号。[①] 据说，他很快就将获得大英帝国的勋章。得益于监狱长先生的赫赫威名，阿德格监狱的恐怖名声传遍了全省。如果有人被送往阿德格监狱，这个人一定清楚地知道，尽管不是被流放到有“黑水”之称的安达曼群岛[②]，但自己去的地方也同“黑水”一般无二。如果听说有谁被送到了阿德格监狱，人们都知道，这个人要么是那种不服管教、十分危险的政治犯，政府送他去阿德格监狱就是想煞煞他的威风；要么就是那种劣迹斑斑、屡教不改的家伙，别的监狱用尽各种惩罚手段也奈何不了他，这种人也就是监狱里常说的“老大”。有关阿德格监狱专门关押“老大”的狱区的种种可怕传闻，在旁遮普的各个监狱里不胫而走。正因如此，监狱长阿米金德的可怕威名又响亮了几分。

阿米金德监狱长还有一个很知名的特点，就是他那张令人望而生畏的面孔。普通犯人看见他的脸就会吓得瑟瑟发抖，他要是瞅谁一眼，那个人就会吓得魂飞魄散。

其实阿米金德外表很普通，中等身材，但走起路来却趾高气扬。身材有些臃肿，但步态中却透着一种精干和敏捷，所以每当他检阅犯人队列的时候，犯人们似乎总要有意无意地往

---

① “罗易萨赫布”意为“王公先生”，是英国殖民统治时期殖民政府授予某些印度人的荣誉称号。

② 安达曼群岛附近海域的海水呈现黑色，因而被称为“黑水”（Kalapani）。英国殖民统治期间，安达曼群岛是流放被判终身监禁的囚犯的地方。

后退上半步。

阿米金德是科德利种姓[①],不过他把自己浓密的胡须修得弯弯上翘,连种姓高贵的地主老爷也被震慑得忘了自己的身份。他在胡须上抹上蜡,然后把胡须摆弄得又尖又直,就如同一个技艺高超的工匠把一束铁丝分股磨出细尖来。最为出名的是,如果胡须尖不能直接扎透一个柠檬的话,那监狱长是决不会罢休的。这就好比刽子手每天都要把人放到绞刑架上去比划比划,目的是看绞架是否已经固定好了。大伙儿常说:"阿米金德监狱长!那可是个地地道道的刽子手。你没看到他的胡须吗?"

我要讲的故事并不复杂。我被送到哈利普尔时,阿米金德监狱长刚刚上任不久。当时赫扎拉监狱里关着很多阿卡利党[②]的犯人,长期以来,他们一直在和监狱的狱卒们作对。所有人都知道,之所以把阿德格的刽子手派到这里来,就是为了教训这些人的。这些阿卡利党的犯人也立刻接受了挑战。在监狱里,这本来就是打发无聊日子的办法,更何况阿卡利党人岂是浪得虚名!

事情的起因很不起眼。大家坐在一起吃早饭的时候,一个阿卡利党的犯人在豆子汤里发现了沙粒。豆子汤里有没挑干净的沙粒本来就是再寻常不过的事情了,更何况是监狱里的豆子汤。但这一次是为了挑事儿,所以需要个闹事的由头。阿卡利党的犯人开始绝食,声称除非阿米金德监狱长亲自来检查饭菜有多糟糕,否则他们不会吃饭。纷争一旦挑起,谁还

---

① 刹帝利种姓的一个副种姓,多从事商业。

② 阿卡利党是印度独立前旁遮普地区的一个地方性政党,成立于1920年。最初是管理锡克教庙宇的宗教组织,后来参加并领导了锡克人的反英斗争。印度独立后,该党成为旁遮普邦代表锡克教徒利益的政党。

会关心所提的要求合不合情理？普通人吵闹起来尚且会有些不理智，更何况是勇武的锡克人！他们列了一份长长的清单，列数他们的种种投诉和要求，并且表示，如果要求得不到满足，他们便不会遵守监狱的纪律。他们总共列出了大大小小20多项要求，包括：每个阿卡利党的犯人每天要有半赛尔[①]牛奶喝；他们的监室晚上不能上锁；不能让他们做苦役；给他们吃肉，而不是豆子汤。

而监狱长也急不可耐地想显显自己的手腕。他托人传话说，犯人毕竟是犯人，如果有任何诉求，可以在狱长定期巡视时提出来，要挟是没用的。对不遵守狱规的人一定会采取严厉手段。

事态升级了！阿卡利党人一个接一个地受到了惩罚。这件事渐渐传到了监狱外面。阿米金德这个阿德格监狱的刽子手在赫扎拉监狱和阿卡利党人干起来了！——这件事几乎传遍了全省。如果事情进一步闹大，那么人们或许不会再提什么阿米金德，而会直接称他为“赫扎拉的那个家伙”。阿米金德监狱长很是得意，走起路来小身板挺得更直了，就连他的裤缝看起来也像刀刃一样锋利，胡须修得别说柠檬了，即便是水晶球也能一下刺穿。

消息愈传愈远，随之带来了一个狱长没有料到的后果。因为他的威名传遍全省，所以连总警督也知道了此事。由此引发了一个不利的局面——时间已经过去了一个月，可阿米金德狱长依然没能平息犯人的抗议行动。这样看起来，要么是他工作不力；要么就是事态已经升级，现在已经不是简单的罢餐抗议，而是变成暴乱了。总警督决定亲自去视察一下，监狱也收

① 印度的重量单位，约等于一公斤。

到了通知。

我们这些犯人当时并不知情，但之所以要瞒着我们，也是有特殊原因的。狱长先生认为，总警督的视察既是一个麻烦，也是一个难得的机遇。如果总警督视察时，能让他看到自己平息了暴乱，那么自己得到的成功将会加倍翻番，还能直接当着总警督的面好好展现一下自己的威风——毕竟眼见为实，写在报告里的哪有亲眼所见那么震撼。不过暴乱真的能被镇压下去吗？当然不能！他使出了各种强硬手段，但对阿卡利党犯人丝毫不起作用。就像拿鞭子抽打皮糙肉厚的犀牛一样，别说打几百下，就算打上几千下，又能奈它如何！

监狱突然通知说，第二天早晨要列队集合，副狱监将亲自莅临阿卡利党犯人住的监室。阿卡利党的犯人们做好了准备，也许狱长又要用什么新花样来折磨他们了。

但是副狱监巡视犯人队列时却说："你们还没闹够吗？这样做有什么好处？监狱毕竟是监狱，在这里必须要遵守纪律。干吗要找不自在？"他的目光在犯人的队列里扫来扫去，忽然停在了某个地方。

在他目光停驻之处，有人回答说："反正这样也是遭罪，那样也是遭罪，干吗不挺直腰杆做人呢？"

副狱监先生眯了眯眼睛强压怒火，不过说话时依旧不动声色，"好吧，随你怎么说吧。你们已经充分证明了你们是阿卡利党人，而我也依然是那个阿德格的阿米金德监狱长。现在咱们聊聊实际点的话题吧，你们到底想要什么？"

两三个犯人回答说："我们有什么要求您很清楚，满足我们提出的所有条件，就这么简单。"

"你们开出的那些条件就连真主也做不到。你们大家好好考虑一下，拿个主意出来，然后推举五个人作为代表到办公室来找我。我考虑一下你们的要求,然后再做决定。”

副狱监转身离开了。队列解散后,阿米金德漆黑油亮、高高翘起的胡须就像针一样不断刺痛阿卡利党犯人的心。不过他们还是认真推举出五个人,把和阿米金德交涉的任务交给了他们。

俗语说得好:“一个锡克人,能顶两万五。”如果五个锡克人提出的建议不是一两条,而是二十五条,有什么可奇怪的!他们五个人争论了很久,有些人认为,既然监狱长直入主题、不兜圈子,那咱们找他谈判时,就应该在原有要求的基础上再加上新的要求。有人认为,不能这样做,既然监狱长想谈判,那咱们也应该做一些让步。还有几个人提出的建议介于上述两种意见之间。除此之外,另一个问题是:如果要让步,那么让步的前提条件是什么?五个人对这个问题也有不小的分歧。

最后,有一个年长的锡克人说:“兄弟们,如果你们肯听听我的建议,那我倒有一个主意。”

大家说:“什么主意?”

“咱们撤回之前所提的所有要求,然后告诉监狱长说:‘算了,我们原谅你了。对来讲和的人不应该像斤斤计较的商人一样讨价还价。’”

所有人都惊讶地望着这位白发苍苍的长者。难道一个月来的不懈斗争就这样白白付之东流吗?之前遭受过的种种惩罚和屈辱,此时在他们眼前一一闪过。有一个人禁不住说道:“真没想到您会说出这样的话来。”

老人平静地说:“我们只提一个条件。”

“什么条件?”

“我们不会再给监狱长添堵,不过他也别在我们面前再耍威风。只要他当着我们的面把高高翘起的胡须拉下来一次,我们就服从他的一切狱规和条例。”

他的话是大家完全没有想到的，大家沉默了片刻。有个人说：“我觉得这样做不合适，我们不应该半途而废。监狱长算什么东西，如果明天他突然翻脸不认账了，那咱们岂不是又要把遭过的罪重新再来一遍。”

老人说：“只有他答应了咱们的条件，咱们才会兑现承诺。如果他今天答应了，明天又不认账了，那咱们就接着罢餐抗议。”

“可是，中途放弃斗争可不是咱们锡克人的做派啊。”

“可是，对投降求饶的敌人斩尽杀绝也不是正义之举啊。我是说，我们不妨姑且一试。”

最终大家接受了他的这个建议。不过，第二天去见监狱长的并不是五人代表，而是那位年长的锡克人。他独自一人来到狱长的办公室说：“副狱监先生，您既然希望讲和，我们也愿意接受。我们撤回之前所提的全部要求。”

副狱监有些吃惊，不过他暗暗掩饰着内心的惊喜说：“是吗？是应该这么做。努着劲儿办不到的事，有时候低调一点儿反而能办到。你们不了解我，我可是有‘罗易萨赫布’头衔的阿米金德监狱长。我可不在乎什么法不法律，只要我愿意，一罐罐的黄油就会直接送到你们的监室里去，甚至可以给你们修造一个种满檀香树的花园——嗯，檀香花园！”

“我们只有一点要求，就是您能当着我们的面把胡须拉下来一次。”

“什么？”监狱长皱起了眉头。不过，或许是因为总警督的视察迫在眉睫，他马上压制住心中的不快说：“你现在可以走了，我会考虑你所提的要求的。”

第二天一早，天才将破晓，值班的守卫把监室的锁头晃得叮当乱响，然后朝里面看了看，高喊“一切正常”后刚刚离开，此时还没到各个监区的监室开门的时间。可就在这时，阿米金德监狱长忽然出现在关押着阿卡利党犯人的监区门口。四周一片沉寂，监狱长身边也没有任何下属陪同，甚至连掌管监室钥匙的看守长也不见踪影。监狱长刚在监区门口站定，阿卡利党犯人推举的五人代表便隔着大门出现在监狱长面前。

监狱长说：“我考虑了一下你们提出的要求。咱们大家终归是要生活在一起的——你们不能逃离监狱，我也不会辞职离开。既然如此，固执己见又有什么好处？咱们彼此间总会有个你来我往、此消彼长，谁也不会因为这个低人一等。有的时候，我对你们施以威压，你们服个软；有的时候你们使上了蛮力，我也顺势避避锋芒；有的时候，我处罚你们；有的时候，我也会在你们面前把自己的胡须拉下来。”阿米金德一边说着一边抬起手，用大拇指和食指揪住胡须尖，贴着面颊揉捏了一下，把原本高高翘起的胡须尖向下掰了掰。拧着劲儿、弯弯上翘的胡须哪能轻易抚平？可因为胡须上面涂了蜡，所以左右两撇胡须此时看起来像两只黑色的小蜂鸟，正低着脑袋啄食捕获的虫子。狱长说：“看见了吧？胡须里面什么也没有！好吧，那我们就算是和解了。我马上就派守卫来开监区的大门。”

监狱长边说边往外走，快走到院子的大门边上时，他把胡须向上拧了拧，让它恢复了高高翘起的原状。一丝得意的笑容挂在他的嘴角上，两撇胡须翘得更高了。监狱长在心中禁不住赞许地拍了拍自己的肩膀，暗自夸赞自己——谈笑之间就搞定摆平了一切麻烦，做得干净利落！既满足了锡克犯人提出的要求，又没有坏了任何规矩。三天后，总警督看到的将会是一个安定祥和的监狱。正是凭借“罗易萨赫布”阿米金德的赫赫威名，一切才能够按部就班、井井有条。犯人列队接受巡视时，阿卡利党的犯人也将和别的犯人一样,老老实实地列队成行。总警督走过他们面前时,他会告诉总警督,这些人掀起的风波已经平息了,现在所有人都不敢不遵守狱规。那一刻才算是酣畅淋漓的大胜大捷!

而此刻在阿卡利党人的监区,几个犯人正盯着那个锡克老者,目光中充满了疑问——难道这样就结束了?胜利的喜悦何在?谈判成功后的和平何在?阿米金德监狱长把他们戏弄了一番后,就这样扬长而去了……

故事到这里就已经结束了。不过事情还有后续的发展。监狱长还没走到监狱的大门口,监狱长在阿卡利党犯人面前拉下了自己胡须的消息便已不胫而走,传到了远处关押着我们这些政治犯的监区。还没到监室开门的时间,整座监狱6500名犯人全都知道了这个消息——"阿德格的那个家伙"阿米金德当着阿卡利党犯人的面拉下了自己的胡须。第二天正式宣布了总警督即将前来视察的消息,并且提前进行了队列演练。阿米金德监狱长巡视队列时,有一名犯人抬起手,拇指和食指从鼻翼两侧轻轻拂至嘴角,似乎是在拭汗,可是他的这一动作却使列队中的犯人全都忍俊不禁,咧开了嘴角。

阿米金德监狱长忽然一怔,厉声问道:"怎么回事?"这语调足以让阿德格监狱的"老大"们闻风丧胆。没人答话,只是前排另一行队列里又有一个犯人做了一个相同的动作。这一次引发的哄笑声更明显了。

监狱长先生板着脸匆忙结束了巡视,转身离开。

第三天总警督来赫扎拉监狱视察,当他从犯人笔直的队列前走过时,不少犯人一起做出了在鼻翼两侧拭汗的动作,许多犯人的脸上一起绽放出明晃晃的笑容。

总警督问道:"阿米金德先生,这是怎么回事?在您的监狱里，纪律太松懈了。”

“罗易萨赫布”低声答道：“大人，这件事咱们到办公室再谈吧，有些机密之事要向您汇报。”阿米金德说到这里就停住了嘴。

总警督说：“好吧。”说完这句话后，似乎考虑到应该对“罗易萨赫布”的狱规表示支持，接着又补充了一句：“当然！这件事是得到办公室谈。”

总警督走后一周，阿米金德监狱长接到了调令，调职的原因是赫扎拉监狱的纪律过于松懈。阿米金德被调往木尔坦监狱，可当他到那里赴任时，木尔坦监狱的犯人早就听说了传闻——“罗易萨赫布”阿米金德再也不是“阿德格的那个家伙”了。所有犯人都翘首盼望着那个在赫扎拉监狱的犯人面前拉下自己胡须的监狱长上任。阿米金德很快又被调离木尔坦监狱。可不管他被调往哪个监狱，这件趣闻轶事总先于他而来，手下的犯人根本不把他的纪律当一回事。最后，阿米金德被降了职，从副狱监降为监狱长，调到一个县级小监狱任主管。但是，在整个旁遮普省，没有一所监狱不知道这个关于胡须的故事。后来，监狱长先生只能无可奈何地打报告要求退休，最终以监狱长职衔退休回家养老去了。

我被释放出狱时，阿米金德已经离职了，没人知道他去了哪里，是否躲在某个能让他隐姓埋名的穷乡僻壤。别说给犯人们修造檀香园了，他自己头上有没有一片能遮阳的树荫也未可知。狱中的那些“老大”们很快甚至连他的名字都忘记了。不过直到现在，随便问一个新来的犯人，他都会点头说，是的，他听说过那个在犯人面前拉下胡须的监狱长的故事。

乔杜里上校归乡记

如果谁的腿摔断了，一般而言，是不会得到恭喜和祝贺的。但是，当乔杜里上校在医院里苦熬了6周，终于能拄着拐一瘸一瘸地走出病房，在医院外面告诉前来问候的军官们，除了4周的“战时休假”，他还一并得到了为时一周的“照顾性休假”[①]，然后会以其他名目继续休假，再之后就可以退役了时，所有听到这个消息的人无不妒海翻涌，羡慕万分。尽管莫科克琼格[②]是师团指挥部所在地，但它所在的区域位于纳加山[③]原始森林的腹地，蚂蟥、沼泽、蚊虫、漏雨的屋顶、泥泞的地面，喝的是煮沸后依旧臭气熏天的水，吃的是泡在水里才能恢复一些水分的干瘪的洋葱和土豆，所有这一切无法唤醒人类本能的良知，无法让人们豁达地看待他人的幸福与痛苦。

我本人并不住在默科克琼格，而是驻扎在离这儿30英里的默里亚尼[④]，那里的铁路可以为军营运送补给。默科克琼格的物资和装备全部依靠默里亚尼，因此我时不时来默科克琼格一趟，在这里逗留一天，了解一下这里的情况。过了那加伽

---

① 又叫“恩假”，一般指因家人生病或去世而特批的休假。

② 莫科克琼格(Mokokchung)，位于印度东北部的那加兰邦。

③ 纳加山位于缅甸西北部和印度东部之间接壤的边境，属于喜马拉雅山脉的一部分，最高点海拔高度3827米。

④ 位于印度东北部的阿萨姆邦。

里[1]的十字路口，再往前的道路路况很差，汽车经常陷在淤泥里。不过，生活在这里的那加人乐观开朗、乐于助人，因为他们，路上的这点麻烦事儿也就不算什么了。

我要返回默里亚尼，乔杜里上校也和我一起走。他要从默里亚尼乘火车途经古瓦哈提前往加尔各答，再从加尔各答一路向西回自己家。

我一边开着车一边问他："上校先生，马上就要回家了，感受如何？"我担心自己的问题会令他不快，"这次……意外受伤肯定会给您的回乡之旅蒙上一层阴影，不过家毕竟还是家。"

住在医院的6个星期会给人的内心带来怎样的巨变，这一点我是在乔杜里上校思忖了片刻开口作答时才忽然意识到的。"是啊，家终归还是家。但一旦离开家，还能否再回到这个家，谁敢打包票呢？"

我用犀利的目光扫了他一眼。不知是怎样难言的痛苦正狠狠啃噬着他？对"家"的回忆不知给他带来了怎样的伤痛，将他的思绪扰得纷乱不宁？不过，我并未答话，我期待他能继续说下去。

我们俩沉默了许久，车子沿着那加伽里的公路一路颠簸向前。

过了一会儿，乔杜里上校才又缓缓开口说道："你看是这样的，上尉，那些来参军的人，不知道都是出于什么想法，抱着什么希望来的。不排除有个别倒霉蛋根本不是抱着希望而来，而是因为灰心丧气才来参军的，他们对战后回家根本不抱任何希望。不过那些想回家的人——几乎人人都想回家——他们心里想的却和我不一样。"

① 位于印度东北部的阿萨姆邦。

他的语气深深刺痛了我。我安慰他说:“并非如此,乔杜里上校。您不该这么沮丧消沉。”

“上尉,请允许我把话说完。”

我没再继续说下去。

“我的大腿和胯骨受了伤,不能再在军队服役,而且我将终生残疾,只能一瘸一拐地走路,这些情况你可能在医院里已经听说了。不过我依然能够胜任平常生活中的很多普通工作,所以没什么可怕的,对吗?可是——”乔杜里上校说到这儿停住了,我意识到,接下来的话令他有些难以启齿,“可是我身上还有些伤,是无法……无法治愈的。”

我默默听着他说。

“参军入伍的前一年我刚刚成了亲。到现在,我们已经结婚3年了。我们俩几乎没在一起生活过——条件不允许。我们俩也没有孩子。”

又是一阵沉默。他是不是在等待我的回应?不过,如果他想倾诉的是藏在心中的痛苦,那么沉默反而对他是一种帮助,一种鼓励。

“我一直以为,夫妻之间最开始不会——那么——甜蜜。人们说,男女最初就该和睦相处,要心心相印。”

我斜睨了他一样。直视的目光往往会使敞开的心灵之门砰地关上,我应该让他继续讲下去。

但对他所说的话,我完全没有任何思想准备,如果他的话语中没有流露出那么深的痛苦,我也不会理解那些字眼的完整含义。

“我们俩没有孩子。而如果今后连一个孩子也没有的话,怎么可能和睦相处?夫妻和睦——那也得有个孩子才能办得到啊!如果连个后代都没有……上尉,这个什么‘照顾性休假’真是在开玩笑。除了老天，还有谁能同情和照顾别人？除了死以外，哪里有什么同情和照顾？而现在却要从终点启程！家！”他顿了顿，“回家！家！”

我沉默不语，一句话也说不出来。过了一会儿，我诧异地发现车速自己放缓了，挂上3挡后，车子竟然剧烈地晃动起来。我小心地换了一个挡位，加快了车速，专心开起车来。不，不是真的专心，而是做出专心的样子。

这时，乔杜里上校用力摇晃了一下脑袋，好像要把连串的思绪彻底打乱，他直了直身体，调整了一下坐姿，过了一会儿说：“上尉，真抱歉，我可能口不择言了。我没料到你会问我那个问题。”

我支支吾吾地说：“上校，我实在不知该说些什么。”

“上尉，你还能说些什么？有些话是无法用语言表达的，甚至是我们想象不出来的。难道我真的知道，回到家以后我会做何感想？不说它了！你还记得吗？去年我在宪兵队待了几个月。”

我知道上校想换个话题，因此很有兴致地说：“是啊，是啊。那应该是一种很独特的体验吧。”

“是啊。刚才我突然想起那时候的一件事情。当时我在宪兵司令的办公室工作。师团里的几个英国连队刚从缅甸战场回来，在当地休整，同时等待新的装备。”

“是的，我想起来了。那些家伙在那儿胡闹过几次。”

“是很多次。一天夜里，我开着吉普巡逻。你是知道的，从欢乐谷军营到西冷镇的道路曲曲弯弯、忽高忽低，道路两旁的松树浓荫蔽日。我刚刚拐过一个弯，忽然感到有个东西蹦跃着穿过马路，跑到另一侧的路边躲了起来。这一带常有狼和狐狸出没，可它们蹦跳的步态没有这么笨拙。因此我把车停了下来,在路边的灌木丛中仔细寻找,结果发现了一个试图躲藏的白人士兵。他既然想要躲藏起来,一定是触犯了军纪。想到这些,我厉声呵斥他,并且记下了他的姓名、编号以及所在部队的番号。深夜外出却没有通行证,逼问之下他才交代,他要去离这里一英里远的山下的南汀马小镇。我没再继续追问下去,你肯定也猜得到答案会是什么。一旦问了,则必须严厉地惩罚他。但是只要没有当众闹出重大丑闻,上级军官才不愿这么做。”

“是啊,我听说大家对这种事情都尽可能装作没有看见。而且即使在妓院被抓了现行,也不会按照真实罪名处理这个人,而是给他安上个军容不整或者蔑视上级的罪名。”

“你听说的传闻是真的。如果按照所犯的真实罪行处理,则首先要把这个人移交军事法庭,而这样会使部队名誉受损。可这么做却对军人们产生了负面的影响——他们一门心思恨不得每时每刻都往那里去。唉!那天我把那个人臭骂了一顿,然后放了他。可两天后,却又在一个特殊的环境下见到了他。”

“怎么回事?”

“那天我出去得很晚。当时可能已经是半夜了,我在巡逻点附近听到叫喊声。我停下车,关上车灯,拿着手电朝发出声音的涵洞走去。我的判断没错,一个山里女人气哼哼地站在涵洞下面,不远处还有一个衣着不整的白人士兵,他手里拿着军装夹克,帽子和子弹袋扔在地上。我跳下涵洞,呵斥他道:‘这是怎么回事?’说话时我才顾得上仔细打量那个白人士兵。我认出他就是我前天遇见的那个人,而且这一次喝得酩酊大醉。我更加严厉地斥问他:‘你也不感到害臊!你这是在干什么?’

“他说:‘这是我的女人。’

“我说:‘别满口胡吣了!’我让那个女人离开,可她却站着不动。我问她:‘你干吗不走?’她这才有些胆怯地说:‘把我的钱给我。'”

“她也真不害臊！”

“是啊，这件事有些奇怪。我把他们俩大骂了一通，通过他们俩你一言我一语零零碎碎的交代，我才了解了事情的经过——两三个小时之前，白人士兵去找过那个女人，之后又去了前面的村子。在回来的路上，他又遇见了那个女人，于是抓着她不放。他们俩之所以发生争吵，是因为白人士兵说已经付过了当晚的嫖资，可女人却声称之前的账还没结，现在他还欠着她的钱。我吓唬了她一通赶她走，开始她还破口大骂，可后来发现白人士兵被我拷了起来，这才嘟嘟囔囔地走了。”

“那个白人士兵后来怎么样了？他不是应该受到严惩吗？”

乔杜里上校沉默了一会儿，然后说道：“不，上尉，他没有受到任何惩罚。我也不知道自己是不是做错了。我把他带到了吉普车上，可一个小时后我就把他放了。”

我禁不住插话说：“啊？为什么？”可转念一想，自己的问话好像有些不礼貌，于是说道：“可能是有什么特殊原因吧。”

“原因？嗯，原因……或许有吧，这要看对原因是怎么定义的了。我就来说说我是怎么放了他的吧。”

我急切地等待着他的讲述。上校说：“我把他带到了吉普车上，用手电绕着他的脸上下照了照，他这才觉得有些害怕，想要躲闪。我冲他大声吼道：'你难道不为自己玷污了军队和英国的名誉感到害臊吗？前天我已经抓了你一回，后来饶过了你。'虽然他喝得醉醺醺的，但我的疾言厉色还是起了点作用，他稍稍清醒了一点，说道：'长官，我并不想做什么坏事。'我呵斥他说：'在路上抓住一个女人不放，却说自己不想做坏事？'他躲避着我的目光，无言以对，然后又辩解似地说：'长官，她不是个好女人。她靠这个赚钱,这3天我天天去找她。'我想,简直无耻之极!虽然他的所作所为与动物无异,可是刚才这番话说明这个英国兵身上倒还有些动物才有的坦诚。我对他说:'那你是把自己当作一个不错的好人了吧?难道你是从天堂下凡的天使?!'他回答说:'不是这样的,长官,只不过……只不过……'

"我说:'只不过什么?你给自己和部队的脸上抹了黑,还有什么可说的!'说到这里,我忽然想起那个女人说的话,她说他几个小时前去找过她,我的怒火腾地一下又被点燃了。我对他说:'不久之前,你已经去找过她一趟,而且挺幸运,没被抓住走掉了,你还不满意吗?你到前面的村子里去干什么?一次还不够吗?'

"这时他的神志又清醒了一些,他说:'长官,是我的错。只不过……我只不过想向我的朋友们看齐。'

"我吃惊地说:'你这是什么意思?'

"他说:'您知道,我们师驻扎在这里已经6个星期了。之前的一年半,我们一直待在前线上,那里连个女人影子都看不见,陪伴我们的只有蚊子、烂泥和痢疾。6周前,我们连队从前线下来休整。但是,我和一支被打散的小分队落在了后面。'

"'然后呢?'我问道。

"他说:'全师当中我们连是最早抵达这里的,其余连队全都比我们晚。我们连的人在这儿已经待了6个星期了,尽管我满打满算前天才到,但10天之内我们就又要重返前线了。'

"我喝斥他说:'你是什么意思?'他轻声向我解释道:'他们已经把整个西冷镇的当地人家逛了个遍,只有我是前天才到的,而且我们在这里只能再待10天。我希望自己能像他们一样,我不想落在任何人后面。'"

说到这儿，乔杜里上校沉默了。我也沉默了半晌，然后说道："这算是哪门子理由！他怎么能用这么荒唐的理由为自己辩解！一定是因为酒还没醒。您是怎么做的？"

"我也觉得理由很荒唐。但是促使他说出这些理由的并不是人性，而是人性之下作为动物的某种勇气，甚至也不是什么勇气，只是某种动物的智慧。因此我觉得，要理解他所说的理由，必须站在他的思维层面上。这么说吧，只有动物才能原谅动物。或者应该这么说，动物不会认为动物有罪。"他顿了顿又继续说道："而且我还感觉到，群体性心理有可能促使某一个体产生这种情绪，而如果是这样，那我认为整个群体都应为此承担责任。"

汽车晃晃荡荡向前驶去。我一言未发。乔杜里上校接着说道："你没有发表看法。可能因为你觉得我做错了，所以才不说话。不过即便你把这种想法说出来，我也不会见怪的。我绝不认为，我的做法是正确的。"

我说："不，发表看法并没有那么简单。"说完这句话，我又沉默了。我忽然想起了一件自己亲身经历的往事。我在心中暗暗将它回忆了一遍，然后说道："我也想起了一件类似的事情。"

"什么事？"

"这件事虽然不像您刚才讲的故事那么刺目，不过关于动物逻辑的这番话也适用于这件事。有一天，一个印度舞蹈团来乔尔哈特[1]的俱乐部表演，我们都去看了演出。这个舞蹈团还要继续前往利窦公路，所以上面安排用卡车送她们去默里亚尼车站，派给我的任务是把这辆卡车平安护送到车站。

---

① 位于印度东北部的阿萨姆邦。

“舞蹈团的6个姑娘以及伴奏的乐队坐在卡车里,我吩咐司机出发。我耽搁了一会儿才开着吉普车驶离俱乐部,为的是离卡车远一点,免得紧跟在后面吃卡车扬起的灰土。前面的一段路是碎石子路,之后是沥青路面,卡车开起来不会扬灰。我加快车速,打算赶上前面的卡车。过了一会儿,远远地看到了卡车的尾部,然而之后看到的情景令我目瞪口呆。”

“哦?出了什么事?”

“我看见有个人挂在卡车后边,他用胳膊抓着车顶,用牙齿咬着车后部的车帮边缘。拉近了与卡车的距离后我才看清楚,挂在车上的是一个穿着制服的白人士兵。他的双脚没有踩到任何支撑点,穿着军靴的双脚就那么在空中荡悠着。一瞬间,我感到大惑不解,我想——仅靠牙齿和指甲怎么可能抓得那么紧?我赶紧加速追上了前面的卡车,示意司机把车停下。”

“后来呢?”

“车停了,我们把那个人从车顶上弄了下来。因为手抓在车帮上抓得太紧了,直到我们扶他从车上下来,他的手指依然无法伸直,僵硬地蜷曲着。这个英国兵脚一沾地,就立刻瘫作一团。”

“肯定是喝醉了。”

“是啊,醉得完全不省人事!完全不省人事!眼睛里的瞳孔都放大了。他惊慌失措地坐在地上,我骂了他一通,然后扶他起来,他踉踉跄跄地站了起来。我问他:‘你为什么挂在卡车后面?’他说:‘长官,我想搭车。’我说:‘有这样搭车的吗?走吧,上我的吉普车,我送你。你要去哪儿?’他没有回答我的这个问题。我上了吉普,他也跌跌撞撞地上了车,嗵的一声坐在后排座位中间的地板上。

“车开动了。他忽然问我:‘长官,您是苏格兰人吗?’我发现他醉得根本分不清我是印度人还是英国人，只认出我是军官，所以应该称呼我'长官'。看来，军事训练的确很重要，连醉鬼都能保持一定的清醒。唉！我说：'我不是苏格兰人。'

"他似乎自言自语地说：'威士忌真他妈的好喝。'边说边咂巴嘴。我最初不懂他在说什么，后来推测，他那个泡在酒缸里的脑袋大概只能把苏格兰这个词汇和威士忌联系在一起了。我说：'是啊。不过，你要去哪儿？'

"他说：'您就把我放在这里的什么地方吧，找个附近有村子的地方就行。'我骂他：'怎么？你想干吗？'他的语调忽然变得神秘起来，他说：'说实话，长官，我想找个女人！'我说："这里哪来的女人？'他说：'长官，我找找看。您就把我放在村子旁边吧！'"

"你是怎么做的？"

"我真想给他两记耳光。不过说实话，他能直白地说出那句'我想找个女人'是让我没有这么做的原因。我也觉得，从动物本能来说，这个人不该被指责，而是值得同情。我沿着公路往前开了两三英里后让他下了车，四周连个村庄的影子都没有，而且从那里返回军营要费不少周折。直到今天我还常常在想，我做得也不知对不对。"

"你做得对，不然还能如何？惩罚也不可能让他改过。我认为，对待动物用动物的逻辑是一种人性的表现，因为这是一种慈悲。而正义也罢，纪律也好，这些反而是不公，它们会让动物的本能变为兽性。"

我们俩又都沉默了半晌。过了那加伽里的十字路口，车子驶上了默里亚尼的公路，虽然也是未经硬化的路面，但是路况没有那么糟糕了。我加快了车速，疾驰的轮胎在车后扬起漫天灰土。忽然，乔杜里上校像是自言自语般说道："我是人。我却不能有‘她是我的女人’或者‘我想找个女人’这样的想法。我要休假了，是什么所谓的‘照顾性休假’。所谓照顾也就是同情，是向我表示同情，因为我不能像那个白人士兵一样贪婪好胜、不甘居于人后。不，我也可以贪婪好胜，但我是个人，而且我就要回家了。回家！”

我默默地驾着车，眼睛一直盯着前方。我一直在心中暗暗祈求，乔杜里上校刚才那句用古怪语气说出的“回家！”能被汽车的噪声淹没，这样就可以不必听到，或者即使听到也不必承认自己听到了。

乔杜里上校接着说道：“有一次坐火车，同车厢有一位结束休假返回部队的上校连长，他是旁遮普人，当时正给同伴讲述自己休假的感受。我最初并未留心，但他不经意间的一段话令我印象深刻，一直无法忘怀。上校连长说：‘之前一直请不到假。后来总共批了我 10 天的假，我便写信告诉老婆回家的日期，可她拍电报说让我 15 天以后再休假。我最初很受打击，后来她在信中解释说，10 天的假期有 3 天要花在来回的路上，仅剩的 6 天假期里我不想白白浪费 3 天时间。’说到这里，他的同伴用艳羡的语气说：‘老弟，你可真有福气啊！’”

我说：“在战争中，人性的善与恶都表现得非常极致。但问题在于，善往往被死亡之口吞噬，而恶却能毫发无损地平安而归。因此从道德的角度来看，每次战争结束后，从战场上回来的人道德意识都很匮乏——这一点可以拿来作为反战思想的一个有力论据。”

“但是人们常说，强烈的体验和感受能强化人的品德。”

“没错。可那些品德高尚的人，他们该回到哪里去呢？”我边说边停下了吉普车，但是这句话已经脱口而出，收不回来了。

乔杜里上校的眼睛闭了一下，然后又睁开，就像手术刀落下后切开了一道伤口。他坐在座椅上，努力压制着情绪说："谢谢你，上尉！咱们已经到默里亚尼附近了，你把我送到车站去吧，我去你工作的仓库干什么？"

我从一个三岔路口转弯，驾车朝车站驶去。

庇护人

“戴温德尔拉尔先生,这种事情是永远不可能发生的!”

律师勒菲古丁的语气十分恳切,他的脸上除了恳切之外,还流露出担忧和一丝伤感。他又重复了一遍,“戴温德尔拉尔先生,这种事情是永远不可能发生的!”

似乎接受了他的恳切要求,但又想表明自己的处境有多么无奈,戴温德尔拉尔对勒菲古丁说:“大家都纷纷离开了。我对您当然没有丝毫畏惧,而且还要仰赖您的帮助。但您知道,一旦人们心生恐慌,便会仓皇四窜。这种时候,周围的气氛也变得与平时不同,所有人都用怀疑的眼光看待其他人,彼此间自然成了敌人。虽然您在咱们这个街区是主事的,可是从外面来的人哪里靠得住?您也亲眼看见了,最近都发生了些什么——”

勒菲古丁打断他说:“不会的,先生。这样的话,我们的脸都要丢尽了。如果您有家不能归,在自己的家乡沦为难民,那还像什么话?我不仅不会让您离开,我还要竭尽全力阻止您这么做。我认为,保护少数族群,不让他们背井离乡,是主流族群应尽的责任。如果我们连自己的邻居都保护不了,还谈何保卫国家!而且我坚信,不管外面是什么情况,在旁遮普省印度教徒居多的地方,他们也会和我有同样的想法,会和我做同样的事情的。请您不要走,千万不要走。您的安全就交给我负责吧！”

戴温德尔拉尔家附近的印度教家庭一户接一户，全都悄悄搬走了。往往中午或者傍晚偶尔碰见时，戴温德尔拉尔问他们：“怎么样，拉尔先生（或者是巴乌先生或本德先生），您有什么打算吗？”他们还回答道：“能有什么打算？就在这儿住着呗，看看情况再说……”可是当晚或者第二天早晨，戴温德尔拉尔发现他们已经带着一些必需的物品搬到别处去了。有人离开了拉合尔，有人尽管还在拉合尔，但是搬到了印度教徒居住的街区。最终，他家右侧除了四栋空房子以外，只有一个大院里住着人，这个院子属于一家以放牧为生的穆斯林，院子一侧关着这家人养的牛，另一侧住着不少做小买卖的穆斯林手工艺人。往左，夹在他家和勒菲古丁家之间的几栋房子全都成了空宅，勒菲古丁家旁边是牟金格街区的中心地带，再往左则全部都是穆斯林的房子。戴温德尔拉尔和勒菲古丁是老朋友了，每个邻居的离开都会令他们俩议论一番。后来有一天，戴温德尔拉尔告诉勒菲古丁说，他也打算搬走，勒菲古丁很震惊，闷闷不乐地说：“戴温德尔拉尔先生，连您也要走吗？！”

由于得到了勒菲古丁的承诺，戴温德尔拉尔最终留了下来。两人商定，如果不幸有什么危险的状况出现，勒菲古丁会提前通知他，并且妥善安置他——不惜一切代价。戴温德尔拉尔的老婆几天前已经回了在贾朗达尔[①]的娘家，他写信给她，说自己暂时不过去，就留在这里。戴温德尔和来自山区的仆人森杜最终留在了拉合尔。

但是，这种情况并没有持续太长时间。第4天早晨，戴温

① 印度旁遮普邦的一座城市。

德尔拉尔起床后发现森杜偷偷跑了。他只能自己亲自动手煮茶喝。喝完茶正要收拾茶具，勒菲古丁突然跑来告诉他，整座城市都在打打杀杀，用不了多久，暴徒们就会盯上牟金格街区。这会儿已经没有时间逃往别处了，勒菲古丁让戴温德尔拉尔赶紧收拾一些必需和值钱的物品，跟他去他家，等避过这阵风头再回来。

家里并没有什么值钱的东西。首饰什么的，老婆已经带到贾朗达尔去了，银行里还有一些存款，他家本身也不是什么有钱的大户人家。可即便如此，对于一个持家的人来说，家里的每一个物件似乎都很珍贵。足足收拾了一个小时，戴温德尔拉尔才带着箱子和铺盖来到勒菲古丁家。

下午，戴温德尔拉尔发现骚乱已经蔓延到了牟金格街区。临近傍晚，他眼睁睁地看着自家的门锁被撬开，家里被洗劫一空。晚上，到处火光冲天，伴随着滚滚的浓烟，六月[1]的暑热越发令人喘不过气来。

勒菲古丁也满心失落地默默注视着眼前的一切，只张口说了一句话，“有生之年竟然会看到这样的景象，而且竟然打着独立自由的幌子！安拉啊！”

可是，离家在外的逃难者，连老天都不会再去照拂他。

戴温德尔拉尔不能离家外出，进进出出都是勒菲古丁一个人。现在的氛围根本无法正常工作，他也只是四处转转，采买一些东西而已。他把自己打听来的城里面的消息讲给戴温德尔拉尔听，两人经常在一起没完没了地讨论国家的未来。戴温德尔拉尔起初没有发觉，后来才渐渐意识到，勒菲古丁的话语中透露出一些忧虑，此外还隐藏着某种沉郁和不快，他不知

① 印历六月，相当于公历七八月。

道该怎么描述勒菲古丁的这种情绪——疲惫?伤感?厌倦?失落?他也说不清楚。

拉合尔城里一片寂芜荒凉。尸横四野,房屋被洗掠一空,然后付之一炬。几个颇乎声望的人去拜访城里的一位名医,请他到他们住的街区出诊。因为大家都很尊重他,所以这个医生以为自己可以劝劝他们,顺便也能看看病人的病情。他随着两个穆斯林头目出了家门,穿过两三个街区来到了一个穆斯林居住区,正当他掏出听诊器俯身要为病人诊病时,病人的一个亲属一刀刺进了他的后背……

一个铁路部门的职员住在印度教街区,他家收留了很多被暴徒洗劫一空的无家可归者。他向警察报告了这些情况,说有些人无处可去,只能躲在他的家里避难,希望警察能尽量保护这些人家宅和财产的安全。但是,警察却上门来逮捕了在他家避难的人,同时也将他和家中的妇孺妻儿一并逮捕带走。后来,他家遭到暴徒洗劫,房子也被纵火焚毁。3天后,他和家人从警局被释放回家,有两名全副武装的警察陪同他们以保障他们的安全。但是,在离警局还不到50步远的地方,警察突然举起枪向他和他的家人射击。他和家里的3个女人被当场打死,他的母亲和妻子受伤后倒在路旁……

四处毒泷恶雾,不见天日。暴力如同被敌意和仇恨鞭笞的惊马,肆意狂奔。大大小小的教派组织四处播撒仇恨的毒药,警察和公务人员则火上浇油,挑拨离间!戴温德尔拉尔忽然意识到,他和勒菲古丁犯了大错,他们坐以待毙,但周围却狼烟四起、火光冲天,所有人的心中都怒火熊熊、激愤难耐。他觉得,勒菲古丁言语中那个混沌不清的声音渐渐清晰起来,那是一个似乎带着些愧意的冷漠的声音……

在印度和巴基斯坦还未最终划定的边界线附近,有一个锡克人居住的村庄，几百名穆斯林难民躲在这个村子里避难。后来，由于周围村子里其他从阿姆利则城来的人不断施压，这个村庄也呈现出一派风雨欲来的飘摇景象。对于这些穆斯林难民来说，这里也变得危机四伏。村民们决定把自己的客人送往阿姆利则车站，好让他们从那里搭车前往穆斯林的安全地区。最后，200 多名锡克村民手持短剑，护送这些穆斯林难民到了车站，所有人毫发无损……

勒菲古丁讲完这个故事后说："毕竟也是没办法的事，孤零零一个人不得不屈服。虽然集全村之力，最后也只能妥协。不过，他们最终还是履行了承诺，这一点值得称赞，毕竟他们把那些穆斯林安全送到了车站。"

戴温德尔拉尔同意他的看法。可他忽然想起勒菲古丁刚才所说的第一句话——"毕竟也是没办法的事，孤零零一人不得不屈服。"

他用犀利的目光望了勒菲古丁一眼，但一句话也没说。

下午，有六七个人来找勒菲古丁。勒菲古丁领他们去了自己的书房，并且关上了房门。他们在书房里谈了一两个小时，谈话多数时候都是宁声静气的，只是中间偶尔有人提高了嗓门，因此只言片语无意间传到了戴温德尔拉尔的耳朵里——"愚蠢""背信弃义""伊斯兰教"。戴温德尔拉尔并没有试图去拼凑对话的完整含义。两个小时之后，来人告辞离开，勒菲古丁从书房里走了出来，戴温德尔拉尔努力压制着心中急不可耐想去探问谈话内容的冲动。可是勒菲古丁一言不发，也没有看他一眼，板着脸和他擦身而过，朝里屋走去。这让戴温德尔拉尔实在忍无可忍，他不禁追问道："怎么了，勒菲古丁萨赫布[1],一切都还好吗?”

勒菲古丁抬头看了他一眼,没有说话,然后又垂下了眼睛。

戴温德尔拉尔说:“我知道,我害您受了委屈。但如果要让您为我承担风险,那就另当别论了。请您让我走吧,不能因为我而把您置于险境。您所做的,已经令我感激不尽了。感谢您的善意。”

勒菲古丁用两只手按着戴温德尔拉尔的双肩说:“戴温德尔拉尔先生!”他的鼻息忽然有些急促起来,只说了这一句话,忽然转身进了里屋。

但在吃晚饭时,戴温德尔拉尔还是向勒菲古丁追问道:“如果您不肯心甘情愿地让我离开,那我就悄悄溜走。您跟我说实话,那些人到底对您说了些什么?”

“除了威胁,还能是什么好话?”

“究竟是什么威胁?”

“威胁就是威胁,哪还有‘什么’之分?他们想把你抓走——如果不能强行带走,就放火烧我的房子。”

“原来是这样。所以我说,我应该离开。如今我孤身一人,随便去哪儿都行,可您是拖家带口的人。他们那些人是不惜毁掉一切的。”

“真是彻头彻尾的混蛋!”

“我今天就走。”

“这怎么行?毕竟当初是我拦着您不让您离开的,这件事我也有责任。”

“您拦着我是出于好心,这件事和您没有关系。”

---

① “萨赫布”意为“先生”,殖民时期通常是对欧洲男性的称呼,也指具有欧化生活方式的人。

"可是您能去哪儿呢?"

"看看再说吧。"

"不,这样可不行。"

经过一番争论,最后决定,戴温德尔拉尔悄悄离开这里。勒菲古丁安排他去邻近的一个朋友家里躲一躲。在那儿虽然会有些不方便,但因为戴温德尔拉尔藏在屋里不露面,所以不会有什么危险。躲在那里至少可以先把命保住,然后再想办法离开。

戴温德尔拉尔藏在谢赫·阿达乌拉家的车库里。车库在谢赫家院落的最里面,上面遮挡着一大片密密的树荫。其实这里并不是真正的车库,而是车库旁边的一个小屋,屋子前面是用围墙圈起的一个小院,或许之前是司机住的地方。除了正前方和朝向车库方向的两扇门之外,屋里没有窗户或别的出口。小屋一侧放着一张床,壁橱上搁着一个盛水用的铜罐。地上没有铺砌水泥或方砖,虽然是黄土地面,但修得很平整。车库外面有一扇坚固的铁皮大门,大门上了锁。大门里侧的地上挖了一个凹坑,堆在凹坑一侧掺了石灰的沙土和边上的陶罐让人一望便知这个凹坑是做什么用的。[①]

皮箱和铺盖被拿进屋来堆放在角落里,外面院子的大门被紧紧关上并且落了锁,戴温德尔拉尔怔怔呆立了片刻。这就是所谓的独立!之前是英国殖民政府逮捕关押那些想为国家独立而斗争的民众,如今却是手足兄弟在囚禁自己的亲人,只因他们为了自由希望结束无谓的争斗!过了一会儿,人的生存本能渐渐苏醒,戴温德尔拉尔仔细打量着小屋、车库和院子,

① 掺了石灰的沙土和陶罐分别在填埋粪便以及便后清洁时使用。

心中盘算怎么能让自己生活得舒服一些。

车库——还可以。可能会有些异味,但不会很刺鼻,关上屋子中间的门,在屋里应该闻不到什么味道。洗漱也不会有任何问题,洗脸漱口的水肯定是够用的。

小屋——也还行吧。没有灯,没法看书写字。但是小院前面那栋房子角落里的灯光可以照进来,勉强能把院子照亮,而且站在院子里的这个位置或许还可以借着灯光看书。不过,其实根本没有什么可读的书,这一点他当时并没有想到。

戴温德尔拉尔忽然又怔怔站在那儿开始发呆。他忽然想到,政府监狱里的犯人尚且能够随时唱歌或者大声叫喊,可在这里却只能悄无声息、一言不发。

他想起不知在哪本书中读到过,犯人在监狱里为了排遣寂寞,经常和鸟、鸽子、松鼠还有小猫交朋友,即便没有这些小动物,也可以研究研究牢房里的蜘蛛或者蚂蚁。他四下看了看,和蚊子建立友谊是他心里无论如何也无法接受的。

他站在院子里望着天空。自由国家的天空！苍穹之下,冲天的火光和滚滚的浓烟正在欢迎自由的到来！点燃祭火中的檀香！红色的檀香——滴血的檀香……

他突然看见院墙上有个黑影——是一只猫！他唤道:“来！过来！”但是猫却卧在院墙上一动不动,死死盯着他。

有猫光临的地方不会孤单。戴温德尔拉尔走进小屋,铺好床,没一会儿便沉沉睡着了。

戴温德尔拉尔躲在小屋里,一天只给他送一次饭,不过饭的量足够他一个人吃上两顿。送饭的时候,也会给屋里以及放在车库里的水罐加满水。来送饭送水的是一个青年,看样子显然不是仆人,戴温德尔拉尔推测他可能是谢赫先生的儿子。自始至终,年轻人没说过一句话。戴温德尔拉尔头一天向他打听过城里的情况,而他只用冷漠的眼神瞟了他一眼。戴温德尔拉尔问他目前局势是不是已经平息,他也只是摇摇头表示否定。问他这个地方是否一切都还安好,他又晃晃脑袋,意思是“是的”。

戴温德尔拉尔本想把吃不完的饭留到下顿再吃,可又觉得既然每天送一次饭来,就应该一顿把饭吃光。因此,他尽量一顿多吃一点,实在吃不了的就喂给小猫。小猫在旁边转来转去,然后走过来卧在他怀里吃东西,吃完饭后叼着骨头坐在院子一角仔细咀嚼,自己待烦了,就回到戴温德尔拉尔身边,咕噜咕噜地轻声叫着。

就这样一直熬到黄昏,等到夜渐渐深了,他也该睡觉了。早晨起来,他在院子里做做操活动一下身体。白天的其他时间,他就待在小屋里。有时玩玩石子,有时看看落在院墙上的麻雀,有时听听远处传来的鸽子咕咕噜噜的叫声,有时听听从前院角落里传来的谢赫家人之间的对话。他慢慢开始能够分辨出不同的声音,三四天后,他便对谢赫家的生活规律以及家中的成员了如指掌了。那个低沉嘶哑的女声,应该是谢赫妻子的声音;还有一个比较尖利的女声,声音中带着一种上了年岁的人特有的浑浊和沧桑,应该是家中一位年长的女性;还有一个温和而又年轻的声音,这个声音往往在应答以“杰布!杰布尼!”开头的呼唤时出现,想必应该是谢赫萨赫布的女儿杰布尼霞的声音。此外,还能听到两个男子的声音。一个是谢赫萨赫布的儿子阿比德少爷,也就是那个给他送饭的小伙子。另一个嘶哑油腻的男声,应该就是谢赫萨赫布本人了。这个声音虽然戴温德尔拉尔可以听到,但他却从来听不清楚他在说什么——如果隔的距离比较远,尖利的嗓音会更加清晰。

戴温德尔拉尔觉得杰布的声音很亲切,不仅仅因为这是家里唯一一个年轻女性的声音，因而具有某种天然的魅力，而且因为杰布的声音轻柔而又温和。他暗暗在心中对杰布尼霞进行了各种浪漫的想象，以此打发时间，为此他也曾暗暗自责过。但他也时常想到，这个声音是否也在民众中散播过教派主义的毒药？她会这样做吗？谢赫萨赫布好像在警察局的某个部门担任主管，勒菲古丁带戴温德尔拉尔来这里的时候说过，因为这里住的是警察，所以很安全。这句话虽然没错，可正因为安全，这里或许也是很多骚乱的策源地。生活在这种家庭的人如果成为传播教派主义余毒的帮凶，有什么可奇怪的？

吃饭时他也在想，不知哪道菜是出自谁手，又是谁把饭菜亲手盛在盘子里？从听到的声音判断，多数时候是那个声音尖利而沧桑的女人负责做饭，但盛饭盛菜的任务大概是杰布尼霞的。戴温德尔拉尔一边吃饭一边琢磨这些事，吃的也比原来多了一些。

当戴温德尔拉尔发现送来不是穆斯林常吃的大饼，而是印度教徒常吃的小薄饼时，他觉得单调乏味的生活也有了一丝丝的变化。今天的菜里不仅有肉，还有甜奶卷。之前有一两次送来的甜品是牛奶果仁煎吐司，还有一次是菲尔尼。[①]阿比德把饭菜端来后就走了，戴温德尔拉尔盯着他的背影看了一会儿。他用手指拨弄着薄饼，拿起一两张饼，然后又搁回盘中，有一瞬间，他的眼前闪过自己家中的画面。他又拿起一两张薄饼，然后还是把它们放回了盘中。

他忽然愣住了。

最上面的两三张薄饼下面压着一个用纸叠成的小纸包。

戴温德尔拉尔打开了纸包。

① 一种用糖、干果、米粉和牛奶加工而成的甜食。

纸包里什么也没有。

戴温德尔拉尔把纸揉成团，正打算扔掉，忽然他的手停在了半空中。他从小屋走到院子里，踮着脚尖站在院子的角落处，借着外面的灯光仔细辨认着那张纸片。上面果真写着一行字——

把饭先喂狗然后再吃。

戴温德尔拉尔把纸片撕碎，然后揉成团。他来到车库，将纸团扔进地上的凹坑里，然后又回到小院，在院子里来回踱着步。

他的大脑中木怔怔地一片空白，只有一个名字像迷了路一般在他心里兜来转去——杰布……杰布……杰布……

过了一会儿，他又走回到餐盘旁边，定定站在那里。

这是给他的饭——这是给戴温德尔拉尔的饭。不是朋友送来的，而是从朋友的朋友家里送来的。这是款待他的主人、保护他的恩人送来的。

是杰布盛的饭。

是杰布的父亲给他的饭。

这里什么地方有狗？

戴温德尔拉尔踱来踱去。

一个黑影悄悄从墙上爬了过来。猫卧在墙头。

戴温德尔拉尔叫了它一声，猫立刻从墙头跳到了他的肩上。戴温德尔拉尔把它抱在怀里，轻轻摸着它的背。小猫发出咕噜咕噜的低吟。戴温德尔拉尔进了小屋，隔不多时，他招呼小猫过来，并轻声对它说："你瞧，小家伙，你是我的客人，而我是谢赫萨赫布的客人，对不对？我想对你做他想对我做的事情。我并不想做，可是不得不做。他想不想这么做，我不知道，所以要了解清楚。所以我要对你做的事，不知道他想不想对我做……不，一切全都乱套了！好吧，你每天都来吃我的剩饭，那今天就让我吃你剩下的吧。好，就这样吧。来，快点吃。”

猫吃了肉，本来想对骨头下手，可戴温德尔拉尔把它抱在怀里，把甜奶卷喂给它吃，直到它吃得一点不剩。戴温德尔拉尔抱着它不停抚摸。

对什么能吃什么不能吃，动物有天生的直觉，否则它们怎么生存？所有动物都有这样的直觉，而在所有动物中，猫可能是最依赖这种本能而生存的动物，所以它才不像狗那样乖乖被人类豢养。猫吃的东西都是可食用的——当然，猫吃一些人类不吃的大型鱼类，那又是另外一回事了。

猫忽然发出凄厉的叫声，它从戴温德尔拉尔的怀里跳了出来，一边惨叫一边跳上院墙，沿着墙走到车库的房顶。过了一会儿，从车库屋顶的角落里传来小猫挣扎呻吟的叫音，凄厉愤怒的声音渐渐变成痛苦的惨叫，然后是一声悲惨的哀嚎，随之而来的是一声无力的呻吟。再后来，呻吟声越来越微弱，长长的喘息声忽然戛然而止——

猫死了……

戴温德尔拉尔看着盘子里的饭菜。昏暗中视线有些模糊，可戴温德尔拉尔还是一动不动地盯着盘子。

终获自由的手足兄弟！国家——民族……

一个人说，我会竭尽全力挽留你、保护你，但却把他赶出了家门；另一个人收留了他，然后在他的饭菜里下了毒。

与此同时，下毒事件也给了他一个警示。

戴温德尔拉尔的心里如同翻江倒海一般痛苦得死去活来。面对这样沉重的猛然一击，政治就像一堵用松软的碎沙堆积起来的沙墙，已经无力支撑起他受到的打击，他只能求助于哲学。

戴温德尔拉尔知道，再大的恶也不足以危及世界，真正可怕和危险的是善的无力。善的怯懦软弱才是最大的恶。乌云再厚也无法令黑夜降临，阳光黯淡消失才是黑夜登场的原因。

他从屋里拿起饭菜放到院子里。喝了两口水，然后又踱起步来。

片刻之后，他走进屋里打开皮箱，匆匆检视了一下箱子里的物品，从箱子上方的隔袋中取出一两页纸、两三张照片、一张银行存折和一个大信封，把它们放进一件黑色长袍外套的口袋里，然后穿上了外套。他来到院子里，侧耳仔细听了听四周的声音。

之后，他爬上院墙跳了出去，来到了院子外面的一条路上。连他自己也不知道他是如何一气呵成完成这些动作的！

之后发生的事情不能被称为事件。所有的事件都是不完整的，有头有尾的是故事。故事的合理性是人类用理性、逻辑、艺术或美感人为制造出来的，因此人类能够发现它，并且享受它的完整性。而事件的合理性则是某种神秘力量施加于人类的，可以说这种合理性是由时代、自然、机缘、命运或者神灵创造出来的。因此人类甚至无法即刻意识到它的存在。所以，之后的事情也就那样发生了，无须再去赘述。只需交代的是：一个半月之后，戴温德尔拉尔通过德里广播电台公开了自己的住址，希望联系到自己的家人。有一天，他收到了一封盖着拉合尔邮戳的短短的信笺。

> 您平安离开了，这要万分感谢真主。我向真主祈祷，您在广播里想要寻找的亲人能够顺利找到您。因为爸爸所做的事或者说他想要做的事情，我要祈求您的原谅。

或许我还要提醒您，是我破坏了他的计划。我并非在向您邀功，我对您没有施予任何恩惠。我只请求您，如果在您的国家有穆斯林遭遇了不幸，请您不要忘记这件事。

并非因为他们是穆斯林，而是因为您是人。再见！

戴温德尔拉尔忽然想起谢赫乌拉油腻嘶哑的声音——“杰布！杰布！”，他又想起，猫在车库顶上拼命挣扎而后渐渐悄无声息，凄厉的惨叫最后变成了一声长长的喘息，然后忽然戛然而止。

他把信揉成一个小纸团，用手指弹了出去。

坏疽(日子)

正午时分，刚刚踏进那个空寂的院落，我便隐隐感觉到，这里似乎被一片不祥的阴云所笼罩，空气中似乎弥散着某种难以言说的气氛，虽然无影无形，但却沉重、浓厚，令人有些不寒而栗……

听到了我的脚步声，玛尔蒂从屋里走了出来。认出是我，不期而至的惊喜使她疲惫枯槁的面庞瞬间有了神采，但这丝生气一闪而过，她的面容很快便平复如初。她说："进来吧！"说完，不等我回应，她便径直朝屋里走去。我也跟着她进了屋。

我问她："他没在家吗？"

"这会儿还没下班，不过也快回来了，他一般在一点半到两点前后到家。"

"他很早就去上班了吧？"

"早晨一起床就走了。"

我答了一声"哦"，本来想接着问她，"那你是怎么打发时间的？"可转念一想，刚一进门就问东问西的，有点不太礼貌。我没再说话，四处打量着这间屋子。

玛尔蒂拿起一把扇子给我扇风，我婉拒道："不，我不热。"可她不听，说道："哎呀，怎么会不热？在这么毒的日头下走了这么久。我们这儿——"

我打断她说："那好吧，把扇子给我，我自己扇。"

或许她原本打算说“不”，可恰好这时从另一个房间传来孩子的哭声，她什么也没说，把扇子递给我，双手扶膝，疲惫地叹了一口气，然后起身朝里屋走去。

望着她羸弱单薄的背影，我不禁在想——到底是什么东西像乌云一般笼罩着这个家？

玛尔蒂是我的远房表妹，不过称她为朋友更贴切些，因为我们之间的关系一直很亲密。小时候，我俩青梅竹马，一起玩耍嬉闹，一起挨打受罚。上学读书时，我俩也总是厮混在一起。我们俩两小无猜、无拘无束，从来不分彼此和长幼。

今天，是我时隔近4年时间第一次来看她。以前在我眼中，她只是个不谙世事的少女，可如今她已为人妇，甚至已经成了一个孩子的妈妈。因此，在她身上一定发生了一些变化，可到底是什么变化，一时间我还没想清楚。不过此时望着她的背影，我一直在想，是什么像乌云一般笼罩着这个家……尤其是玛尔蒂……

玛尔蒂抱着孩子走了过来，坐在铺在地上的一块粗线毯上，和我隔着一段距离。我把自己的椅子朝她坐的地方移了移，问她：“他叫什么名字？”

玛尔蒂看了一眼孩子说：“还没给他正式取名，随便起了个小名叫‘弟弟’。”

我轻声唤道：“‘弟弟’，‘弟弟’，过来！”可他一边用圆圆的大眼睛望着我，一边紧紧依偎在妈妈怀里，然后“嗯……嗯……嗯……”地像要抽泣似地哼唧起来。

玛尔蒂看了孩子一眼，然后将目光投向屋外的院子。

一阵长长的沉默。最初，沉默只是出于偶然，我还一直期待着玛尔蒂会开口问我些什么，但之后我突然意识到，玛尔蒂压根没主动和我说过一句话，她甚至没问过我——身体如何，来这儿有何贵干……她只是默默坐在一旁。难道两年的婚姻生活让她彻底忘掉了过去的美好时光？也或许她现在想和我保持一种若即若离的距离，因为过去那种无拘无束、恣意任性的日子早已一去不复返？可即便如此，也不该像现在这般沉默，即便是对陌生人也不该如此。

我有些悻悻地望着别处说："看来你好像并不高兴我来看望你。"

她忽然讶异地说了一声："嗯？"

这声"嗯"用的是疑问语气，但并非因为玛尔蒂没有听清我在说什么，只是因为惊讶。所以，我并未重复刚才的话，继续沉默地坐在那里。玛尔蒂也没有再说什么。过了片刻，我转头看了她一眼，她正盯着我看，可在我转头的一瞬间，她立刻垂下了眼帘。我发现玛尔蒂的眼中有种奇异的神情，她好像正在暗自努力回忆某件往事；好像正在努力再次搅动弥散的空气，让它流动起来；好像正在努力让断裂的神经重新复元。但是这种努力并没有成功。就如同一个人突然想抬起很久未动的手臂，却怎么也抬不起来，在长久的遗忘中，它仿佛已经死去，如此微弱的力量（但其实已是倾其所有、竭尽全力）根本不足以撼动它。我觉得，这就像一个活人的脖子上被套上了一个骷髅项圈，他想把它取下来扔掉，却怎么也摘不下来……

这时忽然有人敲门。我望了玛尔蒂一眼，可她没动。敲门声又一次响起，她这才把怀中的孩子放到一边，起身出去打开了院门。

来人正是"他"——玛尔蒂的丈夫。我和他是初次见面，但因为见过照片，所以一眼就认出了他。彼此介绍寒暄了一番后，玛尔蒂到院子里去做饭，我们俩在屋子里聊天，聊他的工作、他们的生活以及当地的情况，就是那些人们初次见面时常常会提起的话题，这种礼貌性的交流也算是某种自我防御的伪装吧。

玛尔蒂的丈夫名叫摩诃谢沃尔，是一家公立诊所的医生，诊所在一个山村里，他们现在住的是政府分配给他的公屋。他每天早晨7点去诊所上班，中午一点半到两点钟下班回家，整个下午都不用去上班，傍晚时再去诊所转悠个把小时，查看一下诊所里的住院病人，再处理一些其他杂务……他的生活也完全在一条既定的轨道上运转，日复一日地重复相同的工作，面对相同的病患，处理相同的事务，开相同的处方，配相同的药剂。连他自己也厌倦了眼前的这种生活，因为这个原因，也因为此时正值酷暑难挨的盛夏，所以即便现在是休息时间，他也是一副无精打采的样子。

玛尔蒂来叫我们俩吃饭，我问她："你不一起吃吗？还是你已经吃过了？"

摩诃谢沃尔的脸上带着一丝笑意，他说："她过一会儿再吃。"丈夫两点半回家吃午饭，所以妻子就得一直饿到下午3点！

摩诃谢沃尔一边吃饭一边望着我说："错过了正常的饭点，你还有胃口吗？"

我回答说："嗨！我愿意晚点儿吃饭，这样吃得香。只不过，可能给玛尔蒂姐姐添麻烦了。"

玛尔蒂打断了我的话，"哎呀，这对我来说也不是什么稀罕事，我每天的生活都是这样。"

玛尔蒂把孩子抱在怀里。孩子不停啼哭，但并没有人注意他。

我问："他为什么哭个不停？"

玛尔蒂回答说："他的脾气有点急躁，老是这样没完没了哼哼唧唧的。”说完，呵斥孩子说：“闭嘴！”孩子听到妈妈这样说，哭得越发起劲了，玛尔蒂把他放到地毯上说：“好吧，你就哭个够吧。”然后到院子里去取烙好的薄饼。

吃完饭已经快3点钟了。摩诃谢沃尔说他得提前回诊所一趟，有几个危重病人需要手术。因为腿上生了坏疽，有两个人可能需要截肢。没一会儿，他匆匆离开了。玛尔蒂关上门，回屋坐在我旁边。我说：“你赶紧吃饭吧，我来陪‘弟弟’玩。”

她说：“我马上就吃，其实我吃不吃都没关系。”但是说完这句话，她就起身离开了房间。我抱起“弟弟”轻轻摇晃着，这让他安静了一会儿，不再哭个不停。

远处……或许是从诊所，传来了三声钟响。我被突然敲响的钟声吓了一跳，这时我听见，玛尔蒂在院子里疲惫地长长叹了一口气，喃喃自语道：“3点了。”这语调就像一个人经历了漫长而严苛的苦行，终于完成了什么任务似的。

过了一会儿，玛尔蒂回到屋里。我问她：“你还有剩的可吃吗？饭菜大概全都吃光了吧？”

“还有很多呢。”

“哦，还有很多呀。那我就该把菜全都吃光，一点不留，看你还能不能逞强说还有很多。”我笑着说。

可玛尔蒂却好像提起了另外一个话题，她说：“这里不产蔬菜，如果有人进山，就托他们从山下买菜带上来。我15天前下山买的菜，这会儿还没吃完呢。”

我问她：“没请个佣人吗？”

“没有碰上合适的，或许这一两天就能找到。”

“碗碟餐具也是你亲自洗吗？”

“还能是谁？”说完，玛尔蒂到院子里去了一趟，很快又回到屋里。

我问她："你去哪儿了？"

"今天没水，我可怎么洗碗呢？"

"怎么了？水又怎么了？"

"每天都是这样。从来都不按时供水，今天得等到晚上7点才能来水，到时候再洗碗吧。"

"这样也好，7点之前你都可以休息了。"我嘴上这样说，心里却暗暗在想——这下可得忙到半夜11点了，哪还有时间休息？

可她却把我心里想的这句话说了出来。我不知该怎么接话，好在这时"弟弟"帮了我，他突然放声大哭起来，边哭边挣扎着要找玛尔蒂。我把"弟弟"交到了她的怀里。

屋里又是一阵沉默。我从口袋里掏出笔记本，开始翻看前几天写的笔记。这时，玛尔蒂才想起她还没问过我来这里的原因，于是问我："你来这儿是有什么事吗？"

我则答道："哎呀，你终于想起来问我了。我来是看看你，不然还能来干吗？"

"那你能住两三天吧？"

"不，我明天就走，有事必须得走。"

玛尔蒂没再说什么，好像有点不太高兴的样子。我又把目光转回到笔记本上。

过了一会儿我突然意识到，我本来是来看望玛尔蒂的，此时坐在这儿也是为了和她聊聊天，可这会儿我却在看自己的笔记本。不过，我们又有什么可聊的呢？我感到，这个家被一层阴云笼罩着，尽管它无形无影，但似乎连我也被它操控，我也变得死气沉沉、了无生气，就像……对，就像这个家，就像玛尔蒂一样……

我问玛尔蒂："平时你不读读书吗？"我四处打量了一下，

屋里没发现有书。

"在这儿？"说完，玛尔蒂微微一笑，这笑容的意思是——在这儿有什么可看的书？

我说："那好吧，我回去后一定给你寄些书来。"说到这里，谈话又继续不下去了。

沉默了片刻，玛尔蒂问我："你是怎么来的？坐卡车吗？"

"我步行走来的。"

"走了这么远的路？你可真行！"

"还不是为了来看你嘛。"

"就这么来的？没拿行李？"

"不，驮夫带着行李随后就到。我想了想，还是自己带上铺盖为好。"

"你做得对，我这儿也就只有……"说到这里，玛尔蒂突然沉默了片刻，然后说："那你一定累了，躺会儿吧。"

"不，我一点儿也不累。"

"算了吧，你不累谁累？"

"那你做什么？"

"我把餐具和锅碗先用砂灰擦一下，一会水来了，直接冲一冲就行了。"

我答了一声"哦"，因为实在想不出什么别的话可说。

过了一会儿，玛尔蒂起身走了出去，把"弟弟"也一起带走了。我也躺了下来，望着天花板发呆。从院子里传来锅碗碰撞发出的"叮叮当当"的声音，这声音伴着我的思绪，仿佛在合奏一曲奇妙的乐章。听着听着，我的身体渐渐放松下来，不知不觉打起盹来……

合奏突然停止了，屋里一片寂静，我也突然睡意全消，仔细在静寂中聆听……

远处传来四声钟响。第一记钟声刚刚响起，玛尔蒂便停下了手里的动作。我亲眼目睹过3点钟声响起时的场景，但这一次带给我的冲击更大。玛尔蒂机械地说了一句“4点了”，这声音仿佛是从一台破旧不堪的机器中发出的，满是无奈、麻木和冷漠。她的人生就如一部机器，就这样机械地在报时声中一点点逝去。而她就像汽车上的里程表，机械地记录着走过的路，然后用平静的声音机械地播报说(也不知道是在告诉谁！)——在这个漫长而又孤寂的人生之旅中，我已走完了这段旅途……不知何时，我又迷迷糊糊地睡着了。

当我在一阵脚步声中醒来时，时间已经过了6点。我看见摩诃谢沃尔回来了，和他一同进来的还有给我运送行李的驮夫。我正想开口要水洗脸，突然想起这里停水了。我用手在脸上搓了搓，问摩诃谢沃尔：“您这么晚才回来？”

他有些沮丧地说：“是啊，今天要做坏疽切除手术，不过只完成了一台手术，另一个病人用救护车送到大医院去了。”

我问他：“他们是怎么得的坏疽？”

“就是扎了根刺，后来就发展成坏疽了，这里的人都太不小心了。”

我问他：“那您在这里能找到不少好的病例吧？我指的不是收入，我是说对提高医术有帮助的病例。”

他说：“是的，病例的确不少。像这种坏疽病，隔两三天就会有一例，山下的大医院也是这样。”

玛尔蒂在院子里听到了我们的对话，进屋来说：“是啊，哪还需要花时间去找病例？扎根刺，就得把腿截掉，这也算是治病？每天不是截掉这个人的胳膊，就是截掉那个人的腿，还美其名曰什么医术！”

摩诃谢沃尔笑了，他说：“如果不截肢，难道要他们为此送命吗？”

“哦，可难道以前这个世界上就没有扎人的刺吗？我还从没听说过，因为扎了根刺就把命丢了的。”

摩诃谢沃尔没有再继续辩解，只是笑了笑。玛尔蒂冲着我说：“都是这副德行，什么医生！这不是公立医院嘛，他们哪管这些！我成日里总听说这样的事情！如今听到什么人死了，我已经不在乎了，可是以前我整宿整宿地睡不着觉。”

这时，院子里拧开没关的水龙头突然发出滴答滴答的声音。

玛尔蒂说：“水来了！”她立刻起身出去了。不一会儿，院子里便传来碗碟碰撞发出的“乒乒乓乓”的响声。我知道玛尔蒂在洗碗。

“弟弟”原本扶着摩诃谢沃尔的腿站在地上，不时望望我，这会儿突然松开手，跌跌撞撞地朝玛尔蒂走去。摩诃谢沃尔喝止道：“别过去！”说着赶紧走过去抱起孩子，可“弟弟”却任性地放声大哭起来。

摩诃谢沃尔说：“什么时候他哭累了，这个家才能安静。”

我问他：“你们都在屋里睡觉？不觉得热吗？”

“天热起来的时候，蚊子也很多。不过谁能把这么重的铁床搬到外面去呢？下次到山下去，一定买一张轻便些的床。”他顿了顿又说：“不过今天可以在外面睡啦，这还是托您的福。”

“弟弟”一直哭个不停。摩诃谢沃尔让他坐在一张床上，然后拉着床往外走。我连忙说“我来帮您”，然后从另一侧抬着床把它放到了院子里。

现在我们仨——摩诃谢沃尔、“弟弟”和我——分别坐在两张床上，我和摩诃谢沃尔一时间找不到合适的话题，为了掩饰尴尬，不停逗弄“弟弟”。从屋里出来后，孩子安静了许多，只是偶尔好像蓦然想起被自己遗忘的某个任务似的，突然哭上几声，而后又突然停下。我们俩常常被他逗得大笑，摩诃谢沃尔也给我讲了一些“弟弟”的趣事。

玛尔蒂洗涮完毕，正端着洗净的锅碗朝位于院落一角的厨房走去，摩诃谢沃尔对她说：“我买了些芒果，你顺便把芒果也洗洗吧。”

“放在哪儿了？”

“就放在炉灶上，用纸包着。”

玛尔蒂进屋拿起芒果，把芒果兜在自己的裙摆里。包芒果的是一张残破的旧报纸，玛尔蒂一边走，一边借着傍晚黯淡的光线读报纸上的字。她一直站在水龙头旁边，直到把报纸的正反面全都看完了，这才长叹一声把它丢在一旁，开始冲洗芒果。

我忽然想起……那是好多年前的事了，那年我们俩刚上小学。那个时候，我们俩最大的幸福、最了不起的成就就是点完名后偷偷溜出教室，跑到一个离学校有点远的芒果园里，爬上芒果树摘还未成熟的小芒果吃。我清楚地记得，有时我成功溜出了教室，可发现玛尔蒂没有尾随过来，我只能闷闷不乐地重新回去。

玛尔蒂的学习成绩不佳，她的爸爸妈妈为此很是苦恼。一天，她的父亲拿了一本书给她，吩咐她每天必须读 20 页，一周后他要检查这本书有没有读完，如果没有读完，就要打得她皮开肉绽。玛尔蒂默默接过书，可她哪里读得进去？她今天从书上撕下 10 页扔掉，明天撕下 20 页扔掉，天天如此，而且每天还是一如既往地到处疯玩。第 8 天到了，父亲问她：“书看完了吗？”她回答说：“读……读完了。”父亲说：“把书拿过来，我要考考你。”她站着不动，也不说话。父亲又重复了一遍，她忽然不管不顾地喊道："我把书扯烂扔掉了，我就不看书！"

后来她挨了好一顿暴打，不过那又是另外的故事了。此刻我脑子里想的是，小时候那个既莽撞又活泼的玛尔蒂现在却变得这样驯顺、安静，连一张残破的旧报纸都贪婪地不肯放过，她这是怎么了？她……？

这时，我听到摩诃谢沃尔在问玛尔蒂："饼什么时候能烙好？"

"马上，我马上就去烙饼。"

玛尔蒂正要往厨房去，可就在这时，"弟弟"的责任意识陡然猛增，他朝玛尔蒂伸出双臂，大声哭号起来，怎么劝也不听。玛尔蒂只能抱着他去了厨房，坐在厨房的地上，一只手轻轻拍打安抚他，另一只手拿起大大小小的盒子和罐子，把它们放在自己面前。

我和摩诃谢沃尔默默坐在院子里，期待着夜晚的降临，期待着晚餐，期待着对方能说点什么，期待着能得到一些不知会来自何处的小小满足。

吃过晚饭，我们躺在床上。"弟弟"已经睡着了。玛尔蒂在床的一侧铺上防水的油布，让"弟弟"躺在上面。虽然已经睡着了，他却不时惊醒过来，甚至有一次忽然惊坐而起，随后又躺倒在床上。

我对摩诃谢沃尔说："您今天辛苦了，早点睡吧。"

他说："您肯定比我还累，徒步走了 11 英里的路。"但是，他疲惫无力的声音好像在补充道："我也累了。"

我没有答话。过了没多久，直觉告诉我，他已经睡着了。

此时大约是晚上 10 点半钟，玛尔蒂还在吃饭。

我看了一眼玛尔蒂，她一边慢吞吞地吃着晚餐，一边怔怔想着心事，不过应该不是在思考什么复杂的问题。我在床上来回翻了几下身，找了个舒服的姿势，朝夜空望去。

月圆之夜，天空晴朗澄澈。

我看见——公屋的平屋顶白天看起来异常平淡枯燥，此刻却在月色中闪着银光，清凉似水，柔波荡漾。月亮的清辉水银泻地般洒在上面，然后又从屋顶上淌落下来……

我看见——夜风中的松树……被烈日烘烤得有些枯黄的松树，似在浅吟低唱，曲调柔美但并不忧伤，悸动但并不焦灼……

我看见——月色朦胧，蝙蝠悄无声息地在幽蓝的天穹下盘旋，连它们都显得美不可言……

我看见——积聚了整整一个白天的灼热、焦虑、疲惫和痛苦，此刻都从群山中蒸腾而去，消失得无影无踪，起伏的山峦将松枝状的手臂伸向天空，像任性的孩子一样不肯放它们离开……

而我所看到的这一切，也只有我看见了。摩诃谢沃尔在打盹，而玛尔蒂刚吃过晚饭，一边用热水清洗陶罐准备做酸奶，一边说："马上就可以休息了。"我提醒她，已经快 11 点了，她轻轻摇了摇头，意思是每天都是如此。玛尔蒂也没有看见我所看到的一切，她的生活日复一日地按照固定的节奏缓缓向前流动，不会因为一抹皎洁的月光，一眼对尘世的顾盼而停下脚步……

不知孩子对这样的月夜会有什么感受，我怀着一种隐隐的好奇朝"弟弟"望去，他好像猛然从一个噩梦中惊醒，身子一歪，从床上跌落在地上，然后哇哇大哭起来。摩诃谢沃尔惊呼道："怎么了？"我猛地跳下床朝"弟弟"奔去，一把将他抱起，玛尔蒂也从厨房跑了过来，我想起刚才重重的响声，满心不忍地说："可怜的孩子，这一下摔得可不轻。"

刚才的场景仿佛一气呵成,一切好像就发生在一瞬之间。

玛尔蒂伸手从我怀中接过孩子,随口说道:“这孩子总是受伤,每天都从床上跌下来。”

在一个极短的瞬间,我惊得目瞪口呆。这之后,我的心忽然间拼尽全力,用质疑的口吻对她说:“母亲!年轻的母亲!你的心怎么变成了这样?你唯一的孩子摔在地上,你却说出这样的话来!更何况这才刚刚开始,你的全部人生还那么遥远漫长!”当然,这句话是在心中暗暗说的,我连一个字也没吐露出口。

而且这时我突然意识到,此前的感觉并非幻觉。我发现,真的有某种极其恐怖的暗影驻留在这个家中,像蛀虫般悄悄啃噬着他们生命中的茂郁风华,它紧紧贴附,与他们合为一体,因此他们浑然不觉,在它的包围下一如往常。不仅如此,我真切地看见了那片可怖的阴影……

没过多久,院子里重新恢复了宁静。摩诃谢沃尔再一次进入了梦乡。玛尔蒂躺在床上,“弟弟”紧贴着她,渐渐平静下来,只是偶尔会呜咽一两声,小小的身体也随之轻轻抽搐两下。我也开始感觉到床铺的柔软和舒服。玛尔蒂静静凝望着夜空,是在看月亮吗?还是星星?

这时,11点的钟声响起,我努力睁开铅一样沉重的眼皮,抱着某种隐隐的期待朝玛尔蒂望了一眼。伴随着第一声钟响,玛尔蒂的胸膛忽然鼓起,然后又慢慢落下,伴着一记记钟声,她几乎无声地嗟叹道:“11点了……”

《谢克尔传》（第一部）
《成长》

序曲

绞刑！

这个世界上的所有力量，以及我们的进步、我们的科学、我们的文明所创造的所有才能和手段，在创造一个生命方面束手无策，然而在夺去这个生命，在毁灭他时，需要的只是冷酷无情——绞刑！

绞刑，为什么会有绞刑？为了惩处罪犯。但是，难道他们因此就会改过自新？难道他们的罪孽因此便能得以消除？难道他们亲手划下的那条无法抹去的线会和他们一起消失吗？绞刑，是为了教育其他人。但是为了教导人们去尊重生命，却向他们展示对生命最冷酷无情的蔑视，这是什么样的教育？况且，又有谁曾经从中学到了什么？对绞刑的想象一直令我沉迷，它就像毒蛇的眼睛一般冷若冰霜，但又能施展令人无法抗拒的催眠法术……这种催眠、这个邀约，使这个复仇的工具变得富于诗意，给予那些祭献于它的不幸的人们——或许是极度幸运的人们——一种人生的实现，完成他们人生过早的终结。

青春的浪潮奔涌，卷走无垠的海水，使大海干涸。日出时分的夜晚仿若散乱交缠、黑云层叠的发辫。秋日晴朗的天空上飘浮着一大片黑色的雨云！在这种对立中，在这种突如其来的割裂中，在隐藏于其内的关于毁灭者湿婆[①]的精妙诗句中，已实现了自身的完满。

什么样的完满？对于什么的完满？我的死亡将使什么得以完满？我的生命又曾经完满过什么？

帷幕升起然后落下。背景搭好然后再次变换。帷幕的每一次升降，背景的每一次变换，尽管它们消失隐匿于自己的终点，但却在戏剧的激流中注入了一滴水珠。这滴水本身并不特别，但是没有它，浪潮将不再奔流不息；没有它，浪潮本身也不复存在。

我在回顾我的人生，重新历经一次过往的生活。过去我总是注视前方，而当我到达生命旅途的最后一站时，我开始向后回望，望见我从何处启程，在什么地方迷了路，又是如何获得了奇妙的感悟体验，最终来到了这里。此时我才发现，在迷失方向的时候，我也获得了一种激励，赢得最终胜利的种子就蕴藏于其中；在我得到的丰富感悟中，也包含了一种对特殊滋味的品尝，是它指点了我人生的方向。生命旅途中的高山、溪谷、河渠、荆棘、风暴，所有这一切对我而言，而且仅仅对我而言，是相同的。其目的就是在某个特殊的时期、特殊的环境、特殊的地方，以特殊的方式和手段给我的生命一个特殊的终结，由此使其获得自身的解脱、成功和完满……如今我的人生尚未完成，但我没有任何缺憾；我并不完整，但并没有留下任何需要添补才能令其完整的空间。

① 湿婆是印度教的毁灭之神，此处原文使用的是湿婆神的一个称号“bhairava”，意为“可怖者”。

除了这次回望本身。或许这就是我在人生旅程中的最后一顿晚餐，因为它，而且只因为它，我得到了莫大的满足……

首先出现在我面前的是你，谢西！

之所以会这样，并非因为你是最早走入我生活中的人，或是因为你是我记忆中最鲜活的部分，而是因为我完全因你而存在。宝剑锋从磨砺出，你是砥石，我的生命在你不断的磨砺下才保持锋锐。在你的磨砺之下，我才能够去除锈渍、显露锋芒，我才能够站在世界面前不感到羞愧——因为我不知道有任何需要感到羞愧的理由。

你不在了。在把我变成谢克尔的过程中你粉身碎骨，也许你就是在谢克尔的手中碎裂的。我不断在心中重复默念“谢西没了，谢西已经死了，谢西没了”，即使这样，我仍然无法明白到底发生了什么，我无法估量我所遭受的创伤有多深，我根本感受不到这个。

为什么？为什么？锋利的宝剑如何能够理解，当它自己终于不再粗陋易折时，砥石却碎裂了……如今我还活着。如今我仍血脉贲张。如今我还“在”。

但是，我为什么要说你已经不在了？只要利剑未折，那么磨砺了宝剑的砥石就不会碎裂。我就要死了，将死在绞刑架上，然而此刻我还活着。

我请求你的允许，我要怀念你。在有你存在的地方用“怀念”这个词，似乎是对你的亵渎，然而我还是要请求你给我这个权利。请让我说服自己相信你已经死了，你已化为空无，为此请允许我回忆属于你的“一些东西”——你的那些痕迹踪影，我曾以此为真……

不，不是那个瞬间，不是那个我恐惧地问“谢西，怎么了？”

而你用嘶哑无力的声音说“幸福,谢克尔,幸福……”的瞬间。我无法让那个瞬间在我面前停留得更久一点。

我记得,我们曾经自然而然地交往。我们之间有爱恋、有吸引,然而这种爱恋并不是那种借由困境催生而出的爱恋,这种吸引也不是那种建立在痛苦感受之上的吸引……

我出狱后第一次和你见面,见到你之后,我的内心受到了沉重的打击。当时我说:“出狱之后我失去了太多东西。以前我在心里一直把你我视为一体,现在却感到我需要重新认识你。”当时你哭了……

那时你突然说道:“不去看看我的家吗?”因为你已经结婚了,你有自己的家了……

我见到了你的家,也见到了他,有了他,那个家才成了你的家。我感觉到,你生活得安逸而满足,让你的生活按部就班正常前行的轨道已经铺设好,可轨道的四周却一片寂寥,空无一人。由此更加坚定了我的疑虑,我需要再一次重新认识你——你已经不是我熟悉的那个人了……

我说:“谢西,唱个歌吧!”

“现在我不唱歌了。”

“为什么?难道现在你就已经老迈不堪了吗?”

你笑了起来。凭借那笑声,我一下子便找回了那个瞬间,那个不时出现在我生活里的瞬间。我用清晰明锐的目光看到——阴云密布的天空,光线幽暗的黄昏,夜风凝滞,没有雷鸣电闪,一只孤飞的小鸟飞着飞着突然折翅向下坠落,一边下落,一边不断挣扎扑腾着想再次飞回天空……

我一下就认出了你……我在你家里再也坐不下去了,于是起身告辞。

你送我到门口。

“你已经看见我家了。”

“是的，看见了。看得很仔细。”说完我迅速迈步离开，而你却好像被围困在那个属于你自己的家里，一直站着没动。

建成于班达威尔[1]时期的房子已成残垣断壁，旁边还有几幢新一些但其实也很古旧的房子。谢克尔就坐在这样的一幢房子里。他所在的所谓“房间”，其实是建在仓房一角的一扇老式窗户的窗阁，窗阁宽大但却形状怪异，过于久远的历史把它的颜色变得暗沉，然而雕刻的花纹依然清晰可辨。谢克尔坐在窗阁上，手扶住两边，头却侧向右边，向窗外探去。

房间里的墙壁上和窗阁上留有许多弹孔，墙上也修了两三个能从屋内向外射击的洞孔。这些弹痕和射击口记录着这幢房子的一段历史，然而现在却没有人去研究它。谢克尔坐在窗阁上，对这些他并不留意，他眼前的景象和这一切毫无关联。

残破的院墙围绕着一方小小的院落。院子的一角种着一棵矮小的枣树，树荫下是一口破烂废弃的老井。水井旁边堆着一堆式样老旧的瓦片，一些枯萎的菩提树叶从院子右侧飘进院中。墙外的一棵菩提树下拴着一头奶牛。不远处可以看见一个小神庙的屋顶和金合欢树枝顶的嫩叶。所有这一切都淹没于正午的静寂之中。

他坐在那里凝望着这一切。谢西的父亲因为心脏病病倒了，恐慌迷漫在整幢房子里，大家似乎都在等待不幸随时降临。巨大的黑影笼罩着整幢房子，家中每一个房间里虽然一片宁静，但又好像有什么东西一直在彼此窃窃私语。

他来到这里坐着，是为了避开那怪异的令人不寒而栗的

---

① 对班达·辛格·巴哈都尔（Banda Singh Bahadur，1670—1716）的尊称，他是锡克教第十任祖师哥宾德·辛格时期锡克人的军事领袖，曾带领锡克军队为抵抗莫卧儿帝国而战，1716 年战败被俘后被杀害。

沉寂。他望着院子里的一景一物，竭力让自己忘掉家里空气中弥漫的味道。因为他爱这家里的每一个人，但却受不了这种充满哀愁的寂静。

谢西，他的妹妹，是这个家里的女神。因为谢西，他才会愿意舍弃大学里那种活泼自由的气氛来到这里，即使身处于这种阴郁的氛围中，他也感觉能得到某种慰藉。

谢西不是他的亲妹妹。但如果说他感到他们之间的关系与亲兄妹有什么不同的话，那么那感觉并不是疏远，而是更加亲密，是一种毫无芥蒂的朋友般的情感。这种感觉如同秋日的阳光一般，不仅驱走了笼罩着整个家的阴霾，也驱走了他自己内心深处的黑暗。

她不是亲妹妹，因此谢克尔从未"想念"过她，从未"看见"过她，他没有这样的权利。他对她只有膜拜。他常常坐着坐着就做起梦来，谢西在梦中的出现并不像一个画面，而是如同照亮了他的一束光一般翩然而至，不必刻意去想，就能感觉到她的存在。

这种感觉有时会表现为一种针刺芒扎般的颤栗。谢西在唱歌。她的声音里没有华丽的装饰，没有精致完美的技巧和令人目眩神迷的假音，但是在她的歌声里却有一种令人震颤的光芒在闪耀，有秋季里燃起的篝火中那种令人愉悦的温暖；在她的歌声里，有着小提琴琴音一般的绵密激昂，也有着黎明时分奏响于悠远山峦中的维纳琴[①]乐声中的哀婉；她的歌声里有着在雨季幽深的夜晚聆听到的笛声中那种扣人心弦的不懈诉说，同时也有着少年酣畅淋漓、近乎于嘶哑的高声呐喊。

她在歌唱。唱的是什么？这是一首谢克尔听过很多次，

① 印度传统的弹拨乐器。

而且听很多人唱过的歌曲，他甚至多次听到上千人一起合唱这首歌，但是他从未感受到这样一种意境和歌声中令人沸腾向上的炽热。

那歌声在我的心里唤醒了什么？爱情？忧伤？还是好胜心？抑或三者兼而有之？无论被唤醒的是什么，那歌声都犹如魔法般笼罩着我，向我展示了一个有关勇气和战场的令人沉醉的梦境。我沉溺于那梦境之中，开始向自己讲述一个有关自我的力量、奉献以及浴火涅槃的故事，而那故事的缘起、内在的灵感则是谢西。由此，一种最为圣洁的感受在我心里油然而生，我愿为捍卫它而奋战。此外，还有一种令我沉迷的神秘情感悄然苏醒。

谢西人格中的这种感召，这种"呼唤"，唤醒的只是我心中的一隅之地，这里充满叛逆、激情四溢。而我内心世界的其他地方却是被谢西的笑声唤醒的，这里可以映射出创造之美，它是我大脑中的核心和灵魂，我之所以成为诗人，是因为拥有这样一方心灵空间。她的笑声中有一种使人惊诧，但同时又令人失语的东西。那笑声甚至超越了诗，令人闻之默默无语，在想象中阅尽河川瀑布、月升海上、银汉迢迢的盛景，而后又默默回转心绪，静静聆听她的笑声。

阴云密布的天空。光线幽暗的黄昏。夜风凝滞。也不见电闪雷鸣的景象。而今天那只鸟儿也不见了踪迹，那只飞着飞着突然折翅向下坠落，但不断挣扎，扑扇着翅膀想飞回天空的鸟儿……

在那逼仄的炼狱里，一个女修士的声音让我看见了一片圣洁的净修林，这声音将那巨大的幻象化为微末一粟，令我忘却一切，而它却用一种奇妙的带有同情的口吻说："雌鸳鸯啊！

请告诉你的伴侣，夜晚已经来临！"[①]

啊，夜晚！

不知道我们是从哪个遥远的国度一路旅行来到了这里！我们的船屋离斯利那加城[②]还有一英里，但是这次旅行却好像已经历经了好几个世纪，仿佛它是从一个不知尽头的时间启程，又将继续驶向一个不知尽头的时间。这次旅行似乎受到了那罗陀仙人[③]的诅咒，可能永远也不会停止。

船经过杰赫勒姆河[④]，现在驶入了芒斯博勒湖[⑤]湖区。渡过了杰赫勒姆河肮脏的水域，悬铃木浓密的树荫也被远远抛在后面。此刻湖水清澈如镜，倒映着晴朗的天空。湖里长长的水草在阳光的映照下闪耀着不同的色彩——时而金色，时而是红色，时而又呈现出一种熠熠闪光的翠绿。有时一缕阳光会穿过茂密杂乱的水草照射到湖底，湖底的石头映出道道粼光。

船行驶的速度并不快。它在狭窄的水面上漂游，仿佛驱船前行的动力已经耗尽，它只能在这种无精打采的漂流中前行，但是又停不下来。船头处突起的弦尖仿佛从酣睡中醒来，看见阳光织成的金色大网欢跃于自己面前，于是懒洋洋地伸出手想要捉住它。

船的前部坐着两个人。少年赤着上身，只穿着一条灯笼

---

① 梵语，诗句摘引自迦梨陀娑的古典梵语戏剧《沙恭达罗》第三幕，季羡林译为：母鹅啊！告诉你的丈夫，夜已经到了。

② 斯利那加（Srinagar）位于印度河支流杰赫勒姆河畔，是印控查谟和克什米尔邦的夏季首府。

③ 那罗陀仙人（Narad）是印度神话中著名的仙人之一，常常往返于天地之间，是神与人之间的使者。

④ 杰赫勒姆河（Jhelum River）长约813公里，流经印度和巴基斯坦，是旁遮普地区的五条河流中最西边的一条，也是最长的一条。

⑤ 芒斯博勒湖（Manasbal Lake）位于斯利那加城的北边，是克什米尔地区最深的一个湖泊，以湖水清澈、荷花茂盛而著称。

裤，栗色的头发浓密蓬乱，手中拿着一只前面装了钩子的长长的竹篙。这个少年在湖里采摘白色的莲花，摘下来的莲花在他前面已经堆成了一堆，但是他还不满意。他摘的莲花都是半开的花苞，那些已经完全盛开的莲花，不知为什么，他并不觉得美。

离他稍远一点的地方坐着一个姑娘，但是她的心却好像飞到了千里之外。她的身边放着许多英国画家手绘的克什米尔风景画，怀里捧着一本书——迦梨陀娑的《罗怙世系》[①]。但是她既没有看画册，也没有读书。她茫然地望着少年，嘴里喃喃自语，心里不知在想些什么。

少年大约八九岁，姑娘大概十二三岁。那个少年就是我，那个姑娘是我的姐姐。

船里还有许多人，但是并没有别人来享受这温暖的正午阳光。他们俩单独在一起，躲开了其他人。大船随着他们的白日梦缓缓向前漂游。

少年摘着摘着花感觉到累了，此处的莲花已所剩无几，只在远处还能看到几朵。他们此时已经进入湖区深处。少年切开莲花长长的花茎编着花环。花茎一分两半之后便可以编成花环，每一个花环下面都垂落着一朵莲花。他不停编着，每编好一个，就蹑手蹑脚地走到姐姐身边，小心翼翼地挂在她的颈上。她一动不动地坐着，每一次都回以一个梦幻般的微笑，然后便又沉浸于自己的世界之中。弟弟已经在她身上覆满了莲花，但他并不满足，而她也并不去阻止他。

摘下的花也快用光了，只剩下几朵，都是掉落了花瓣的。少年认为这些花不能用来编花环，但是与此同时，他仍觉得花

① 《罗怙世系》是印度古典梵语诗人和戏剧家迦梨陀娑创作的长篇叙事诗，讲述了罗摩家族主要帝王的事迹。

环不够多，还可以再挂一些……于是他略显羞涩，像做了错事一样走到姐姐身边说："剩下的花都不够好。"

姐姐看到他失落的样子，不禁笑了，说道："够多了，难道你要把其他花压坏吗？"

说完，她又回到了那种怅然若失的状态。少年在她身边坐下，满心崇拜地听她喃喃自语，仿佛在接受女神对他的赐福。

姐姐的呢喃如今我仍未忘记。当时并不懂得其中的含义，如今懂了。但那些日子我做过的梦，还有心中被唤起的情感，至今我仍然无法领会其中的含义，因为它们是超越于含义之上的。

如果这花环能毁人性命，

放在我胸前，为何我不死？[1]

听着姐姐的唱诵，少年的心里突然泛起一种莫名的感受。这种感受并非突然形成，许多天以来，这种感受在他的内心中慢慢发酵，就在刚才，忽然完整地显露出来。今天，就在他把花环戴到姐姐脖颈上以及聆听姐姐诵唱时，这种感受浮现在他的心里。少年轻柔地抚着姐姐的面颊说："你真好看！"

在他的词汇表里，用来表达美与丑、好与坏、真与假这些意涵的词汇非常贫乏。虽然他只是一个懵懂的少年，但却清楚地知道"真即善与美"[2]的真谛。因此，为了表达内心中那种无法言明的感受，他能说出来的只是："你真好看！"

而姐姐也很了解他。她又笑了，一丝羞涩让她显得愈加

① 梵语，这句诗出自迦梨陀娑的古典梵语叙事诗《罗怙世系》第八章第46颂，描写英杜摩蒂不幸被那罗陀大仙琵琶上的花环击中胸口，倒地身亡。罗摩的祖父阿迦王见妻遇难，悲痛欲绝。这里采用的是黄宝生的译文。

② 梵语，传说是湿婆亲自写在中世纪虔诚诗人杜勒西达斯撰写的《罗摩功行之湖》封页上的一句话。

美丽。她转过脸，向湖面望去。

难道她在寻找湖中看不见的倒影？我不知道，或许她也不知道。而此刻她有了一种莫名的变化。我已经向她倾吐了自己所有的秘密，但是难道她刚刚才知道她拥有一个独属于她而且可以珍藏秘密的宝库——她的心吗？

就如同一串项链断了，然后再把那散落的珍珠打乱顺序重新串在一起，我的记忆也同样顺序颠倒、毫无条理。伴随着这个场景，我又看到了另一个场景，人还是那些人，场景中的元素也还是那些，但是所唤起的内心感受却截然不同。从场景的角度而言，这幅场景与前一个场景紧密相连；但从对我生活的影响而言，我感到它们之间毫无关系。如果它们之间有什么关联的话，那也只能说，这两幅场景是两种完全不同的感受同时并行发展的体现吧……

还是那片湖、那艘船、那一天。已是傍晚，所有人都进到船舱里面去了。我独自坐在船屋的屋顶上。夕阳浓重斑斓的光芒洒在湖面上，在夕阳的映照下，湖水仿若大自然清澈的双眼，睡意沉沉、目光迷离，四周长长的水草如睫毛一般穿插在湖面和天际相交的地平线上。我沉迷地望着水草黑色的剪影。水草黑魆魆的，毫无风韵可言，但环绕在其怀中的景色是多么美丽啊！

不止如此。我是怀着某种期待坐在这里的。在湖的东边，睫毛般的水草显得更加浓密黝黑，因为东边的天空上镀着一层细腻光滑的白色光影。我竭力想象着日出后每一种不同的景物会有怎样的变化，会呈现出怎样的轮廓。我不清楚现实的景象会比我的想象还要美丽多少……

下面，船舱里，有人在唱歌。我侧耳倾听——是两个声音在一起合唱。一个是姐姐的声音,一个是姨妈的。我已记不清她们唱的歌词了,但曲调至今仍在我的耳畔回响……

我想象着——那两个声音就如两个疾速游动的泳者,乘着湖中不露痕迹的清波微澜,向湖泊和天空交界的地平线游去,向月亮升起的地方游去,去和月光约会,因为月光是她们的姐妹,会为她们戴上用睡莲编成的花环……

啊!月光的清辉洒向这里。湖泊周围睫毛般的黑色水草现在变成了描画在地平线上的眼线,圆月跃升于地平线上,仿佛一只大大的凝滞的眼睛……

我的心中泛起一种奇妙的感受。月亮是一个少女,大地之上黑夜的暗影是蒙在她脸上的面纱。但是月亮之美令面纱也无从遮掩,所以她索性摘下面纱丢弃在一边,无遮无掩地升起于地平线上。她折射出的魅影甚至将丢弃一旁的面纱都幻化得美不可言!

这种感觉当时是否就是这样出现在我的心里,我无法肯定。但是在我记忆中的画面里,那个少年的确怀着这样的感受站在那里。显然,即使当时他的脑海里并没有涌动着这般感受,那么也一定埋下了它的种子,那天他一定隐隐地认识到美是多么袒露直白、无须遮掩,而毫无遮掩的赤裸和袒露又是多么美……

"谢克尔,现在下来吗?"一个声音刺破了少年的梦境,这也是姐姐的声音。是否就是从那时起,每当我看到某种奇美的景色,忘我陶醉于其中的时候,就会有一个尖利的声音唤道——谢克尔,现在下来吧!

Dead,long dead;
Long dead!
And my heart is a handful of dust,

And the wheels go over my head,
And my bones are shaken with pain,
For into a shallow grave they are thrust,
Only a yard beneath the street,
And the hoofs of the horses beat,beat,[①]

名为“迦楼罗之巢”[②]的那栋房子影影绰绰地矗立在一片桉树林中。夏尔达就住在这栋房子里。那一天，谢克尔的心中充满无法抑制的情感，再也无法忍受夏尔达挥之不去的身影，在她身上堆满了鲜花，然后抛下她独自离开。时隔了好几日，直到今天谢克尔才又朝着这栋房子跑来，对往事的回忆在他的心里飞奔……第一波青春的潮水汹涌而至，在他心里恣肆漫溢。

那个夏尔达，她总会逗得他哈哈大笑。那个夏尔达，她的维纳琴声让他的心随之飘荡，虽然总是激怒他，但最终却成了他的朋友。于他而言，她意味着一切，这里不是他的家，正是为了她，今天他才如此执着……所有这一切都使他觉得再也无法忍受下去了……

走到房子旁边，他停住了脚步。难道他希望看到夏尔达就站在门口，因为看到他出现在眼前而兴奋不已？但是现实并非如此——门口并没有她的身影。房门关着。他曾经常常从远处眺望着“迦楼罗之巢”的烟囱里升起的袅袅青烟，一日一日挨过漫长的时光，但是今天烟囱里并没有冒烟。

---

① 英文，诗句摘引自英国维多利亚时代桂冠诗人阿尔弗雷德·丁尼生（Alfred Tennyson，1809—1892）的长篇独白诗剧《莫德》（*Maud*）。诗歌大意为：死了，死去很久了；死去很久了！我的心化为一抔尘土，车轮碾过我的头颅，我的骨头痛得颤栗。因为它们被塞进了一个，距离街道仅仅几尺的浅浅坟墓。嗒嗒马蹄声过，……

② 迦楼罗（Garuda）是古印度神话传说中的一种神鸟，是毗湿奴大神的坐骑，又被称为大鹏金翅鸟。

谢克尔有些慌乱地走到房子门口。门上挂着锁。透过窗户向里面望去,屋里空空荡荡……

短短的一瞬间,他并不明白眼前到底是怎么回事。但他渐渐开始清醒过来。

The hoofs of the horses beat,beat,

The hoofs of the horses beat……[①]

他踉跄着坐到门前的楼梯上。

当他起身离开的时候,心中一片空白。这之后,他甚至没有时间为此受伤,或者去领悟这次打击对他意味着什么。

就像有壳的动物在饥饿或者寻找配偶时会爬出硬壳,心愿达成后又会重新钻进壳里,谢克尔也是这样。当对现状不满、倍感失落时,他决意离家外出闯荡。但不幸的是,几乎每走一步都会受到打击。他也想掉头回家,但内心的渴望又挡住了他回家的脚步。面对各种打击和伤害,他赤手空拳、毫无防备,生活已将他从家这个安全的港湾远远带离……

他安静地坐在屋里吃饭,边吃边在思考着什么。妈妈坐在隔壁的厨房里,父亲正在和她交谈。大哥自己一个人悄悄离开了正在就读的大学,直到收到一封关于他的电报,家里才知道他现在人在加尔各答,正打算在警局谋一份差事。爸爸妈妈聊的正是这件事,谢克尔也心不在焉地听着他们的谈话。

哥哥在加尔各答虽然提供了大学的信息,但却伪造了父母的姓名。经过调查之后,学校给父亲拍了这封电报。

对父亲来说,最大的打击是儿子竟然伪造了自己的名字。父亲不断抱怨着这一点。

① 英文,诗句摘引自阿尔弗雷德·丁尼生的长篇独白诗剧《莫德》(*Maud*)。大意为:嗒嗒马蹄声过,嗒嗒马蹄声过……

妈妈说："我总是说，到底谁会相信这样的孩子？"

父亲说："是啊。"

妈妈又说："说真的——"她忽然放低了声音，"说真的，我其实连他也不相信。"

他？

谢克尔没有看见父母对话的场景，虽然隔墙而坐，但他想象得出整个画面，他甚至看到了母亲那种焦躁但又十分肯定的表情，还有朝谢克尔方向比划的手指——"他！"

谢克尔放下手里的烙饼站了起来，一走出房间，他忽然感到浑身无力，眼前一片漆黑。

他像石头一样一直呆坐到傍晚，水米未进。妈妈一次次过来责骂他，然后又没完没了地咒骂着自己，最后哭哭啼啼地走了。爸爸过来把他斥责了一通之后也走了。夜已深，全家人都睡了，四周一片沉寂。谢克尔关上了房门，插上门栓，然后吹熄了油灯坐在床上，心中难过不已。

夜半时分，他拿出自己的日记本，试图在日记里发泄心中的愤怒。

"做一条狗、一只老鼠、一只臭虫也胜过做一个不被别人信任的人……"

他站起来，面朝墙壁用英语喊道："我恨她，我恨她！"[①] 他穿上衣服，从窗户跳到了外面，然后头也不回地扬长而去。

快走到离家几里外的一个公园时，他发了一个毒誓——再也不听妈妈的话；再也不和她亲近；再也不做任何会使妈妈对他产生信任感的事情，哪怕只是一点点信任。

这誓言并非停留在口头，而是写在一张纸上。但内心的

① 原文中使用印地语天城体对英语进行转写的地方在译文中使用楷体进行标注，下同。

想法忽然又有了些新的变化，于是他把写着誓词的纸撕成碎片，扔在泥泞的地上，然后又用脚使劲踩了踩，直到纸屑被碾进泥浆后不见了踪影。

“我是值得信任的人！一直都是这样的人！是她缺乏信任别人的能力，我为何要认输？”

黎明时分，他回到了家里。

我又想起了一个与此没有关联的场景。这场景特别生动鲜活，我几乎觉得这幅画面就呈现在我的面前，但却想不起它发生的准确时间。根据记忆中我的模样推断，它和前者应该是同一年发生的事情，但记忆却无法为证实这一推断提供任何帮助。

我到银行兑换了支票，取回了父亲一个月的薪水。父亲去上班了，我把钱从口袋里掏出来准备交给妈妈。这一大把钱里有不同面值的纸钞，还有很多硬币，所以看见妈妈伸出手准备接钱时，我对她说：“妈，用你的裙角兜一下吧，钱太多了。”

妈妈慢慢撩起裙摆，可是却笑着说：“等你能挣钱的时候，我再撩起裙子接钱吧，现在哪用这么干？”

我正要把钱放在她的裙摆里，听到这话却停了下来。我用惊异的眼神望着妈妈，她一定不明白这眼神里的含义，或许连我自己也不明白。之后，我没有理睬她撩起来的裙摆，而是把一只三腿凳拉过来，然后把钱放在了上面，“数数吧！”说完扬长而去。

每当我想到，促成我走到今天的各种原因之中，可能也包括了这种对不受信任的强烈反应。但不知为什么，我并不愿意把促成如此巨大变化，产生了如此深远影响的功劳记在妈妈身上；不知为什么，我并不愿意领受她的这份恩惠，也不愿因为她鬼使神差般施加的这种影响对她有任何感激。

那一天之后，无论我的状态是清醒或是混沌，无论我是在勇敢地斗争或是怯懦地逃避，每当这种偶然得知不被别人信任的可怕画面出现时，我的眼前却又空荡荡，什么都不存在。我记得，被捕之后当我第一次想到家人的时候，想到的却是妈妈听说这个消息后，她的第一反应可能是一种胜利的快感——“我早就知道，我从来就没信任过他！”她可能会难过，会哭泣，会愤怒，但是她心里的第一个念头，尽管这念头或许只是一闪而过，尽管这念头也同时会令她感到沮丧，但她心里的第一个念头一定会是——“本来早就应该预料到他会这样……”不知为什么，这种想法给了我很大安慰，使我的心情立刻平静下来，使我能够对警察的暴行漠然待之。

宽恕是心灵的达摩[①]，但是我却做不到。这个事件影响了我之后的人生，但我并不为此而感到愤怒，至少现在不。我知道，即使没有这件事，我也会朝这个方向前行的，仍会成为现在的这个我。我的内心从出生时起就潜藏着一种力量，或者说是一颗力量的种子，这种力量不仅激励着我不可阻挡地朝这个方向奔去，而且还将一直激励下去，无论妈妈是否对我说过什么。这种认识一方面使我对她并无任何怨愤，但同时也使我对她没有丝毫感激……

我相信叛逆者不是后天培养而成的，而是与生俱来的。叛逆意识是一种与环境抗争的能力，并非人生经历和不利环

① “达摩”（dharma）一词来自梵文，又译为“正法”。“达摩”是印度传统文化中最基本的概念，有许多含义。从广义上说，它指事物存在的法则、事物内在的必然性和规律性；从宗教和伦理学的角度说，它指人们应当遵循的行为准则和道德规范以及应当履行的社会义务。古代印度教伦理哲学对不同的人规定了不同的达摩，要求每个人都必须严格按照自己的达摩行事。

境所造就；它不是后天附着于灵魂之上的衍生物，而是它最密不可分的一部分。我并不相信存在什么宿命，因为我们所有的无奈和被动并非源自外部因素，而是源于自身。如果这些是外在因素造成的，源于他人，那么我们可以称之为宿命；但它源于内部，源自于我们自身，尽管在它发展的过程中的确存在外部因素的影响。因此我们可以把它称之为“个人命运”（personal destiny）。

我的意思并不是说卡尔·马克思生来如此，或是雪莱从这个世界上一无所取，我也并不认为托洛茨基对世界的改造大于世界对他的塑造。在成长的过程中，虽然接受了广泛传播的思想，但仍然保持叛逆者的本色，这是叛逆者的特点之一，因为他超越了这个时代最优秀的人。因此，尽管爱因斯坦出生并成长于反动保守的德国，但他却是一个叛逆者；而成长于俄国革命怀抱中的斯大林则算不上叛逆者，因为他只能算拾人牙慧，尽管俄国革命是世界上最为声势浩大、最为热烈激荡的革命，并且开创了一个新的时代……

如果事实的确如此，那么传播叛逆思想是否是徒劳之举？答案是否定的。如果希望通过传播叛逆思想造就新的叛逆者，或者培养革命能力，那么最终一定会一无所获；但如果目标是凝聚早已萌发的革命意志（will to revolution），为其指明前进的道路，那么一定能有所收获。

而且，叛逆者也是天生的领袖。既然他的追随者们也都是具有叛逆思想的人，那为什么他能成为领袖？我是一名木匠，用斧凿制作家具，那么斧子和凿子是否必须像我一样具有主动性，像我一样有创造的潜能呢？

许多人宣称并且自认为，某个事件在其心中引发的特殊反应促使其变为一名革命者,比如提拉克[①]的葬礼、实施戒严时的场景或杰丁·达斯[②]的绝食斗争。这种人我见过不少。他们在说谎。或许他们没有进行深刻的自我探索,没有发现自己真实的革命意愿其实就潜藏于外部因素之下;或许他们根本没有革命的意愿,根本不是什么叛逆者,他们只是革命的傀儡,徒有革命的外表和冲动,但心中缺乏蓬勃燃烧的动力,而只有这种动力才能赋予他坚定的意志和精神。在非常时期,他们的真面目将会昭然若揭,他们内心深处的苍白和空虚会展露无遗,虽然他们吹嘘自己具有人狮[③]般的勇武和威力,可到了那时,原本深藏在他们内心深处的怯懦的绵羊便会露出脑袋,咩咩求饶。

如今,领袖们一次次宣称,我们的反抗仅仅针对经济领域。我们家里无米下锅,我们得不到工钱,我们在挨饿,所以我们要进行反抗。我认为他们的这种说法太卑劣了,简直是对自己最大的羞辱。

在神权政治时代,为了贬损反抗的意义,我们那些伪善的领袖们总是说,人民的反抗针对的不是宗教而是社会,我们应当拥有改革社会的权利。到了社会掌握权力的时代,他们这些骗子又恐于面对四面楚歌的困局,改口说我们要求的是重建政治体制。等到建立了君权,他们又说我们针对的不是政治,我们所反对的只不过是经济危机罢了。卑鄙!卑鄙!卑鄙!我要说——喂!叛逆者们!来吧!先来彻底打破这种装模作

① 全名巴尔·甘加达尔·提拉克(Bal Gangadhar Tilak,1856—1920),印度资产阶级民族运动领导人、国大党激进派领袖。提拉克主张通过包括武装暴力革命在内的一切斗争形式实现印度独立。

② 即杰丁德尔·达斯(Jatindra Nath Das,1904—1929),生于加尔各答,参加甘地领导的非暴力不合作运动及地下革命团体。1929 年第二次被捕后进行绝食斗争,后死于拉合尔监狱。

③ 人狮在印度教神话传说中是印度教大神毗湿奴的化身之一。

样的自以为是！我们必须知道、必须懂得并且要昭告天下的是，我们所反对的并非这一个或那一个乱世，我们反抗的是现状，反对的是一成不变，我们想改变一切，我们的反抗针对的是宗教、社会、政治和经济制度，最终我们要做我们自己的叛逆者！

塑像可以被制造，而黏土却不可以。同一块黏土制成的塑像，既可以很精美也可以很粗拙。但如果没有黏土，无论进行怎样的宣传和教育，无论进行多么充满光彩的奉献，都不能制成塑像。

如同黏土离不开艺术家双手的雕琢，叛逆的心灵也需要一种对叛逆的塑造。如果想打造一个彻头彻尾的叛逆者，如果想造就一个伟人，那么内心的力量、最大程度的自我克制以及不知疲惫的努力耕耘则是不可或缺的，就如同用黏土塑造一个艺术品所需要的那样。

但是即使接受了所有的教育，具备了所有后天可以培养的能力，如果不具备那种内心的力量，仍然不可能成为一个真正的革命者。就如同尽管拥有了一切外在的装饰，但只有灵感（inspiraton）才能使一幅画成为一件真正的艺术品……

因此我相信，要造就一个列奥纳多·达芬奇或者罗宾德拉纳特·泰戈尔这样的天才，即使付出一千年的努力也不算多；同样，想要造就一个完美并且理想的叛逆者，可能不仅要花整整一个世纪的时间，还要借助人类所有的文化成果才能获得成功。

正如对于艺术家而言，除了对艺术的内在感受力之外，最重要的是对艺术充满一种神圣的敬意。对于一个革命者而言，除了内心深处必须具有一种革命的力量，最重要的是对革命和叛逆精神怀有崇敬之情。由此，他才能从中获得一种忘我工作的力量，既能将主观能动性（subjectivity）倾注于其中，又能心无旁骛地进行客观（objective）分析；由此，他才能从心所欲，即使面对死亡也会满怀自我奉献之心，他才能做到认识自我，然后于凡尘俗世中忘却自我。

而且由此，并且只由此，虽"大逆不道"，却又一尘不染；虽"罪孽深重"，却又一身清白。

对于革命者而言，在这些不会玷污他们的"罪孽"中，憎恨是必不可少的一条。

在革命者的成长过程中，博爱的能力必不可少。与此同时，他们身上还有另外一种非常重要、不可或缺的能力，那就是恨的能力。这种恨的能力永不枯竭，如同熊熊燃烧的烈火，极具杀伤力，但同时又充满冷静和公正。换句话说，我们可以清醒地感知到它的存在，但它的烈焰又不会把我们焚为灰烬，或者使我们失去理智。

虚无主义者能够理解这句话的含义。在他们自己澎湃如火、毁灭一切的热情中，恨被赋予了重要意义。他们像痛饮烈酒一般啜饮着憎恨，在仇恨中忘记自我，将仇恨视作一种蓬勃燃烧的理想。这当然是他们的错误，这是他们心中的热情在不顾一切地恣意奔涌。这浪潮随波而来，拍击着远处的海岸，而后渐渐化为喧嚣的泡沫，最终退回原处。尽管如此，他们能够理解这种强烈而又充满理性的恨意义何在，而且这种恨所具有的鼓舞和激励的力量，也曾被他们充分利用，使他们受益良多。

但世界对此不会理解。普通人的道德观认为它理应受到谴责，对他们而言，仇恨是一种令人堕落的倾向，除了毁灭人性外别无所用。他们不知道，如果正确并且理性地利用仇恨，这种情感中将蕴含着怎样的力量。那是一种划时代的力量！

我想象着有一天，这种强烈但又冷静和理智的恨能够在我们国家乃至全世界的所谓革命者中被唤醒。他们不会畏惧它的存在，而是利用它，接受它赋予的灵感，从而在世界上刻下自己的印记，开创一个新的时代，然后播下种子，等待能够再次改变时代的新的叛逆者的出现……

因为叛逆永不终止，因为叛逆是一种常态，因为在它使用的工具和手段中，除了爱以外，这种理性的恨是最具威力、最有效的武器。

除了痛苦——除了那种最刻骨铭心的痛苦。因为痛苦不仅是一件利器，同时也是一件非常神圣的武器。

但是，我为什么要写到痛苦呢？

要描述一所房屋的位置，尤其是一片风景中房屋所在的位置，必须要认真观察它。仅仅在房屋外面近距离观察是不够的，还要退到距它很远的地方……那我要走到哪里去审视痛苦呢？要从哪里对它进行测量和检查，然后再评价它的价值和意义呢？

我感觉自己的心裂成了两半。有时，我甚至感觉到它或许裂成了许多碎片，但可以肯定的是至少碎成了两半。在我自己看来，造成我心中这条无法弥合的裂缝的原因，是一幅想象中的画面，那是我的心透过厨房的墙壁看到的，画面中妈妈正在说："我连他也不相信。"

造成这道裂缝的原因是什么，有没有什么解决办法，可能要交给心理专家们进行判断。我只知道它一定是存在的，因为我自己时常能够感觉到，内心中的这两个部分在激烈交战，它们在为谁能控制我的意识而战……而且，时而这一方占了上风，时而那一方又占了上风，引发的后果便是，我的行动会自相矛盾、前后不一。对我的了解只浮于表面的人不会发现这一点，因为这种矛盾和不一致已经深深融入了我的性格之中。有时还会出现势均力敌、不分轩轾的情况，那时它们会分别控制我心灵中的不同区域。如果手被一方控制，那么脸就会被另一方控制；如果意识被一方控制，那么肢体就归另一方支配。我就像是一部机器，各种零部件已经失控，但是机器却并没有停止运转！

我没有发疯！尽管我时常在想，那根拦住我，使我不至于堕入疯狂深渊的绳子是多么纤细！

也许这根绳子的纤细就如同仇恨与爱慕，或者残暴与痛楚、迷恋与厌弃之间的距离那样细若游丝。

因为两者是无法分开的。爱有多疯狂，恨就有多强烈；残暴不仅会令他人痛楚，也会饮鸩自伤；身处爱恋之中，情人不仅忘了自己，也会遗忘爱的对象。

爱恋是一种多么温柔细腻、泽被四方的感情啊！在爱情中不存在自我。情人从不会“想起”爱的对象，因为他从未忘记她。他对她是那么熟悉，以至于他从不会想到——我要看一看她，为了看一眼她，我要格外尽力地做一番特殊的安排。如同欣赏一幅明媚阳光下的美景时，我们不会对阳光有什么特别关注；只有看到黑魆幽暗的景色时，我们才不禁会对其中哪个部分更明亮产生疑问……

有人送花给我。

如果说阳光和阴影彼此互补，从而完整无缺，那么为什么看到这些花之后，我并没有产生这样的感觉？为什么在这间不过五步长三步宽，被铁栅栏紧紧包围的黑暗牢狱里，在看到了这些花之后，我并未感觉到完整？在盛放的白色花瓣之间，黄色的花蕊犹如圆睁的双眸。为什么看到这一切，我感到的是未竟的遗憾，是彻头彻尾的空虚?！为什么激荡在我心里的是一种强烈的叛逆，是一种摧毁一切的暴戾……

将它摧毁，
不停地进攻！
哦，群鸟唱着动人的歌儿，
阳光照亮了幽深的山洞。[1]

给我送花的人是否知道她给我送来的是什么？难道要置我于烈火中灼烤吗？但是为此我依然对她心怀感激。

她是我的学生，但我不是她的古鲁。[2]我的确给她上过课，可她从没把我当作古鲁，对她而言，我像是一个大哥哥——那种可以爱，可以崇拜，可以在他身上编织梦想的大哥哥。

我也是那个冷漠地将她抛弃的人！

我教她功课，教得很用心。但她什么也学不会！我常常问她："上一课记住了吗？"她低头傻笑，一言不发。一遍遍追问无果后，我训斥她说："要是这样的话，课没法进行下去了。"然后让她复习已经学过的功课。

她根本没在读书。尽管若有所思地盯着面前的书本，眼睛里噙着大大的泪珠，但她其实什么也没看进去。

我用怜爱（但只是一点点而已）的语气说："好吧，今天我就接着往下教。明天你要记住这两节课的内容！"她继续开始上课。但第二天依旧如故。

① 孟加拉语，摘引自泰戈尔诗集《晨歌集》中《清泉从梦中苏醒》一诗，这里采用的是白开元的译文。原著中将孟加拉语诗歌直接用印地语进行了转写。

② 印度文化传统中对老师的尊称。

有一天我非常生气，望着她泣涕涟涟的样子，怒气冲冲地说："既不会读也不会写，说你几句就哭。算了吧，明天起我不来了。"

我站了起来。这时她可怜巴巴地说："我哪有时间学习？妈妈整天让我没完没了地干活。"

老师怎么会相信她的话！她的妈妈正好来了。我问她妈妈："她有多少时间用来学习？"

"她整天拿着书坐着不动，我担心她的功课，所以没说什么。怎么？她是不是没好好学习？"

本来应该说实话，但是我却说："没有，学倒是学了，但如果能再多花点时间就好了。"

妈妈走后，我再次问她："怎么回事？"她能说什么？书放在面前，做起白日梦来哪还有够！

我用更加严厉的口气说："现在怎么办？"

"我用功学习行吗？"于是我又接着给她上课。

直到有一天，我没去上课。第二天没去，第三天也没去。第四天，我给她父亲写了封信，说我不能再继续教她读书了。她的父亲第二天给我送来一张支票。

故事本来已经结束了。但是第二天她家的仆人——一个小男孩跑来找我说："姐姐问，您不来上课了吗？"

我呵斥道："哪个姐姐？"

"小姐姐！她派我来的。"

我又问："是茜拉吗？"

"是。"

她也许不知道课为什么停下来不上了。我对他说："你去告诉她，我不能去上课了。她父亲把课停了。"

小男孩离开了。我以前从没想过，我是多么怯懦地说了谎话。我一直认为是我赢了。

在那所谓的胜利中其实潜藏着我的失败。如果我对她说了真话,告诉她我辞职不干了,那么或许她会认为自己受到了不公正的对待,并且由此能够得到一点安慰。我其实也并非因为她才放弃了这个工作。从那时起,她充满哀怨的身影一直伴随着我,哭着说:“骗子!骗子!”

我远远躲开了她。我一直在躲闪逃避。今天望着这些花,我想我该逃到哪里才能躲开这些即将凋谢的花呢?

但是我为什么要跑?

茜拉,我没有骗你。我其实直到现在一直在欺骗自己。我的谎言并没有让你迷失,是我在谎言中迷失了方向。但是今天我意识到了自己的错误。此刻我是那个曾经让你伤心的兄长,此刻他满怀感激地接受你对他的敬意,他抛下自尊想告诉你的是——他说谎不是为了逃避你,而是在逃避自己。这是他的补偿,你此时无法得到,或许永远也无法得到,但是今天他已做出了补偿。

当花朵依然鲜嫩时,看不出来这束花是怎么绑上去的。我把它绑在牢房的栏杆上,但是系缚花朵的缎带没有露出丝毫痕迹。这些绑在黑色铁栏杆上的洁白柔美的花朵,用一种极其甜美的方式唤起了一个极不甜美的回忆……

如今缎带露了出来。绳圈并未松解,但花朵已经枯萎;芳踪依旧,但已渐渐凋零。它唤起了什么回忆?不知这到底是谁的回忆?!它在说,欲望终会消逝枯萎,而爱的传续则会让生命永恒……或许恰恰相反!它在说,当爱情枯萎时,欲望举着爱的尸骸四处游荡,想把自己掩盖于谎言当中……它在说,它在唤起回忆,它在暗示着某个方向……

那处河岸位于享有"迷人河岸"美誉的拉维河[1]旁,用什么词来形容它都可以,但它着实称不上迷人。岸边长着低矮的灌木和密密匝匝的枯树丛。灼热而静寂的夜晚如同一声长长的叹息。透过枯枝残叶的遮掩,依稀可见寥寥几颗星星散落于天际,地上烟尘弥漫,犹如满是尘埃的枯枝落叶干涩的叹息。而面前……

一具残骸倒在地上。他的两只手和一只脚断了,腹部裂开,肠子露在外面。双眼圆睁着,目光透过头上密密的枝丫,不知凝视着天上的哪一颗星星,嘴角上挂着一抹满是痛楚的微笑……

他已经死去很久了。伴随着巨大的爆炸声,这个人像折断的树干一样倒下,当时他身旁还有一两个目击者。但是当他死去时,却没人陪他一起应对这命运的困局。目击者去找人帮忙了,只留下一个人守在那里。尽管原本短暂驻留的生命依然期待着奇迹的降临,但临近黑夜,他再也撑不下去了……他终于飘然而去,去寻找神灵——生命最后的守护者……

帮忙的人终于被找来了。当大家来到那里准备把他抬走的时候,他已经死去了。他孑然而去,留下一抹有些扭曲的微笑,这微笑是对他自己的苦难和伤痛、希冀和奋斗的一种追忆。

四五个人站在他的遗体旁。他们没有哭泣,也没有流下一滴眼泪。他们长久以来的信心和希望已付之东流,因为他们的事业已化为爆炸时的一缕青烟随风而去。当最后的守护者弃他而去,当内心的隐痛成为他唯一的护卫,徒劳地看护着绝望的灰烬,他已慢慢穿过密林中交织成网的枝丫离去,在深深的孤独中留下了一抹无声但却充满焦灼的笑容,这笑容如此

① 拉维河(Ravi)是印度河中游的一条主要支流,发源于印度的喜马偕尔邦。

意味深长……

他睁着双眼躺在坑洼不平的地上，茫然空洞的眼神到底看到了什么？我们如何才能知道……

四五个人站在他的身边。他们站列成队，低着头，神情肃穆。大家怀着敬意一起举手向他行礼，这个姿势持续了很久很久……

大家都沉默不语。在他们内心深处，无声地奏响了作为仪式终结之曲的派勒维拉格。[①]

这就是为那位有着诗人一般灵魂的战士举行的葬仪，这就是那位叛逆者最后一次激烈的抗争。

刚才的场景渐渐隐去。天上是一望无际的白色云朵，只有那具尸体倒在一片血泊之中……

站在他两侧的是两个人——一个女人和一个男人。他们彼此凝视着，眼睛并没有望向地上的尸体。他们的内心并不觉得自己正在破坏一个圣洁的葬仪。他们相互靠近，伸出手臂搂住对方，跨过躺在地上的尸骸，迫不及待地紧紧相拥在一起！而后……

幻觉！我看到的是挂在栏杆上的一束已经干枯的水仙花，还有一截捆绑花束的缎带。

对于人类而言，谎言、虚伪和欺骗是再自然不过的事情了，因为神按照自己的样子复制了人类，而在我看来，神才是最大的谎言、虚伪和欺骗……

否则，我所看到的画面是什么原因造成的？人怎能如此卑鄙？在如此辉煌荣耀的自我牺牲面前，人怎能有这种下作的行为？

---

① 派勒维（Bhairavi）是印度古典音乐的一种拉格（曲调），可以作为一种祈祷曲在仪式的结尾时使用。

当我想到那次爆炸以及他的牺牲是如何发生的，当我想到当时这位英雄正竭尽全力，用自己即将熄灭的生命之火尽可能延续即将枯萎凋谢的梦想，而就在那时，他的身边正在上演一出阴谋大戏，借着卑劣人心的遮掩，赤裸裸的欲望正无所顾忌地疯狂起舞。想到这里，我突然对自己以及自己的所作所为产生了信心，也许所有革命的冲动正由此而来！

我认为，尽管我们的理论自己也承认，人类的一切灵感和冲动都由某种物质需求所导致，但是我们也坚信，人类身上存在着某种积极向上的力量，存在着某种本能的冲动和灵感。解决这两种相互对立的基本因素是我们面临的最大难题。如果解决了这个问题，其他问题也就毫无意义了。但是这个问题是如此重大、深刻而广泛，乃至于我们每前行一步都会遇到它，我们整个一生都在解决这个问题，但它依然悬而未决。

Alas for all the loves that youth lets fall
Like the beads of a told rosary[①]

但是在回忆这些散落的爱情之珠时，不知为什么我并不感到痛苦，不知为什么并没有失败和受骗的感觉。在我心中产生的是一种强烈的叛逆感。这并非因为我失去了什么，或者承受了多少痛苦，而是因为我给别人增加了多少痛苦，给多少纯洁的心灵刻上了深深的伤痕……

难道这就是我今生的结局？难道这就是我今生的圆满？一切都是谎言——万物皆空，万物皆空，万物皆空！甚至比空无还要少，是累累的负债，而我却一直把它当作自己的资本。

但此刻我在做什么？难道是在对如此巨大的伤痛展示

① 英文，摘引自英国诗人、画家丹蒂·加百利·罗塞蒂（Dante Gabriel Rossetti，1828—1882）的诗歌《青春的骄傲》（*Pride of Youth*）。大意为：爱情从青春的手中掉落，一如诵经的念珠。

一丝怜悯，好让它的痛楚不再蔓延吗？对深重的创痛而言，施害者冷漠轻视的目光是唯一的善行，怜悯只能将伤口再次撕裂……

我是谁？我在迷恋什么？为了人生的结局，我使尽了浑身解数，如此煞费心机地筹谋，可人生的真谛又是什么？难道是飘浮在风中的微尘？难道仅此而已吗？

不可能是这样！尽管我的生命微不足道，但我所有的梦想不可能如此渺小！我个人无足轻重，我的事业无足轻重，我的存在也无足轻重，但是我这种反叛抗争的努力将归于何处?！我坚持不懈地奋斗着，怀揣理想而来，想为这个世界(或者说是我理解中的世界)上的万物带来深刻的变化和某种根本性的变革，难道这一切努力将被扼杀在一条绞索之上？我将不复存在，我的一切印迹也将不复存在，但是难道这力量也将被摧毁？难道生命光芒的闪耀也将无影无踪？

科学[①]说，无所谓现在，也无所谓将来。过去发生的仍将一直存在下去，直至未来的终点；未来将要出现的，其实早已开始于过去。因为过去和未来并不重要，因为时间并不重要，它和长度、宽度以及高度一样，只是运动的一个维度、一个种类而已。即使死了，我仍将活着；即使活着，其实我已经死去……

我不该迷恋生命。但我该在哪里寄托这种迷恋呢？只有当生命有所圆满时，才会对生命产生迷恋。而我想的却是——死亡就是生命的圆满！

但难道真的是这样吗？科学又说，生命只有一次，人类生命的任何部分都无法永恒。伴随死亡，生命中的一切都将终止，没有什么能够得以重生……

① 指爱因斯坦的相对论。

那么力量呢？力量也能被摧毁吗？不，力量不会被摧毁，它只是变换了形式而已。力量并不从属于个人（impersonal），它和物质一般无二，它们是某种东西的两种表现形式而已。那么，难道今天我所拥有的这种叛逆的力量，明天就会成为束缚他人的铁索？被铁索束缚的可能是另一个叛逆者，他也和我一样希望改变未来，而他自己终究也会变成束缚自我未来的锁链！

唉！人类的大脑多么渺小！唉！宇宙是多么巨大浩瀚的存在！

但是难道在这些想法之中没有任何令人慰藉的东西？难道其中没有包含我们所有的进步和所有发展的要素？没有包含人生的实现和成功？在这永无休止的死亡、永无休止的重生、永不停止的变化中蕴含着这样一个道理：没有两个完全相同的瞬间。每一个最微小的瞬间中既包含着这一瞬间的死亡，也包含着下一瞬间的出现……我即将死去，因为我的生命仅仅是死亡的序曲，但其中又潜藏着千百万未来的生命！

我是在我诞生之前已经逝去的无数时代的精髓。一颗无生命的彗星创造了这个地球。地球上出现了最初的生命，并且由此产生了许多不同种类的植物以及卵生、寄生和胎生生物，它们的遗迹全都印刻在我身上。经过几千万年的不断演化，人类的最高理想也体现在我身上。由此可见，所谓的我，并不属于自己，也并不是什么新的生命，我是一部古老经典经过修订、增补和注疏后的新版本，而它的原著者已不可知。

而我又是新的，是独一无二的。我生命中的任何一个瞬间此前都未曾出现过。我是完全崭新的物质，我是一个将在未来实现的新誓言，我是将应用于未来的智慧。

瞬间有着永恒性，但是瞬间本身又是脆弱的。我也同样如此。这一刻,我要讲出我身上所有的新,因为它们是属于未来的东西,此刻不说便无法留住时间的脚步,甚至无暇去思考瞬间能存在多久?

我要把藏在心里的故事讲出来!我要把内心的隐痛倾吐出来,让内在的热情得以宣泄,让潜藏的感受肆意挥发!我要把攒聚于自己心灵深处的感悟,把隐含于心中的激情分享出来!

我就要走了。我感到累了,我要睡了。但是在此之前,我要说出自己唯一的秘密,它是人类发展的遗言,上面署着我的名字;它是我的遗言,署在上面的名字是人类的发展;它是关于我叛逆的力量,will to revolution[①] 的故事……

静默中,包含着怎样无尽的回忆!
哦,诗人,世界的腰带的金铃
叮叮当当,使你异常激动,
双足无从目睹,
莫名的迈步不可拦阻。
从你的脉管里我听见轻柔的足音,
你的胸脯琤琤琮琮。
无人知晓
你的血液中海浪在舞蹈,
森林激动得战栗;
我不禁记起轶事——
我穿过一个个时代,
变幻着形态,
悄悄地从
一个生命走进另一个生命。

① 英文,意为:革命的意愿。

白天，黑夜，

两手采撷的一切

全化为赠礼，

化为歌曲。[①]

我要把秘密倾吐出来！

每当我想起自己的人生故事，衡量评判着其中的每一件小事，思考它们在一个叛逆者生命中的意义，我对它们的崇敬之情就会与日俱增。这样的人生中存在一些东西，那是一种热忱，一种直射云端的光芒，即使算不上是一种叛逆的力量，也一定潜藏着对叛逆力量的膜拜和皈依！

我想起了很久以前发生过的一件事情，距今大约十多年了。我当时大约 14 岁，也或许是 15 岁。当时，叛逆的情绪像火焰般在我心里燃烧，因为在外面找不到宣泄的地方，于是目标又回到了自己家里。家成了我反叛的对象，但因为自己身无分文，于是只能咬牙克制着自己。

有一天，忘记因为什么原因，我还是离家出走了。我如何做出了这个决定，以及什么事件触发了我的决心，我已经回想不起来了，但是至今我仍然记得离家出走时的情绪。我的心里燃烧着熊熊烈火，炽热的火焰仿佛要冲开外面的一切阻挡喷薄而出。我的自尊心受到了伤害，心想："难道偌大的世界就没有我的容身之处？"我转身朝家的方向狠狠地望了一眼，像要将它化为灰烬。

我就这样任性地，同时也满怀希望地离开了家。我有什么财产？只有一小包饼干和一个面包，除了身上穿的衣服之外，还带了一件旧外套，饼干和面包就揣在这件外套的口袋里。

① 孟加拉语，从第二句开始的诗句摘引自泰戈尔诗集《鸿雁集》中《活河》一诗，这里采用的是白开元的译文。原著中将孟加拉语诗歌直接用印地语进行了转写。

离开家之后，我爬上了一座小山，站在山顶上思考着该往哪里去。“去往何处”的迷茫感此时还没有产生，因为当时我压根没想过我会无处容身，我觉得自己不是被迫向某处而去，只是在许多可行的方向中，需要自由选择一个想去的地方而已……

我的双脚朝着一个方向迈开了步伐，我按照它们的引导向前走去。最初七八英里的路，我自己也不清楚是在朝哪里走，我的心思根本没在这上面，直到那时，我依然怒气未消，频频朝身后家的方向回望。但是走了十来英里之后，家终于远离了我的注意力，这时我才注意到脚下的路。朝前方眺望过后我才知道，它正引着我朝一个瀑布走去，这个瀑布我曾经在地图上和想象中多次看到过。

我带着一辈子再也不回家的决心离开了家，但我从来没有想过一辈子要靠这包饼干和一个面包活着。烈日灼人，我感到饥肠辘辘……

我在路上发现了一潭山泉，于是脱下衣服搁在一边，跳进了水中。当身体感到凉爽些了，我便低头用饼干蘸着泉水大快朵颐起来。就这样，我的一半财产当时便耗尽了。之后我展开想象憧憬起来，我仿佛看到了一个时代的到来，任何人都不必再忍受任何形式的压迫，无论这压迫来自于家庭还是外界……

我从水里爬出来，穿上衣服，把面包放在脑袋旁边，躺下来打算小憩一会儿。

睡醒时天已擦黑了。我有些慌乱地站起身来，快步向前走去，好像要赶往什么地方去似的。

走着走着，天已经完全黑了，天上繁星点点。我发现自己正穿过一个咖啡种植园，可之前就在道路前方的瀑布此刻却不见了踪影。

我又继续走了足足一英里的路，但仍然没走出种植园。走到一潭小小的泉水旁边后，我觉得应该在这里露营，同时我想起自己身上还揣着一块面包。

全部财产都被挥霍一空。之后，我把外套铺在地上，枕着一棵咖啡树突出的树根当枕头，在蟋蟀的鸣声中酣然入眠。

不知是蟋蟀先停止了鸣叫，还是我先沉入了梦乡。半夜我忽然醒了。我冻得瑟瑟发抖，于是拿起外套裹在身上试图再睡。此时蟋蟀悄不作声，我听到远处什么地方传来海潮般凝重的声响，那是瀑布的轰鸣声。

衣服穿在身上更觉寒冷，于是我把外套一半铺在地上，一半盖在身上，翻来覆去地折腾了一整夜，好不容易熬到了天亮。

当远处的瀑布映入眼帘，我在路边坐了下来，久久凝望着它。我想生活本该如此，纯净、明澈、悦耳、自由，永远激情四射、充满活力，不受家庭束缚，永远叛逆不羁……我慢慢站起身，向瀑布走去。

整整一天，我不知喝了多少次瀑布下方泛着泡沫的泉水，水并不能填饱肚子，但饥饿时却只能喝水。

当天晚上我是在瀑布脚下度过的。我找了一块光滑平整的岩石躺了下来，白天石头被太阳晒得热乎乎的，可到了晚上我才发现受骗了，不知什么时候，它早已变得寒意逼人。于是我又拿出了那件旧外套，又扯又拽总想把它抻得大一些，就这样一直折腾到了天亮。天亮之后我并没有起身，一直蜷缩着身子躺在石头上，直到太阳升起，阳光在我冻僵的身体里注入融融暖意……

直到那一刻，我的怒气才烟消云散，内心的风暴才得以平息。我若有所思地望着瀑布，在它的生命中感到了一种虚空。我觉得，在它莫测的变化中有一种玄奥的共鸣，在它无忧无虑的自由状态中隐含着一种依赖、一种饥渴……我一次次地喝着泉水，想忘记自己的存在。

到了中午，连这种天马行空般的胡思乱想也烟消云散了。在我心中泛起的是一种沮丧愤懑的情绪，它与曾经激发我离家出走的那种激烈情绪非常相似。但是今天它却使我有了回家的冲动。

在这种感觉中有我无法掩藏的愤懑和失落，饥饿让它们无处遁形。我站起来，朝家的方向走去。随意在路上找了个地方挨过了当天夜晚，第二天一早回到了家里。到家时，我已忘记了那种愤懑和失落的感觉，相反却对生活产生了一种新的敬意，这种敬意孕育于痛苦的境遇和个人的感受，并在其中茁茂生长。

没人想到那个瀑布。除此之外，家人为了找我寻遍了所有地方。父亲对我什么也没说，甚至没有问我去了哪里，默默接受了我的归来。他的身上有一种宽厚和包容，不仅能接受自己的失败，也能容忍别人的失败。这是我很久之后才认识到的……

我要怀着和那日同样的敬意讲述我自己的故事。这种敬意之中既有安详平静的感受，也带有痛苦铸就的神圣感，或许还有些微失败的煎熬……因为尽管我的人生已经获得了某种程度的完满，但那并不是满足。如同一个人获得食物之后，尽管肚子填饱了，但欲望并没有随之消除。我要讲述的就是这样一个关于完满和未竟之业的故事。

哦，光芒！哦，火焰！请让那敬意，让那神圣和煎熬永恒不变吧！这样我便能够为这条镌刻于我人生之门上的启示倾注自己全部的生命力，它是我从人生旅途中阴郁黑暗的过去带来的，我将把它留给光明的未来……

有时这样一个念头也会跃入我的脑海之中——除了一个可怕的诅咒之外(因为我的人生就如同一个诅咒!),我还能留下什么启示后离去?

Cursed be the social wants that sin against
The strength of youth!
Cursed be the social lies that wrap us
From the living truth![1]

该怎么写呢?

是在自己的故事中投入个人的全部热情,从主观的视角进行分析,发起一场充满痛楚和激情的挑战?还是让自己从自我中抽离,从一个外在的客观的视角,检视自己的业行及其动因,开示一段澹然超脱的智慧感悟?还是把自己的人生理解为某种自然力量馈赠的遗产,像一个负债者一样,在偿还时清算债务,为自己的每一个过错做出澄清,呈交一份详尽的忏悔书?

我该把我的自我理解为“我”“他”抑或是“你”?

我怀有一种责任意识,我的身上肩负着一种责任。正因如此,我理应将自己当作“你”进行评判,如同一名罪犯站在法官面前,供述自己的罪行,然后聆听法官亲口宣布准确公正的判决。或者,为了表达对自己的纪念,为了留下展现自我个性和自身力量的印迹,我可以用“我”来称呼自己,讲述自己的故事。

但这两种方式都不是我想要的。我承担了属于自己的责

① 英文,摘引自英国维多利亚时代桂冠诗人阿尔弗雷德·丁尼生(Alfred Tennyson,1809—1892)发表于1842年的诗歌《洛克斯利田庄》(*Locksley Hall*)。诗句大意为:诅咒社会中的匮乏吧,它的罪孽是破坏年轻人的力量!诅咒社会上的谎言吧,它用活生生的真实将我们扭曲!

任，因此如果我是“你”的话，那么只能是在面对自己的时候。而且我也根本不想留下任何自我的印迹。我是宇宙运动的一种形式。我身处于宇宙的运动之中，我只是它的一个部分而已。我自身就是某种印迹！

我带来了一个启示，但它并不属于我自己，而是我从沧海桑田的世代演进中得来的。在某种外在动因的促使下，我要讲出这个启示。这种动因虽然在我之外，与我有着本质不同，但我所有的行止作为都是他促成的结果。我希望能将之视为与我自身的人格截然不同的一种力量、一种财富，我希望能指明他的未来。

因此，对于潜藏在我这个故事中的启示，我要称其为“他”。他的名字是“谢克尔”。他此刻正等待着死亡的降临，他的自我在等待中得以表达，而我要阅读他真实的人生经历，得出结论，并用文字记录下来。

我要走了。到哪里去？去他要去的地方，一个我们俩都很陌生的地方。因为我们密不可分、合而为一，我们正共同等待着死亡的到来……

怀着一种炽如烈火、将一切化为灰烬的信念，我要把一切都讲出来。尽管在展现他如火的激情时，会摧毁他生命中的柔软；尽管在与空无的对峙中，他会迷失方向，无所归依！

一切终将消亡！

当被茎刺愤怒的抵抗刺伤，
谁会倾听棘刺中花的声响？
当我的自我在长眠中沉寂，
谁能袒露藏于心中的秘密？

谁终将消亡？！

《谢克尔传》（第二部）
《斗争》

第四章《线、绳、结》（节译）

……

谢克尔慢慢关上房门，回屋后端起炉子，一边吹着火苗，一边朝谢西的房间走去。

放好炉子后，他掩上了谢西的房门，只把窗户开了一道缝，然后似乎在考虑下一步该做些什么。

躺在床上的谢西也有了些动静。她舒展了一下身体，在床上躺平，深深地吸了一口气，把毯子向上拽了拽，几乎遮住了下巴，然后看了谢克尔一眼。

谢克尔问："谢西，你感觉还好吗？这会儿很冷，炉子——"话还没说完，他就停住了口。谢西根本没听，她紧闭双眼，怅惘的神情此刻被挂在脸上的一抹笑容所代替。谢克尔默默望着她的面庞。谢西忽然睁开双眼，将目光投向谢克尔，目不转睛地望着他。在这漫长的凝视中，在洞穿一切的目光面前，谢克尔的心忽然悸动翻腾起来，他似乎看到了什么，或许是某种终极的真理，它漫无边际、无所不在……

"谢克尔，过来。"

谢克尔走到床边。

“坐到我旁边来。”

怀着一种莫名的感受，谢克尔又往前走了一步，在床尾坐了下来。谢西离他如此遥远，她是如此纤尘不染、超凡脱俗，似乎轻轻一碰，那纤弱无骨的身体便会融化在空气里。

“不”，她的声音里仿佛潜藏着某种神秘的力量，“别坐在那儿，到我旁边来。”谢克尔像被施了魔咒一般，慢慢从床尾向前移去。

谢西没再说话，只是扬起下巴，半闭着眼睛，双唇微张。她一直保持着这个姿势，静静坐在床上。

谢克尔瞬间感到一片茫然。但心中忽然掀起了一股巨浪，他俯下身，慢慢贴近谢西轻轻抬起的微张的双唇。俯身向下的过程中，汹涌澎湃的激情反而使他冷静下来，他的心里忽然萌生出一种温柔和怜惜之情——应该用最最轻柔的力量去触碰初绽的茉莉花蕾。在即将碰到谢西嘴唇的那一瞬间，他微微侧了一下脸，用下巴轻轻碰了碰谢西的嘴唇。谢西的嘴唇是滚烫的，她还在发烧。下巴上的胡茬碰到了她的嘴唇，这轻轻的一碰似乎让他的额头一阵发麻，又一股热浪在他心中激涌而来，他重又俯下身去，亲吻着谢西柔软的嘴唇。她的嘴唇尽管有些木然，但却异常坚定，没有丝毫闪躲和犹豫，这个长长的亲吻酣畅淋漓、炽热如火……

谢西深吸了一口气，闭上了眼睛。谢克尔感到有些恍惚，悄无声息地坐在一旁，一动不动。静默中，他甚至能听见自己的脉搏跳动的声音，可很快他又产生了一种错觉，似乎这不是他的脉动，而是谢西的心跳声。但随后他又感觉到，这不是他俩的心跳声，这是黎明来临前，弥漫在晨曦深处的沉寂在轻轻搏动……

灰黄色的夜空中渐渐透出晨曦的一抹微红……

“谢克尔？”

“我在。”

“你总是让我唱歌给你听，可现在我想让你给我念点什么。”

“我？”

“是啊，不是唱，是朗诵。”谢西用眼神朝书柜的方向示意了一下，“你去那儿把一个黑色封皮的笔记本拿出来，就在下面那层格子里。”

谢克尔取出了笔记本。

“给我。”

谢西打开笔记本，用一只手和下巴相互配合着一页页翻动本子，最终选定了一页后，对谢克尔说：“给，就从这儿开始读吧。”

谢克尔有些好奇地接过笔记本，上面是谢西的笔迹，里面抄录了不少诗——有印地语的，还有英语和孟加拉语的诗歌。

“别看其他的，念吧！”

谢克尔刚要开始读，可目光只扫了半行诗句便停住了，他看了谢西一眼，然后轻声开始了诵读：

“I want to die while you love me
While yet you hold me fair,
While laughter lies upon my lips
And lights are in my hair,
I want to die while you love me.
Oh who would care to live
Till love has nothing more to ask
And nothing more...to give?

I want to die——"[1]

谢克尔突然停了下来,“不,谢西,我读不下去了。”诗中反复出现的那行诗句以及谢西此刻让他念诵这首诗背后隐含的深意,如同利刃一般深深刺入了他的灵魂。I want to die while you love me···[2] “不,绝不会是这样!”

“谢克尔,你为什么害怕?这是一首老诗,更何况我的笑声早已消失了!不,谢克尔,我并不想让你难过,不要用这种目光盯着我。我们相识得太晚了。昨天晚上,不,是昨天傍晚,当你在亚穆纳河对岸时我才领悟到这一点。”

谢克尔合上笔记本,把它放到一边,然后伸出手紧紧握住了谢西的两只手。

过了许久,谢西说:“松开手吧,我不会马上就死掉的。”说完笑了笑,然后换了一种语气说:“谢克尔,如果你现在想去工作,就去忙吧,我想睡一会儿。”

谢克尔抬眼看了看已经大亮的天光,他本想说我没什么工作要做,可想到睡眠对谢西的身体会有好处,于是默默站起身来走了出去,不过他决定今天不去店里上班了。

做完日常的家务后,谢克尔点上炉子,煮了一点牛奶粥,又用三个橘子榨了一杯橘子汁,然后蹑手蹑脚走到谢西房间外面,透过玻璃窗向屋内望去。谢西依然在沉沉地睡着。

谢西刚才为什么让他念那首诗? I want to die while you love me······谢西从来不会在冲动的情绪下说过头的话。那么,

---

① 英文,这首诗摘引自美国黑人女诗人乔治亚·道格拉斯·约翰逊(Georgia Douglas Johnson,1880—1962)的诗歌《我要在你爱我时死去》(*I want to Die while You Love Me*)中的第一节和第三节。大意为:我要在你爱我时死去,当你认为我还美丽,当笑声还挂在我的唇边,阳光洒在我的头发里,我要在你爱我时死去。哦,谁还愿意活下去,直到爱无可要求,也没有什么可以给予?

② 意为:我要在你爱我时死去。

这算是什么？信号？或者仅仅是在描述一种可能而已？或许是在表达某种情感，是对爱情的感怀？难道她在预言什么吗？

他回到自己房间给姨妈写了一封短信。信中说，因为很久没有收到消息，所以他们俩有些担心。他们一切均好，只是谢西的身体欠佳。如有可能，请姨妈寄些钱来。写到这里，他的笔不由顿了一下——之前的自尊心跑到哪里去了？可此刻这所谓的自尊在他心里没有任何意义。他在信封上面写上地址，又隔着窗户朝谢西张望了一下，然后悄悄走出家门，把信投进不远处的一个邮箱里。

谢西还没醒，额头上满是汗水，终于开始退烧了。谢克尔轻轻地走进谢西的房间，在她床头旁边的地上坐了下来。尽管因为谢西还在沉睡，所以此时房间里并没有什么可做的事情，反倒是外面有些事需要处理，可是谢克尔有许多话必须立刻向这张沉睡中的面庞倾诉……

这是我生命中最刻骨铭心的一段日子。为什么在关于这段时光的回忆中，我一次次陷入两难的窘境，不知道哪些回忆是真实发生过的，哪些其实并未发生，只是我的臆想而已。尘世生活和内心世界紧紧交缠在一起，我无法将它们分隔开来，或许因为心灵世界的感受太过强烈，最终激烈迸发，冲破了内外之间的边界。即使并非如此，心灵感受也是更为真实的感受，它曾经真实存在过，如今也依然是真实的……

“听着，谢西，我有话要对你说。你不要醒来，继续睡吧！你睡着了，但即使在睡梦中，你也能听到我想说的话，因为我不是在对你的耳朵说，而是在对你的嘴唇说。今天你毫不犹豫地向我抬起双唇，因此对你的嘴唇说话时，我也同样不会有丝毫迟疑。什么时候连它们也睡着了，那我就再也没有说话的对象了……

“谢西，你把爱交给了我，你把爱赐予了我。但是，赐予我之前你为什么不对我进行一番考验？考验我吧，看看我是否有得到它的权利……

“谢西，其实我一直充满力量，可我并没有意识到这力量的存在；我生来就是个叛逆者，终其一生都不会改变，但我却一直在肆意浪费自己这种叛逆的力量。有一天，是你的面庞让我看到，是它告诉我，斗争本身并不是最终目标，为斗争而斗争不会有任何结果，叛逆应该有一个针对的对象——神灵、社会、疾病、死亡、父母、自我、他人或者爱情，无论是什么，有了靶子才能进行反叛和抗争。直到这时，我的叛逆之剑才有了锐利的锋芒，它终于变成了作战的利器，而我成为敌人真正的对手……

“可这只不过是一半的真理，因此我的叛逆也只完成了一半。之后——之后是你让我明白了一个道理——只针对反抗的标靶进行抗争还远远不够。我发现，到处充斥着罪孽、堕落和颓废；我发现，不独这个社会，甚至于整个人生都被彻底玷污，神灵、人类、万事万物……都被彻底玷污，一切都变得肮脏龌龊、溃烂腐朽，没有任何东西有资格成为斗争的目标。一言以蔽之，泥土可以被挖掘开垦，但是沼泽泥淖却不可以，因为它会使人深陷其中、无法自拔。只针对某个反抗的目标进行斗争是远远不够的，但为了某种东西而斗争又是十分必要的……

“为了某种东西而斗争……可是为了谁呢？既然一切都已腐朽溃烂，那还有什么值得为其而战？”

“谢克尔，你做了什么决定？”

“我自己并不敢有所奢求，可你又回来了，回到我生命中来了……我不知道自己该为什么而斗争，可你就在我身边，我开始为你而战斗，或者说，我开始为战斗做着努力。谢西，我会永远斗争下去。我曾经也将你视为反抗的对象，可现在我接受了一个事实——我爱上了你。在斗争中，我将自己身上最优秀的部分献奉而出，因为这是献给你的。在这个过程中，我也曾经有过怀疑，怀疑这个理想太过渺小，但这个疑虑早已烟消云散，因为你不比任何崇高的理想低微。但我心中又唤起了一种新的渴求，它使我产生了一种新的疑虑。谢西，难道我犯下了什么罪孽？”

“谢克尔，我一直爱着你。我从来不曾犯过罪。”

两句互不关联的话……话语中的含义渐渐渗入了谢克尔的生命里……可当真意彻底显露时，却——

“谢西——当我终于找到了抗争的意义时，谢西——谢西——你难道真的要离开我吗？谢西——”

谢克尔忽然用力捧住了谢西的脸。谢西蓦然惊醒，谢克尔的手指不断摩挲着谢西的手。

“谢西，难道你真的要离开吗？难道我的生命将不再有任何意义？”

谢西轻轻拍着他的手说：“会有意义的，谢克尔，意义自始至终一直存在。即使我走了，意义也仍将存在。你不会失败，永远不会失败。为了我，谢克尔，为了我……”

“我知道，谢西。对我来说，绝不可能停步不前，因为你不允许我这样做。可我真的不知道该如何继续往前走，我看不到前面的路，我也不知道该为谁不断前行。或者还是会为你——尽管我看不到路在哪里，也不知道怎样才能为你做到这一点，但还是为你，谢西……”

谢西的额头冰凉，面容宁静而安详。她的神情太过平静，太过安然，甚至令谢克尔感到恐惧。他用嘶哑的声音问：“谢西，你——走了吗?”这句话甫一出口,他便为这个愚蠢的问题感到羞愧和震惊。但谢西并没有表现出丝毫惊讶,她又一次将手指轻轻放在了谢克尔的手上。

难道周围的环境发生了什么变化?难道交错的光影令人产生了幻觉?谢西的额头上为什么有浅浅的暗影在舞动,而她坚毅的眼神清澈安详,她的嘴唇静谧而温柔?为何她放在胸口的左手手指似乎不时在痉挛,而她心跳的节奏却依然平稳?

“谢西,是哪里觉得疼吗?”

谢西的眼睛眨了眨,示意否定。

可为什么在他的手指下面,谢西冰凉的额头在不断抽搐?为什么他感觉谢西似乎在颤抖?

“告诉我,谢西,你怎么了?”

谢西抬起手,抓住他的头发,把他的头拉向自己,说道:“幸福,谢克尔,幸福……”

上午、中午、黄昏、夜晚;清晨、上午、中午、黄昏、夜晚、黎明……高烧、汗水、虚脱、低热、寒颤、高烧;柔软潮湿的手;高烧、汗水、疲惫虚弱的身体……秋风拂过,令人想起了霍利节[1]时的春风,轻柔而凉爽;飘落无尽的落叶;白色的云朵像一团团棉花一样漂浮在天空,随心所欲、无忧无虑、了无牵挂;一阵旋风刮过,尘土漫天飞扬……进进出出的医生;垫着炭灰的便盆、记录体温的图表、大大小小的药瓶、各种各样的果汁……收到一封姨妈的来信,信是由高拉代笔的——“妈妈的眼疾很严重,因此没法亲自执笔,她非常诚挚地祝福你们,她说请尽快写信

① 霍利节(Holi),又称“洒红节”,是印历春节,于每年二三月间举行。

告知谢西的身体状况，时隔这么久才写信可不应该。大神保佑她尽快康复……给你们寄去100卢比……”之后是高拉自己的话——“妈妈说让我把钱汇给你们，可我把钱直接放在信封里用挂号信寄给你们了，因为你也许不希望收到寄自这里的汇款。我很担心谢西的身体，可如果没有发生这件令人担心的事，你怎么会给我们写信？我能去照料谢西吗？我还没有问过妈妈的意见，可只要你吩咐一声，不管怎样，我一定会来。请尽快来信告知所有情况……”高拉变得这么懂事，长成一个大姑娘了。各种嘈杂的声音；汽车飞驰而过，喇叭声震耳欲聋；各种标语；白色的帽子；红色的衬衫；“黑法案！”“帕格特·辛格[①]被绞死了！”“不接受甘地的乞怜行为！”[②]

中午、黄昏、夜晚。一切都显得极不真实，虚幻而迷离，仿佛远处的海市蜃楼……只有身旁这双大大的眼睛，灿若星辰，如秋水寒星般清澈明亮，目光中掩藏着痛苦、忧虑和恐惧……

我写的是谢克尔的故事，因为我要从故事中寻找有关生命意义的线索，但最终却抵达了一条边界。跨过这条边界，我便无法再继续保持自己与谢克尔之间的距离，过往的亲历者与今天的记录者将合二为一，因为最终他生命的意义便是我生命的意义。对于我所要寻找的线索，我无法超然其外，我无法漠然待之！

在这个过程中，或许连历史学家也会遭遇失败。因此对我而言，所谓历史无足轻重，事件的时序也并不重要。最令人

① 帕格特·辛格（Bhagat Singh，1907—1931），印度民族独立运动时期著名的反英斗士，组织策划了多起反英的暴力活动，1931年被英国殖民政府处以绞刑。

② 指1931年3月签订的《甘地－欧文协定》，又称《德里协定》，其中包括终止不服从运动等多项条款。由于甘地退让较多，因此协定内容公布后引起了广大民众的不满，遭到了来自各界人士的批评。

生感到骄傲的是生命本身，我们一生中最大的骄傲在于我们是人，我们自身就是一件奇妙非凡的作品；令生命引以为傲的是爱的能力，是能够牺牲自我、将爱施与他人的能力……这个故事并非因我而意义非凡，它的意义在于我所讲述的故事中的人物；它的意义在于，在我离开人世之前我能得到她，并且成为她高贵人格的见证者……如今我将不复存在，但我可以用这个故事为她树立一座纪念碑。假若她的人生境遇有所不同，那她一定会有一个美好的未来。如果她是一个大家庭的族长，她一定会将这种圣洁的爱给予所有家人，这份慈爱是一个伟大的灵魂恩赐的礼物……但是这种假设注定无法实现。只有我近在咫尺亲眼见证了这个伟大的灵魂具有的力量，然而我恰恰是使她粉身碎骨的缘由……

但是这种见证、这种刻画和表达，并非为了洗刷我自身的罪愆，并非为了赎罪和忏悔。在她所给予的爱中，连罪孽也会被包容，因为这爱是如此博大……我并非在替谢克尔开脱，因为在罪错背后，也有谢克尔对爱的沉迷，而谢克尔所沉迷的也正是我所沉迷的……

忧虑、不安、恐惧……抉择……谢西也许早已知晓最后的结局，但是谢克尔有一天忽然意识到，自己或许应该故作镇定装成视而不见的样子，可若真的无视残酷的现实则罪不可恕。他已经很多天没去上班了，这段时间他甚至寸步不离地守在谢西身边。他把铺盖搬到了谢西的房间里，如果有空就小睡一会儿，有时晚上睡两个小时，有时白天睡一个多小时；如果抽不出空来，他就一直坐在谢西床头旁边的地上，静静守着她。谢西如果醒了，他就不停抚摸她的额头或者放在胸口的手；谢西如果想睡了，他就悄无声息地蜷缩在一旁，尽可能不去打扰她；如果她昏睡不醒，他就仔细端详着她的脸——这样端详她的机会越来越多；有时谢西吩咐他去休息，他就半倚在自己床上，胳膊撑着床，双手托着下巴，久久凝望着她……

看护病人是一门科学，依靠的是护理知识，感情在其中发挥不了什么作用。那些受西方文化影响的人常会嘲笑印度的妈妈们，因为她们不是把生病的孩子带去看医生，而是抱着孩子傻坐在家里，整宿不睡。这种爱纯粹出于天性，就像幼崽受伤后，母兽会表现出莫名的焦躁一样。这种做法当然不是科学的护理，但却是必不可少的，至少像科学一样必不可少，像脉搏的跳动一样必不可少……当科学无能为力的时候，这种本能的天性不会束手无策，它迸发出的力量也是一种巨大的能量。先于死亡到来的是对死亡的恐惧，而这种恐惧无法威胁被爱紧紧包裹着的生命……

医生每天白天来两次，有时直接用药，有时派人把药送来。革命小组的两个年轻人每天轮流来给他们送饭，询问谢西的情况，有时也会给他们带来一些外界的信息，可谢克尔对这些表现得很淡漠，因为此时除了谢西，他的心里已没有一丝一毫的空隙。

谢克尔很少讲话，谢西基本不说话，只是不时用眼神向谢克尔传递着安慰，让他不要担心。病痛一次次来袭，每次发病时都先是浑身颤栗，然后是持续高烧，之后是淋漓的汗水和几近虚脱的身体。谢西双手无力地放在胸口，微微有些颤抖，蜷曲的手指慢慢松开，双目紧闭，眼皮忽然皱紧，然后又慢慢放松。谢克尔意识到，应该聊点有意思的话题哄谢西开心，转移她的注意力，减少一点病痛的折磨。他努力寻找着这种话题，可他的心里空空荡荡，想不出任何能逗人开心的趣闻轶事。他伸手握住谢西的手，轻声对她说："谢西，别慌，有我呢。"谢西睁开眼睛望了他一眼，目光中含着笑意和淡淡的怜惜，似乎在说:“是我在心慌吗?你别怕,有我陪在你身边……”

就这样,灯油将要燃尽,可谢克尔依然坐在床边,一直凝视着那抹微光。

夜虽然漫长,但一直在悄悄流逝。炉火已经熄灭,而谢克尔一直醒着没睡。

谢西轻声唤道:“谢克尔——”

为了听清谢西在说什么,谢克尔朝她俯下身去,这样她就不必再重复了。

“谢克尔——书柜里——信——”

谢克尔听懂了她的意思。他打开书柜,拉开下面的抽屉,从里面取出几张叠在一起的纸,问道:“你想把信寄到什么地方去还是交给什么人?”

谢西眨了眨眼睛表示肯定。

“那我把信寄给谁呢?”

谢西凝视着谢克尔,慢慢蠕动着嘴唇说:“看看吧。”

不知这是谢西写给谁的信。我看合适吗?难道是谢西写给拉梅谢沃尔的信?她怎么能给他写信!他有些为难地打开折在一起的信纸,迟疑地读了第一句话,刹那间他的身体里像有一道电光闪过。他怎么这么愚蠢?!这是谢西写给他的信,写给谢克尔的信——谢克尔!

明白了真相后,谢克尔没有接着往下读,他的双手有些颤抖,目光从信纸上移开,目不转睛地凝视着谢西。

“不,不要留到以后,现在就读!”

谢克尔一口气读完了信。他读得太快,或许没有完全理解这封信的含义,即便如此,信里的每个字、每句话就像烧红的铁块一样,在他的脑海里留下了深深的烙印,这些话语在他耳边不断回响……现实生活仍在继续,谢克尔全身心地参与其中，但与此同时，那些声音也不断回响在他耳边。仿佛他正在同时经历两个不同的生活，一个带给他强烈的感受，因为这便是当下正在历经的生活；而另一个带给他的感受则更为强烈，因为它被当下抛在身后，于是想奋力追赶时间的脚步……

“你离开了几个小时，然后又回来了。可在这段时间里，我不知有多少次丢失了你，又把你找了回来；放弃了你，又亲手把你竖立起来。对你的爱，我片刻也不曾遗忘。但是谢克尔，一个瞬间在我脑海中一闪而过，须臾之间，我看到了比你的爱更重要的东西，谢克尔，那就是你的未来。我之所以说它比你的爱更加重要，是因为你的爱也是其中的一部分。我感激这个瞬间的出现……

“谢克尔，此时写给你的这封信是要你在我走后再读的。以后读信的时候你可能会问：‘谢西之前为什么没有告诉我这些话？如果那时说，信里的这些话就不会像是恶毒的诅咒了。’可是谢克尔，我这样做是对的。如果我的生命还有很漫长的一段时光，则另当别论，但在那瞬间的了悟中，我也预见到自己已时日无多了。所以此时在这封信里我不会谈论自己的爱，一个已经逝去的生命，她的爱只会是痛苦，而面对痛苦，我们应当默默承受。在这封信里，我要谈论的只是你的爱……

“谢克尔，爱情也可以成为一门艺术，以此为理想不仅没有任何错误，而且可能会带来幸福的人生，对此我表示认同。但于我而言，爱情远比艺术更加直击心灵，更加不可或缺。这番话并非出于我的自负，事实上我坦然接受自己的荏弱和无奈。艺术创造的愉悦是一种有克制、有分寸的快感，而我将全部的自我、全部的生命倾囊而出，毫无克制、不留余地，因此或许并没有给人带来愉悦，尽管也不能称其为悲剧，因为它带来的痛楚太深，远远超过“悲剧”一词的含义……

“有一次我曾骄傲地对你说：‘能为我写作吗？’因为你说仅有理想是不够的，理想必须有一个具体的象征和代表，因此我挺身而出，希望能成为这种象征和代表。谢克尔，这么做并非因为骄傲自负，它并非在宣称我是你生命的意义和目标，我不会狂妄地将自己视为你的归宿。我之所以这么说，只是因为——在亲手毁灭了自己的人生，将它献上祭坛化为灰烬之后，我恳求，我希望，自己的生命能在你的身上结出果实，能在你的身上获得自我的圆满。于我而言，你已然成为一种象征，象征着我自己的人生。我的四周是一望无际的汪洋，充满了退缩、绝望、消沉、沮丧和幻灭，你象征着驻留停靠的港湾，你象征着横渡穿越的方舟……因此我说，为我写作吧！这样说并非要为你的生命注入希望，恰恰相反，我期冀能从你那里获得希望……

“我满怀感激地接受了你给予我的一切，但我并没有将其视为我应得的恩典，或是我应得的权利，我从未想过永远占有它。我需要你，因为我破碎的灵魂只有通过你才能获得表达的途径——通过你，通过那些与你有关的梦。但我知道，而且我也看到，你的未来不会是支离破碎的，因此我决定，只要我力之所及，就绝不会让我的爱束缚你……谢克尔，我对你的爱深如大海，但我希望你能知道，我以前不曾束缚过你，现在也不会；我活着的时候不会束缚你，以后也不会……

“你有自己的未来，谢克尔，而我的未来就是你，而且只有你。在你追寻自己未来的过程中，如果——”

谢克尔望着谢西，心想：“此刻难道真的有必要在你面前读这些话吗？”可他看到，谢西的眼睛此时正对他倾诉着什么，而且此时要说的似乎比信里的话还要多。他紧紧贴着她，谢西的嘴唇嚅动着想说话，但却没有发出声音，或许这种无声也同样是想表达什么。谢克尔将自己的嘴唇印在谢西的唇上，她的嘴唇不再颤抖，谢克尔凝视着谢西的眼睛，然后慢慢站了起来。他感觉自己已经听见了谢西想说的话。谢西用仅剩的一点力气接受了谢克尔的亲吻，她的嘴唇再也说不出一个字来，只是在轻轻抽搐，或许渐渐意识到控制抽搐的企图完全是一种徒劳，她最终放弃了这种努力。她的整个身体终于挣脱了一切压力和撕扯，进入了一种极致的宁静状态。

“在你追寻自己未来的过程中，如果想到了我，请不要为没有我的陪伴却依然可以独自前行而责备自己。你能够继续前行，并不是我的失败，而是我最终的胜利……”

谢西的整个身体一动不动，除了她的眼睛。

“任何一个人都有可能幸运地在某一天、某一个瞬间被当作理想的楷模，但没有人会永远是楷模，也不可能如此。因此，如果一个人永远以真实对待自己所爱之人，那他身上一定缺失了某种理想；而执着于理想的人，终有一天会使自己的爱枯萎凋残……普通人与艺术家和叛逆者之间的区别正在于此。我不希望你异于常人，谢克尔，但如果你身上具备这种能力，你可以让自己超越于常人。我满怀欣悦地给予你自由……”

谢西的眼睛并未死去……看到薪柴已经燃尽，她的明眸中宽宏、无畏的光芒终于在眼中熄灭……

“你与我，我们两人多年以来一直在修筑一座宫殿，但是你不会住在里面，我也同样不会。尽管我们都不会住在里面，但它并不因此而黯然失色……”

在静寂中，在渐渐黯淡的光芒里，难道也有哭泣和嘶喊？谢克尔的身体僵硬得像一块木头，他机械地朝窗边走去，窗户敞开着，灿烂的晨阳洒满整个房间……谢克尔转身看到，谢西的脸庞和火红的朝霞融为一体，生命的色彩耀动在她的脸上……

谢克尔呆住了。他木然而立,似乎沉浸于某种超然出尘的感悟中,似乎静候着某种真知的降临……

他忽然获得了顿悟……

但是,故事到这里便结束了,故事的线索和时序至此也戛然而止。生命失去了意义,失去了触手可及的真实,失去了秩序、变化以及所有的一切,甚至连物质的存在——粒子群从一个瞬间到另一个瞬间的存在和延续——也消失了。我是一个影子、一场梦境、一声无形的诅咒、一次离别、一个秘密……我是徘徊于情感与情感间的一个意识——我四处纵火,甚至将自己也投进烈火中,火越烧越旺,烈焰熊熊燃烧,永不熄灭,永不消亡……

死亡,你也只是一个幻影而已。如果你有力量,如果你有勇气,就将这个影子吞噬摧毁;掀翻火把,把它踩在脚下,将它彻底消灭。人的躯壳如同一支火把,总有一天会燃尽熄灭,可是它发出的光芒直上云霄。这光芒永存,你无法将其攫于利爪之下,它向你发出挑战,它永不消逝、自由昂扬……

将它吞噬吧!去抓住它吧!如果你有力量,如果你有勇气……

一个年轻人登门来拜访。

"大哥"从拉合尔捎来一封亲笔信,邀请谢克尔在条件允许的前提下前往拉合尔与他会合。"大哥"在信中说,几天之后秘密组织中一些被捕入狱的成员就要被送往有着"黑水"之称的安达曼群岛。[①] 如果要保持独立运动的生命力,就绝不能

① 安达曼群岛附近海域的海水呈现黑色,因而被称为"黑水"(Kalapani)。英国殖民统治期间,安达曼群岛是流放被判终身监禁的囚犯的地方。

让他们落入那个暗无天日的坟墓，营救计划亟须谢克尔的参与……谢西的身体状况如何，他并不清楚，但他已经安排好看护以及医疗等一应事务。

年轻人用同情的口吻说："大哥把信交给我的时候，还不知道这个消息。这件事对您打击很大，不过请您一定要来拉合尔，您会在工作中，尤其是那些比苦行还要艰难的工作中得到慰藉。如果谢西姐还活着，她也一定会这么说。而且我相信，您这样做也能使她的灵魂得到安息。"

谢克尔一开始并没留意他在说什么，但碰巧听到了最后一句话，他真想给这个年轻人一耳光，这句话竟然说得这么轻巧。不过最终谢克尔只说了一句："需要有人来接手这儿的工作，包括那间广告店。"

再见！亚穆纳河；再见！东方的晨曦；再见！暮春时节盛放的紫铆和洋槐；再见！柽柳忧伤的低吟和漫卷尘沙的旋风；再见！被双足踏过无数次的沙岸；再见！随河水漂流而去的一抔骨灰……我以前常常在想，如果不是这样而是那样，会是怎样的结局。可如今我却在想，不，是近乎于祈求，如果真的重新来过，那就还是像现在这样。影子，我和你依然是如今的样子——尽管天各一方，但永远都在奋力向彼此靠近；尽管在世俗的观念中，我们是毫不相干的陌生人，但其实我们的身体里搏动着同一根血脉，我们有着同样颠扑不灭的信仰……

影子，我不会忘记你，请与我同行！先去姨妈和高拉身边，然后继续向前。投身于工作并不意味着忘却，谢西，在一切工作中，你都在我身边，你永远激励着我，之所以如此，是因为你自由无拘，并将带我获得解脱……

《东方文化集成》已出版丛书目录

季羡林主编

书　名	作　者
《文化交流的轨迹——中华蔗糖史》	季羡林
《东西文化议论集》(上、下册)	季羡林、张光璘
《新诗格律与语言的诗化》	林　庚
《古犹太文化史》	朱维之、韩可胜
《现代伊斯兰主义》	陈嘉厚　等
《阿拉伯史纲》	郭应德
《中阿关系史》	江淳、郭应德
《当代中国伦理与道德》	魏英敏
《阿拉伯伊斯兰文化史纲》	孙承熙
《中国评书艺术论》	汪景寿、曾惠杰　等
《当代中国经济学》	宋光华
《世界四大文化与东南亚文学》	梁立基、李谋
《战后东南亚华人社会变化研究》	梁英明
《日本文学思潮史》	叶渭渠
《伊朗通史》(上、下册)	叶奕良(译)

《印度古代史纲》	林承节
《蒙古国现代文学》	史习成
《佛法与宇宙》	池田大作〔日本〕
《诸神流窜——论日本古事记》	梅原猛〔日本〕
《日本文化论》	加藤周一〔日本〕 叶渭渠　等(译)
《汉代丝绸之路的咽喉——河西路》	王宗维
《中国—朝鲜·韩国关系史》(上、下册)	杨昭全、何彤梅
《东方文学交流史》	孟昭毅
《东方戏剧美学》	孟昭毅
《同根生的民族——壮泰各族渊源与文化》	范宏贵
《中缅关系史》	余定邦
《敦煌文化》	颜廷亮
《亚洲汉文学》	王晓平
《日本天皇制及其精神结构》	王金林
《古代波斯医学与中国》	宋　岘
《印度神话》	孙士海、王镛(译)
《布哈里圣训实录全集》①②③	康有玺(译)
《现代日本政治》	王新生
《中亚五国概论》	赵常庆　等
《简明伊斯兰史》	马明良
《新兴宗教与日本近现代社会》	张大柘
《印度苏非派及其历史作用》	唐孟生

《满汉全席源流考述》	赵荣光
《印度独立后的政治经济社会发展史》	林承节
《中印文学比较研究》	薛克翘
《唐代前期军事史略论稿》	王永兴
《儒释道背景下的唐代诗歌》	陈炎、李红春
《日本文学史》(近代卷、现代卷)	叶渭渠、唐月梅
《印度尼西亚文学史》(上、下册)	梁立基
《五四文学思想主流与基督教文化》	喻天舒
《波斯文学史》	张鸿年
《泰戈尔文学作品研究》	唐仁虎 等
《中国—朝鲜·韩国文化交流史》(1—4卷)	杨昭全
《日本文学史》(古代卷上、下)	叶渭渠、唐月梅
《日本文学史》(近古卷上、下)	叶渭渠、唐月梅
《道安评传》	方广锠
《朝鲜—韩国当代文学史》	金柄珉 等
《文史探真》	汪春泓
《日本起源考》	沈仁安
《阿拉伯现代文学史》	仲跻昆
《中亚五国与中国西部大开发》	赵常庆 等
《易学哲学史》(1—4卷)	朱伯崑
《近代中国与日本——互动与影响》	王晓秋
《吐火罗人起源研究》	徐文堪
《东南亚近现代史》(上、下册)	梁英明、梁志明 等

《印度的罗摩故事与东南亚文学》	张玉安、裴晓睿
《斯里兰卡的民族宗教与文化》	王　兰
《早期道教史》	汤一介
《蒙元驿站交通研究》	党宝海
《佛教与中国文化》	薛克翘
《印象：东方戏剧叙事》	孟昭毅　等
《从唐音到宋调——以北宋前期诗歌为中心》	曾祥波
《唐五代北宋前期词之研究——以诗词互动为中心》	董希平
《汉魏两晋南北朝佛教史》（增订本）	汤用彤
《佛经文学与古代小说母题比较研究》	王　立
《日本近现代经济简史》	周启乾
《赫梯条约研究》	李　政
《"升起来吧！像太阳一样"——解析苏美尔史诗〈恩美卡与阿拉塔之王〉》	拱玉书
《希伯来语圣经——来自考古和文本资料的信息（至公元前586年）》	陈贻绎
《尼泊尔——人民和文化》	王宏纬
《中国印度诗学比较》	郁龙余　等
《阿富汗文化和社会》	张　敏
《波斯拉施特〈史集·中国史〉研究与文本翻译》	王一丹
《新时代的日本经济》	张舒英
《古代东南亚历史与文化研究》	梁志明、李谋　等

《中国知识分子的形与神》	乐黛云
《东方民间文学概论》(1—4卷)	张玉安、陈岗龙　等
《中国楹联学概论》	谷向阳
《中国印度文化交流史》	薛克翘
《陶渊明集译注及研究》	孟二冬
《日本戏剧史》	唐月梅
《梵语诗学论著汇编》(上、下册)	黄宝生
《现代汉语话语情态研究》	徐晶凝
《缅甸语与汉藏语系比较研究》	汪大年
《厨川白村文艺思想研究》	李　强
《中国建筑与城市文化》	吴良镛
《隋唐审计史略》	李锦绣
《中国新诗格律问题》	丁　鲁
《战后日本出版文化研究》	诸葛蔚东
《中国哲学大纲》(上、下卷)	张岱年
《〈聊斋志异〉——中印文学溯源比较研究》	王立、刘卫英
《中世纪印度宗教文学》(上、下卷)	薛克翘、唐孟生　等
《日本近现代佛教史》	杨曾文　等
《马来古典文学史》(上、下卷)	廖裕芳〔新加坡〕 张玉安　等(译)
《中国文学与阿拉伯文学比较研究》	林丰民　等
《海洋文化影响下的中国神话与小说》	王　青
《阿拉伯电影史》	陆孝修、陈冬云

《〈西游补〉校注》	李前程（校著）
《波斯古典诗学研究》	穆宏燕
《中国古代绘画理论要旨》	杨　铸
《东方文学史论》	黎跃进
《大帆船贸易与跨太平洋文化交流》	吴杰伟
《日本古代史》	王海燕
《日本中世史》(上、下卷)	王金林
《中日经济关系史》(上、下卷)	郭蕴静、周启乾
《东方现代民族主义思潮研究》（上、下卷）	黎跃进　等
《波斯帝国史》	张鸿年
《“同文”的现代转换——日语借词中的思想与文学》	董炳月
《中亚五国新论》	赵常庆
《中国东方文学翻译史》(上、下卷)	孟昭毅　等
《日本古代诗学汇译》(上、下卷)	王向远（译）
《华夷译语》研究	黄宗鑑
《中庸与调和——儒家和阿拉伯伊斯兰思想的比较研究》	吴旻燕
《阿拉伯古代文学史》(上、下卷)	仲跻昆
《近代中日文化交流史人物研究》	王晓秋
《世界文明起源研究——历史与现状》	拱玉书　等
《古代近东教谕文学》(上、下卷)	李　政　等
《东方文艺思潮研究》	孟昭毅

《蒙汉目连救母故事比较研究》	陈岗龙
《日本近世史》	李　卓　等
《日本近现代文论》(上、下卷)	李　强　等
《赫梯文明研究》	李　政
《占婆文化史》	刘志强
《一个蕴含史诗美丽的中国民间故事》	刘守华
《三国演义》在东方(上中下)	张玉安　陈岗龙等
《中国与东北亚文化交流志》	严绍璗　刘勃
《东方文艺创作的他者化倾向》	林丰民
《红楼求真录》	陈熙中
《中日人物文化交流研究史》	王晓秋
《日本古典诗学汇译》(上下)	王向远
《日本诗歌史》	唐月梅
《蒙古秘史》文献版本考	白·特木尔巴根
《中国古籍中有关泰国资料汇编》	余定邦　等
《印度近20年的发展历程》	林承节
《印度近现代文学》(上下)	薛克翘　唐孟生
《伊利汗中国科技珍宝书》校注	时光
《喀尔喀历史地理研究》	那顺达来
《蒙古文〈索勒哈尔奈故事〉的文化背景研究》	宝　花
《〈山海经〉在日本的传播和研究》	张西艳
《叙事学视域中的〈平家物语〉研究》	邵艳平
《宫崎市定史学方法论》	王广生

《俄国地理学会的中国边疆史地考察与研究(迄于1917年)》	张艳璐
《印度古典诗学》	黄宝生
《东南亚古代史史料汇编》	李谋
《印度作家阿格叶耶小说创作研究》	郭童
《凤凰再生——伊朗现代新诗研究》	穆宏燕
《佛学概论》	姚卫群

《东方文化集成》拟出版丛书目录

《东南亚古代文化:整体、多样与发展》	贺圣达
《菲律宾阿拉安芒扬人的神话、巫术和仪式研究》	史阳
《中国典籍中南亚史料汇编》	北京大学南亚研究所
《印度政治发展新格局——从国大党长期执政到联合政府》	林承节
《理想与现实之间——论纳吉布·马哈福兹的〈我们街区的孩子们〉》	蒋和平
《撒哈拉以南非洲文学》	魏丽明
《诺贝尔文学奖东方获奖作家研究》	孟昭毅
《中华饮食文化》	赵荣光
《南海寄归内法传校注》	王邦维

第一届

《东方文化集成》编辑委员会

日本文化编

主编 叶渭渠 **编委** 潘金生 王家骅 卞崇道 王新生

朝鲜、韩国、蒙古文化编

主编 陶炳蔚 **编委** 金柄珉 李昌奂 史习成

东南亚文化编

主编 梁立基 **编委** 梁英明 梁志明 李谋 裴晓睿

南亚文化编

主编 黄宝生 **编委** 王邦维 王　镛 刘曙雄 葛维均

伊朗、阿富汗文化编

主编 叶奕良 **编委** 张鸿年 张　敏

西亚、北非文化编

主编 郭应德 赵国忠 **编委** 杨灏城 孙承熙

中亚文化编

主编 赵常庆 **编委** 余太山 穆立立

古代东方文化编

主编 林志纯 **编委** 拱玉书

东方文化研究会编辑部

主任 张殿英 **副主任** 马克承 卢蔚秋 张光璘

编辑 李　强 金景一 姚秉彦 唐孟生 傅增有

《东方文化集成》书籍设计 朱　虹

丛书出版编辑监制 胡子清

日本文化编

主编 叶渭渠 **编委** 潘金生 王家烨 卞崇道 王新生

朝鲜、韩国、蒙古文化编

主编 陶炳蔚 **编委** 金柄珉 金景一 史习成 陈岗龙

东南亚文化编

主编 梁立基 **编委** 梁英明 梁志明 李 谋 裴晓睿

南亚文化编

主编 黄宝生 **编委** 王邦维 王 镛 刘曙雄 葛维均

伊朗、阿富汗文化编

主编 叶奕良 **编委** 张鸿年 张 敏

西亚、北非文化编

主编 郭应德 赵国忠 **编委** 杨灏城 孙承熙

中亚文化编

主编 赵常庆 **编委** 余太山 王小甫

古代东方文化编

主编 林志纯 **编委** 拱玉书

《东方文化集成》编辑部

主任 张殿英 **副主任** 卢蔚秋 张玉安 马克承 张光璘

编辑 李 强 姚秉彦 唐孟生 傅增有

《东方文化集成》书籍设计 朱 虹

丛书编辑出版监制 张良村

第三届
《东方文化集成》编辑委员会

作者简介

郭童　女，1971年出生于新疆乌鲁木齐。1988年进入北京大学东语系印地语专业学习，1993年获得文学学士学位，1996年获北京大学文学硕士学位（导师唐仁虎教授），2003年获北京大学文学博士学位（导师刘安武教授）。1999—2000年以访问学者身份在德里大学访学。1996年起在北京大学任教，现为北京大学外国语学院南亚学系副教授、硕士生导师，教授"基础印地语""印地语报刊阅读""印地语短篇小说""印度概况""印地语文学史""印度文学史""公共印地语""印度近现代文学评介""印度文学专题""印地语文学名著研读"等本科生和研究生课程，曾获北京大学世川良一优秀青年基金、北京大学中国工商银行教师奖等奖励。参与"十三五"国家重点出版项目"中印经典和当代作品互译出版项目"、教育部人文社科重点项目"印度近现代文学史"、教育部重点项目"当代外国文学数据库（在线版及光盘版）项目"南亚子项目等 课题。担任第一套全国性统编教材《标准印地语1-6》（中国大百科全书出版社）第一册主编，在学术刊物上发表《印度教性力派女神崇拜形成及发展原因初探》《试论印度教性力派形成及发展的文化根源及影响》《论阿格叶耶短篇小说的艺术手法》《阿格叶耶长篇小说中两性关系透视》《阿格叶耶诗歌创作简论》《试论印度古典舞蹈的宗教性特征》等十余篇论文。

内容简介

本书是对印度著名印地语作家阿格叶耶小说创作的专题研究。全书共分为五个章节,以作家所处时代和印地语现代文学的发展状况为背景,分短篇小说创作和长篇小说创作两大部分,从题材、内容、思想、人物分析、艺术特点等角度全面分析和研究了阿格叶耶的小说创作,重点分析了其短篇小说和长篇小说作品的思想内容和艺术特色。并以此为依据,分析评价了阿格叶耶小说创作的特点及其在印地语文学发展中的作用和影响,肯定了阿格叶耶对印地语文学发展的贡献,同时也指出了其小说创作中存在的不足。